Mortels
rendez-vous

Rhonda Pollero

Mortels
rendez-vous

Traduit de l'anglais par Armelle Santamans

•MARABOUT•

À mes amis très chers... Karen Harrison, Cherry Adair, Traci Hall, Patricia Gagne, Dani Sinclair, Renae Dryer, Leanne Banks, Twist Phalen et Cindy Gerard.

*Finalement, il semble qu'il existe bien une chose
indispensable pour un mec.*

Un

Quand le vacarme commença, j'étais en plein rêve érotique avec un type considérablement troublant doté
d'un regard bleu azur et de cheveux ébène (non, pas
Liam McGarrity, ce gars à-éviter-absolument qui pouvait d'un
simple coup d'œil me transformer en un agrégat d'hormones fré-
missantes, mais encore moins Patrick, mon petit ami en-tout-point-
parfait). Le raffut ne paraissait pas près de cesser.

Quelqu'un de manifestement très impatient semblait vouloir
attirer mon attention en tambourinant sur ma porte, à une heure si
discourtoise que je vérifiai d'un coup d'œil ensommeillé sur le réveil
placé auprès de mon lit : il était bien 5 heures 25, je ne rêvais plus !
Et un dimanche matin qui plus est ! Mieux valait que ce tapage ait
une bonne raison d'être.

J'émis un grognement sonore, regrettant la douceur de mes draps
pur lin-coton avant même de les avoir quittés. Patrick venait à
peine de rentrer de voyage et j'étais donc vêtue d'un tee-shirt en
coton et d'un caleçon assorti. Il aurait été insensé de sortir ma lin-
gerie fine alors que je venais de passer la soirée à regarder un enregistrement DVD du *Marathon du régime* sur mon ordinateur – un
gadget que je n'avais pu m'offrir qu'après avoir obtenu de ma
banque qu'elle augmente les limites de mon découvert.

Bam, bam, bam.

— Mais j'arrive, bon sang !

Toujours à moitié endormie, j'enfilai un peignoir et titubai en direction de la porte d'entrée, en me cognant, au passage, le petit doigt de pied dans le montant du lit, pendant que l'abruti sur le palier continuait à se déchaîner sur le battant. Comme si je n'avais pas entendu les quatre-vingt-dix-neuf premières notes de sa symphonie. Moi et la totalité de mes voisins d'ailleurs.

Je lâchai un juron, fis la grimace et me mis à sautiller à cloche-pied, pas forcément dans cet ordre. Les coups sur le seuil se firent plus pressants. Je mis à profit les quelques secondes qu'il me fallut pour traverser mon appartement et gagner l'entrée, en allumant quelques lumières et en envisageant mentalement différentes hypothèses.

Ce pouvait être Sam, mon voisin du dessus et accessoirement ami. Enfin, futur ex-ami si c'était bien lui qui se trouvait de l'autre côté de ma porte.

Il était moins probable qu'il s'agisse de Patrick. Il conduisait des avions-cargos pour FedEx et atterrissait ou décollait souvent à des heures impossibles, mais nous sortions ensemble depuis près de deux ans et il me connaissait suffisamment pour savoir que je n'appréciais pas vraiment les apparitions trop matinales. En tout cas, pas au moment où je me sentais le plus vulnérable visuellement, c'est-à-dire avant la douche, le coup de peigne et la séance maquillage.

Il était impossible que ce soit ma mère. Même si elle avait eu un besoin urgent de me voir, elle m'aurait préalablement adressé un message avant de malmener le protocole. Au demeurant, elle n'utilisait jamais le téléphone en dehors du créneau horaire socialement admissible, soit entre 10 heures du matin et 10 heures du soir.

Je me mis sur la pointe des pieds pour regarder par le judas. Les lumières provenant du parking ne me permettaient d'apercevoir qu'une silhouette, mais je reconnus immédiatement mon amie Jane.

J'ôtai la chaîne de sécurité et déverrouillai vivement la porte avant de l'ouvrir si brusquement que le poing serré de Jane finit sa course au beau milieu de mon front.

Un peu sonnée, je reculai de quelques pas, la douleur de ma tête venant ainsi concurrencer celle de mon doigt de pied.

— Bon sang, Jane, c'est quoi ce bordel ?!

— Omondieuomondieuomondieu, gargouilla-t-elle en claquant la porte derrière elle avant d'agripper mes épaules en voyant que je vacillais.

J'avais rencontré Jane à la gym six ans auparavant. À cette époque, nous ne nous connaissions absolument pas, mais nous avions imaginé de faire comme si nous étions amies pour tirer parti de l'offre « Spécial Duo » que proposait le club de gym. À ce jour, je préfère encore recourir à une interprétation un peu libérale du terme *amie* plutôt que d'y voir une manigance de notre part.

De toute façon, mon amitié avec Jane était rapidement devenue tout ce qu'il y avait de plus réel et nous nous étions mises à passer du temps ensemble, dès que nous le pouvions. Ma présence au club de gym est au mieux épisodique, alors que Jane fait preuve d'une assiduité quasi religieuse dans la salle de musculation, d'où la multitude d'étoiles que m'avait fait voir son coup de poing accidentel.

— Ça va, mentis-je en me dégageant de son étreinte.

J'étais un peu vexée, mais ça allait. Les étoiles finirent par disparaître de mon champ de vision et je la regardai. Vraiment.

Ses yeux sombres étaient rouges, gonflés et remplis d'une sorte de terreur crue que je ne connaissais pas chez mon amie d'habitude si calme, raisonnable et rationnelle. En dépit de son physique de bombe, Jane était comptable et consultant financier. La première de la classe dans un fourreau en lamé, en quelque sorte. Mais pour l'heure, elle était couverte de sang d'un rouge sombre.

Du sang *frais* d'un rouge sombre.

Mon cerveau s'arrêta d'abord sur cette constatation. Le fait que Jane se trouve dehors, au beau milieu de la nuit, en nuisette affriolante, attendrait.

— Que s'est-il passé ? Tu as eu un accident ?

Ses doigts tremblaient tandis qu'elle repoussait en arrière quelques mèches de cheveux raidies par le liquide visqueux.

Je la suivis quand elle se dirigea d'un pas d'automate vers le salon en laissant sur son passage des traces de pied cramoisies sur le sol, ses bras nus également maculés de rouge resserrés autour de sa poitrine.

— Ce type est mort. Il y avait tellement de sang…

J'avais tout d'abord espéré qu'elle avait ramassé un animal qui s'était fait heurter par une voiture ou quelque chose de ce genre, mais là, cet espoir venait d'exploser en vol.

— *Ce type ?* Qui ?

— Paolo. Il est mort. Oh, mon Dieu, bien pire que mort.

Paolo ? Ce nom ne me rappelait rien. Pas plus que le concept de « pire que mort », d'ailleurs. Cela faisait partie des absolus, comme être enceinte : on l'est totalement ou pas du tout.

— Attends un peu, insistai-je en l'invitant doucement à s'asseoir sur le canapé.

Je saisis le pashmina qui en drapait l'arrière et le lui plaçai autour des épaules. Je pris ses mains dans les miennes et m'agenouillai devant elle :

— Respire bien profondément et recommence depuis le début.

Elle déglutit bruyamment avant de hocher la tête.

— Paolo, c'est le type de mon rendez-vous. Tu te souviens de ce service de mise en relation que Liv représente et qui te promet de te faire rencontrer un type riche ?

Bien sûr que je m'en souvenais. Olivia Garrett (que nous appelions généralement Liv), l'une de nos amies communes qui possédait une société active dans l'événementiel, venait de se faire engager par une agence de rencontres hyper-sélecte et très coûteuse pour créer « des rendez-vous fantasmatiques de contes de fées » au profit d'hommes et de femmes disponibles et fortunés. Liv avait réussi à persuader les propriétaires de la boîte de ne pas faire payer la – très, très chère – carte de membre à Becky et à Jane.

Becky Jameson travaillait avec moi dans un cabinet d'avocats de West Palm Beach. Elle était avocate dans le département des contrats, soit quelques marches au-dessus de moi sur l'échelle professionnelle puisque je n'étais qu'assistante juridique au département patrimoine.

Grâce à Patrick, j'avais donc eu le redoutable privilège de devoir me passer de cette marque de générosité. Jane avait envie d'essayer, contrairement à Becky. Si ma mémoire était fidèle, ses paroles exactes avaient été : « Je préfère devenir lesbienne abstinente plutôt que de recourir à ce genre de rendez-vous tarifés. »

Retour au cadavre de Paolo.

— Donc, c'était ton rendez-vous galant et…

— Gala de charité au Breakers pour une association de malades cardiaques. Ensuite, cocktails. Puis, il m'a ramenée chez moi. Il y avait du champagne au frais dans sa limousine et, quand nous sommes arrivés devant mon appartement, je me sentais plutôt détendue. Alors je l'ai invité à monter prendre un café et nous… enfin, tu vois. Du moins, je pense que nous avons…

— Tu ne t'en souviens pas ?

Mon Dieu, le sexe avec Patrick était méthodique, certes, mais au moins, je m'en rappelais.

— Je présume que nous avons dû le faire, ajouta Jane en haussant légèrement les épaules. Pour quelle autre raison pourrais-je bien avoir mis ma nuisette en soie ?

Bonne remarque.

— Et alors ?

— Je me suis réveillée et il y avait du s…

— Tu t'étais endormie ?

— Apparemment, répliqua Jane d'un ton pincé. Je sais, violation manifeste du protocole de la première nuit, mais j'imagine que j'avais bu plus que je ne le pensais et le type était superbe. Quoi qu'il en soit, il était couché sur le côté et me tournait le dos. J'ai cru qu'il avait lui aussi enfreint le protocole et qu'il dormait profondément, alors je l'ai saisi par l'épaule pour le réveiller.

Je perçus son frisson avant même qu'elle ne dégage violemment ses mains des miennes.

— Il était glacé, alors je me suis rapprochée de lui et j'ai senti que les draps étaient mouillés.

— Donc, superbe et incontinent. Un mélange intéressant.

Jane me jeta un regard ébahi.

— J'ai repoussé la couverture et il y avait du sang partout. C'était comme ce producteur dans *Le Parrain* qui se réveille avec la tête de cheval dans son lit. Je présume que je suis passée par-dessus son corps, à moins que je l'aie contourné, et j'ai vu ce couteau énorme dans sa poitrine. Je l'ai enlevé, j'ai fait rouler Paolo sur le dos et je m'apprêtais à prendre son pouls quand j'ai baissé les yeux par hasard et j'ai vu…

J'avais l'impression que Jane s'apprêtait à vomir : son visage était devenu livide et elle ferma les yeux l'espace d'un instant.

— Vu quoi ?

— Son truc n'était plus là.

— Qu'est-ce qui n'était plus là ?

— Son *truc*, répéta Jane dans un souffle.

— *Son truc*, le truc ?! m'écriai-je tout en réprimant un spasme dans mon estomac, ainsi qu'un accès de complète confusion. Et alors ? La police est arrivée, elle a enregistré ta déposition et elle t'a laissée partir comme ça ? Dans cette tenue ?

— Je ne les ai pas appelés.

Je fus sur pied en un bond :

— *Quoi* !

— Il y avait tellement de sang et puis je venais de toucher un cadavre. J'étais terrifiée et je n'avais plus vraiment les idées en place. Ce n'est pas comme si j'avais l'habitude de me réveiller à côté d'un type qui vient de se faire couper les bijoux de famille. Sans compter que je n'étais pas sûre que le meurtrier ait quitté mon appartement. Alors, j'ai attrapé mes clefs et j'ai sauté par la fenêtre.

— Mais tu habites au premier étage, fis-je en clignant des yeux.

— Le saut ne s'est pas trop mal passé, mais la réception a été un peu rude. Alors, que faut-il que je fasse ?

— On appelle la police et puis on prévient Becky, répondis-je en saisissant le téléphone tout en changeant mentalement l'ordre de ces appels.

Le « Allô » de Becky fut incertain et guttural. Je crois que je lui débitai l'histoire du rendez-vous de Jane sans respirer, sans pour autant omettre aucun des détails concernant la découverte de Paolo l'Émasculé.

Elle souffla quelques jurons avant d'ordonner :

— Appelez la police et restez où vous êtes. Je serai là dans une demi-heure.

— OK.

— Finley ?

— Ouais ?

— Aucune de vous ne doit dire un seul mot aux flics avant mon arrivée. C'est bien compris ?

— Pas un mot, lui confirmai-je en jetant un coup d'œil à Jane qui s'était entre-temps recroquevillée en position fœtale à une extrémité du canapé. (Cela dit, je pressentais que les flics attendraient plus qu'un « No comment » quand ils apercevraient Jane.) Est-ce qu'on leur dit nos noms ?

— Nom, adresse, âge, profession. Pas de problème.

— Jane est couverte de sang. Je vais la nettoyer et elle pourra…

— Non. Pas de douche, pas de vêtements propres. Rien qui puisse compromettre le travail des médecins légistes plus qu'il ne l'a déjà été. Pourquoi n'a-t-elle pas appelé la police ?

— Elle voulait se barrer de son appart'.

— Alors, elle aurait dû se rendre en voiture au bureau du shérif, entendis-je Becky soupirer. Pourquoi n'a-t-elle pas réfléchi ?

— Et comment pourrais-je te répondre ? murmurai-je en mettant ma main au-dessus du combiné. Elle est complètement paniquée. Arrête de me faire la morale et radine-toi.

Je ne savais plus très bien si j'avais dit au revoir à Becky avant d'appeler les flics. Je savais juste que quelques secondes après, une voix calme et monocorde avait annoncé :

— Neuf-Un-Un. Quelle est votre urgence ?

Je lançai un rapide regard à la boule que formait Jane sur mon canapé.

— Je, eh bien… je voulais vous informer de… enfin, de… d'une amie ensanglantée.

— Avez-vous besoin d'une ambulance Mlle Tanner ?

— Comment connaissez-vous mon nom ? m'écriai-je en sursautant. Oubliez ça. Ce que je veux dire, c'est que mon amie s'est retrouvée dans une sorte de… Voyez-vous, elle est allée à ce rendez-vous galant et ça ne s'est pas très bien passé.

— Mademoiselle, quel genre d'urgence est-ce *exactement* ?

— Exactement ? Euh, je pense que je dois vous déclarer un meurtre.

— Qui a été tué, mademoiselle ?

— Paolo.

— Et il s'agit d'un prénom ou d'un nom de famille ?

Je levai les yeux au ciel : qu'est-ce que ça pouvait donc bien faire ? Est-ce qu'elle allait se décider à m'envoyer de l'aide ou voulait-elle avant cela finir de compléter sa fichue pierre tombale ? Jane ne pouvait m'être d'aucune aide, alors je lui donnai le peu d'informations dont je disposais, y compris l'adresse de Jane afin que quelqu'un puisse voir où en était Paolo.

— J'ai prévenu le bureau du shérif. Veuillez rester en ligne jusqu'à ce que les secours arrivent.

Je fis ainsi qu'elle me l'avait commandé, bien que cela me parût curieux de conserver le combiné collé contre mon oreille alors que nous ne nous parlions pas. Le 911 devrait peut-être songer à introduire un peu de musique relaxante. Quoi qu'il en soit, il me sembla que des siècles avaient eu le temps de s'écouler quand j'entendis enfin des sirènes et le crissement de pneus. Je raccrochai, ouvris la porte et ne dénombrai pas moins d'une douzaine de voitures de police qui s'engouffraient dans le parking situé en face de mon appartement. En quelques secondes, plusieurs officiers de police se coulèrent hors de leurs véhicules et se tapirent derrière leur carrosserie, leurs revolvers pointés dans ma direction. Juste après, la lumière d'un projecteur m'aveugla totalement.

Amplifiée par un mégaphone ou une radio — enfin, un truc de ce genre —, une voix masculine déshumanisée vint déchirer la tranquillité de l'aube.

— Croisez les mains derrière votre tête. Mettez-vous à genoux. Lentement.

— Mais, je suis…

— Maintenant !

Tout en plissant les yeux du fait de la puissance des lumières, je suivis scrupuleusement les instructions qui venaient de m'être données. La moutarde commençait à me monter au nez. Le bitume était rugueux et mordait cruellement mes genoux nus. Et comme s'il n'était pas déjà suffisamment humiliant de tenir cette posture que je n'avais vue, jusqu'à présent, que dans les séries télévisées, j'entendais les voisins chuchoter tandis qu'ils sortaient sur le seuil de leur appartement pour voir ce qui se passait.

Jane arrivait derrière moi.

— Gardez votre position Mlle Tanner, commanda la voix masculine. (Son ton me parut plus compatissant, alors qu'il s'adressait à Jane.) Laissez-nous maîtriser le suspect avant...

Je levai au ciel mes yeux aveugles.

— Je ne suis pas le suspect et elle n'est pas Finley Tanner. *Je* suis Finley Tanner. Je suis la personne qui vous a appelés.

Abrutis.

Oh ! et comme si je n'avais pas encore assez profité du Pays des Merveilles, voilà que le flash d'un appareil photo étincela depuis le cordon jaune, censé délimiter les scènes de crime, que les flics avaient laborieusement installé afin d'isoler ma place de parking.

Essayer de faire comprendre à la police que je ne constituais pas une menace imminente pour la société était à peu près aussi simple que de convaincre un chat des bienfaits du bain. Mais, finalement, je fus autorisée à baisser les bras et à me relever, au grand dam de mes voisins. L'immeuble dans lequel j'habitais était plutôt pépère, alors l'événement avait forcément pris des proportions colossales, sans compter l'humiliation personnelle qui l'accompagnait.

Au bout du compte, deux policiers en civil – un homme et une femme – s'avancèrent et nous escortèrent, Jane et moi-même, à l'intérieur de mon appartement, deux officiers de police en uniforme fermant le cortège. L'inspectrice fit signe à ses collègues de fouiller les lieux, l'un d'eux se dirigeant vers la cuisine et l'autre s'approchant prudemment de ma chambre.

— Mais où vont-ils ? demandai-je avec émoi.

Ignorant ma question, l'inspectrice nous ordonna, à Jane et moi-même, de nous asseoir sur le canapé. C'était une Noire et sa peau avait la couleur du caramel. Elle portait un pantalon de travail en toile bleu marine et une chemise de coton blanc. Aucun bijou, à moins de tenir pour tels les œillets argentés qui agrémentaient ses croquenots ou le badge doré fixé au niveau de sa taille.

L'inspecteur s'approcha de moi et me prit par le coude. Son geste n'avait certes rien de galant. Utilisant mon bras droit comme un gouvernail, il me fit me lever et m'accompagna dans la chambre dont il repoussa la porte jusqu'à la fermer presque complètement.

L'inspecteur se positionna ensuite près de mon armoire, le corps rigide et le visage totalement inexpressif. Il me rappelait les gardes postés devant Buckingham Palace. Non pas que je sois déjà allée voir la reine, mais cela fait partie de ma liste d'endroits à visiter.

Après avoir lu le nom inscrit au-dessus du badge doré qui pendouillait de sa poche de chemise, je le regardai dans les yeux. Je n'essayai même pas d'adoucir le mépris qu'exprimait ma voix.

— Inspecteur Graves, Jane est en état de choc ou, en tout cas, elle ne va pas bien. Peut-être devriez-vous…

— L'équipe médicale va s'occuper d'elle, me répondit-il.

Il demanda alors à voir mes papiers d'identité, puis porta la main à sa poche arrière dont il sortit un petit carnet, ainsi qu'un crayon enchâssé dans la spirale de celui-ci. De mon côté, j'attrapai mon sac à main près de ma table de nuit et en extirpai mon portefeuille qui contenait mon permis de conduire.

Mes pensées, saccadées, fusaient dans toutes les directions : Jane, Paolo, le sang, mais aussi des réflexions plus inattendues, comme la chance que j'avais eue de trouver ce portefeuille rose de chez Chanel au centre commercial du coin. Après tout, ce n'était pas très grave si le fermoir était cassé. Je ne confiais pas mon portefeuille à n'importe qui, donc mes petits secrets restaient préservés. Personne, pas même mes amis les plus proches, ne savait que j'en étais réduite à faire les solderies. Mais il ne fallait pas que j'y réfléchisse maintenant. La situation de Jane était beaucoup plus préoccupante que mes difficultés financières.

Il me posa les questions habituelles — nom, âge, etc. – tout en comparant mes réponses aux mentions portées sur mon permis de conduire.

— Veuillez, je vous prie, me donner votre version des événements qui ont eu lieu ce soir.

— Ma version ?

— Oui, mademoiselle, confirma-t-il, le crayon posé sur son bloc. À quelle heure, approximativement, Mlle Spencer est-elle arrivée ?

— Avant que j'aie pu me faire une tasse de café, répliquai-je sèchement.

Je ne cherchais pas à être désagréable, mais c'était plus fort que moi. L'haleine de l'inspecteur dégageait une odeur de café et il me paraissait injuste qu'il ait eu le droit d'en boire un alors que, pour ma part, j'étais censée lui offrir des réponses claires et lucides sans avoir un milligramme de caféine dans le corps.

Il fronçait les yeux, formant ainsi un unique sourcil broussailleux qui surplombait ses deux iris d'un brun chocolat. Lui aussi était noir, mais, contrairement à sa collègue, il avait le teint très sombre. Soit il faisait de la musculation nuit et jour, soit il avait de sérieux problèmes hormonaux : son cou n'avait plus rien d'humain et évoquait une souche massive, ses biceps et son torse tendaient à l'extrême le tissu de sa chemise bleue, sans parler de sa cravate, mal nouée, dont l'imprimé à rayures blanc et gris datait d'au moins cinq collections, et qui pendait lamentablement à dix centimètres au-dessus de sa ceinture. D'ailleurs, maintenant que j'avais tout loisir de l'observer, je réalisais que la musculation avait fait tant de dégâts que son corps ne pouvait plus s'accommoder de vêtements classiques. La ceinture de son pantalon de toile bâillait derrière la boucle de son ceinturon et, du fait de la protubérance de ses cuisses et de ses mollets, les coutures de son pantalon semblaient prêtes à exploser.

Certaines femmes sont attirées par les hommes très musclés, mais, pour ma part, je n'ai qu'une question : comment un homme dont les muscles sont si volumineux qu'ils l'empêchent de baisser les bras complètement peut-il espérer faire pipi ?

— L'heure ? insista-t-il.

— 5 heures 25.

— Vous avez noté l'heure *exacte* ?

— En fait, je l'ai plutôt maudite, répondis-je en jetant un coup d'œil par l'entrebâillement de la porte pour tenter d'apercevoir Jane. (Je ne pouvais pas entendre la conversation qu'elle avait avec L'Inspectrice Croquenot, mais je percevais de temps en temps les hoquets de mon amie.) Elle n'est vraiment pas bien, inspecteur. Je suis sûre qu'elle a besoin de soins médicaux.

— Elle en aura, assura-t-il. Maintenant, pourrions-nous reprendre votre déposition ?

Je me passai la main dans les cheveux en me demandant si je ne devais pas lui en donner une version abrégée. Au diable les conseils de Becky. En fait, au diable Becky. Elle aurait déjà dû être là maintenant.

La radio fixée à la ceinture de l'inspecteur se mit à crachoter et une voix quasi inintelligible annonça : « Un–Huit–Sept confirmé au 636 Heritage Way Sud. »

Graves décrocha sa radio et appuya sur un bouton pour obtenir de plus amples détails.

— Hispanique, environ 1,80 mètre. D'après son portefeuille, la victime est Paolo Martinez. Adresse à Palm Beach. L'équipe médicale n'est pas encore là, mais la mort a été causée, sans aucun doute, par de multiples coups de couteau et, euh… une mutilation.

— Une mutilation ? s'étonna Graves qui semblait, pour la première fois, trouver de l'intérêt à ce qu'il faisait.

— Ouais… hésita la voix dans la radio qui, comme Jane, paraissait avoir un peu de mal à décrire la blessure en question. Eh bien, il y a eu, euh… une…

— Bon sang, l'interrompis-je en me frappant les cuisses des deux mains. Le meurtrier a coupé le pénis de Paolo.

— Oui, s'empressa de confirmer la voix, c'est comme elle a dit.

— Des signes de lutte ?

— Négatif. Il nous a été impossible de localiser le… euh…

Je fixai Graves d'un air excédé. Était-il si insurmontable pour un homme de dire un mot décrivant une chose pourtant si facile à remettre en place en public quand l'envie l'en prenait ? Étonnant.

— Pénis, l'aidai-je, magnanime.

— Oui, c'est cela. Nous ne l'avons pas trouvé.

— Continuez à chercher, dit Graves.

Je réfléchis quelques secondes, dégoûtée à la seule idée de m'imaginer mise en demeure de trouver le pénis manquant, si une telle mission m'avait été confiée.

Graves me posa ensuite toutes sortes de questions stupides : est-ce que je connaissais Paolo ? Non. Le défunt était-il le petit ami de Jane ? Non, quelle horreur. Est-ce que je considérais Jane comme quelqu'un de violent ? Certainement pas.

Graves semblait extrêmement frustré par mon comportement ou mes réponses, à moins qu'il ne s'agisse des deux. Il m'abandonna en me laissant sous la garde attentive de l'un des policiers en uniforme. Tout en me dandinant sur le rebord du lit, je me penchai légèrement vers la droite dans l'espoir de saisir des bribes de la conversation entre les deux inspecteurs.

Mentalement, j'essayai par ailleurs d'adresser à Becky un message télépathique urgent pour qu'elle se grouille. Surtout après avoir aperçu le regard vide de Jane. Quand j'entendis, par conséquent, que l'on frappait à ma porte, un grand soulagement m'envahit, mais il fut de courte durée. Au lieu de Becky, deux infirmiers apparurent avec, au bout de chaque bras, ce qui semblait être de grosses boîtes de bricolage rouges.

Je me levai, mais Monsieur l'Officier Inutile s'interposa immédiatement.

— Restez assise, madame, s'il vous plaît.

Reste assis toi-même et ne m'appelle pas madame.

— Je ne vois pas quel est le problème, murmurai-je.

— C'est la procédure habituelle, me répondit-il comme si cela pouvait expliquer les raisons pour lesquelles il nous avait séparées.

— Cette jeune femme est une très bonne amie qui vient de subir un grave traumatisme. Je voudrais tout simplement pouvoir lui offrir un peu de soutien moral.

— Je ne peux pas vous laisser faire ça, madame.

S'il me donnait encore une fois du « madame », je jurai que Paolo n'allait plus être la seule personne de Palm Beach à pleurer un – disons – membre.

Les gars de l'équipe médicale examinèrent Jane pour déterminer si elle était blessée, braquèrent des faisceaux lumineux sur ses pupilles, puis la déclarèrent indemne.

— Mes fesses ! prononçai-je d'une voix suffisamment forte pour que le groupe situé de l'autre côté de la porte m'entende. Regardez-la. Il est clair qu'elle est en état de choc.

— Tout sera beaucoup plus simple pour nous tous si vous voulez bien vous calmer, Mlle Tanner, dit l'officier de police d'un ton ferme.

— Et pourquoi donc devrais-je me calmer ? demandai-je avec emphase, en me levant d'un bond tout en tirant sur le bas de mon peignoir.

L'officier ouvrit la bouche pour répliquer au moment même où les inspecteurs Graves et Steadman passaient les menottes à Jane.

— Mais vous avez tous perdu l'esprit ou quoi ? demandai-je en repoussant brutalement ma baby-sitter officielle. Pourquoi lui passez-vous les menottes ? Au mieux, il s'agit d'un témoin et, au pire, d'une victime.

— Reculez, me dit Graves d'un ton très officiel.

— Mais… commençai-je avant de réaliser que j'avais assez peu à dire hormis : « La fille au regard vitreux que vous avez devant vous est mon amie Jane et je suis bien certaine qu'elle n'émasculerait jamais personne. »

Mon téléphone sonna. J'avais très envie de répondre à cet appel, mais j'étais tout aussi tentée de voler au secours de mon amie, quitte à jouer des coudes pour forcer l'obstacle que formaient les policiers qui l'escortaient vers la sortie. Mais tout bien réfléchi, après avoir compté le nombre d'infirmiers – ce qui nous faisait six contre une –, j'optai finalement pour le téléphone.

— Oui, sifflai-je dans l'appareil.

— La totalité du parking est isolée par un cordon de police. Ils ne me laisseront jamais dépasser cette ligne.

J'ajoutai cette information à la liste croissante de mes sujets d'irritation.

— Hé, Kojak, criai-je à l'intention de Graves, lequel avait une main sur les poignets menottés de Jane et l'autre autour d'un sac en papier kraft.

Il jeta un coup d'œil dans ma direction, tandis que l'un de ses mignons aux doigts gantés déposait mon pashmina dans un sac destiné à recevoir les pièces à conviction.

— Vous êtes en train de nous priver de notre droit à un avocat.

— Vous-même et Mlle Spencer serez autorisées à passer un coup de téléphone depuis le commissariat, répliqua-t-il d'un ton neutre.

Moi ? Mais qu'avais-je donc fait ? Qu'avait fait Jane ? *Merde.*

— Notre avocat se trouve juste à la sortie de cet immeuble. Son nom est Rebecca Jameson et il se trouve que je sais qu'elle a tout à fait le droit d'assister à notre arrestation et notre interrogatoire.

Mon inspecteur et sa collègue m'adressèrent simultanément un regard qui en disait long sur la haute estime dans laquelle ils me tenaient. À vrai dire, je m'en contrefichais. Je voulais seulement que Becky arrive pour mettre un terme à cette idée rocambolesque que Jane pouvait être, de près ou de loin, responsable de la mort de Paolo.

Graves parla dans sa radio et en quelques secondes, Becky déboula dans l'appartement. Au cours des quarante-sept minutes qui avaient suivi mon appel désespéré, elle n'avait manifestement pas chômé.

J'étais échevelée et ma mine n'était pas très éloignée de celle de la ménagère de base, un vendredi soir, au rayon surgelés. À peine consciente et couverte de sang, Jane avait, pour sa part, l'air d'un zombie qui se serait égaré au stand La Perla. Seule Becky était impeccable et au sommet de son professionnalisme.

Ses cheveux rouges étaient attachés souplement en un chignon maintenu par deux baguettes du même ton − corail − que son chemisier et ses sandales à talons compensés. Dans sa jupe crème, elle donnait l'image parfaite de l'excellence professionnelle détendue et de l'avocate à laquelle on ne la fait pas. Je notai mentalement de la complimenter pour avoir pris le temps de sélectionner quelques accessoires et de réaliser un maquillage aussi complet, mais, dans l'immédiat, j'étais tout simplement contente qu'elle soit là.

Je connaissais Becky depuis ma première année de lycée et je fus capable de reconnaître le regard absolument terrifié qui échappa, l'espace d'un instant, à sa maîtrise, lorsqu'elle aperçut Jane, couverte de sang, les menottes aux poings et cernée par les hommes du shérif.

Elle se présenta en omettant de préciser que son appartenance au département contrats du cabinet d'avocats qui l'employait l'avait bien entendu tenue éloignée des tribunaux depuis son stage de fin d'études.

— Qui est le responsable ?

— C'est moi, répondit l'inspectrice Steadman en s'avançant vers Becky, sans pour autant lui tendre la main. Je suis en charge de cette affaire et voici l'inspecteur Graves.

Graves lui fit un signe de tête, puis s'éloigna sur ma terrasse quand son téléphone sonna, même si sa participation à la conversation se limita à une série de grognements − beaucoup de « mmm » et de « heinhein » − et quelques « vraiment ? ».

— Fais quelque chose, articulai-je en silence à l'intention de Becky.

— À moins que vous n'ayez des raisons de détenir Mlle Spencer, je souhaite que vous lui ôtiez immédiatement ses menottes.

— C'est impossible, répondit Steadman d'un ton neutre.

— Et pourquoi cela ?

— Mlle Spencer est en état d'arrestation. Elle est soupçonnée de meurtre.

À cet instant, ma baby-sitter saisit mes poignets et les tordit derrière mon dos afin d'y fixer des menottes.

— Aïe ! protestai-je.

— Et j'emmène aussi Mlle Tanner, ajouta Steadman sans que son visage ait frémi d'un millimètre.

— Mais sur quel fondement ? hurlai-je presque.

— Complice, témoin matériel, agression d'un policier après qu'on lui a demandé de rester dans sa chambre. Vous avez le choix, proposa Graves avec, dans les yeux, quelque chose de très irritant qui ressemblait à de la jubilation.

Steadman se tourna vers Becky pour ajouter :

— Vous avez trente secondes pour quitter les lieux. Sur la base des éléments découverts au domicile de Mlle Spencer et des traces de sang que vous voyez là, je considère cet appartement comme un lieu du crime secondaire.

Un bon avocat recherchera la justice,
un avocat génial vous tirera de cette p... de cellule.

Deux

Pour positiver, je me disais qu'avec mon caleçon et son caraco assorti, mon peignoir court et mes tongs roses, j'étais finalement mieux habillée que la moitié des prostituées qui se trouvaient pour l'heure enchaînées au rail fixé le long du banc où nous étions assises. La plupart d'entre elles affichaient un air plutôt hagard, à l'exception de la brune sculpturale assise à mes côtés.

J'envisageai brièvement de lui offrir quelques bons conseils − gratuits − sur les avantages que pouvait présenter une réorientation professionnelle, mais je me dis que l'endroit ne s'y prêtait pas. De toute façon, en observant d'un peu plus près ses escarpins immenses en cuir vieilli de chez Kate Spade, je me demandai si ce n'était pas moi qui m'étais trompée de carrière.

Elle avait noté que je n'étais pas menottée à la banquette à peu près au moment où j'avais repéré sa pomme d'Adam. J'avais alors failli m'écrier : « Hé, vous êtes un homme ! » − mais je présume qu'elle/il en avait déjà été informé(e).

Mais qu'est-ce qui leur prenait autant de temps ? Il était 9 heures passées. J'avais l'impression que j'étais assise sur ce banc depuis des heures. Mes fesses étaient totalement engourdies, contrairement à mon humeur.

Après plusieurs menaces de poursuites formulées par Becky, l'officier de police chargé de l'accueil avait accepté d'enlever nos menottes. C'était déjà un progrès.

De toute façon, la situation déplorable dans laquelle se trouvait Jane reléguait mon cas au rang de promenade de santé. Je n'avais plus revu ni Becky ni Jane depuis qu'elles s'étaient fait happer par la section « Réservé au personnel autorisé ».

En face du « banc des inscriptions » s'élevait un long mur lépreux qui aurait mérité un sérieux ravalement. Il y avait aussi une large baie vitrée qui me permettait de voir ce qui se passait dans la salle d'attente réservée au public. Même si je ne parvenais pas à l'entendre, je pouvais distinguer l'écran un peu flou du poste de télévision qui y était fixé, en hauteur, sur un bras en acier.

Je plissai les yeux quand, pour la énième fois, je revis le film de la sortie de mon appartement, avec Jane et moi dans le rôle des suspects. J'espérais bien qu'un dimanche, à cette heure matinale, personne dans mon entourage n'était déjà levé et ne regardait ces images humiliantes. Mais vu ma chance ces derniers temps, cela ne me semblait pas être une hypothèse réaliste.

Pour commencer, j'étais certaine que Margaret Ford, la réceptionniste du bureau et, accessoirement, mon ennemie jurée, était probablement en train de se délecter de mon apparition au journal du matin. Elle avait sans doute effectué deux ou trois pas de danse guillerets entre les dernières nouvelles sur la circulation et les publicités pour croquettes canines, après que la station de télé locale eut projeté les images de Jane et moi entravées par des menottes.

Cette idée créa immédiatement un nœud désagréable au tréfonds de mon estomac. Ma situation au sein du cabinet d'avocats Dane, Lieberman & Zarnowski, employeur de son état et pourvoyeur de cette magnifique invention appelée salaire, n'était toujours pas complètement stabilisée. En qualité d'assistante juridique au sein du département patrimoine, j'étais loin d'être indispensable. Surtout du point de vue de Margaret Nunuche et sa bande de secrétaires – soit, assistantes administratives – envieuses.

Quelques mois auparavant, je m'étais presque fait tuer en essayant d'élucider une série de meurtres liés à une succession sur laquelle on m'avait demandé de travailler. Mon supérieur direct se nommait Vain[1] Victor Dane. C'était le *managing senior partner*[2] et le roi de la manucure.

Parce qu'elle était dans la boîte depuis vingt-cinq ans, Margaret estimait que sa fiche de poste incluait la mission de me dénoncer dès qu'elle le pouvait. À mon avis, depuis le temps, elle devait avoir une touche de raccourci sur son téléphone pour composer le numéro personnel de Vain Dane. Ou alors, elle était tellement excitée qu'elle s'était rendue directement à sa propriété de Palm Beach, sur le front de mer, afin de lui dévoiler l'info en personne.

Vain Dane avait été furieux de mon comportement lors de l'affaire Hall. J'étais donc à peu près certaine qu'il n'apprécierait pas vraiment de découvrir que j'avais une fois de plus erré du mauvais côté de la loi. Surtout si la personne qui lui en distillait les détails, forcément scabreux, se prénommait Margaret.

Salope.

La relation d'agressivité latente qui me liait à Margaret avait débuté dix minutes après mon embauche officielle. Elle n'avait pas apprécié que mon salaire dépasse le sien. Le fait que je sois, contrairement à elle, titulaire d'un diplôme étant bien entendu sans importance puisque, dans le monde merveilleux de Margaret, seule comptait l'ancienneté.

---

1. *NdT. Vain* est donné comme prénom dans certains États des États-Unis (notamment en Floride), mais il veut également dire en anglais « vaniteux ».

2. *NdT*. Le *managing partner* est l'associé gérant d'un cabinet d'avocats et le chef des associés en quelque sorte.

Margaret et ses Midinettes Médiocres – sa bande de la salle d'archives – m'appelaient FAT[1] derrière mon dos. Enfin, parfois, elles n'attendaient même pas que j'aie le dos tourné. Ça n'a rien à voir avec mon tour de taille puisque je fais un petit 38 tout à fait honorable. Ce surnom provient des initiales de mon nom – Finley Anderson Tanner – lequel peut paraître un peu cucul, mais il s'agit en fait d'un nom de famille ou plutôt de plusieurs noms de famille.

Il y a de cela des siècles, ma mère possédait une voix incroyable qui la destinait à une carrière extrêmement prometteuse au sein du Metropolitan Opera. Mais cette destinée fut quelque peu boule-versée lorsqu'on lui découvrit des nodules dans la gorge et que l'opération affaiblit sa voix. Or, il semble que durant sa brève car-rière au Met, elle avait eu le temps de coucher avec différents tech-niciens et il en résulta une grossesse. Je pourrais la blâmer pour ne pas avoir su mieux gérer sa contraception, mais alors je n'existerais pas. Je ne peux donc pas vraiment m'aventurer sur cette voie. Au bout du compte, sur la base d'un calcul mathématique des plus simples, elle réduisit le nombre de pères potentiels à deux : Steven Finley et Jeff Anderson.

Mais, au moment où je vis le jour, ces deux hommes avaient dis-paru depuis bien longtemps et, à ce que je sais, aucun d'eux ne connaît mon existence à ce jour. Je devrais peut-être souffrir d'un syndrome de crise identitaire ou d'abandon paternel, mais je suis plutôt du genre normal. Je le dois à Jonathan Tanner. J'avais 18 mois quand il épousa ma mère et 13 ans quand je découvris qu'il n'était pas mon père biologique. Maman aime bien garder ses petits secrets théâtraux. Mais à ce moment-là, ça n'était plus très grave. Je consi-dérais Jonathan comme mon père dans tous les sens du terme, même si nos ADN n'avaient rien de commun. Il m'aimait, ce qui allait bien au-delà du sentiment que me porte ma mère.

---

1. *NdT.* En anglais, *fat* signifie grosse, grasse.

Il est mort quand j'avais 17 ans. Depuis, ma mère a consacré sa vie au mariage en série et elle ne s'est pas trop mal débrouillée, d'ailleurs. Entre les conventions de divorces et les liquidations de succession, elle a aujourd'hui suffisamment d'argent pour financer la quête d'un numéro 6 des plus raffinés. En réalité, bien qu'elle n'ait jamais voulu l'admettre – surtout devant moi –, je crois qu'elle ne peut plus véritablement aimer un autre homme après Jonathan.

Ma mère avait forcément déjà vu le journal du matin, mais ça ne lui serait pas venu à l'esprit de me venir en aide. Bon sang, elle était tellement égocentrique qu'au moment où nous finirions par parler de cet épisode, elle aurait trouvé le moyen de prouver que l'horrible épreuve que je venais de traverser – découvrir mon amie couverte de sang et passer des heures en garde à vue au poste de police – procédait d'un choix raisonné et diabolique de ma part visant à l'humilier. Elle devait déjà être pendue au téléphone avec son agence de voyage et/ou son psy.

Je vérifiai l'heure sur la pendule fixée au mur, derrière le policier chargé de l'accueil, lequel, soit dit en passant, était présentement en train de siroter un café fumant dans un gobelet jetable. La dernière fois qu'après mon réveil, j'avais tenu plus de cinq heures sans une injection de caféine devait remonter à la période précédant ma naissance.

En plus, je savais pertinemment que Jane n'avait ni mutilé ni tué Paolo ou qui que ce fût d'autre, alors, qu'est-ce qui pouvait prendre autant de temps ? Je continuai donc à grommeler.

À cet instant, elle/il me tapota la cuisse.

— C'est quoi le problème, chérie ? Tu voudrais être ailleurs ?

— Connectée sur eBay, répondis-je de façon neutre en éloignant mes jambes des siennes.

Elle/il me regarda alors comme si je venais d'énoncer le numéro atomique du baryum.

— C'est ton service de placement ?

Puis, baissant la voix :

— Quel pourcentage ils prennent ?

— Placement ?? Non. EBay est un site d'enchères. Ils ont une robe de chez Betsey Johnson dans ma taille – portée une seule fois ! – et j'espérais bien pouvoir me la faire adjuger à la dernière minute.

Était-ce bien moi qui venais de partager mes petits secrets de shopping clandestin avec un travesti-à-placer ? Il semblait bien que oui. Du pur Fellini.

— Oooh, mais tu es suffisamment mignonne. Si jamais tu cherches un job, tu n'as qu'à aller du côté de Riviera Beach et demander Raylene.

Séchée, je hochai benoîtement la tête avant de m'absorber dans la contemplation du linoléum. Bon, au moins, j'étais à peu près sûre qu'elle ne révélerait pas mes enchères secrètes sur les robes d'occasion à mes copines. Je n'en étais pas encore à me serrer la ceinture – loin de là. C'était bien le problème. Enfin, une partie du problème.

Ma mère, dans le souci de me « forger le caractère » – comme elle se plaisait à le formuler –, avait cessé de sponsoriser les habitudes de consommation très débridées que je tenais pourtant d'elle. En réalité, il s'agissait plutôt d'une réaction frénétique de reprise en main après ma décision de ne pas m'inscrire en fac de droit. En conséquence, durant ces sept dernières années, j'avais dû entrer en clandestinité, dans le monde traumatisant, mais financièrement accessible, des soldes et des enchères en ligne. Maintenant, je m'y débrouillais plutôt bien. Et puis, depuis que j'avais dégoté un teinturier honorable capable de détacher tout et n'importe quoi, et que je maîtrisais l'art ancestral de la couture, l'élève avait dépassé le maître.

Et croyez-moi, Cassidy Presley Tanner Halpern Rossi Browning Johnstone constituait un adversaire redoutable. Si vous étiez moi, s'entend. Parce que si vous étiez ma sœur, la si parfaite petite Lisa, celle-là même qui est cancérologue pour enfants, fiancée à un chirurgien de haute lignée et qui doit convoler en justes noces à l'automne prochain au cours de ce qui promet d'être le mariage du siècle, eh bien vous auriez tous les droits. Pour être honnête, j'aime beaucoup ma sœur, même si nous nous sommes quelque peu éloignées l'une de l'autre au fil des années. Mais nous n'avons absolument rien de commun.

En ce moment, je la plains beaucoup. Entre le snobisme empesé de la famille de David Huntington St John Le Quatrième et les lubies de bourgeoise de ma mère, Lisa va effectivement avoir le mariage dont elle n'a jamais osé rêver.

Elle portera une robe haute couture de chez Vera Wang, ainsi qu'un diadème incrusté de diamants qu'un ancêtre de la dynastie St John a rapporté de sa traversée sur la *Niña*, la *Pinta* ou la *Dieu-Sait-Quoi*. À moins que ce ne soit le *Mayflower*, après tout. Si c'était moi ? Je serais dans un paradis pavé de diamants. Et Lisa ? Elle est plutôt du genre blouses d'hôpital et sandales de curé. Voyez-vous, elle ne se contente pas de porter des Birkenstock, elle va jusqu'à les trouver jolies. Quoi qu'il en soit, près de sept cents invités se réuniront d'ici trois mois dans la propriété des St John, à Buckhead, pour l'Événement de la saison.

Ce sera la première fois que Lisa remettra des talons depuis qu'elle a troqué ses escarpins pour un stéthoscope.

Comme si je pouvais me permettre de me moquer des chaussures de ma sœur. Moi qui venais de me voir proposer un job par une péripatéticienne.

— Mlle Tanner ?

Je n'en étais vraiment plus à essayer de préserver ma dignité. Sautant sur mes pieds, je me hâtai de dépasser l'effluve de café tentateur et de rejoindre l'inspectrice Steadman de l'autre côté de la porte battante.

Les gonds grincèrent sinistrement quand elle la relâcha en m'indiquant de la tête la salle d'interrogatoire n° 1. Le claquement de mes tongs résonnait dans le couloir, couvrant le brouhaha des diverses conversations téléphoniques et le cliquetis des doigts courant sur les claviers d'ordinateurs. Malgré l'odeur très forte de mauvais café réchauffé, l'endroit sentait la sueur et le désespoir.

Steadman ouvrit la porte de la salle d'interrogatoire et me fit signe d'y entrer. Le clic délicat qu'émit le verrou de la porte en s'enclenchant me perturba un peu. Je constatai avec une légère surprise et une extrême nervosité que Becky ne se trouvait pas dans la pièce.

— Où est mon avocat ? demandai-je en écartant une chaise de la table pour m'y asseoir.

— Elle se trouve avec Mlle Spencer.

— Et que font-elles au juste ?

— Mlle Spencer est en cours de procédure. J'ai besoin de votre déposition, me répondit-elle d'un ton autoritaire tout en appuyant sur le bouton d'enregistrement du magnétophone placé entre nous, sur la table.

Je me forçai à me souvenir que je n'étais, dans cette affaire, qu'un spectateur innocent, mais mon cœur battait la chamade et mes paumes, pressées l'une contre l'autre, commençaient à transpirer.

— Mais, ne devrais-je pas attendre que Becky soit là ?

— C'est comme vous voulez, mais ça pourrait durer longtemps.

— Si vous comptez m'arrêter…

— Je ne vois pas sur quel fondement je pourrais vous arrêter à ce stade, Mlle Tanner. J'ai seulement besoin que vous me racontiez ce qui s'est passé, en commençant par l'arrivée de Mlle Spencer à votre appartement. Votre déposition sera ensuite dactylographiée et vous aurez la possibilité de la relire et d'y apporter toutes les corrections que vous jugerez nécessaires avant de la signer. Toutefois, je dois au préalable vous lire vos droits. Vous avez le droit de garder le silence. Vous avez le droit à un avocat. Vous avez…

Tandis qu'elle énumérait mes droits, mon esprit se mit à vagabonder. Je les connaissais par cœur. J'avais regardé suffisamment d'épisodes de la série *New York District* pour m'en souvenir au moins aussi bien qu'elle. Je voulais qu'elle passe à la suite au plus vite, de façon que Jane et moi-même puissions rentrer chez nous. Il aurait mieux valu que je dispose du droit constitutionnel de dire à l'inspectrice qu'elle se trompait complètement à propos de Jane.

Quand elle eut terminé, je tentai donc :

— J'ai déjà dit à l'inspecteur Graves tout ce que je savais.

Elle fit un bref signe de tête qui exprimait assez clairement son désintérêt pour ma remarque et enchaîna :

— Mlle Spencer est arrivée à votre appartement vers 5 heures 30 ce matin ?

— 5 heures 25, la corrigeai-je d'un ton pincé.

Le système d'air conditionné se mit en marche dans un grondement sourd, envoyant dans la pièce un souffle frais et vaguement fétide. Après avoir resserré la ceinture de mon peignoir, je consacrai la majeure partie des vingt-cinq minutes suivantes à retracer ce qui s'était passé durant les petites heures de l'aube. Mon récit achevé, je pensais que nous en avions terminé, mais ce n'était pas le cas.

— Mlle Spencer connaissait-elle bien la victime ?

— Si ça doit encore durer longtemps, pourrais-je avoir un café ?

D'après l'odeur, je savais pourtant que le café que l'on me servirait serait épais et dégoûtant, mais il m'en fallait un absolument. J'aurais vendu mon peignoir pour de la caféine et Dieu sait si j'avais froid.

L'inspectrice se leva et appuya sur le bouton d'un Interphone crasseux dans lequel elle aboya sa commande, avant de reprendre sa place à notre table. J'étais en train de suivre distraitement les contours d'une inscription gravée dans le Formica de la table qui disait « connard », l'approuvant en silence, quand je sentis que les yeux noirs de l'officier Steadman m'avaient reprise pour cible.

Elle était très intimidante : grande, mince, musclée. Elle avait des mains d'homme et se rongeait les ongles. J'aurais parié mon bonus de fin d'année – celui que j'avais déjà dépensé trois fois, et nous n'étions qu'en juillet – qu'elle n'avait jamais fait de manucure.

C'est alors que la porte s'ouvrit pour laisser entrer un sous-fifre las tenant un gobelet jetable. On venait de m'offrir le nectar des dieux. Le fait qu'il soit amer, éventé et potentiellement corrosif n'avait aucune importance : c'était un café et il était mien.

— Mlle Spencer connaissait-elle bien M. Martinez ?

Je regardai mon interlocutrice dans les yeux en me demandant où elle voulait en venir avec sa question, vu que j'avais déjà dit à l'inspecteur Graves et à tous ceux qui avaient bien voulu m'écouter que Jane et Paolo étaient pratiquement des étrangers l'un pour l'autre. Ne se parlaient-ils donc jamais entre eux ?

— Je vous ai dit qu'elle ne le connaissait absolument pas.

— Mais elle l'a emmené chez elle ?

— Oui.

L'inspectrice était-elle en train d'émettre un jugement moral sur Jane ?

— La dernière fois que j'ai vérifié, c'était un péché, mais ça n'avait rien d'illégal, selon votre religion, bien sûr.

— A-t-elle l'habitude de ramener des hommes chez elle dès le premier rendez-vous ?

J'avalai une large gorgée de café reconstituante. Ses questions me mettaient mal à l'aise. Je savais pertinemment que Jane ne pouvait avoir tué personne et je ne voulais pas prendre le risque de dire quoi que ce fût qui pût lui causer encore un peu plus d'ennuis. *Comme s'il pouvait y avoir quelque chose de plus grave que d'être arrêtée pour meurtre ?*

— Jane n'a pas l'habitude de sortir avec des hommes. Point.

— Et pourquoi ?

L'image de mon petit ami, Patrick Lachey, surgit dans mon esprit. Il était gentil, délicat, digne de confiance, totalement autonome, réfléchi et, au moins en théorie, absolument fait pour moi. Il était pilote. Blond, les yeux bleus et génétiquement irréprochable. Son salaire était tout à fait décent avec des perspectives de croissance très raisonnables. Voilà deux années que nous sortions ensemble et, à ce jour, il s'était toujours montré un petit ami idéal. Il possédait tout ce que j'aurais pu vouloir trouver chez un homme.

Son image se mua lentement en un portrait de Liam McGarrity. Ce dernier était détective privé et il lui arrivait de travailler pour mon cabinet. Il m'avait aidée durant l'affaire Hall. Et il représentait une source de problèmes. Je n'aurais même pas dû penser à Liam : un, j'avais Patrick ; deux, je connaissais à peine ce type ; trois, il était toujours lié à son ex-femme, Ashley ; quatre, ai-je mentionné qu'il était assis sur une énorme pile de problèmes ? C'est le genre de type à vous rendre dingue. Il avait les yeux bleu-gris les plus incroyables que j'aie jamais vus et qui vous font croire que vous pouvez le remettre d'aplomb en tombant tout bonnement amoureuse de lui. C'est bon, je n'étais pas aussi stupide que ça.

Du moins plus depuis que je sortais avec Patrick. Car ma vie amoureuse d'avant Patrick n'était pas exactement enviable : en général, j'étais la première à m'enticher du loser qui passait et la dernière à m'apercevoir que c'était un véritable connard. Mais, Liam, je l'avais vu venir. Il était hors de question que je succombe à son sourire en coin, ses cheveux sombres et son regard perçant. Tous ces moments difficiles étaient bien finis. Enfin, j'aimais à le croire.

L'inspectrice s'éclaircit la gorge.

— Question difficile ? Je vous ai demandé pourquoi votre amie n'avait pas « l'habitude de sortir avec des hommes ».

Je sentis que mes épaules se tendaient en réaction à son ton sarcastique et à l'ironie de sa citation. Je dus par conséquent faire un réel effort sur moi-même pour répondre avec calme.

— Les réserves de types bien ne sont pas vraiment énormes dans le coin.

— Que pouvez-vous me dire… commença-t-elle avant de s'interrompre en tournant les pages de son carnet. Que pouvez-vous me dire de « Rendez-vous Fantasmatiques » ?

— C'est une agence de rencontres.

— Est-ce un euphémisme pour décrire une agence d'hôtesses ?

— Vous trouvez que Jane et moi-même avons l'air de péripatéticiennes ?

Lentement, l'inspectrice Steadman détailla du regard mon accoutrement. Je sentis le rouge me monter aux joues, moins par gêne que par agacement :

— C'est vous-même qui m'avez obligée à sortir de chez moi en pyjama !

— Vous n'étiez pas très *coopérative*.

— En général, les menottes me donnent mauvais caractère.

Je terminai mon café et lui tendis mon gobelet vide afin de lui signifier qu'il m'en fallait un autre. Ma demande fut évidemment consciencieusement ignorée. Puisque j'étais à sa merci, je me dis que plus vite je répondrais à ses questions, plus vite je pourrais quitter les lieux.

— Rendez-vous Fantasmatiques est une agence de rencontres de luxe. Apparemment, les clients doivent remplir des formulaires de candidature, subir un examen très strict sur leur pedigree, y compris leur patrimoine, et payer des droits d'entrée. Ensuite, ils sont mis en relation avec d'autres personnes fortunées qui ont, elles aussi, été sélectionnées selon ce même processus.

— Et à combien se monte ce droit d'entrée ?

— 5 000.

— Dollars ? demanda-t-elle en levant un sourcil qui aurait mérité une bonne retouche d'épilation.

Nan, des roupies.

— Oui. Je vous ai dit qu'il s'agissait d'une agence de luxe.

— Mlle Spencer est comptable ?

— Et consultant financier, ajoutai-je de façon exagérément défensive, malgré mes efforts pour me montrer un peu plus aimable.

— Comment a-t-elle évité le paiement de ce droit d'entrée ?

— Olivia Garrett est l'une de nos amies communes. Elle est à la tête de Concierge Plus. Elle organise des soirées et des événements. Rendez-vous Fantasmatiques est l'un de ses clients.

— Que fait-elle pour eux ?

— Quand vous remplissez le formulaire de candidature pour devenir membre de Rendez-vous Fantasmatiques, vous devez faire la liste de vos centres d'intérêt, de vos lieux de vacances préférés, de vos vins favoris, de vos restaurants de prédilection, etc.

— Et Olivia Garrett fait quoi exactement ?

— Elle examine ces listes et organise le reste. Vous devriez plutôt le lui demander à elle, mais la semaine dernière, par exemple, elle m'a dit que deux personnes avaient listé comme centre d'intérêt les cours de cuisine française. L'argent n'étant pas vraiment un problème, Liv leur a réservé deux places dans l'école de cuisine d'Escoffier, c'est-à-dire au Ritz, à Paris en France.

— Ça doit coûter bonbon.

— Oh, sans aucun doute, dis-je en haussant les épaules, mais c'est le principe même de cette activité. Ces gens sont habitués au luxe et ils peuvent se l'offrir.

— Et Mlle Spencer peut se l'offrir aussi ?

Je secouai la tête.

— Liv a demandé aux propriétaires de l'agence de s'asseoir sur les droits d'entrée en ce qui concerne Jane et Rebecca Jameson.

— L'avocat de Mlle Spencer est également membre de cette agence ?

— Non, Becky a décliné cette offre. Et hier soir, c'était la première fois que Jane se rendait à un rendez-vous dans ce cadre.

— Elle cherchait donc à rencontrer un homme fortuné ?

— Non, elle recherche désespérément un pauvre SDF puant et sans ambition, mais qui aurait un cœur d'or.

Steadman faillit presque sourire. Presque.

— Mlle Spencer vous a-t-elle parlé de sa soirée avec la victime ?

Cette nana commençait à m'énerver.

— J'ai trouvé Jane, mon amie, couverte de sang, balbutiante et morte de peur.

— Et qu'a-t-elle dit ?

— Qu'elle et Paolo s'étaient rendus à un gala de charité quelconque, qu'ils avaient bu du champagne, étaient allés chez elle, avaient peut-être eu un rapport sexuel, puis qu'elle s'était endormie.

Quand je vis que Steadman tiquait, je compris que j'aurais probablement dû laisser de côté la partie sur le rapport sexuel.

— « Avaient peut-être eu un rapport sexuel » ? répéta-t-elle d'un ton sarcastique tout à fait déplacé. Et vous a-t-elle dit comment faire pour avoir « peut-être » un rapport sexuel ?

— Le Dom P.

— Je vous demande pardon ?

— Le Dom Pérignon. Apparemment, ils en ont un peu abusé dans la limousine.

— Mlle Spencer abuse-t-elle souvent de l'alcool et est-elle coutumière de ce genre d'étourdissements ?

Un certain malaise vint se loger au creux de mon estomac.

— Je n'ai pas dit qu'elle s'était évanouie. J'ai juste dit qu'elle et son rendez-vous galant avait bu un peu plus qu'elle n'en avait l'habitude. De toute façon, ils n'étaient pas en train de rouler, alors, à moins qu'une nouvelle loi n'interdise de flirter en état d'ivresse − et pour votre info, s'il y en a une, il va vous falloir décupler les effectifs de la police −, ni Jane ni son copain n'ont rien fait de mal.

— Si c'était le cas, ne croyez-vous pas que M. Martinez respirerait encore ?

Celui qui a dit que l'argent ne faisait pas le bonheur
était non seulement dans le besoin, mais aussi dans l'erreur.

Trois

L iv m'attendait devant le commissariat.

— Mais qu'est-ce que tu fiches ici ? lui demandai-je en plissant les yeux pour limiter l'assaut d'un soleil radieux. Et où sont Becky et Jane ? ajoutai-je en les cherchant du regard.

— On en parlera plus tard, me souffla-t-elle d'un air entendu.

L'endroit grouillait de passants qui allaient, venaient et... nous dévisageaient avec insistance. Il faut reconnaître que nous formions un fameux duo. Elle se mit à marcher et je lui emboîtai le pas. Elle avait dans la main droite tout un tas de papiers qu'elle plaça sous son bras gauche afin de pouvoir faire glisser sa magnifique paire de lunettes Coach en écaille de tortue de ses cheveux châtain clair vers ses fabuleux yeux violets. Non, il ne s'agissait pas de pauvres lentilles de contact – comme je l'avais cru moi-même initialement –, mais d'une paire d'iris violets génétiquement parfaits et bien réels. Liv était sans doute l'une des plus belles femmes que j'avais jamais vues. Le genre de celles qu'on déteste au premier coup d'œil. Mais, pour être honnête, elle était tellement sympa qu'il était impossible de ne pas l'aimer.

J'avais bien du mal à suivre ses immenses foulées. Liv faisait près de 1,75 mètre et je devais me contenter d'un banal 1,62 mètre. De plus, elle portait des sandales Anne Klein absolument géniales qui ajoutaient bien dix centimètres à sa silhouette de déesse. À côté de sa petite robe légère et de sa toute nouvelle veste, également signées Coach, non moins géniales, je ressentais encore plus le ridicule de mon accoutrement, tandis que l'écho de mes tongs tintant sur le trottoir rythmait notre équipée.

Je réprimai une puissante envie de baffer les deux abrutis qui me lancèrent un coup d'œil en coin en nous croisant. Comme si je ne savais pas que j'étais en peignoir dans un lieu public et que j'avais probablement l'air d'un truc qu'un chien aurait mâchouillé avant de le recracher.

— Becky a appelé, finit par dire Liv en agitant son porte-clefs en argent afin de déverrouiller les portières de sa Mercedes couleur champagne rosé. Elle a besoin que tu fasses certifier ce truc.

Elle me tendit les papiers qu'elle tenait avant de faire le tour de sa voiture. Je les examinai tout en m'installant sur le siège passager. À l'intérieur du véhicule, l'air était étouffant et le cuir chaud du fauteuil me brûla l'arrière des cuisses. Je laissai ma portière ouverte jusqu'à ce que Liv s'installe elle aussi et démarre, attendant un peu crispée que l'air surchauffé soit remplacé par la morsure glacée de l'air conditionné.

— Pourquoi as-tu besoin d'un pouvoir sur ses comptes bancaires ?

— Ils accusent Jane d'homicide volontaire, expliqua Liv avec une irritation contenue, en réglant la puissance de l'air conditionné. Tu peux le croire ? Notre Jane ?

Puis, elle ajouta en me regardant :

— C'est quoi la différence entre un homicide et un meurtre ?

Je clignai des yeux et ouvris la boîte à gants dans l'espoir d'y trouver l'autre paire de lunettes de soleil que Liv gardait toujours à portée de main. Elle ne se contentait pas d'être un chef d'entreprise à la mode.

— L'intention de donner la mort et/ou la préméditation, répondis-je. Et, non, je n'arrive pas à le croire. Jane n'aurait jamais pu tuer Paolo. Pas même dans le feu de la passion, et n'y vois aucune allusion humoristique de ma part. D'ailleurs, cette accusation n'a aucun sens, à moins qu'ils ne prévoient de la transformer en meurtre une fois qu'ils auront réuni toutes les pièces à conviction.

— Oh, à propos de pièces à conviction, ils l'ont également accusée d'abandon d'ordures.

— Pardon ?? m'étonnai-je en me tournant vers Liv tandis que la voiture s'ébranlait.

Un dernier courant d'air chaud fut soufflé par les ventilateurs avant que ceux-ci ne commencent à refroidir l'atmosphère de l'habitacle.

— Abandon d'ordures, répéta Liv en passant une vitesse. Quelqu'un du bureau du procureur a décidé d'ajouter ce chef d'accusation parce qu'ils n'ont toujours pas retrouvé le pénis.

Je plaçai les papiers sur mes genoux et pressai mes doigts sur mes tempes. Le manque de caféine et le fait de savoir mon amie en état d'arrestation avaient fini par me donner la migraine.

— Mais à quoi peut bien servir ce pouvoir concernant les actifs de Jane ?

— Il lui faut un bon avocat pénal et Becky a dit que sa caution pourrait bien se monter à 100 000 dollars.

Mon estomac se tordit.

— Et Jane dispose d'un montant de ce genre ?

L'image de mon amie dans une cellule crasseuse, froide et humide me fit frissonner. Elle devait être paniquée au-delà de toute mesure. Quiconque doté d'une moitié de cerveau l'aurait été dans ces circonstances. C'était mon amie, je l'aimais et je savais qu'elle n'était coupable que d'un manque de jugement qui l'avait conduite à ramener ce type bizarre chez elle. Je triturai ma ceinture de sécurité. Jane n'aurait pas fait de mal à une mouche. Surtout si celle-ci portait une braguette.

— Elle n'a pas assez d'argent sur son compte, mais elle a quelques économies et bénéficie d'une ligne de crédit. Dès que la banque ouvrira, j'irai lui retirer de l'argent et gratter les fonds de tiroirs de Concierge Plus.

Liv se pencha légèrement tout en regardant par-dessus son épaule et vint intercaler son véhicule dans le minuscule espace laissé entre deux pick-up sales et cabossés. Bon sang, elle était sacrément douée.

— Tu as le droit de faire ça ? demandai-je en élevant la voix pour couvrir le bruit du Klaxon du véhicule de derrière, comme si Liv aurait pu s'émouvoir de la queue de poisson qu'elle venait de lui faire – à Palm Beach, c'est celui qui a la voiture la plus puissante qui gagne. Je ne parle pas de l'argent de Jane, naturellement. Le pouvoir couvre cet aspect. Mais celui de Concierge Plus ? Tu as un associé et je suis quasi certaine que Jean-Claude ne va pas te laisser saigner à blanc votre entreprise.

Liv me lança une brève œillade.

— Ne t'en soucie pas. Je m'occupe de Jean-Claude. Becky m'a donné une liste de noms d'avocats et m'a dit que toi ou l'un des gros bonnets de Dane Lieberman devriez les contacter. C'est sur la dernière page.

Comme si j'allais avoir le culot de déranger un associé senior, un dimanche après-midi, pour qu'il fasse mes devoirs. Je parcourus rapidement la liste d'avocats et émis un sifflement impressionné.

— On ne joue pas avec le menu fretin, constatai-je en pointant l'un des noms du doigt. Celui-là commence par te faire payer 50 000 dollars avant même de te dire bonjour. Pourquoi Becky ne peut-elle pas représenter Jane ?

— Je lui ai posé la même question. Elle m'a répondu qu'elle était spécialiste de contrats et qu'à moins que Jane et Paolo ne se soient accordés, par écrit, sur le fait que Paolo continuerait à respirer et à posséder l'ensemble de ses attributs physiques à la fin de leur rendez-vous, elle n'était pas qualifiée pour le faire.

L'argument était recevable. On ne va pas chez le pédiatre pour un infarctus.

Le téléphone portable de Liv vibra à l'intérieur de son sac à main. J'étais en train de me contorsionner pour le récupérer sur la banquette arrière quand elle s'écria : « Non ! »

— Quoi ?

— Prends-le, mais vérifie le numéro qui s'affiche. Si ce n'est pas Becky, laisse la messagerie se déclencher. Ce n'est pas le premier appel de clients furieux que je laisse passer. Sans parler des deux derniers coups de fil de Shaylyn et Zack.

J'examinai l'écran bleu de son portable qui continuait à vibrer au creux de ma paume. Il affichait l'indicatif 561 et je lui lus à haute voix le numéro qui s'ensuivait.

Liv étouffa un juron :

— Ignore-les.

— Les ?

— Shaylyn Kidwell et Zack Davis.

— Qui sont-ils ?

— Les propriétaires de Rendez-vous Fantasmatiques. J'ai dans l'idée qu'ils doivent me virer avant de m'attaquer en justice.

— Ils ne peuvent pas t'attaquer en justice, dis-je en essayant – vainement – d'avoir l'air sûre de moi. Bon, tout le monde peut traîner n'importe qui en justice, mais il y a une grosse différence entre engager une action en justice et la gagner. De plus, c'est *toi* qui devrais les attaquer. Après tout, ce sont eux qui ont présenté Jane à un type qui avait de sérieux ennemis. En tout cas suffisamment sérieux pour qu'on lui coupe les cacahuètes.

Liv secoua la tête en frissonnant.

— Et pour emporter son pénis. Quel genre de tête de nœud pourrait bien être capable d'un tel acte ?

— Quelqu'un de franchement dérangé en général ou qui était vraiment très fâché contre Paolo.

Liv dut s'arrêter à un feu rouge à quelques dizaines de mètres de mon immeuble.

— Super. Il est toujours réconfortant de savoir qu'un fou furieux, amateur de pénis, traîne dans les rues avec les bijoux de famille de Paolo dans la poche.

Le feu passa au vert et nous poursuivîmes notre route. Des bouts du cordon jaune que les policiers avaient installé flottaient encore autour des arbres situés de part et d'autre de l'entrée de mon parking. Ils constituaient un désagréable rappel des événements du matin, mais, au moins, ils détournèrent mes pensées du sinistre scénario que Liv venait d'évoquer.

Elle se gara entre deux voitures à quelques mètres de la BMW dont je peinais à payer le leasing, mais ne coupa pas le moteur.

— Donc, tu peux faire certifier ce truc et trouver un avocat ? Becky a dit que l'audience préliminaire devrait se tenir demain, dans la matinée, et qu'il fallait que nous soyons toutes là.

— Demain, maugréai-je en m'enfonçant un peu plus profond dans mon siège. Mince, j'avais oublié que les juges ne siégeaient jamais le dimanche. Pas de juge, pas d'audience pour fixer le montant de la caution.

— Pauvre Jane, dit Liv dans un profond soupir.

— Bon, nous ne pouvons pas nous permettre de trop nous apitoyer pour le moment. Il s'agit de nous remuer pour tout mettre au carré.

Une pensée très, très égoïste me vint à l'esprit. Je ne disposais plus de jours de congé et il faudrait donc que j'invente une excuse ingénieuse pour quitter le boulot le lendemain. Et merde. Je trouverai bien un truc.

— Le sceau servant à certifier les documents se trouve au bureau. D'abord, je dois prendre une douche. Ensuite, je m'attaquerai à l'avocat pénaliste, mais, généralement, ils exigent une provision avant de mettre un pied au tribunal.

— Je suppose que tu es raide ?

Je ne parvins pas à lui offrir autre chose qu'un haussement d'épaule coupable :

— Personnellement ? Oui, raide comme un passe-lacet. Désolée.

— Pourrais-tu demander à Patrick de te filer un peu de liquide ? demanda Liv. À moins que tu n'aies déjà posé quelques jalons pour lui signifier son congé ?

J'arrachai de mon nez les lunettes de soleil que je lui avais empruntées et plissai les yeux en la fixant d'un air furibond :

— Je te demande pardon ?

— Il est possible que Becky ait évoqué la possibilité que tu envisages éventuellement une, euh… un changement.

Je ressentis un brusque accès de colère associé à un sentiment de trahison.

— Manifestement, Becky n'a pas écouté la partie de la conversation dans laquelle je lui demandais expressément de ne rien vous dire.

— Elle ne m'a presque rien dit, protesta Liv en agitant la main de sorte que ses nombreux bracelets tintèrent à l'unisson autour de son poignet. Mais la semaine dernière, durant le déjeuner, je lui ai parlé de la soirée que j'organise pour Gagliano. Ce devrait être l'un des événements les plus courus de l'été. J'ai évoqué le fait que j'allais peut-être pouvoir mettre quelques invitations de côté pour vous, y compris Patrick. Et Becky m'a simplement dit que je ferais bien de vérifier auprès de toi avant de faire graver son nom sur quoi que ce soit.

— Super, grognai-je.

— Alors ? demanda Liv en pivotant sur son siège pour me faire face et en remontant ses lunettes de soleil sur son front. Tu es sur le départ ?

— Sans doute que non.

Ma réponse engendra une sorte de frayeur. Où donc avais-je la tête ? Patrick était parfait. Quelle importance si nos ébats devenaient routiniers et barbants ?

— Non, fis-je avec plus de conviction, ne sachant pas vraiment laquelle de nous deux j'essayais de convaincre.

Je voyais bien à son expression que Liv n'en croyait pas un traître mot. Mais comme la meilleure défense est encore l'attaque, je lui souris mielleusement et lui demandai :

— Mais en parlant de fiancés, où en est le Petit Garagiste ?

Mon amie laissa échapper une brève exclamation moqueuse.

— Il satisfait à sa mission, grand merci. Contrairement à Patrick le voyageur perpétuel, il est toujours disponible.

Je saisis la poignée de la porte.

— Bien sûr qu'il l'est, il ne travaille pas et il habite encore chez ses parents.

— Son appartement dispose d'une entrée distincte.

— C'est cela. À placer dans la colonne des « plus ».

Je m'apprêtais à sortir de la voiture quand Liv agrippa mon bras.

— Ça va aller, n'est-ce pas ? Il est impossible que Jane soit jugée et condamnée, hein ?

Je me retournai vers elle et lui tombai dans les bras. Je n'avais aucune réponse, du moins aucune que je puisse lui offrir avec certitude.

— Je vais passer chez Jane pour prendre des relevés bancaires et Becky m'a aussi demandé de lui préparer quelques vêtements en vue de sa comparution. Elle va rester auprès de Jane aussi longtemps que possible.

C'était une bonne nouvelle. Cela voulait dire que Jane resterait dans la pièce destinée aux entretiens avec les avocats, au lieu de devoir partager une cellule avec le reste de la population délinquante de la prison du comté. Bien entendu, je savais aussi que Becky ne serait pas autorisée à y passer la nuit et qu'à un moment donné, Jane serait livrée à elle-même.

Je connaissais une chose ou deux sur la prison du comté. Durant l'affaire Hall, mon enquête m'avait notamment amenée à commettre une effraction et j'avais dû passer quatre longues heures fort désagréables en cellule avant que Becky ne vole à mon secours. Pas seulement Becky d'ailleurs. Liam avait lui aussi joué un rôle dans cet épisode. Non seulement il avait persuadé le propriétaire du garage et ses amis de la police de ne pas porter plainte et d'abandonner les charges réunies contre moi, mais il avait en outre récupéré ma voiture à la fourrière. Bon, accessoirement, il m'avait brisé le cœur. Pour une raison inconnue, je possédais encore la carte de chance du Monopoly qu'il avait glissée dans mon portefeuille. Celle qui disait « Vous êtes libéré(e) de prison ». Je ne savais pas pourquoi je l'avais conservée, d'autant plus qu'il y avait inscrit un commentaire moqueur au dos. À vrai dire, je ne souhaitais pas trop m'appesantir sur mes motivations. Liam n'était en aucun cas une alternative. Mais, Jésus, Marie, Joseph, qu'il était sexy !

La voix de Liv me ramena à la réalité.

— Je t'appelle dans deux ou trois heures pour voir où nous en sommes, OK ? À moins que tu ne trouves un avocat d'ici là, auquel cas, nous nous parlerons plus tôt.

— Compte sur moi, fis-je en hochant la tête avec énergie.

Quand je sortis de la voiture, la première chose que je remarquai fut le regard inquisiteur de plusieurs de mes voisins. La deuxième fut la couche de poudre noire servant à détecter les empreintes, qui maculait la poignée de ma porte. Génial. Le syndic de ma copropriété allait probablement me décerner un blâme pour n'avoir pas su préserver la propreté des abords de mon appartement. Pire, il avait la possibilité d'exiger que je vide les lieux. Je me mis sur la pointe des pieds afin d'atteindre l'applique qui surplombait l'entrée et où je cachais une clef de secours. Mon effort se révéla inutile car la porte était ouverte. J'ajoutai ce point à la liste croissante de mes sujets d'énervement.

Mon humeur ne s'améliora pas vraiment quand j'entrai et que me sautèrent aux yeux les marques sanglantes qu'avaient laissées au sol les pieds de Jane. Enfin, le pied, corrigeai-je mentalement. Comme si ça pouvait avoir une quelconque importance. Je revoyais les experts de la police scientifique photographier les taches, avec les règles en forme de L qui leur permettent de préciser la taille et le contexte de ce genre de pièces à conviction.

Je frissonnai à mesure que mes constatations confirmaient la gravité de la situation. Mon appartement entrait dans la catégorie des « lieux du crime ». Mais je n'avais pas de temps à consacrer à ce genre de lamentations. Il fallait que je me douche et que je m'habille avant d'aller au bureau pour y certifier le pouvoir et essayer de trouver un avocat pénaliste pour Jane. J'adressai au ciel une prière silencieuse pour qu'aucun des membres de Dane, Lieberman – et surtout aucun des associés – ne soit là. Il était rare qu'ils passent au bureau le dimanche, mais ce n'était pas impossible.

Apparemment, les experts de la police ne s'étaient pas seulement intéressés aux traces de sang. Le pashmina dont j'avais enveloppé Jane n'était plus là et je voyais que mes affaires avaient été déplacées. Ainsi, la photo de Patrick et moi, datant de vacances passées aux Bahamas l'année précédente, n'était plus à l'endroit habituel, sur le meuble télé.

Le fait de la remettre à sa place me remémora notre voyage. Nous partions fréquemment le week-end, mais j'avais eu la sensation que ce séjour aux Bahamas allait déboucher sur une demande en mariage. Il y avait de cela treize mois et je crois bien que je lui aurais alors dit oui avant même qu'il ne finisse sa phrase. Aujourd'hui, je n'en étais plus si certaine. Ce qui était insensé.

Je décidai que cette brève divagation était probablement le résultat de la combinaison d'un manque de caféine et d'un manque de sommeil. Je ne pouvais, certes, pas faire grand-chose contre la privation de sommeil, et encore moins contre mes errements concernant Patrick, mais je pouvais au moins me préparer une cafetière de café kenyan. Aussitôt pensé, aussitôt fait, et mon appartement embauma bientôt l'arôme envoûtant de ce breuvage sombre et riche que distillait ma toute nouvelle cafetière DeLonghi. D'accord, je m'avançais un peu en parlant de « ma » cafetière. Techniquement, elle était encore – de même que mon lecteur DVD – à 90 % la propriété de Visa auquel j'effectuais des versements mensuels minimes. Tous ces petits éléments de confort étaient le fruit d'une légère anticipation de ma part sur mon bonus de fin d'année. Mais maintenant, je me sentais vraiment coupable d'avoir autant abusé de ma carte de crédit.

J'aurais eu l'impression d'être une meilleure amie si j'avais pu contribuer financièrement à la libération de Jane. J'aurais tellement aimé avoir plus que 11,16 dollars sur mon compte épargne. De toute façon, la revente de tout ce que je possédais n'aurait pu suffire à payer la provision que l'avocat allait demander. En réalité, j'étais propriétaire de très peu de choses. J'étais endettée jusqu'à la racine des cheveux : ma voiture était sous leasing, je louais mon appartement et, en pratique, je vivais au jour le jour dans l'attente du salaire suivant.

Il était assez déprimant de se dire qu'une jeune femme de 29 ans ne pouvait s'offrir les services d'un excellent avocat quand elle en avait besoin. Heureusement, je fus distraite de ces sombres pensées par quelqu'un qui frappait à ma porte. C'était Sam, mon voisin. Je l'adorais et nous avions beaucoup de choses en commun. Notamment, nous avions lui et moi consacré la quasi-totalité de notre âge adulte à la recherche de l'homme parfait.

Le visage de Sam exprimait le souci qu'il se faisait et il me prit théâtralement dans ses bras avant de chercher à m'étouffer.

— Dieu merci, tu vas bien. J'étais mort d'inquiétude depuis que je les ai vus te pousser à l'arrière de leur fourgon. Que diable s'est-il passé ?

Je nous versai à chacun une tasse de café avant de me diriger vers la salle de bains. Sam me suivit dans ma chambre et s'assit sur le lit, puis il décida d'aller choisir dans mon armoire les vêtements que j'allais porter. Je fis à Sam un bref résumé des événements tout en examinant les différentes tenues qu'il m'avait sélectionnées. Et puis soudain, un sentiment de culpabilité me heurta de plein fouet : j'étais là, dans cette salle de bains, à me soucier des fringues que j'allais pouvoir me mettre sur le dos alors que Jane devait, au même moment, se contenter d'une horrible combinaison orange fluo fournie par le comté.

— Je suis vraiment une sale personne.

— Mais bien sûr, nous le savons pertinemment, ponctua Sam depuis la chambre à coucher. Et tu as vu des mecs séduisants à la prison ?

— *Toi aussi*, tu es une sale personne.

Dans la chambre, j'attrapai une jupe blanche et l'assortis à deux petits tops, rose et vert anis, que je pourrais superposer. Avant de retourner dans la salle de bains, je jetai à Sam un regard désapprobateur :

— Des mecs séduisants ? Tu fais dans la petite frappe, maintenant ? Et juste pour ta gouverne, je n'étais pas en prison. Il s'agissait d'un simple interrogatoire.

— Mais alors, pourquoi t'avoir menottée ?

Je disparus dans la salle de bains dont je laissai la porte entrebâillée, afin de me déshabiller. Tout en fourrant mes vêtements dans le panier de linge sale déjà débordant, j'envisageai de jeter à la poubelle mon tee-shirt et mon caleçon. Je le ferais un de ces jours de toute façon. Ce pyjama resterait à tout jamais associé à la prison et n'allait donc pas vraiment favoriser de bonnes nuits de sommeil.

Je me douchai rapidement et me lavai les cheveux, mais dus me résoudre à ne pas les sécher correctement et à faire une croix sur un brushing, vu le peu de temps dont je disposais. Ma vanité s'accommoderait très bien de cette négligence au profit de Jane. Ayant fermement enveloppé mes cheveux et mon corps encore humides dans des serviettes-éponges, je puisai dans mon pot de Mac minutes magique. J'étais suffisamment bronzée – je sais, bronzez maintenant, payez-le plus tard – pour ne pas avoir à me lancer dans un ravalement de façade complet et je me contentai donc de passer un coup de blush rose pêche sur mes pommettes et mes sourcils. Un peu de mascara sur les cils, une touche de gloss nacré sur les lèvres, et le tour était joué. En un temps record, j'avais accompli ma transmutation, passant de l'état de harpie délinquante en pyjama à celui de pépette blonde aux yeux de velours, à l'élégance décontractée.

Après avoir séché le mieux possible mes cheveux mi-longs, j'y passai un coup de peigne énergique. Et quand j'eus vaporisé un peu de Lulu Guinness au creux de mon cou, je fus fin prête.

Sam, qui était un maniaque du rangement et un décorateur d'intérieur particulièrement doué, n'avait pas chômé. L'espace du court moment durant lequel je l'avais abandonné, il m'avait servi une deuxième tasse de café, avait refait le lit, rétabli la symétrie des bibelots qui se trouvaient sur ma commode et drapé un foulard autour de ma lampe de chevet. Quant aux trois coussins que je venais d'acheter, ils avaient disparu.

— Je déteste quand tu fais ce genre de trucs, dis-je, parfaitement à l'aise en sa présence malgré ma tenue légère.

Je savais très bien que si, un jour, Sam m'apercevait toute nue, il se bornerait à faire une critique circonstanciée de mon physique en me suggérant diverses opérations de chirurgie esthétique. Avec la meilleure intention du monde, bien entendu. La même que celle qui le poussait à redécorer mon appartement. Il était tellement épris de perfection esthétique qu'il considérerait sans doute que mon physique était à la hauteur de mes aptitudes pour la décoration. Comme si je ne savais pas que j'abordais la zone dangereuse.

Tout commençait à tomber et à s'avachir. Du fait, notamment, de ma passion pour les céréales Lucky Charms. Au moins, j'étais une puriste : je les mangeais directement dans la boîte pour me donner l'illusion que je limitais l'apport calorique en me privant de lait. Mais, comme d'habitude, je m'égare.

— Ces coussins n'avaient rien à faire ici. Beaucoup trop volumineux. Ils étouffaient le lit et leur vert cru n'allait pas du tout avec celui de tes draps, déclara Sam qui s'était affalé sur le lit, les mains croisées derrière la nuque avec les yeux fixés sur le ventilateur – qu'il n'allait forcément pas tarder à critiquer, j'en étais tout à fait sûre.

Je pris une culotte dans le tiroir (et mon irritation augmenta d'un cran en constatant que mes sous-vêtements n'avaient pas échappé à la fouille de la police) et pénétrai dans le débarras adjacent à ma chambre qui faisait office de dressing afin de commencer à m'habiller. Ceci fait, je fis une torsade de mes cheveux encore trempés afin qu'ils ne laissent pas d'auréole sur mes vêtements. Je ne voyais pas comment ils allaient sécher pendant les coups de fil que je voulais passer.

Quand je revins dans la chambre à coucher, Sam était encore absorbé dans la contemplation de mon ventilateur.

— Sais-tu qu'il y a une boutique de luminaires géniale sur Boynton Beach ? me demanda-t-il en traçant dans l'air de petits cercles. Je verrais bien quelque chose de plus audacieux que ce ventilateur. Un truc d'une couleur qui réveillerait la pièce.

Puis, me regardant, il ajouta :

— Comment se peut-il que tu aies un goût aussi impeccable en matière de fringues et que ta propre maison, ton havre de paix, oscille entre un vide-greniers et une turne d'étudiant ?

Ce n'était pas, non plus, la première fois que j'entendais cette doléance. Ces conversations répétées avec Sam n'avaient vraiment rien de réconfortant :

— C'est encore en chantier. Où sont mes coussins ?

— Sous le lit, à côté de cette monstrueuse couronne de Noël que tu t'obstines à ressortir durant deux bonnes semaines chaque mois de décembre, et ce, bien que le ruban doive être impérativement remplacé.

— Mon amie a de gros ennuis. Penses-tu que tu pourrais reporter ta leçon de Décoration de l'Extrême à plus tard ?

Sam eut le bon goût d'afficher une mine penaude en sautant de mon lit :

— Que puis-je faire ?

— Tu as du liquide ?

— J'ai les 100 dollars d'urgence dans mon portefeuille.

Cela faisait peu de temps que Sam avait créé sa propre affaire et, bien que celle-ci eût le vent en poupe, je savais qu'il réinvestissait tout son argent dans cette nouvelle entreprise.

Il jeta un coup d'œil à la montre Bulova en diamants que lui avait offert le beau brun avec lequel il était sorti l'année précédente :

— Je peux passer par le distributeur pour voir combien j'ai sur mon compte. Ça pourrait t'aider ?

— Tout peut m'aider, dis-je en l'embrassant sur la joue. Plus je peux emprunter à mes amis, moins j'aurai à supplier ma mère.

— Tu ne vas pas… ! s'exclama-t-il, clairement horrifié.

— Pas le choix. Un avocat pénaliste coûte une petite fortune et je veux m'assurer que nous disposons d'assez d'argent pour payer sa caution demain matin.

— Mais tu m'as répété que tu te ferais arracher la langue plutôt que de demander à la Vilaine Sorcière de l'Est le moindre sou. Et ta sœur ?

— Comme ça, tu comprends à quel point je suis désespérée. Et puis je ne peux pas demander à Lisa ; je lui dois encore de l'argent depuis le prêt qu'elle m'a consenti en avril.

Sam me suivit dans le salon, puis jusque dans la cuisine. Situé au rez-de-chaussée, mon appartement était petit, mais sa terrasse donnait l'impression qu'il était plus vaste qu'en réalité. Sa situation le rendait, certes, beaucoup plus vulnérable aux voleurs, mais j'avais considéré que cette terrasse valait le coup de prendre ce risque. Un môme de 8 ans aurait pu venir à bout du verrou de la baie vitrée. De toute façon, un voleur expérimenté et/ou déterminé se serait sans doute contenté de la faire voler en éclats et de piquer tout ce qui se trouvait à portée de main.

Soudain, je réalisai que le bouton rouge signalant des messages clignotait sur mon appareil téléphonique. Mon corps se tendit d'angoisse pendant que je déglutissais le reste de mon café. Sam dut ressentir mon malaise car il me dit :

— Tu savais bien qu'elle appellerait. Ton arrestation est passée en boucle au journal du matin, à peu près toutes les quinze minutes. Et puis, elle n'arrêtait pas de passer en voiture devant l'immeuble.

D'un bond, je me retournai vers lui :

— Quoi ?!

— Bah, soit c'était ta mère, soit il y a une autre femme qui conduit une Rolls-Royce blanche avec un minuscule Yorkshire plutôt hargneux assis sur le siège passager. Cela dit, elle a été très discrète. Elle a fait le tour du parking à plusieurs reprises derrière d'énormes lunettes de soleil et avec un grand foulard qui dissimulait la majeure partie de son visage. Très Jacky O cherchant à éviter les paparazzis.

— Super.

— Ah aussi, j'oubliais : Patrick a appelé.

— Mais comment le sais-tu ?

— Tu as attribué à ses appels téléphoniques une sonnerie très particulière. Je l'ai entendue quand je suis venu voir si tu étais rentrée, tout à l'heure.

— Merci. Il faut que je vérifie ma messagerie, d'accord ? Et ensuite je dois passer au bureau.

— Pas de problème.

Oui, je suis une poule mouillée : au lieu d'écouter les messages enregistrés sur mon téléphone fixe, je plongeai la tête dans le sac blanc, revêtu d'un immense logo Dooney & Burke, que j'avais rapporté de ma dernière expédition clandestine aux entrepôts de Vero Beach. À moins d'y regarder de très près, il était presque impossible de s'apercevoir que l'une de ses poignées était légèrement plus courte que l'autre. Grâce à cette infime malfaçon, j'avais obtenu ce sac pour moins de 150 dollars, soit un énorme rabais s'agissant de D&B.

J'en ressortis mon téléphone portable et commençai à passer en revue la liste des appels que j'avais manqués. Ce faisant, je vis que Patrick avait cherché à me joindre à cinq reprises au cours des trois dernières heures. Je souris sans grand enthousiasme. S'il m'avait vraiment, vraiment aimée, il aurait débarqué au commissariat, non ? Peut-être pas. Patrick faisait très attention à respecter ma sphère personnelle. Par ailleurs, je ne l'avais pas appelé. Est-ce que cela signifiait que je ne l'aimais pas vraiment, vraiment ? Venais-je de gaspiller deux années dans une relation qui n'avait aucun avenir ?

Patrick possédait toutes les qualités que je recherchais chez un homme. Toutes, sauf une. L'étincelle physique des débuts avait fait long feu. Mais j'avais lu dans *Cosmo* que c'était parfaitement normal et que la lubricité des débuts faisait ensuite place à un sentiment de confort et de sécurité qui s'amplifiait avec le temps, ou un truc dans le genre. C'était sans doute notre cas. Je me sentais bien avec Patrick et Dieu est témoin qu'il me traitait bien. Mais, en secret, j'aurais voulu connaître la passion, avec un grand P, en gras, souligné de rouge. Je n'arrivais plus à me souvenir de la dernière fois où j'avais ressenti cette pointe d'excitation au creux de mon ventre. Ni ailleurs, à vrai dire.

Bon, je mentais. Je m'en souvenais très bien.

C'était arrivé environ deux mois auparavant lorsque Liam McGarrity avait passé la porte de mon bureau et était venu me serrer la main pour la première fois. Whiiiiizzzzz.

Je fermai les yeux un court instant afin d'évacuer toute pensée concernant Liam. Puis, prenant une profonde inspiration, j'appuyai sur le bouton censé composer le numéro de Patrick. Celui-ci décrocha dès la deuxième tonalité.

— Fin, mon cœur, j'étais très inquiet.

Il semblait tellement sincère que je me sentis encore plus mal d'avoir repensé à ce moment avec Liam. Ma culpabilité était si intense que j'étais certaine que je venais d'envoyer une confession télépathique qui était en train de se répercuter d'antenne relais en antenne relais.

— Je vais bien.

— Ça me paraît impossible, vu les images diffusées à la télé. Que s'est-il passé ?

Je lui fis le récit de cet épisode sordide en terminant par :

— Du coup, il me reste très peu de temps pour trouver l'argent.

— Mais je peux te donner un coup de main pour l'argent, offrit Patrick sans aucune hésitation, ce qui m'alla droit au cœur. Je peux réunir 3, et même peut-être 4 000 dollars d'ici demain. Confirme-moi simplement que tu ne vas rien faire de dingue comme de lancer ta propre petite enquête. Il est vrai que tu as eu une certaine réussite dans l'affaire Hall, mais tu as aussi failli te faire tuer par la même occasion. Tu es Finley Tanner, pas Jessica Fletcher[1].

Trois ou quatre mille dollars.

Il n'avait pas parlé de promesse à propos de cette histoire d'enquête, juste une confirmation. Du coup, je n'avais pas trop de difficulté à lui donner satisfaction. Je croisai néanmoins les doigts derrière mon dos au cas où la notion de promesse aurait été implicite, nonobstant mon absence de réponse. Les voies du Seigneur étaient parfois tortueuses.

Trois ou quatre mille dollars. Trois ou quatre mille dollars. Je ne cessais de me répéter ce mantra. J'avais bien plus besoin de cet argent que de m'appesantir sur la manière tout à fait désinvolte dont je venais de traiter sa requête. Et puis, il n'avait pas tort. J'étais allée beaucoup trop loin lors de l'affaire Hall et j'avais bien failli me faire tuer. Patrick ne faisait qu'exprimer le souci qu'il avait de ma sécurité, sans chercher le moins du monde à me diminuer. Ça, c'était plutôt le registre de ma mère. Nous nous mîmes d'accord pour que je l'appelle dès que j'en saurais plus sur le qui et le combien.

— Tu es sûre que tu ne veux pas que je vienne ?

— Merci, non. Je dois passer pas mal de coups de fil et j'ai des trucs à faire au bureau.

Faire mon enquête ? Jusqu'à présent cela ne m'avait pas effleuré l'esprit que je pourrais vérifier quelques petites choses. Je connaissais les détails du rendez-vous et j'avais les clefs de l'appartement de

1. *NdT*. Héroïne de la série télévisée *Arabesque*. Jessica Fletcher est auteur de romans policiers et joue aussi au détective.

Jane. Ça ne ferait de mal à personne si je réunissais quelques informations préliminaires pour l'avocat qui restait à engager et cela pourrait, en outre, me faciliter le processus de son recrutement.

— Fin ? s'étonna Patrick en ne m'entendant plus.

— Oh, désolée. Non, merci. Je vais bien et je sais que tu n'es rentré qu'hier soir. Comment s'est passé ton voyage ?

— Sans histoire. Je t'ai rapporté des trucs.

— Merci ! Est-ce que tu peux me mettre sur la piste ?

Patrick me rapportait toujours des cadeaux bien pensés des villes que son travail l'amenait à visiter.

— *Sex on the beach*[1].

— Ah oui ! Alcool de pêche, vodka, jus de cranberry, jus d'orange et jus d'ananas.

— Pas le cocktail, répondit-il avec une pointe d'amusement dans la voix. Pense aux couleurs rouge et noir.

— Un zèbre avec un coup de soleil ?

— Mauvaise réponse, Fin. Tu as perdu, tu passes ton tour. Je peux passer par FedEx et leur demander de me payer en liquide ce qu'ils me doivent. Je t'apporte l'argent et, ensuite, je t'emmène dîner au restaurant. Ça te changera un peu les idées.

Il était si mignon. Comment pouvais-je songer à le quitter ? Quelle bêtise je ferais.

Après l'avoir remercié et être convenus de nous retrouver vers 19 heures, je fis une courte pause afin de me ressaisir avant d'appeler ma mère. Quand je commençai à composer son numéro, chaque muscle de mon corps se raidit. Trois sonneries, quatre… puis sa boîte vocale s'enclencha : « Désolée, mais je ne suis pas disponible pour le moment. Veuillez laisser un message après le bip. »

Biiip.

---

1. *NdT. Sex on the beach* – littéralement, le « sexe sur la plage » – est le nom d'un cocktail.

— Euh, maman, c'est Finley. Je présume que tu as vu le journal du matin et, euh, j'ai besoin…

Clic.

— Finley Anderson Tanner, m'interrompit ma mère en usant d'un ton que les parents réservaient, en général, à un enfant désobéissant de 4 ans.

Les divers tons désapprobateurs auxquels recourait ma mère à mon égard suscitaient chez moi différents types de réactions viscérales. Celui-là me parcourut l'échine comme une araignée noire particulièrement venimeuse. Il allait néanmoins falloir que je la boucle. J'allais devoir en effet supplier l'araignée de me consentir un sacré paquet de pognon.

Elle n'allait sans doute pas se contenter de me parcourir le dos. Telle que je la connaissais, elle voudrait aussi prélever son content de chair fraîche. Métaphores variées qui toutes évoquaient assez bien ma mère. C'était cela : un mélange nauséabond de métaphores variées.

— Tu filtres !? m'indignai-je en sursautant presque.

— Bien entendu. As-tu une idée du nombre de mes amis qui étaient postés devant la Chaîne 5 ? Mon téléphone n'a pas cessé de sonner. Tu ne peux imaginer combien cette matinée a été éprouvante.

— Ma matinée n'était pas spécialement agréable, non plus, grinçai-je.

L'heure n'était vraiment pas au sarcasme, mais, malheureusement, ma mère n'avait pas son pareil pour révéler le pire de moi-même. D'habitude, cela ne causait aucun problème puisque je réveillai également ce qu'elle avait de plus mesquin. J'imagine que ça équilibrait les choses. Mais, aujourd'hui, les circonstances étaient pour le moins exceptionnelles.

— Dans quoi t'es-tu encore fourvoyée ? Et pour l'amour du ciel, que portais-tu au juste ? Tes cheveux n'étaient même pas coiffés et tu avais une mine déplorable.

— J'ai été un peu surprise.

Un peu surprise ?! J'admirais ma propre pondération.

— Sans même un coup de peigne et un peignoir décent ? Qu'est devenu celui en satin lilas que je t'ai offert pour ton anniversaire ?

Dans le haut de mon armoire, juste à côté de l'autre truc lilas que tu t'obstines à m'offrir bien que j'aie l'air d'une photographie d'autopsie quand je porte cette couleur.

— Il est tellement… *merveilleux* que je le garde pour les grandes occasions.

— J'aurais pensé qu'une arrestation constituait une grande occasion. Que va-t-il se passer si les St John ont vent de tout cela ? Le mariage doit avoir lieu dans quatre-vingt-onze jours et ce n'est pas le moment de les indisposer.

— Ce n'est pas moi qui leur en parlerai, si tu ne le fais pas non plus.

— Ne sois pas insolente avec moi. J'ai déjà dû annuler mon déjeuner d'aujourd'hui du fait de tes singeries. Mais à quoi *pensais-tu*, Finley ! Comment as-tu pu être mêlée au meurtre et à la mutilation d'un homme !?

Quoi, pour le meurtre et la mutilation d'une femme, elle n'aurait rien dit ?

— Je n'y suis pas mêlée, répondis-je en m'efforçant d'adopter un ton neutre. C'est mon amie Jane qui l'est.

— Alors il te faut mieux choisir tes amis.

J'imaginais parfaitement le tatouage de ses sourcils essayant de comprimer le Botox injecté dans son front, dans le vain espoir d'obtenir un froncement.

— Je pense que tu devrais faire tout ce qui est en ton pouvoir pour te tirer de ce pétrin au plus vite.

Saisir l'occasion.

— Tout cela deviendra un mauvais souvenir dès que Jane aura été blanchie de tout soupçon. Tu te souviens de Jane, n'est-ce pas ? Tu l'aimais bien.

— C'était avant qu'on ne l'accuse d'avoir coupé les... le... d'un homme.

— Pénis ? offris-je une nouvelle fois en songeant que, décidément, ces deux syllabes étaient bien difficiles à prononcer. De toute façon, dès que Jane disposera d'un avocat correct, elle sera relâchée sous caution et je suis sûre qu'elle sera lavée de toute accusation en un rien de temps.

— Pour le bien de tout le monde, j'espère que tu dis vrai.

— Je suis heureuse que tu sois de cet avis, dis-je avant de prendre une longue inspiration. Un avocat et une caution mobilisent des sommes importantes et je n'ai pas de disponibilités financières. Je ne dis pas que j'ai besoin d'argent immédiatement, mais, au cas où, accepterais-tu de m'aider ?

S'ensuivit au bout du fil un silence de mort qui ne présageait rien de bon. Ma mère gagna la bataille puisque je craquai au bout d'une minute :

— Je ne te le demanderais pas si Jane n'était une amie aussi chère. Et tu disais que le mieux qui puisse arriver était de mettre cette histoire derrière nous au plus vite.

— Je ne me rappelle pas t'avoir offert d'y contribuer financièrement. Vraiment, Finley. Tu vas bientôt avoir 30 ans et tu n'as pas réussi à épargner ?

— Ça fait partie de ma liste de bonnes résolutions, répliquai-je en grimaçant, tandis qu'un signal lumineux virtuel clignotait au-dessus de ma tête « Mauvaise réponse ».

— C'est ton problème. À la minute à laquelle j'ai intégré le syndicat des musiciens, j'ai signé leur plan de retraite. Ta sœur, qui a près de cinq ans de moins que toi, possède une retraite complémentaire et une assurance vie. Je t'accorde que ma pension n'est pas énorme, mais, au moins, j'ai compris l'importance qu'il y avait à économiser et à maximiser mon potentiel de gain. Toi, tu as choisi de devenir secrétaire.

Elle prononça le terme « secrétaire » comme s'il était synonyme de « tueur en série ». J'avais terriblement envie de lui rétorquer : « Pas de problème. Oublie ce dont je viens de te parler », mais cette manifestation de mon orgueil n'aurait pas aidé Jane à obtenir un bon avocat.

— Je suis ass… *Ne pas s'engager sur ce chemin.* Maman, est-ce que tu veux bien m'aider ?

— Combien ?

— Je ne sais pas. Peut-être rien, peut-être beaucoup. Un montant qui ne te causerait aucune gêne.

— Et comment comptes-tu rembourser cet argent ? *Si* je décide de t'aider.

J'eus une petite bouffée d'espoir. Elle n'avait pas dit oui, mais elle n'avait pas non plus dit non.

— Je, euh, je te ferai des versements mensuels.

— Es-tu prête à signer une reconnaissance de dette ?

Sans problème. Du moment qu'elle stipule : « Va te faire foutre pour m'avoir fait ramper », en gras, corps 87.

— Tout ce que tu voudras.

— Je dois contacter mon conseiller financier avant de te rappeler.

— Tout cela est un petit peu urgent.

— Tu veux l'argent ou non, Finley ?

Maintenant, cette grosse araignée noire me chatouillait vraiment le nez, mais je parvins à articuler poliment :

— Merci pour ta générosité.

— Je t'en prie.

— L'avocat auquel tu as eu recours pour tes divorces aurait-il par hasard des accointances avec l'un quelconque des avocats suivants, lui demandai-je avant de lui lire la liste que nous avait fournie Becky.

La puissance industrielle de son Botox devait en ce moment même combattre les multiples ébauches de froncement de sourcils qu'elle avait dû endurer depuis le début de cette journée.

— Si je comprends bien, tu veux en plus que mon avocat valide ces noms pour ton compte ? Est-ce que tu prévois de tout me faire faire ?

Non, juste deux choses. Et je vais payer pour cela jusqu'à la fin de mes jours.

— Toutes les aides que je peux obtenir sont les bienvenues. Comme je te l'ai dit, le temps nous est compté.

— Tu travailles pour un régiment d'avocats, non ? Ils ne peuvent pas te conseiller ?

— Mon cabinet ne pratique pas le droit pénal.

— Mais ce n'est pas *ton* cabinet, Finley. Tu n'y es qu'employée.

Maintenant, l'araignée s'attaquait à mon foie. Lentement, je reformulai donc ma phrase, du ton le plus humble possible :

— Le cabinet pour lequel je travaille ne pratique pas le droit pénal.

— Je ne te fais aucune promesse, mais je vais voir ce que je peux faire.

Je la remerciai encore une fois et raccrochai en ayant le sentiment que je venais de terminer les quinze rounds d'un combat à mort. Que je venais de perdre. Au plus profond d'elle-même, ce n'était pas une méchante femme. Il était seulement presque impossible de s'en souvenir quand elle assortissait la moindre réflexion d'une enveloppe de réprobation.

Avec ce petit coup de pouce financier, je pouvais aller au bureau et voir où Liv en était. J'appelai Concierge Plus, mais la ligne était occupée. C'était étrange car je savais que sa boîte disposait de quatre lignes téléphoniques. J'essayai donc d'appeler son portable.

— Je suis en ligne avec mon conseiller bancaire. Il mouline les chiffres pour voir combien je peux tirer de mon entreprise et de ma maison. Et j'ai le concessionnaire Mercedes sur l'autre ligne : j'essaye de négocier un rachat de ma voiture pour un prix acceptable. J'ai aussi des clients soucieux qui demandent qu'on les rassure et cinq messages supplémentaires de Shaylyn Kidwell et Zack Davis.

— Je suis désolée.

— Oublie-les. Nous devons nous concentrer sur Jane.

Je lui racontai que Patrick et Sam se proposaient de participer financièrement à notre cause. Puis, j'inspirai profondément, expirai et dit :

— Ma mère va probablement nous filer un peu d'argent.

Au moment où Liv réagissait à cette information, le signal de double appel se mit à biper dans mon téléphone, couvrant partiellement sa réponse qui se mua en syllabes incompréhensibles.

— Tu peux répéter ?

— Tu as appelé ta mère ?! Finley, tu es sûre que c'est une bonne idée ?

— Elle a de l'argent et… (Le signal de double appel me coupa une nouvelle fois.) Ne t'inquiète pas.

— Je comprends. Il faudrait…

— Attends, je ferais mieux de prendre cet appel, dis-je en m'excusant. Ce pourrait être Patrick ou Sam.

— On se reparle bientôt, dit Liv. À plus.

Je pressai sur le bouton qui clignotait et grognai presque dans le téléphone :

— Oui, quoi ?

— D'après le son de ta voix, je devine que tu n'apprécies pas les menottes.

La voix chaude de Liam raisonna dans tout mon corps.

— Tu as vu les infos ?

— Tout le monde les a vues. Joli peignoir d'ailleurs.

— Bon, tu appelles pour te moquer de moi ou pour quelque chose en particulier ?

— Je viens te proposer mes services.

Son offre me laissa sans voix, mais je m'en remis rapidement :

— C'est génial ! Vraiment. Jane n'a rien fait.

— Je me fiche de savoir si elle a fait quelque chose ou pas.

— Alors, pourquoi me fais-tu cette proposition ?

— J'adore les défis. Mais tu le sais déjà.

Il m'aurait été beaucoup plus facile de garder ma contenance si je ne l'avais pas, dans le même temps, imaginé totalement nu. Il avait un type de voix qui transpirait la sensualité sans qu'il ait besoin de faire le moindre effort pour cela. Je n'avais pas véritablement besoin de sujet de distraction, mais il était indéniable qu'un détective privé constituerait un renfort appréciable pour le Front de Libération de Jane.

— Finley ? Tu es toujours là ?

— Oui, j'étais juste...

Je m'arrêtai de parler et me mis à agiter les papiers qui se trouvaient devant moi, sur le bar. Il n'était pas nécessaire qu'il sache qu'il s'agissait des menus des traiteurs du coin :

— Merci beaucoup. Peux-tu me rejoindre à mon bureau ? Je te donnerai tous les détails et nous pourrons décider quel est le meilleur plan d'attaque.

Mon Dieu, faites que ce soit un plan plus approprié que celui que me commande cet accablant désir de me jeter sur toi. L'image incandescente de son corps nu finit par disparaître au milieu des flammes de mon esprit.

— Pas de problème. Tout ce que tu voudras.

Du sexe. Énormément de sexe.

— C'est vraiment gentil de ta part.

— Et tu n'as rien vu.

Nu, tout nu, complètement à poil !!!!! Bon, ça suffit.

— Comment ça ?

— Puisque Jane est l'une de tes amies, je suis prêt à diviser mes honoraires par deux.

Connard, connard, connard.

Le sexe, c'est fabuleux,
mais le sexe imprévu, c'est encore mieux.

Quatre

S am me rejoignit au coffee shop de Clematis Street, à quelques blocs de mon bureau. Le réconfort que je tirais de l'excellent café vanille saupoudré de cacao que je m'étais accordé s'accrut encore un peu plus lorsqu'il me remit 500 dollars dans une enveloppe blanche impeccable. Je lui signifiai ma gratitude en lui offrant son thé de Chine. À vrai dire, mon geste ne manquait pas de panache vu que je venais ainsi de dépenser la quasi-totalité de mes économies. Je me consolai en me concentrant sur la contribution de Sam dont la générosité me fit oublier mes déplorables aptitudes en matière de gestion financière.

Nous nous quittâmes au coin de la rue en nous embrassant sur les deux joues comme seuls le font les Européens. Ce genre d'effusions me gênaient toujours un peu tant elles surpassaient en chaleur les esquisses de baisers dans le vide qui se pratiquaient au sein des country clubs de mon enfance.

Bon, séance confession. Ne voulant pas risquer de me faire prendre au bureau durant le week-end, je m'étais garée à City Place, juste au cas où quelqu'un d'autre que moi – et éventuellement le personnel de nettoyage – aurait eu la mauvaise idée d'aller aussi passer son dimanche chez Dane, Lieberman. Je plaçai le pouvoir à certifier sous mon bras afin de libérer une main qui me permettrait de remonter un peu plus haut sur mon épaule nue la bandoulière légèrement irrégulière de mon sac.

Il faisait forcément très chaud puisque nous étions en juillet. Les rues grouillaient de passants qui se hâtaient vers le Kravis Center pour la représentation en matinée. Qui aurait cru qu'autant de gens se presseraient pour aller voir John Davidson ?

J'essayai de profiter au mieux du peu d'ombre disponible. Ce n'était pas que je détestais le soleil, non. Je voulais juste éviter que des marques de bronzage indésirables ne se forment durant ma courte marche.

Dès que je fus arrivée au coin de l'immeuble de six étages appartenant, dans sa totalité, à mon cabinet, ma gorge se noua. La Volvo beige d'Ellen Lieberman était garée sur le parking. En temps normal, je ne m'en serais pas émue, vu qu'elle n'avait aucune vie en dehors du bureau et qu'elle passait le plus clair de ses mornes week-ends de célibataire à revoir d'abominables contrats. J'enviais presque Ellen : elle avait, en quelque sorte, réussi à mettre ses hormones en état d'hibernation. Ou alors, elle avait un taux d'œstrogène équivalent à celui d'une octogénaire ménopausée.

Mais en fait, ce n'était pas la présence de cette Volvo qui générait ces remontées acides depuis mon estomac, non. C'était le fait d'avoir en outre identifié un Hummer H3 qui prenait deux places de parking à lui tout seul, juste en face d'une Neon de couleur argentée.

Ce Hummer, couleur banane, était le tout nouveau modèle, de taille plus modeste, que Vain Dane clamait avoir acheté en réaction à la flambée du prix de l'essence. C'est ça, comme si les 25 litres aux cent qu'il pompait représentaient une remarquable économie sur les 30 litres aux cent que suçait le char d'assaut noir qui avait précédé cette énorme banane. Au demeurant, qui donc pouvait bien avoir besoin d'un Hummer dans le sud de la Floride, je vous le demande ? Dans la région, ce qui s'apparentait le plus à une colline devait être le mont Dora, qui n'était ni une montagne, ni même une colline, mais plutôt un paradis pour touristes situé au nord d'Orlando. On y trouvait quelques jolies boutiques et la plupart des gens qui visitaient l'endroit en repartaient avec un autocollant clamant « J'ai fait l'ascension du mont Dora » qu'ils collaient fièrement sur leur pare-chocs.

La Neon de couleur argent appartenait à Margaret.

Merde, merde et triple merde. C'en était fini de la confidentialité que j'avais espéré pouvoir maintenir autour de ma petite excursion au bureau. L'espace d'un instant, je songeai à escalader la gouttière jusqu'au deuxième étage où se trouvait mon bureau, mais j'avais assez peu d'aptitudes pour ce genre d'acrobaties. La dernière tentative que j'avais faite en ce domaine s'était assez mal terminée grâce au zèle de Boo-Boo, le chien de garde. Je n'avais donc d'autre choix que de passer la porte principale d'un pas alerte, la tête haute et les mains moites. Margaret constituait certes un problème, mais la présence simultanée de deux associés seniors encore en exercice s'apparentait, elle, à une catastrophe planétaire. Je repensai avec d'autant plus de regrets au temps où l'adorable Thomas Zarnowski dirigeait le cabinet. Non seulement il avait accepté de m'embaucher à ma sortie du lycée, mais en plus, il était allé jusqu'à m'apprécier. Aujourd'hui, il était en préretraite et nous manquait cruellement. À moi, en tout cas. Surtout depuis qu'il avait intronisé Vain Dane comme son successeur.

Je sus, avant même de pousser la double porte qui annonçait, en lettres d'or, le nom du cabinet, que Margaret serait à son poste comme une sorte d'effrayant soldat de Dieu, à un détail près : elle n'avait pas de M 16. Du moins, je voulais le croire.

Et comme prévu donc, elle se tenait effectivement derrière le meuble de réception en demi-lune fraîchement ciré. Pour l'occasion, elle avait sorti l'un de ses plus beaux tailleurs de mémé, pas moins. Margaret poussait manifestement la rigueur de ses standards professionnels jusqu'à porter un tailleur au bureau, même le dimanche. À vrai dire, la seule différence entre la Margaret de semaine et celle du week-end se limitait à l'oreillette qu'elle avait, greffée sur l'oreille droite, durant les jours ouvrés.

Quand je traversai le hall, ses yeux brun terne me suivirent comme les deux phares d'un tracteur, la haine en plus. À sa décharge, elle tenta d'ébaucher un sourire maladroit qu'elle voulait sans doute compatissant :

— Cela fait des heures que, à la demande des associés, je cherche à vous joindre sur votre fixe et votre mobile.

Alors, tu dois savoir que j'ai évité de répondre à tes appels.

— Désolée, la matinée a été… plutôt agitée et j'ai dû oublier d'allumer mon portable, dis-je en fouillant dans mon sac et en mettant mon téléphone en mode vibreur. Voilà, l'erreur est réparée, mentis-je éhontément en priant pour qu'il ne se mette pas à sonner au même moment.

Margaret se pencha alors au-dessus de son énorme standard téléphonique en portant simultanément le combiné à son oreille.

— Je les préviens que vous êtes arrivée.

Ça, je pouvais m'y attendre.

— Pouvez-vous m'accorder cinq minutes ? lui demandai-je.

Margaret s'apprêtait à refuser quand je me mis à sautiller d'un pied sur l'autre tout en agitant la tasse qui avait contenu mon café.

— Je dois vraiment aller me laver les mains avant.

— Cinq minutes alors, consentit-elle en maugréant.

Jusqu'à ce que je parvienne à l'ascenseur, je sentis les dagues de ses yeux me lacérer le dos. Tout en accrochant mes – étonnamment efficaces contrefaçons de – lunettes Gucci à l'encolure de mon tee-shirt, j'entrai dans l'ascenseur, appuyai sur le bouton du deuxième et m'absorbai dans l'écoute du léger ronronnement de la cabine qui gravissait les étages. À son arrivée, le *ding* de l'ascenseur raisonna dans l'endroit déserté. Une odeur de meubles cirés, de désodorisant et de nettoyant industriel m'accueillit. Je pris sur la gauche.

La disposition de l'étage où je travaillais n'était pas sans évoquer un labyrinthe pour rats de laboratoire. En son centre se trouvait un dédale d'une vingtaine de box en open space. Ces postes de travail étaient destinés aux stagiaires et aux assistants. Quand le bureau tournait à plein régime, cette immense pièce était aussi bruyante qu'une ruche et il était impossible de s'y concentrer. Je le savais bien : j'avais commencé chez Dane, Lieberman dans le troisième box sur la droite, un espace grand comme un timbre-poste équipé d'un seul meuble, lui-même pourvu d'un unique tiroir. Aucune intimité, aucune touche personnelle tolérée et absolument aucune possibilité de s'attarder dans de longs déjeuners.

J'avais fini par obtenir un bureau pour moi toute seule. Après la résolution de l'affaire Hall, j'avais en effet bénéficié d'une raisonnable promotion. Depuis, je pouvais m'enorgueillir à la fois d'une plaque dorée rutilante portant mon nom, juste à côté de ma porte, *et* d'une large fenêtre. D'accord, celle-ci donnait sur le parking, mais ça valait quand même mieux que la vue sur les systèmes d'air conditionné que j'avais depuis mon précédent terrier.

Par habitude, en m'asseyant devant mon bureau en simili chêne, je mis en marche la cafetière que j'avais installée juste derrière moi, sur le rebord de la fenêtre. Les sceaux qui me permettraient de certifier les documents se trouvaient dans le tiroir du haut. Je les pris et extirpai le pouvoir de mon sac à main. La certification ne me prit que quelques secondes et le document que Liv allait devoir présenter à la banque fut prêt en un rien de temps.

Je venais néanmoins d'utiliser quatre minutes et demie sur les cinq qui m'avaient été imparties. J'envisageai de prendre une nouvelle tasse de café, mais me ravisai. Il valait mieux que mes mains, légèrement tremblantes, n'aient rien à transporter, surtout avec ma jupe blanche.

Je pris plusieurs inspirations profondes et régulières, ainsi que je l'avais appris durant l'unique cours de yoga auquel j'avais réussi à assister – en dépit du fait que j'avais payé pour une année complète.

Apparemment, un unique cours ne permettait pas de convaincre un cœur affolé de cesser de battre la chamade quand cet affolement était le fruit d'une convocation officielle de vos patrons, dans la salle des associés située au dernier étage.

Mince, j'aurais dû prendre un bloc-notes. Vain Dane adorait que les gens prennent ses paroles en notes. Ça devait lui donner un sentiment de puissance. Puissance qu'il possédait, de toute façon, depuis que son postérieur d'ultraconservateur reposait sur un trône qui lui donnait le pouvoir de me virer à sa guise.

Je dépassai le bureau inoccupé – et impeccablement rangé – de la secrétaire de Dane et empruntai au ralenti le couloir qui menait à l'impressionnante porte en acajou ouvragé marquant l'entrée de son bureau. Je fus un peu réconfortée par le subtil effluve d'eau de Cologne de chez Burberry qui flottait dans l'air. Jonathan Tanner en avait porté. Et bien qu'il eût disparu depuis plus de dix ans, ce parfum me rappelait chaque fois cruellement son absence.

La porte était entrebâillée, mais je frappai néanmoins et attendis qu'on me demande d'entrer.

— Entrez, commanda la voix puissante de Dane.

Le bureau de Vain Dane était très léché, très masculin et tout entier dévolu à la célébration de son occupant. Ses murs étaient couverts de toutes sortes de diplômes, récompenses et autres certificats d'accomplissements divers. Les étagères accueillaient de nombreuses photographies de Vain Dane – encadrées par un professionnel –, en compagnie d'innombrables célébrités, politiciens et dignitaires, dont une photo – datant d'une bonne vingtaine d'années – de Dane dansant avec la princesse de Galles, au Polo Club de Palm Beach.

Dane était assis sur le rebord de son bureau, les bras croisés et le visage fermé. Ellen Lieberman était pour sa part installée dans l'un des fauteuils en cuir, en face de lui. Elle paraissait plus détendue et, sans se montrer à proprement parler amicale, elle ne dégageait pas la rage que transpirait, presque littéralement, l'attitude physique de son associé.

La paroi située derrière le bureau de Dane n'était pas un mur. C'était, du sol au plafond, une immense baie vitrée donnant sur un panorama à couper le souffle, avec l'isthme de Palm Beach et l'océan Atlantique en toile de fond.

Le silence dura si longtemps que je commençais à envisager de me jeter par cette fenêtre. Ce n'aurait pas été une bonne idée vu que Jane avait encore besoin de mon aide et que je savais que la vitre, blindée, pouvait résister à un ouragan. Mes 50 kilos et demi n'auraient donc fait que rebondir contre sa surface.

Dane se pencha en arrière pour saisir un téléphone et appuya sur l'une de ses touches :

– Margaret, merci beaucoup. Vous pouvez y aller.

Oui, en enfer, ajoutai-je mentalement.

Alors que Dane, coiffé, rasé et astiqué, était la quintessence du raffinement, Ellen était son exact opposé. Lui portait un pantalon de toile bleu marine, décontracté mais parfaitement coupé, avec un polo gris et des mocassins bleu marine de chez Bruno Magli. Inversement, Ellen semblait sur le point de passer une audition pour le rôle d'une Castafiore rousse mais ascétique : une sorte de robe informe, taillée à la hache dans un imprimé criard, pendait sur ses frêles épaules et, si elle avait une taille, celle-ci avait disparu dans les méandres du tissu ; ses cheveux, naturellement frisés et striés de mèches grises, étaient retenus en queue-de-cheval par une barrette en velours noir. Le noir semblait d'ailleurs être sa couleur de prédilection puisque les bretelles de son soutien-gorge de sport étaient également noires, de même que ses sandales Oasis. Je savais que ce type de chaussures valaient dans les 100 dollars la paire, mais je ne parvenais pas à comprendre que l'on puisse vouloir payer un tel prix pour un produit si intentionnellement peu flatteur. Enfin, si, je voyais bien pourquoi : ces sandales étaient pratiques et fonctionnelles. Un peu comme Ellen.

— Asseyez-vous, m'ordonna Dane en faisant le tour de son bureau afin de rejoindre son trône.

J'obéis en me gardant bien de lui réclamer un bon point pour tant d'obséquiosité. Dane ne partageait pas – et sollicitait peu – mon sens de l'humour et mon insolence. À bien des égards, il ressemblait à ma mère, les testicules en plus.

Quand il passa sa paume dans ses cheveux teints, j'aperçus l'espace d'un bref instant ses ongles exagérément manucurés. Ceux-ci réfléchirent la lumière jusqu'au plafond avant de venir se poser, dûment entrecroisés, sur le bureau.

Mon rythme cardiaque amorça un nouveau record. J'avais déjà vu ce genre de posture. Il l'avait adoptée juste avant de prendre la décision de suspendre mon contrat pendant un mois.

— Je suis désolée pour ce qui s'est passé ce matin, dis-je.

— Je suis certain que vous l'êtes, m'accorda Dane d'un ton effectivement chagrin. C'est la raison pour laquelle nous avons cette petite réunion.

Je lançai un coup d'œil vers Ellen, toujours muette. À ma grande surprise, il y avait un peu de compassion dans son regard. Merci mon Dieu. Il était possible que son féminisme ait pris le relais et ce serait peut-être une alliée. Maintenant, je m'en voulais d'avoir critiqué ses chaussures.

— Ellen et moi-même avons discuté de votre situation en détail et nous avons pris certaines décisions qui vous concernent directement.

— Mais je n'ai rien fait, insistai-je en me détestant pour le ton geignard et suppliant que j'avais adopté. Ma meilleure amie est venue me demander de l'aide et nous avons, eh bien, un peu perdu le contrôle de la situation.

— Nous savons cela, remarqua Ellen. J'ai parlé avec Becky à plusieurs reprises aujourd'hui.

— Mais, reprit immédiatement Dane, cela ne veut pas dire que nous n'allons pas fixer un certain nombre de principes.

Je présumais que ces principes allaient s'appliquer à moi et que je n'allais pas les adorer.

— O... OK.

Ellen croisa ses jambes mal épilées.

— J'ai passé quelques coups de fil à la demande de Becky, commença-t-elle. Jason Quinn accepte de vous rencontrer à 17 heures, à son cabinet de Boca Raton.

Je battis des paupières : Jason Quinn faisait partie de l'élite des avocats. Et ses honoraires étaient à la mesure de sa renommée.

— Merci. Il est très cher...

— J'ai retiré de mon entretien avec Becky que vous-même et quelques autres amis de l'accusée étiez en mesure de lever les fonds nécessaires, s'étonna Ellen en levant un sourcil roux. Il y a un problème ?

Accusée ? Le fait d'entendre le nom de Jane associé à ce statut me secoua.

— Non, non, je m'en occupe, fis-je en hochant la tête.

— Bien entendu, vous comprenez que vous devez intervenir le moins possible sur cette affaire, n'est-ce pas ? me demanda Dane.

— Ce sera peut-être difficile. La police a déjà enregistré ma déposition.

— Je ne parle pas de cela. Je souhaite seulement vous rappeler qu'en qualité d'employée, vous n'avez pas le droit d'user des moyens de ce cabinet à des fins personnelles.

— Je n'avais pas envisagé d'user de quoi que ce soit, dis-je en tentant d'étouffer la colère qui montait dans ma gorge. Jusqu'à présent, je me suis concentrée sur le paiement de la caution de Jane et l'identification d'un avocat qui voudrait bien la défendre.

— Ellen s'est arrangée pour que vous puissiez rencontrer l'un des meilleurs avocats pénalistes du sud de la Floride. Et, pour que nous soyons bien clairs, il s'agit d'une faveur que nous faisons à Becky Jameson et qui doit marquer la fin de votre participation à l'élaboration de la défense de l'accusée.

— Jane et moi sommes amies, expliquai-je en essayant de desserrer les mâchoires. Il n'est pas question que je lui tourne le dos alors qu'elle est dans la m… les ennuis.

— Ce n'est pas ce que nous vous demandons, intervint Ellen. Nous disons simplement qu'en contrepartie de l'accès à Jason Quinn que nous vous avons obtenu, nous voulons votre parole que vous ne retomberez pas dans les égarements de la dernière fois.

— J'ai résolu l'affaire.

— C'est vrai, admit Dane péniblement, comme si ces deux syllabes avaient manqué l'étouffer. Mais vous vous êtes aussi placée dans une situation extrêmement dangereuse et avez suscité de nombreux articles de presse sur ce cabinet. Des articles négatifs. Or, vous savez comment fonctionne ce cabinet, Finley. Cette maison n'existe qu'à travers sa réputation. Et je ne vais pas accepter qu'elle soit entachée simplement parce que vous faites des folies du genre de celle de ce matin.

— Ce n'est pas *moi* qui me suis traînée dehors avec les menottes, soufflai-je. (Je sentais presque le sang bouillir dans mes veines.)

— Ce que j'ai compris, c'est que vous n'auriez pas été menottée si vous n'aviez pas bousculé ce policier avant d'agresser verbalement les inspecteurs, dit Dane. Alors, je vais devoir me répéter. À compter de l'audience de comparution de demain, la seule personne de ce bureau autorisée à s'impliquer dans cette affaire est Rebecca Jameson.

— Parce que ?

— Parce que c'est un avocat, me répondit Dane comme s'il me donnait là l'explication de tous les grands mystères de l'univers.

Me levant, je me campai sur mes deux pieds.

— Êtes-vous en train de me dire que je ne peux pas rendre visite à mon amie ? Que je ne peux pas la soutenir dans cette épreuve ?

Ellen ne dit rien et Dane secoua la tête.

— Becky a dit qu'il était important que vous assistiez à l'audience de demain. Je vous autorise donc à prendre votre journée.

— Merci. *Enfin, je crois.*

— Après quoi, je veux votre parole que vous coopérerez pleinement avec la police et les avocats. Hormis cela, je ne veux pas voir votre nom dans les journaux ni votre visage aux informations télévisées. Ai-je été suffisamment clair ?

— Parfaitement.

Le dos droit, je pivotai sur le talon de mes sandales Cindy Says et me dirigeai vers la porte.

— Finley ? reprit Dane.

— Oui ? répondis-je en me tournant à demi dans sa direction.

— Un seul faux pas et je vous vire. Il n'y aura pas de suspension cette fois-ci.

Pas plus que de compassion, d'ailleurs. Je passai un peu de ma colère sur le bouton « Descente » de l'ascenseur en le frappant de mon poing. Malheureusement, cela n'eut d'autre résultat que de me faire mal aux doigts.

Je jetai un coup d'œil à ma montre et fis la grimace. Il était un peu plus de 14 heures et je n'avais plus qu'une idée en tête : pénétrer dans le bar le plus proche et me saouler. Cette option semblait définitivement inaccessible : je devais appeler Liv, prendre des nouvelles de Jane, aller à Boca pour rencontrer Jason Quinn *lui-même*, puis retrouver Patrick pour le dîner. Puisque je n'avais pas la possibilité de me saouler, je profitai du fait que j'étais encore dans l'ascenseur pour m'adonner à une activité de fille et je me mis à pleurer. Pas pleurer comme une madeleine, non. Plutôt renifler avec les yeux remplis de larmes. Des larmes de colère, de frustration, de manque de sommeil et du sentiment accablant de mon impuissance.

J'essuyai mes joues en me dirigeant vers mon bureau. Margaret était partie et je savais, d'après ce qu'Ellen et Dane s'étaient dit après que j'eus quitté la pièce, qu'ils étaient sur le départ. Il n'empêche que je n'avais pas l'intention de déambuler dans les couloirs – même déserts – en sanglotant comme une pauvre fille.

En poussant la porte de mon bureau, je vis immédiatement Patrick en train de placer un vase de roses blanches à côté de mon ordinateur. Avec les émotions que je venais d'avoir, j'étais encore plus heureuse de le voir. Il se retourna et me fit ce sourire parfait que je connaissais si bien. Je m'élançai vers lui pour me placer sous la protection de ses grands bras. C'était si bon d'être ainsi enlacée.

Patrick repoussa les mèches de mon front, puis prit délicatement mon visage entre ses mains. Nos regards se rencontrèrent puis il approcha ses lèvres des miennes.

Son baiser fut doux et tendre. Mais ce n'était pas du tout ce qu'il me fallait. Ma journée avait été complètement pourrie et je méritais bien quelques minutes de pure luxure.

Après avoir quasiment bousculé Patrick, je sautai sur mon bureau et l'attirai vivement entre mes cuisses. J'escomptai bien qu'il ait une érection instantanée. Après tout, cela faisait plusieurs semaines que nous ne nous étions pas vus. Mais puisque ça ne venait pas immédiatement, j'enlaçai fermement son cou de mes bras et fourrai avec avidité ma langue dans sa bouche.

Tout cela, forcément, m'échauffa. Contrairement à Patrick. Ses doigts agrippèrent mes avant-bras sans pour autant qu'il me repousse ou m'attire à lui.

— Fin, me dit-il simplement, la bouche collée à la mienne, ce n'est pas le meilleur endroit pour ce genre de choses.

Je ravalai un grognement. Pour une fois, juste une fois, je voulais qu'il se lâche et que nous ayons un rapport brutal, bref et spontané.

— Il n'y a personne, essayai-je pour le rassurer tandis que mes ongles s'évertuaient à le tenter en effectuant de grands cercles dans son dos.

En désespoir de cause, je glissai brusquement ma main entre nos corps et commençai à le caresser à travers son short. La légèreté du tissu et ma détermination finirent par lui arracher une réaction.

Bon d'accord, ça n'avait pas grand-chose à voir avec un épisode de passion sauvage et débridée, mais Patrick joua néanmoins sa partie du scénario et commença à mordiller et embrasser mon cou.

J'étouffai un râle d'excitation lorsque ses dents firent tomber de mes épaules les bretelles de mon top. Dans le même temps, sa main s'engouffra dans la brèche ainsi ménagée et alla soupeser mes seins.

Mes doigts se perdirent dans ses cheveux et l'attirèrent à moi tandis que sa chaleur envahissait mon ventre, satisfaisant enfin le sentiment d'urgence qui m'avait parcourue. Ma gorge laissa échapper un bref gémissement quand son pouce vint effleurer mes tétons dressés. Avec une surprenante dextérité, je réussis à déboutonner d'une seule main sa ceinture et je m'apprêtais à baisser la braguette de son short quand j'entendis un bruit.

Patrick s'écarta de moi avant même que mon cerveau assoiffé de sexe ne parvienne à appréhender ce bruit. Il s'affala dans l'un des fauteuils placés devant mon bureau, me laissant ainsi seule face à l'homme qui s'encadrait dans l'embrasure de la porte.

Liam McGarrity portait un jean, une chemise hawaïenne aux couleurs passées et un sourire sarcastique aux lèvres.

— Désolé, je ne voulais pas interrompre votre... euh, truc.

Avant de sauter de mon bureau, drapée dans le peu de dignité qu'il me restait, je rajustai mes vêtements en tâchant vainement de minimiser le rouge écarlate qui marbrait mes joues. Ce n'est que lorsque je fus sur pieds que je pris conscience que j'avais, dans la bataille, perdu l'une de mes chaussures et que j'allais être, par conséquent, contrainte de claudiquer jusqu'à mon siège, tel Quasimodo gravissant les marches de son clocher.

J'étais tout à fait tentée de plonger sous mon bureau et l'ironie qui inondait le regard de Liam ne contribuait guère à l'amélioration de mon humeur. Je replaçai quelques mèches du bout des doigts dans le vain effort de faire oublier les ébats qui venaient de me décoiffer. Enfin, bon, les préliminaires à ces ébats.

Liam s'avança nonchalamment vers Patrick et lui tendit la main :

— Nous nous sommes rencontrés à l'hôpital.

Ils se serrèrent la main pendant que Patrick se mettait debout. Le bouton de son short était encore défait, mais son érection était déjà de l'histoire ancienne.

— Oui, bien sûr. Vous êtes détective, n'est-ce pas ?

— C'est cela même, répondit Liam sans lâcher la main de Patrick. Comment c'était, New York ?

Je commençais à avoir l'impression d'être invisible dans la mesure où aucun d'entre eux ne me regardait plus. Je décidai donc de m'en mêler :

— Patrick n'effectue que des vols internationaux, pas des vols intérieurs.

— Oh, pardon. J'ai dû confondre, fit Liam en haussant les épaules.

— Aucun problème, répondit Patrick, les joues encore un peu roses.

Il sortit alors ses clefs de voiture de sa poche et se tourna vers moi :

— Je dois passer chez American Eagle Outfitters avant qu'ils ne ferment.

Ma tête se vida et cela dut se refléter sur mon visage.

— La randonnée…

— Ah oui, fis-je en hochant la tête.

Puis, mon corps se tendit subitement :

— Mais tu ne peux pas partir demain matin. L'audience pour Jane…

Patrick mit ses mains en avant en un signe d'apaisement qu'il accompagna d'un sourire chaleureux.

— J'ai déjà changé mes billets pour l'avion de 18 heures. Je serai à vos côtés, les filles.

Je mis un peu de temps à digérer la façon dont il nous appelait « les filles ». Et le fait de réaliser qu'il n'avait aucunement l'intention d'annuler ses vacances m'énervait carrément. Spécialement avec Liam dans les parages, les pouces coincés dans sa ceinture, qui appréciait visiblement de tenir la chandelle.

Patrick s'approcha de mon bureau et se pencha au-dessus du bouquet de roses pour m'embrasser la joue.

— Ah oui, j'ai failli oublier, me dit-il en mettant la main à sa poche arrière et en en sortant une liasse de billets.

— Merci.

— Trois, c'est tout ce que j'ai pu obtenir, s'excusa-t-il.

— Ça va nous aider, le rassurai-je. On te remboursera.

— Ne t'inquiète pas de cela maintenant, me dit-il en tapotant le bout de mon nez. Ça marche toujours pour le dîner ?

— J'ai un rendez-vous à Boca à 17 heures.

— Aucun problème. Passe-moi juste un coup de fil si tu risques d'être en retard.

Il était assez difficile de rester en colère contre Patrick alors qu'il venait de me tendre 3 000 dollars, qu'il m'avait offert des roses, qu'il avait modifié son billet d'avion et qu'il avait gracieusement accepté toute contrainte pouvant affecter notre dîner.

Je n'avais en revanche aucun mal à transférer mon irritation sur Liam.

— Qu'est-ce que tu fiches ici ? lui demandai-je d'un ton rogue alors qu'il installait son imposante stature dans l'un des fauteuils, devant mon bureau.

— Tu m'as demandé de te retrouver ici. Tu te souviens ?

Oh, p…

— Ça m'était sorti de la tête.

— C'est ce que je me suis dit quand je suis entré dans la pièce et que j'ai vu que ton petit ami t'avait allongée sur le bureau. Ces roses doivent être magiques, non ?

Je sortis l'une des roses du vase afin de respirer son parfum léger et frais. Cela valait mieux que de me concentrer sur cette odeur masculine que dégageait Liam. Apparemment, mes hormones ne s'étaient toujours pas calmées. À moins que les quelques heures que je venais de passer auprès de prostituées, sur un banc, ne m'aient transformée en traînée.

— Et ta femme ? demandai-je, en arborant un sourire sarcastique.

— Ex-femme et elle va très bien. Elle ouvre son salon la semaine prochaine.

— Mais c'est merveilleux pour elle.

Il me fit alors profiter de son fameux sourire en coin ravageur :

— Tu n'apprécies pas Ashley ? C'est une honnête femme et elle t'aime beaucoup.

Puisque c'est une telle sainte, pourquoi avez-vous divorcé ? Et pourquoi continues-tu à coucher avec elle ? Et pourquoi est-ce que ça me préoccupe ?

— Je la connais à peine. Pourrait-on parler du cas de Jane, maintenant ?

— C'est toi qui vois.

J'allai nous chercher deux tasses de café avant de lui faire un résumé détaillé de l'affaire.

— Alors je me suis dit que peut-être Jane et Paolo avaient été drogués. Et si le meurtrier avait versé quelque chose dans leurs verres ? Ça pourrait expliquer qu'elle ne se souvienne pas s'ils ont ou non fait l'amour. Et qu'elle se soit endormie. *Et* que le meurtrier ait pu s'introduire chez elle, tuer Paolo sans qu'il se défende, puis repartir tranquillement.

— Théorie intéressante.

Mon humeur s'améliora :

— Alors, tu vas m'aider ?

— Non.

Je ravalai ma joie :

— Non ?

Liam secoua la tête et l'une de ses boucles noires vint s'égarer sur son front hâlé.

— Pourquoi ?

— Je viens d'accepter un job pour un nouveau client il y a une heure.

— Mais tu m'as appelée ce matin. Tu as dit que tu m'aiderais.

— Pour un prix d'ami. Désolé, mon cœur, mais on m'a fait une meilleure offre.

— Qui ça ?

— Ellen Lieberman.

— Pour quoi faire ? Poursuivre un fraudeur aux assurances à travers toute la ville ?

— Nan.

— Faire des recherches sur des sociétés clientes ?

— Nan.

Ma tension commençait à atteindre des sommets :

— Promener son chien ??!

Liam ricanait doucement. Ce faisant, il émettait des accents profonds et cuivrés qui pénétraient mes cellules :

— Nan.

Oh et puis… J'attrapai mon sac à main. J'en avais assez de jouer aux devinettes avec lui et je le lui notifiai vertement :

— Va donc faire le larbin pour Ellen. Je me fiche de ce qu'elle veut te faire faire. Il faut que j'aille à Boca.

— Et moi aussi.

— Et pourquoi cela ?

— Ça fait partie de ma mission.

Je m'immobilisai :

— Quoi ?

— Lieberman m'a engagé pour que je te tienne éloignée de tout ennui.

Mes yeux se plissèrent :

— Depuis quand se préoccupe-t-elle de ce qui peut m'arriver ?

— Je n'ai pas l'impression que ça la préoccupe beaucoup, mais Becky l'a convaincue. Lieberman a insisté pour avoir une garantie.

— Une garantie de quel genre ?

Liam frotta la barbe naissante qui assombrissait son menton.

— D'un genre qui t'empêcherait d'enquêter sur le meurtre.

— Ne compte pas là-dessus.

— Je n'y songeais pas.

— Alors, pourquoi avoir accepté ce job ?

— Je te l'ai dit : j'aime les défis.

On peut apprendre de ses erreurs,
ou se contenter de les répéter à l'envi.

Cinq

L a voiture de Liam était comme mon appartement : en chantier. Et tout comme mon appartement, il s'agissait d'un chantier permanent. Sa Mustang de 1964 portait des traces de mastic grisâtres sur la portière côté conducteur, et les taches de rouille qui maculaient le capot avaient fini par prendre une teinte bleutée. Mais le pompon revenait quand même au bout de Scotch qui maintenait en place le rétroviseur latéral.

— Allez, vas-y, crache ta Valda, me dit-il.

— Quoi, demandai-je innocemment.

— Je suis sûr que tu rêves de faire un commentaire déplaisant sur ma voiture.

Liam avait l'aptitude irritante de pouvoir lire dans mes pensées. C'en était presque inquiétant. Souvent, même *moi* je ne voulais pas savoir ce que mijotait mon esprit, alors je tenais encore moins à ce que quelqu'un comme Liam soit capable de s'y promener, surtout quand il risquait d'y trouver des considérations érotiques, voire strictement sexuelles, le concernant.

Il était temps que je réoriente mes pensées :

— Je n'ai rien à en dire. Ta voiture parle pour elle-même. Et puis je suis surtout préoccupée de l'impression que je vais faire à Jason Quinn.

— Non, contre-attaqua-t-il, tu veux *engager* Quinn. Dans ces conditions, ta voiture ne peut pas faire l'affaire et tu devrais songer à choisir la mienne.

Pour ma part, je considérais que ma BMW était une pure beauté en leasing, alors que je n'aurais jamais pu faire confiance à sa poubelle, même pour me déposer au supermarché.

— Et pourquoi cela ?

— La tienne ne convient absolument pas à ce genre de réunions. Elle crie haut et fort que tu as de considérables ressources financières. Alors que nous savons tous les deux que tu n'en as aucune.

Mon dos se raidit sous l'effet du résumé, certes exact, mais désagréable de ma situation comptable.

— Et comment sais-tu que je n'ai pas d'argent ?

Profitant de mon émoi, il plaça ses doigts puissants au-dessus de mes reins et m'orienta dans la direction de ce qui lui tenait lieu de moyen de transport. La force et la chaleur de sa main pénétrèrent les deux épaisseurs de coton de mes tops, répandant dans mon ventre une onde voluptueuse dont je me serais passée. Mais, malgré mon inconfort, je n'allais tout de même pas me reprocher cette réaction involontaire qui n'était, après tout, que la conséquence indirecte de mes ébats avortés avec Patrick.

Liam m'ouvrit la portière côté passager. Elle émit un craquement sonore suivi d'un son plus aigu, comme si elle risquait à tout moment de sortir de ses gonds.

— Et où m'emmènes-tu ?

— À ta voiture.

— Elle est garée près…

— De Macy's, finit-il à ma place en s'installant derrière le volant, ses clefs oscillant juste au-dessus de l'emplacement du contact, sur le tableau de bord. Très développement durable, et probablement une première de choisir un parking payant. Ça a dû représenter un certain sacrifice pour une fille qui aime tant jouer les voituriers.

— À t'entendre, on pourrait croire que je suis à deux doigts de profiter de la soupe populaire, m'indignai-je. (Sa pique n'était pas si éloignée de la vérité que cela, mais j'allais bien me garder de le lui avouer.) Je ne suis pas désespérée à ce point.

— C'est pour ça que ton copain t'a filé tout ce liquide ? Je dirais 3 ou 4 000, vu l'épaisseur de la liasse. Et puis, il y a cette fine enveloppe de banque dans ton sac. Une contribution vraisemblablement plus modeste de la part d'un autre ami. Ton sceau pour les certifications était sur ton bureau, ce qui veut dire que quelqu'un – je dirais Jane, puisque c'est celle qui se trouve actuellement dans le pétrin – t'a donné un pouvoir pour vider son compte avant l'audience préliminaire de demain matin. Si l'on additionne tout cela, on obtient un profil de consommateur compulsif. Peut-être devrais-tu songer à consulter ?

— Tu te prends pour qui ? Ma baby-sitter *et* mon conseiller financier ? Par ailleurs, tu te trompes quand tu dis que Jane m'a donné un pouvoir. (Le reste de sa démonstration étant tout à fait proche de la vérité, je m'accrochais à l'unique détail propre à démontrer que Liam McGarrity était faillible.) Un certificateur n'a pas le droit de certifier un document dont il bénéficie.

— Et après ?

Il démarra sa voiture ou, plus précisément, il essaya par trois fois de la mettre en marche avant que, avec moult grincements, grondements et autres râles, elle n'accepte à contrecœur de s'ébranler. Le bruit du moteur était assourdissant et ce qui tenait lieu d'air conditionné se contentait de faire circuler l'air étouffant de l'habitacle.

Quand Liam baissa sa vitre, je l'imitai. Cela ne fit pas grande différence. La sueur collait mon dos au cuir déchiré du siège et je sentais qu'elle ne tarderait pas à couler entre mes seins. Sans compter que l'odeur du pot d'échappement s'était imposée presque aussitôt après qu'il avait démarré.

Liam paraissait insensible à la chaleur. Du moins, c'est l'impression que je retirai d'un rapide coup d'œil en coin. Bon, d'accord, une partie seulement de mon impression. Une partie sans aucune importance puisque, pour être honnête, elle n'était qu'un détour, emprunté par mon cerveau, afin de m'éloigner de la zone dangereuse, pendant que j'admirais silencieusement son profil.

Il n'avait rien du gentil garçon propret qui surgissait en général sur mon écran radar. D'abord, je craquais pour les fringues : son jean était usé jusqu'à la corde et il avait une minuscule déchirure juste au-dessus du genou gauche, mais la coupe de sa toile souple mettait en valeur d'impressionnants muscles fins. Ensuite, je craquais pour la chemise : je n'adorais pas les imprimés hawaïens (à moins qu'ils ne proviennent de chez Tommy Bahama, ce qui n'était évidemment pas le cas), mais je devais avouer que ce motif de palmiers sur fond blanc flattait son teint – enfin, aurait pu le faire s'il avait bien voulu passer un peu plus près du rasoir. J'aurais aussi dû craquer pour cette barbe naissante et négligée à la Colin Farrell, mais ça, c'était trop sexy pour que je l'admette.

Qu'à cela ne tienne, je pouvais aussi craquer pour ses cheveux noirs. Certes, cette couleur s'harmonisait avec l'allure élancée, sombre et séduisante qu'il affichait. Mais mon émoi résultait surtout du fait que les mèches de sa nuque semblaient totalement hors de contrôle et naturelles. Or, de nos jours, combien d'hommes peuvent dire qu'ils s'abstiennent de recourir aux gels et autres produits capillaires ?

En somme, un homme d'une beauté peu classique avec un nez légèrement busqué, souvenir probable d'une fracture. Pas qu'une, sans doute.

Il fallait que je mette un terme à cette obsession. Ça devenait malsain. Et puis, ce n'était pas juste vis-à-vis de Patrick. Reste que l'intérêt que je portais à mon petit ami vacillait plusieurs fois par jour. J'en rejetais bien évidemment la faute sur Liam, solution beaucoup plus commode que de faire face à mon ambivalence croissante vis-à-vis d'un homme qui s'était toujours montré gentil, fiable, bienveillant, réfléchi et honnête depuis deux ans que nous sortions ensemble.

En réalité, tout ce que je savais sur Liam, c'est qu'il continuait à coucher avec son ex et qu'il avait été flic. Mais comme je ne souhaitais pas discuter avec lui de sa vie sexuelle, je changeai complètement de sujet :

— Pourquoi as-tu quitté la police ?

— C'était le moment.

Je secouai la tête en émettant un soupir un peu exaspéré :

— Et pourquoi ?

— C'était le moment, répéta-t-il en se garant le long de ma voiture. Bon voyage jusqu'à Boca.

— Tu ne viens pas avec moi ?

Il fit un signe négatif de la tête, puis se pencha au-dessus de mes jambes pour m'ouvrir la portière. Ce faisant, son avant-bras vint frôler mes seins et il me fallut serrer les lèvres pour ne pas laisser échapper un autre soupir d'un genre très différent, cette fois.

— Nan. Les associés ont donné leur feu vert pour que tu rencontres l'avocat.

— Mais je croyais que tu étais payé pour garder l'œil sur moi ?

— Pas tant que tu ne fais rien de mal. Si tu prends la rocade, tu verras un Starbucks au niveau du centre commercial, au nord de Boynton Beach. Bon, il faut que j'y aille. J'ai un truc. On se contacte bientôt, ajouta-t-il en regardant le chronographe de chez Breitling qui ceignait son poignet bronzé.

Liam était réputé pour ses « trucs ». Je n'en avais aucune preuve, mais j'étais presque sûre qu'ils étaient synonymes d'entrevues avec sa prétendument ex-femme. D'ailleurs, cette expression m'énervait tellement que je fus tentée de claquer violemment la porte de sa très chère Mustang. Et je l'aurais fait si mon attention n'avait été captée par le papier jaune coincé sous mes essuie-glaces.

— À plus, fit-il tandis que son tas de ferraille lâchait un dernier pet de fumée bleue avant de s'éloigner.

— Mais c'est une blague ! m'indignai-je à haute voix en saisissant le procès-verbal et en découvrant que je devais désormais 53 dollars à la municipalité de Palm Beach pour n'avoir pas mis assez de monnaie dans ce p… de parcmètre.

Fulminant, je fourrai la contravention dans mon sac, montai dans ma voiture et me dirigeai vers le sud en direction de Okeechobee avant de prendre la sortie vers la rocade. Dans la mesure où c'était une route à péage, ni la circulation ni le dédale des constructions, ne risquaient de me retarder. J'avais une vague idée de l'endroit où se situait le bureau de Quinn, mais par prudence, alors que je ralentissais pour passer le péage, je pris mon portable pour ingénieusement appeler le système de navigation afin de vérifier l'adresse exacte. Je sélectionnai alors le mode « Commande vocale » et appuyai sur le bouton du haut-parleur afin que le téléphone, posé sur le siège passager, me guide jusqu'à destination.

Les gadgets m'enthousiasmaient toujours et c'était la première fois que j'utilisais cette application de mon nouveau portable. Enfin bon, nouveau pour moi puisque je l'avais obtenu sur eBay pour une fraction de son prix. Il avait bien une minuscule éraflure sur le clavier, mais c'était la seule imperfection visible. L'un des types des services techniques, à mon bureau, avait remplacé la carte SIM et téléchargé plein de trucs rigolos. Le tout gratis.

Oh, je savais qu'il aurait bien voulu autre chose qu'un remerciement poli pour le mal qu'il s'était donné, mais il pouvait toujours courir. Je n'aurais jamais promis de faveurs sexuelles en échange d'une customisation de portable.

Je n'avais pas fait 25 kilomètres que je dus tourner vers le centre commercial. Mon estomac commençait à crier famine. Tout en pénétrant dans l'immeuble, je souris en repensant à quelque chose que Jane avait dit, quelques semaines auparavant, quand nous étions allées bruncher chez John G à Lake Worth, un dimanche, avant de passer l'après-midi à la plage.

« Finley, avait-elle commencé, les sourcils froncés, en observant le serveur poser une pleine assiette de gâteaux devant moi, alors que la sienne débordait de fruits frais avec un peu de yaourt à 0 % sur le côté. Le corps doit être considéré comme un temple, pas comme un Mac Drive. »

Mon sourire se ternit. J'avais encore du mal à admettre que Jane puisse avoir d'aussi sérieux ennuis. Et je n'arrivais pas à chasser de mon esprit la vision de ses mains couvertes de sang.

Le centre commercial regroupait un curieux assemblage de boutiques de fast-food, de centres d'informations pour touristes, de magasins de souvenirs, de distributeurs divers et d'immenses toilettes à peu près propres. Je commençai par aller visiter les toilettes des dames pour m'y laver les mains et me remettre un petit coup de rouge à lèvres. Mes cheveux avaient connu de meilleurs moments, mais, globalement, j'étais présentable.

Je n'allais pas tarder à manquer de liquide. D'ailleurs, j'étais tellement fauchée que je dus me contenter d'un café noir tout simple, en promotion. Je retirai l'opercule bouillant du gobelet blanc et me promenai devant d'innombrables rayons de brochures touristiques sur les attractions locales. Mais toutes les merveilles que pouvait offrir la région d'Orlando m'intéressèrent beaucoup moins que le dépliant en couleurs concernant le centre commercial de Sawgrass Mills : trois cent cinquante magasins d'usine, distribuant autant de marques, regroupés sous un toit ayant la forme d'un alligator. C'était la Mecque du chasseur d'affaires, mais je ne pouvais plus me le permettre, eu égard à la terrible situation de mon amie. Sans parler du compte de ma carte de crédit.

En fouillant avec opiniâtreté au fond de mon sac, je trouvai exactement 2 dollars et 11 cents. C'était assez pour un sachet de moyenne taille de M&M's. Des protéines. Voilà qui était sain. Quant à l'enrobage en chocolat, eh bien, c'était juste nécessaire.

Une fois que je fus de retour dans ma voiture, l'aimable accent britannique de mon copilote assisté par ordinateur m'orienta vers la rocade. Boca était l'un des endroits en vue du comté de Palm Beach. Comme partout ailleurs dans l'État, la ville était un mélange de quartiers huppés, de vieilles villas typiques de Floride et d'aires de caravanes. Toutefois, ces dernières années, du fait principalement des cyclones, nombre de ces gentilhommières en aluminium avaient été détruites, ouvrant ainsi une brèche modeste aux promoteurs. Les nouveaux ensembles immobiliers n'incluaient bien entendu ni terrains de caravanes, ni rien qui puisse s'apparenter à des logements financièrement accessibles. Chacun des panneaux publicitaires que je dépassais sur la route qui me conduisait vers le centre ville de Boca faisait d'ailleurs état de prix – hors construction – compris entre 500 000 et plus de 2 millions de dollars.

Dans ces conditions, mon loyer mensuel de 1 300 dollars était une véritable affaire.

Même sans l'assistance de mon copilote, je reconnus le bureau de Quinn au moins deux blocs avant d'y arriver. Il était tout en vitres et avait la forme d'une étroite pyramide. Le revêtement de ses baies vitrées réfléchissait les rayons dorés du soleil.

Je trouvai à me garer au coin de l'immeuble (aucun parcmètre en vue). Je replaçai mon téléphone portable dans mon sac et partis à la rencontre du grand Jason Quinn.

La porte étant fermée, j'essayai le bouton enchâssé dans une plaque en cuivre sur le côté gauche du chambranle. Simultanément, j'entendis un *bzzzz* et un *clic*. Je me dépêchai d'entrer à l'intérieur du bâtiment. J'avais été impressionnée par l'aspect extérieur de l'immeuble, mais ce n'était rien en comparaison de la magnificence du hall : une fontaine haute de deux étages en marquait le centre, entourée d'un mélange coloré de fleurs et de plantes tropicales odorantes. En levant les yeux, je dénombrai pas moins de huit étages, chacun d'eux disposant de coursives surplombant la fontaine.

Des œuvres abstraites tout à fait intéressantes ornaient les murs, instillant couleur et luminosité sur un parcours qui aurait pu être sévère et austère. Certaines étaient des sculptures métalliques, mais la plupart étaient des huiles sur toile et j'aurais parié (simple façon de parler puisque, en tout état de cause, je n'avais plus rien à miser) que toutes étaient des œuvres originales.

Un répertoire des occupants de l'immeuble était affiché entre les ascenseurs et, bien que le nom de Quinn ne fît pas partie de la liste, je présumai, sans grand risque, que son bureau était situé au dernier étage de l'immeuble. J'appelai l'ascenseur et l'ayant entendu s'ébranler dans les hauteurs, je regardai le numéro des différents étages s'allumer à mesure qu'il descendait.

J'avalai un bonbon mentholé pour améliorer mon haleine. Je voulais éviter qu'elle ne trahisse ma récente orgie de café et de chocolat, et j'espérais que le menthol apaiserait les acides gastriques qui avaient commencé à me tordre le ventre.

Quand les portes de l'ascenseur s'ouvrirent sur le troisième étage, je découvris que Jason Quinn m'attendait. Surprise, je crois que je laissai échapper un petit cri avant de laisser s'épanouir sur mon visage mon sourire le plus intelligent.

L'effluve boisé et ambré de l'Aquarama de chez Follio Di Aquarama embaumait l'espace exigu. Ce n'était pas mon parfum masculin préféré, mais il allait parfaitement à l'homme qui se tenait devant moi. Il avait l'air d'un avocat de grand prix, depuis le faîte de la toison grisonnante et lustrée de ses cheveux jusqu'aux bouts de ses mocassins à pompon Santoni. Quinn avait choisi l'option mono-chrome : une chemise en soie à manches courtes couleur mastic et un pantalon brun à pli. Avant même qu'il ne me salue, j'avais deviné qu'il avait eu recours à la chirurgie plastique : lifting des yeux et peut-être un très léger lifting facial. Il arborait par ailleurs un bronzage artificiel qui, de mon point de vue, était un brin trop orangé pour pouvoir passer pour du vrai.

— Allons dans mon bureau, proposa-t-il.

Bien qu'il se soit montré agréable, je ne me sentais pas très à l'aise. Il ne s'embarrassa pas de mondanités et n'essaya à aucun moment de ressembler à l'homme affable qui passait une partie substantielle de son temps à commenter et/ou pondre des séries TV sur le monde du crime. Je ne l'aimais pas. Mais j'en avais besoin.

Dans le sillage de son eau de toilette, je le suivis à l'intérieur de son bureau ou plutôt son sanctuaire. À côté de ce vaste espace, la garçonnière de Vain Dane semblait ordinaire. Le bureau avait deux fois la taille de mon appartement, avec une vue à couper le souffle sur le lac Wyman et Mizner Park. Chaque meuble était énorme, ce qui n'avait rien d'illogique puisque Quinn devait faire près de 2 mètres. En étudiant les photographies joliment encadrées qui avaient été disséminées dans la pièce, j'appris qu'il avait non seulement fait partie des meilleurs étudiants de la fac de droit de Harvard, bénéficiaire d'une bourse Rhodes de surcroît, mais aussi qu'il avait été une star de l'équipe de basket du collège de Duke, au poste d'avant-centre.

Tout comme Vain, il n'avait pas lésiné sur le nombre de clichés le représentant aux côtés de célébrités et y avait ajouté quelques articles, encadrés eux aussi, de *Newsweek* ou de *Forbes* l'ayant choisi pour glorieux sujet. Au cas où un client potentiel aurait encore eu quelques hésitations, Quinn avait mis sous verre une bonne demi-douzaine de revues de presse concernant ses succès judiciaires les plus retentissants.

— Je vous remercie de me recevoir un dimanche, dis-je en m'asseyant, bien convenablement, sur le rebord de l'un des trois fauteuils qui faisaient face à son bureau chromé, ultramoderne et technologiquement hyper-sophistiqué.

À vrai dire, la façon dont je m'étais assise ne répondait pas à une volonté diffuse de jouer la demoiselle effarouchée. C'était plutôt le seul moyen que ma petite personne avait trouvé pour occuper un de ces énormes fauteuils sans que ses pieds se balancent à dix centimètres au-dessus du sol. Il était clair que Quinn ne s'était préoccupé que de son propre confort lorsqu'il avait sélectionné ses meubles.

— Le coup de téléphone d'Ellen m'a un peu surpris, admit-il en s'asseyant. Je ne lui ai pas parlé depuis qu'elle a été ma stagiaire, il y a de cela des années.

— Vraiment ?

Je n'avais jamais songé au fait qu'Ellen avait eu une vie avant Dane, Lieberman. Je me l'étais toujours plus ou moins imaginée comme une sorte d'androïde, déjà vieille et forcément poilue.

— Oh, nous nous voyons de temps en temps lors des réunions occasionnelles du barreau.

Quand il cligna des yeux, je m'aperçus qu'il portait des lentilles de contact bleues par-dessus ses iris bruns. Vain[1] Quinn ? Non, ça ne sonnait pas aussi bien.

— Je ne voudrais pas abuser de votre temps, alors mieux vaut peut-être que je commence par les grandes lignes.

— Très bien.

— Jane Spencer sera officiellement accusée demain matin lors de son audience de comparution.

— Un instant, me dit-il tandis que ses doigts parcouraient habilement un clavier en plastique translucide.

Depuis mon poste d'observation, il m'était difficile de voir ce qu'affichait son écran ultraplat dernier cri.

— Elle doit comparaître devant le juge Benjamin Faulkner à 10 h 30.

— C'est bon à savoir.

— Ça n'a rien de secret. J'ai recours au logiciel CourtAccess. Cela me facilite beaucoup les choses dans la mesure où je suis des affaires dans de nombreux pays, précisa-t-il en s'adossant à son siège.

---

1. *NdT.* Référence à Vain Dane, *Vain* signifiant en anglais « vaniteux ».

— En tout cas, Jane n'a pas tué M. Martinez.

— Hors sujet, remarqua Quinn. Tout cela n'a rien à voir avec la culpabilité ou l'innocence, Mlle Tanner. Ce qui compte, ce sont les pièces à conviction et les preuves.

Merci pour ce bref rappel.

— Bon, elle a besoin d'un bon avocat pénaliste et vous êtes le meilleur de Floride.

Il sourit. Une expression furtive et un peu poisseuse qui me fit frissonner.

— C'est vrai, mais nous nous écartons du sujet, dit-il. J'ai bien peur de ne pouvoir vous aider.

Tous mes espoirs sombrèrent d'un coup :

— S'il s'agit de vos honoraires… fis-je en entrouvrant mon sac à main, je peux d'ores et déjà vous remettre une provision et la compléter dès demain, à l'ouverture des banques.

— Cela n'a rien à voir avec mes honoraires, même si je n'aurais pas accepté cette affaire pour cette unique raison.

— Alors pourquoi ? lui demandai-je d'une voix qui s'apparentait à une supplique – et c'est exactement ce que c'était.

Il allongea le bras et saisit une feuille de papier blanc pliée, qu'il me tendit :

— Considérez-vous dûment informée.

Je dépliai la page et la regardai fixement comme si elle était rédigée en farsi :

— Je ne comprends pas.

— Les Hall m'ont engagé pour les représenter. Je vais requérir votre déposition le mois prochain.

Il se leva, aussi calme et décontracté que s'il m'avait simplement remis un cadeau en lieu et place de ce document juridique qui me convoquait à une stupide audience de déposition.

— Je vous souhaite bonne chance dans votre quête d'un avocat pour Mlle Spencer. Et merci pour m'avoir évité de vous faire signifier ceci par huissier.

Quand je parvins à la sortie de l'immeuble, l'état d'hébétude dans lequel je me trouvais avait déjà diminué. Mais ma rage contre ce connard arrogant et imbu de lui-même était telle que mon corps tremblait presque.

J'avais du mal à croire qu'un peu plus de douze heures avant, je me trouvais encore dans mon lit douillet, en plein rêve. Dans le très court laps de temps qui m'en séparait, j'avais été menottée, emmenée en pyjama jusqu'au commissariat, abordée par un prostitué travesti, interrogée, forcée de taper du fric à l'ensemble de mes amis, humiliée par ma mère et mon patron, prise la main dans un caleçon à mon bureau, raillée par Liam, épinglée pour n'avoir pas payé le parcmètre et voilà que je venais de devenir l'heureuse bénéficiaire d'une citation à comparaître devant un tribunal.

Après avoir fait un demi-tour parfaitement illégal (statistiquement, quel pouvait être mon pourcentage de chances d'avoir deux contraventions dans la même journée ? Énorme, vu ma journée), je vérifiai mon rétroviseur et expirai l'air que j'avais inconsciemment retenu dans mes poumons jusque-là. Je m'apprêtais à attraper mon téléphone portable quand il sonna. C'était Liv.

— Salut, fis-je en sachant pertinemment que toute tentative pour simuler la pleine forme échouerait lamentablement.

— Des mauvaises nouvelles ?

— Des tonnes.

— Mince, moi aussi. Toi d'abord.

Je mis mon téléphone en position mains libres et avouai à Liv que je n'avais pas encore trouvé d'avocat. Pire, comme Ellen avait présenté Quinn comme un plan certain, j'avais misé tous mes espoirs sur lui. Du coup, je n'avais encore appelé aucun des autres noms de la liste.

— Mais, ajoutai-je, pour positiver, je t'annonce que nous avons récolté 3 500 dollars. Et toi, quelles sont tes mauvaises nouvelles ?

— Les finances de Jane sont une catastrophe.

— Comment est-ce possible ? C'est une super-comptable.

— Non, m'opposa Liv, c'est une super-conseillère financière. Ses actifs disponibles représentent en tout et pour tout 7 000 dollars. Presque tout le reste est bloqué dans des investissements à long terme, des obligations d'État, des titres d'épargne…

— Et en langage intelligible, s'il te plaît ?

— D'après l'un de mes amis banquiers, cela nous prendra au moins une semaine, peut-être plus, pour transformer tout ce papier en argent liquide.

— Et l'audience préliminaire a lieu demain matin à 10 h 30, complétai-je en sentant une bouffée de panique m'envahir.

— Et il y a pire.

Impossible.

— Comment ça ?

— J'ai onze événements super-importants entre maintenant et début septembre.

— Encore une traduction, s'il te plaît, Liv.

— Pour payer mes prestataires, je tire sur un compte courant que je renfloue quand le client me paye. Je prends bien des arrhes, mais je ne perçois le solde de la facture qu'au jour de l'événement. En bref, d'ici le procès, je peux grappiller au mieux 5 000 dollars.

La voix de Liv tremblait légèrement et je sentais qu'elle était sur le point de fondre en larmes. Moi aussi, d'ailleurs.

— Donc, au final, il est 18 heures, et à nous quatre, nous avons réuni tout au plus 15 000 dollars et Jane n'a toujours pas d'avocat.

— Ça résume à peu près la situation.

— Je vais appeler la Banque Mère. Je ne peux rien promettre, tu sais comment elle est. Ensuite, je rentrerai chez moi pour voir si je parviens à joindre l'un des autres avocats de la liste.

— Non, concentre-toi plutôt sur l'argent. Becky et moi pouvons travailler sur la question de l'avocat.

— Mais, elle n'est pas avec Jane ?

— Seulement jusqu'à 19 heures. Je lui ai parlé il y a environ une heure.

— Est-ce que Jane tient le coup ?

— Becky dit que oui, vu les circonstances. Elle n'arrive toujours pas à se souvenir de grand-chose de sa nuit, à partir du moment où elle a quitté la limo.

Ce détail me turlupinait vraiment :

— J'ai besoin du nom du service de limousines auquel Paolo et Jane ont eu recours ce soir-là.

— C'est Bonne Conduite. Nous les utilisons tout le temps.

— Et vous employez toujours le même chauffeur ?

— Non, on prend celui qui est disponible.

— Donne-moi leur adresse.

— Pourquoi ? s'étonna Liv.

— J'ai peut-être une théorie.

— Finley, me dit Liv d'un ton suspicieux. Qu'est-ce que tu mijotes ?

— Rien, rien. *Enfin, pas encore.* Je te rappelle dès que j'en sais plus.

Après avoir raccroché, j'appelai ma mère mais sans succès. Je la maudis pour ne pas avoir répondu à mon appel, puis continuai à la maudire pour le simple plaisir.

Après tout cela, j'avais besoin d'entendre une voix amicale et je composai le numéro de Patrick.

— Tu n'as pas l'air en forme, me dit-il en entendant ma voix.

— Je n'ai pas vraiment envie de sortir dîner. Ça ne t'embête pas ?

— Et si je t'apportais quelque chose à manger chez toi ? Je peux passer par le traiteur asiatique.

Une fois encore, la culpabilité m'accabla. Quitter Patrick aurait été le comble de la bêtise. Fini les tergiversations. Je devais définitivement consacrer plus d'efforts à cette relation :

— Ce serait génial. Je devrais être à la maison d'ici quarante-cinq minutes.

— Je t'y attendrai. J'apporterai tes cadeaux et je me fendrai même d'un massage de pieds. Qu'en dis-tu ?

— Paradisiaque.

— À tout à l'heure, Fin. Tâche de ne pas te faire trop de mouron. Ça va s'arranger tout seul.

— Merci, ça fait du bien d'entendre ça.

— Alors, je te le répéterai en personne tout à l'heure. À tout'.

— À tout'.

J'essayai encore d'appeler ma mère à plusieurs reprises durant le trajet sans histoire qui me ramena à mon appartement. Toujours sans succès, même quand je m'identifiai sur sa messagerie, au cas où elle aurait encore filtré.

Comme promis, Patrick m'attendait devant ma porte, les bras chargés de plats à emporter auxquels s'ajoutaient deux paquets cadeaux qui se balançaient au bout de son poignet. L'un était noir, l'autre rouge. Il m'embrassa tendrement, puis attendit que j'ouvre la porte. Il régnait dans la pièce une puissante odeur de nettoyant au citron associée à une subtile touche d'eau de Javel. En me penchant sur la poignée de ma porte d'entrée, puis sur le sol, je sus aussitôt que Sam était passé par là et avait récuré le sang et la poussière d'empreintes. Quel amour.

— Mais cet endroit est immaculé, commenta Patrick en déposant ses paquets sur le bar. Tu t'es offert une femme de ménage ou quoi ?

— Ou quoi, marmonnai-je en retirant mes chaussures et en faisant des mouvements de nuque circulaires pour tenter de décontracter les muscles de mon cou.

— Ma pauvre Fin, me plaignit Patrick en s'approchant derrière moi pour me masser les épaules. Tu viens de passer une sacrée mauvaise journée. Peut-être te sentiras-tu mieux avec quelques cadeaux ?

Ça m'aurait étonnée, mais je lui adressai néanmoins un pauvre sourire. Le paquet noir contenait un minuscule bikini string provenant d'une boutique de Rio de Janeiro. Je rigolai intérieurement en me demandant sur quelle plage des environs j'allais bien pouvoir le porter *sans* me faire arrêter pour attentat à la pudeur.

— Merci, lui dis-je en l'embrassant. Deux fois.

La deuxième fois, je lui mordillai doucement la lèvre inférieure jusqu'à ce que je l'entende expirer un grognement rauque de satisfaction. Je défis lentement les boutons de sa chemise et sentis son cœur battre sous la paume de ma main.

— Tu as un autre cadeau, dit-il d'une voix un peu haut perchée.

— Et toi aussi, répliquai-je en posant ma bouche sur sa peau brûlante. Je pris ses tétons entre mes lèvres et les titillai de ma langue avant de sentir que Patrick se penchait légèrement pour m'empoigner les fesses afin de me serrer contre lui. Je sentais son érection contre mon ventre.

Et là, une sorte de folie s'empara de moi, sans que je sache vraiment pourquoi. Peut-être voulais-je me prouver que nous étions encore capables de passion ; peut-être avais-je besoin de ressentir autre chose que la tristesse et le désespoir qu'avait suscités la tragique situation de Jane ; ou peut-être – et je me détestai d'avoir pu envisager cette hypothèse ne fût-ce qu'un dixième de seconde – avais-je seulement envie d'assouvir mes fantasmes concernant Liam.

Quoi qu'il en soit, je me mis à arracher les vêtements de Patrick et à les disperser par terre, tout en faisant de mon mieux pour l'étouffer sous mes baisers. Je cherchai sa main et le dirigeai avec délicatesse vers le canapé. Il ne bougea pas. Au lieu de cela, il me prit dans ses bras et me porta jusqu'au lit.

Ma passion fut un peu écornée : il aurait pu être amusant de tenter quelque chose d'un peu différent. Nous faisions toujours l'amour dans un lit – le sien ou le mien. Mais alors que j'allais lui suggérer un modeste changement de lieu, Patrick ôta mon top avant de jouer avec mes tétons jusqu'à les transformer en deux billes dures. Puis sa bouche trouva un chemin jusqu'à ma gorge, passa sur mes seins, tandis que ses doigts soulevaient la ceinture de ma jupe. À partir de là, la géographie perdit de son importance.

Contrairement au coup porté à ma porte.

En une seconde, je redescendis de mon nuage. Rampant par-dessus Patrick, j'attrapai mon peignoir et en nouai la ceinture.

— Il est possible que ce soit Becky ou Liv, dis-je en admirant son corps mince et musclé. Ou ma mère.

Ce dernier mot eut un effet tout à fait intéressant sur Patrick. C'était un peu comme si j'avais fait éclater un ballon de baudruche avec une punaise : son érection disparut immédiatement et son regard se remplit d'une peur palpable.

— Reste là, lui dis-je en embrassant ses sourcils froncés.

J'ouvris la porte et me trouvai face à Liam McGarrity qui avait dans la main un grand sac en papier. Il haussa l'un de ses sourcils après m'avoir insolemment observée depuis mes cheveux en bataille jusqu'à mes pieds nus. Lentement, un grand sourire vint incurver sa bouche :

— Est-ce que j'interromps quelque chose ?

— Non.

Il regarda par-dessus mon épaule puis ses yeux se reposèrent sur moi :

— Soit je viens d'interrompre un truc avec le pilote, soit un mec bizarre a laissé ses fringues un peu partout dans ton salon.

— Tu as quelque chose à me dire ?

— Toujours. Je t'ai apporté quelque chose, dit Liam d'une voix où perçait la même ironie que celle que je voyais dans ses yeux.

Ma colère montait lentement :

— Un grand sac en papier de chez Publix ?

— Un grand sac en papier de chez Publix avec la bouteille de champagne et les verres provenant de la limousine que Paolo et Jane ont utilisée hier soir. Je vais les faire expertiser pour déterminer s'ils portent des traces de drogues ou des empreintes.

— Génial !! J'avais prévu de faire ça demain.

— C'est ce que je me suis dit. Voilà, c'est la bonne nouvelle.

— Il y en a une mauvaise ?

Il hocha la tête :

— Je viens de parler avec un copain qui bosse au labo de la police.

— Et ?

— Le couteau qu'ils ont trouvé sur le lieu du crime vient de la cuisine de Jane.

— C'est mauvais ça, hein ?

— Très.

Dans la vie, le meilleur est gratuit,
mais pour simplement obtenir un mieux,
il faut signer un billet à ordre.

Six

A lors j'ai fait semblant. Oui, semblant, comme dans la scène de la cafeteria de *Quand Harry rencontre Sally*. J'aurais dû avoir honte, mais à l'aube d'un jour nouveau aussi important, j'avais peu de temps à consacrer à ce genre de méditation. Pas plus qu'aux raisons qui m'avaient empêchée d'être réceptive aux caresses de Patrick. Certainement pas. Et puis ça aurait été admettre que l'interruption occasionnée par Liam avait effectivement eu des répercussions sur ma vie sexuelle. Il était hors de question que je m'aventure sur ce terrain.

Patrick était parti aux alentours de minuit, très content de lui. C'est dingue, cette facilité avec laquelle on peut faire croire à un type qu'on a eu un orgasme dévastateur. Quoi qu'il en soit, il devait encore régler deux ou trois trucs en vue de sa randonnée, avant de me retrouver au tribunal. Nous étions convenus qu'il se présente à l'audience dans son grand uniforme de pilote. Les uniformes impressionnent toujours. Dans le meilleur des cas, le juge en tirerait peut-être une impression suffisamment favorable pour abandonner complètement les charges absurdes qui pesaient sur Jane ou, au moins, envisager sa remise en liberté. Si quelqu'un méritait d'être libéré sur parole, c'était bien Jane.

Après tout, peut-être pouvais-je attribuer mon manque d'enthousiasme au lit aux inquiétudes que me causait l'une de mes meilleures amies ? Mais, au lieu de réduire mon malaise, cette pensée l'augmenta car, orgasme ou pas, j'avais, pour ma part, passé la nuit dans mon propre lit, tandis que Jane l'avait passée en cellule.

En allant dans la cuisine, je remarquai le deuxième cadeau de Patrick, celui qui était emballé dans un papier rouge et qui gisait, oublié, sur le bar. J'appréciais certes les cadeaux, mais le matin, je donnais toujours la priorité à un bon café. Je mis donc en route la cafetière avant de m'intéresser à ce qu'il m'avait rapporté.

Mes yeux n'étaient pas encore bien ouverts et je mis une bonne minute à m'apercevoir que le cadeau de Patrick n'était pas la seule chose que j'avais négligée la veille au soir. Le voyant rouge de ma messagerie vocale clignotait avec insistance. J'appuyai sur le bouton du haut-parleur, puis composai le code d'accès de ma boîte vocale, avant de me précipiter sur mon toujours fidèle *mug* rose surdimensionné. Alors que le répondeur m'annonçait que j'avais un unique message, je retirai la carafe de la cafetière de son emplacement pour y installer ma tasse, afin que les premières gouttes d'arabica y tombent directement.

Tout mon corps se tendit dès que j'entendis les premiers accents stridents et sévères de la voix de ma mère : « Vers 9 heures, un porteur doit livrer un chèque et un billet à ordre à cette femme qui accueille les gens à ton bureau. Je te prie de le signer et de le faire correctement certifier, puis de me le retourner par porteur express. Oh, j'allais oublier : j'ai annulé nos réservations pour le brunch de dimanche. »

Alléluia !!

« À la place, j'ai fait une réservation au country club de Willoughby, à Stuart. C'est à peu près le seul endroit de ma connaissance où je ne risque pas de rencontrer l'un de mes amis. Dimanche à 11 heures, donc. Tâche d'être ponctuelle. »

Allémerde.

« *Biip*. Pour sauvegarder ce message, veuillez appuyer sur... » J'écrasai la commande « suppression ».

— À combien se monte le prêt ? demandai-je au répondeur désormais silencieux.

Bon sang, c'était bien ma mère, ça : des tonnes d'instructions sur le Brunch Obligatoire et rien du tout sur le montant du chèque. Cruellement cynique. Exactement ma mère.

Il fallait donc que je revoie un peu mon programme du matin. Puisqu'on m'avait donné ma journée, sans solde bien sûr, j'avais prévu de retrouver Becky et Liv au café Tommasso à 9 h 30. Patrick, pour sa part, devait nous rejoindre au tribunal. Maintenant, il fallait que j'avance mon départ d'au moins une demi-heure afin d'aller récupérer le chèque, de renoncer à tous droits sur mes rentrées futures et de passer à la banque.

Un magnifique début de journée, en somme. J'avais tout juste le temps de m'accorder deux autres tasses de café avant de filer à la douche. En remplissant ma tasse, je me souvins du cadeau en souffrance.

J'aurais pu, voire dû, attendre que Patrick soit avec moi pour l'ouvrir. Mais je ne me voyais vraiment pas patienter deux longues semaines avant qu'il revienne de sa randonnée de l'extrême entre mecs. Je n'avais pas ce genre d'abnégation. Comme, d'ailleurs, ne manquait jamais de le souligner Liam, en ponctuant généralement son commentaire de son fameux sourire en coin insolent et sensuel.

Je me tapai mentalement sur les doigts. Aucune pensée concernant Liam ne serait tolérée. Surtout si celle-ci avait un lien, même ténu, avec la chair. Au-cune. J'étais forte. J'avais mieux à faire. J'étais capable de me contrôler.

Menteuse, menteuse. Cochonne.

Le paquet rouge me tendait ses rubans. Grâce à Patrick, j'avais développé une très grande expertise dans la réception de cadeau et je savais, en l'observant et le soupesant, que celui-ci ne contenait pas de vêtement. Pas assez lourd. Ce n'était pas non plus un bijou : trop volumineux. Il était léger comme une plume et bourré de papier de soie avec une petite étiquette dorée portant trois lettres indéchiffrables esthétiquement placée sur un papier d'argent. Je fis glisser l'ongle de mon pouce sous l'étiquette et soulevai délicatement le papier.

En enlevant une à une les enveloppes successives qui l'entouraient, je finis par mettre au jour un superbe objet en verre. Je soupirai et souris en même temps : Patrick était incroyable. Une fois, j'avais mentionné de façon anodine que je voulais célébrer Noël avec un vrai sapin, cette année, mais que je n'avais, jusqu'à présent, acheté aucune décoration. Et voilà que j'avais entre les mains cette adorable pin-up brésilienne de vingt centimètres de haut. Elle tenait un gros sac de shopping rose et avait différents accessoires amusants. Une petite étiquette cartonnée fixée à son cou expliquait qu'elle avait été peinte à la main par un artisan, après avoir été façonnée dans la tradition des sculpteurs italiens de Murano.

Grâce à la générosité de Patrick, je tenais ma première décoration de Noël, sans parler de mon nouveau bikini totalement hallucinant. J'essayai d'appeler Patrick, mais sans succès. Il était peut-être en train de faire son jogging matinal, ou sous la douche, c'est-à-dire là où j'aurais moi-même dû me trouver depuis plusieurs minutes. Sous une pluie d'eau chaude, pas sur une piste de jogging, bien entendu. Moi, je ne cours jamais, je flâne.

Après une brève douche, je me séchai les cheveux et me maquillai. Il fallait maintenant que je prenne une importante décision : qu'allais-je me mettre sur le dos ? Prudente, je résolus de me cantonner à la partie Ann Taylor de mon armoire. Je n'étais pas très tentée par cette petite robe cocktail sans manches, en crêpe sombre, avec sa courte veste assortie, qui indiquait trop le cadre discret et effacé. Pour atténuer cette image, je décidai d'y adjoindre ma paire d'escarpins en daim, imprimé zèbre, que j'avais trouvée lors des soldes de Burdines, aujourd'hui Macy's. Mais même soldé, je n'avais pu m'offrir le sac qui allait avec, ce qui ne me laissait pas d'autre choix que de recourir à mon cabas noir Gucci, usé mais vrai.

Sous l'effet de la fièvre occasionnée par ma dernière grippe de l'hiver, j'avais acheté par correspondance un collier en plaqué argent et perles avec des boucles d'oreilles assorties. Je me disais que l'occasion était venue de les tester en public. Je n'avais encore jamais porté de plaqué et je n'étais pas bien sûre de ce que cela voulait dire, hormis que ce n'était pas de l'argent véritable. J'espérais seulement que ce truc n'allait pas me laisser d'infâmes marques verdâtres dans le cou.

Je transvasai le contenu de mon sac à main dans mon cabas avant de me refaire un dernier café et d'écrire un petit mot de remerciement à l'intention de Sam pour son méticuleux ménage. Une fois que je l'eus glissé sous sa porte, je partis pour le cabinet Dane, Lieberman.

En chemin, j'essayai de contacter Becky sur son portable, mais mon appel fut directement réorienté vers sa messagerie. *Idem* pour Liv. Où pouvaient-elles bien être ?

À 9 heures à peine passées, je me garai devant le bureau. Je laissai ma veste dans la voiture, considérant la température extérieure qui avoisinait déjà les 30 degrés, mais emportai mon cabas. À l'intérieur du bâtiment, Margaret était à son poste, oreillette en place, cheveux coiffés et laqués en casque indévissable. Je me demandais si, chez elle, elle affichait aussi cet air réprobateur et déplaisant ou si elle le réservait à son univers professionnel. Mais, attendez…

Soit ma vue me jouait des tours, soit elle était effectivement en train de me sourire. Mais oui, c'était bien cela, elle m'adressait une sorte de rictus. Pas un truc super-épanoui du style « je suis tellement contente de te voir », nooon. Plutôt quelque chose qui voulait signifier « Tu vas détester ce que j'ai à te dire, et j'ai hâte de voir ta tête ».

Dès qu'elle souleva l'enveloppe, je vis que celle-ci avait été ouverte. Je n'essayai même pas de dissimuler tout le mépris que j'avais pour cette sale fouineuse :

— Vous l'avez ouverte ? Alors qu'elle m'était adressée ?

— Pas du tout, me dit Margaret qui se délectait visiblement de mon courroux. Le pli m'était adressé avec pour instructions d'obtenir votre signature en présence de témoins, puis de la faire certifier avant de vous remettre le chèque.

J'avais l'impression qu'une épaisse fumée sortait de mes deux oreilles, vu la chaleur intense que venait d'engendrer, dans mon corps tout entier, une rage intense combinée à une humiliation absolue. Parmi toutes les personnes possibles, pourquoi fallait-il que ma mère ait choisi Margaret pour jouer les intermédiaires ?

— Je fais prévenir Mary Beth, me dit Margaret.

Alors que j'attendais que l'assistante juridique du département contentieux descende de son troisième étage, je perçus des mouvements du côté de la pièce où se trouvaient les distributeurs de boissons. Aaah, j'aurais dû m'en douter : trois ou quatre des dindes décérébrées de la salle d'archives étaient en train de se faire des politesses pour épier tour à tour ce qui se passait. Manifestement, Margaret avait fait circuler l'information : « Oyez, oyez ! Venez toutes ! La mère de FAT refuse de lui prêter de l'argent si elle ne signe pas de billet à ordre ! »

La journée de la veille avait été calamiteuse, mais celle-ci ne pronostiquait rien de meilleur. Sauf, bien entendu, du point de vue de Margaret ou de l'une des bécasses de la salle d'archives, qui, pour leur part, semblaient adorer ce curieux épisode. J'avais vraiment – vraiment – envie de me retourner brutalement et de crier « Vous voulez ma photo ? », mais je me ravisai en songeant qu'elles pourraient bien accepter dans l'idée de lancer un tournoi de fléchettes. À force de grincer des dents, j'avais mal aux mâchoires.

Lorsque j'avais contacté ma mère pour ce prêt, je savais qu'elle en profiterait pour prélever son quota de chair fraîche. Mais avant ce matin, je n'avais pas pris la mesure de son besoin de contrôle et de sa méchanceté. J'aurais dû le savoir pourtant. Avec elle, rien n'était gratuit. L'histoire de Jane avait manifestement endommagé l'écran radar, habituellement infaillible, que je réservais à ma mère.

À ce moment, Mary Beth, sceau dans une main et tampon encreur dans l'autre, sortit presque en dansant de l'ascenseur. Elle était intelligente, gentille, plus organisée que la classification de Dewey, avec un sens de la convivialité plus développé que celui de Martha Stewart[1] elle-même. À dire vrai, Mary Beth était tellement sympathique qu'elle avait toujours accepté, avec un grand sourire, mes excuses de ne pouvoir me rendre aux diverses soirées qu'elle avait organisées, allant parfois jusqu'à s'excuser de les avoir fixées à une date qui ne me convenait pas.

C'était un peu notre cheftaine des pompom girls à nous, confectionnant des gâteaux d'anniversaire, envoyant des cartes de vœux, partageant souvent des préparations maison qu'elle rapportait au bureau. Elle était par ailleurs très astucieuse et, si on lui en avait donné le temps, elle aurait sans doute pu, avec quelques tubes de colle, reproduire un modèle réduit de la tour Eiffel en bretzels.

— Salut Finley, me lança-t-elle avec une énergie que je n'aurais pu atteindre qu'après une intraveineuse de café noir.

— Salut. Désolée de devoir te déranger.

— Aucun problème, me répondit-elle. Contente de pouvoir rendre service.

— Je ne voudrais pas vous retarder…

Mais en me retournant vers Margaret pour prendre l'enveloppe, je réalisai que c'était déjà trop tard. Elle tenait entre ses doigts une unique feuille de papier dactylographiée. Mais où donc pouvait se trouver ce maudit chèque, me demandai-je ennuyée.

Lui arrachant le document des doigts, j'en parcourus les termes, en ravalant les jurons qui me brûlaient la langue. Ma mère, ma propre mère, me facturait un intérêt de 17,9 %, soit légèrement moins que le taux de l'usure, tel que fixé par l'État de Floride.

---

1. *NdT.* Martha Stewart est une personnalité de la télévision américaine qui a centré son activité sur l'art du bien-vivre chez soi et, notamment, sur les meilleures façons de bien recevoir ses amis.

Manifestement, elle ne s'était pas sentie obligée d'offrir un taux préférentiel à sa fille.

Je signai à l'endroit indiqué et continuai à fulminer en attendant que Margaret veuille bien griffonner ses nom et adresse, en sa qualité de témoin. Toujours efficace, Mary Beth certifia avec diligence le billet en formulant quelques vœux pour que l'audience de comparution se passe bien.

Mary Beth posa ensuite sa main sur mon épaule :

— Je suis sûre que les choses vont s'arranger pour ton amie. N'hésite pas à me faire signe si je peux faire quoi que ce soit pour vous aider.

Pourrais-tu épingler le véritable meurtrier avant dix heures et demie ?

Je la remerciai, puis me tournai vers Margaret afin qu'elle me donne une enveloppe.

— Désolée, me répondit-elle, alors même que l'inflexion de sa voix et l'étincelle dans ses yeux signifiaient tout autre chose. Ceci ne concerne pas une affaire du cabinet et je ne peux donc pas vous autoriser à en imputer les frais sur le compte de Dane, Lieberman.

— C'est ça, grognai-je en assortissant mentalement ma réponse – à son intention et à celle de sa clique de poufiasses – d'un doigt géant.

Je repris le billet à ordre qui allait donc me coûter un œil, ainsi que le chèque qui l'accompagnait, et quittai les lieux sans plus attendre. Je m'arrêtai à la petite boutique au coin de l'immeuble, m'y procurai une enveloppe, un formulaire vierge d'envoi par porteur et une bonne rigolade. Je connaissais par cœur le numéro de compte du cabinet et, dans la mesure où c'était le département comptabilité qui récapitulait mensuellement les factures, Margaret n'apprendrait jamais que je l'avais bien eue. Et puis, j'aimais à croire que la vingtaine de dollars que cela allait leur coûter viendrait ainsi compenser partiellement mon congé sans solde.

Avant de rejoindre ma voiture, je jetai un coup d'œil au chèque et faillis m'évanouir. J'avais une douzaine de raisons d'en vouloir à cette femme et j'eus, l'espace de quelques secondes, vingt-cinq mille raisons de l'aimer. J'avais compté sur 10 000 dollars, en priant pour que cela monte à 15 000, mais je n'avais pas réellement espéré qu'elle me prêterait autant d'argent. Cela dit, suivant les termes du billet à ordre, le remboursement du prêt équivaudrait à peu près à deux fois son montant principal. Mais je m'inquiéterais de tout cela plus tard.

En chemin vers la banque, je profitai de mes arrêts forcés aux feux rouges pour glisser le billet à ordre dans l'enveloppe et remplir le formulaire d'envoi (que j'aurais bien volontiers adressé à « Ma Très *Chère* Maman »).

Sois *gentille*, me dis-je fermement. Très Chère Maman ou pas, elle avait répondu « présent » quand j'avais vraiment eu besoin d'elle. Je devais au moins lui accorder cela.

Le café Tommasso n'était plus très loin, mais je voulais avant cela m'arrêter à la banque pour deux raisons : d'abord, je voulais savoir si je devais accomplir une formalité quelconque avant de pouvoir remettre le chèque, purement et simplement, en paiement de la caution – non – ; ensuite, je connaissais suffisamment la chargée de comptes pour lui demander de me faire la faveur d'envoyer mon pli au plus tôt.

J'avais omis d'ajouter un mot de remerciement dans l'enveloppe. J'allais avoir du mal à le faire. J'avais aussi oublié de prendre une montre, négligence d'autant plus coupable que j'en avais plusieurs à la maison, tout à fait ravissantes. Ravissantes, mais pas extraordinaires. La montre de mes rêves était une Rolex avec un cadran en nacre rose et une lunette en diamants. J'aurais adoré pouvoir m'en offrir une chez un bijoutier, mais c'était absolument irréaliste. Je ne pouvais même pas me permettre d'en acheter une sur le marché des occasions. Cela dit, en tant qu'adepte experte et rusée des sites d'enchères sur Internet, j'étais en train de m'en fabriquer une moi-même. À ce jour, j'avais acquis trois maillons, le cadran et un remontoir. EBay était vraiment un endroit fabuleux. Je pouvais m'y procurer des vêtements à peine portés et, un jour, je finirais par y trouver tout ce dont j'avais besoin pour fabriquer la Rolex de mes rêves.

Sans montre, je n'eus donc pas d'autre choix que de vérifier l'heure sur mon téléphone portable. Non seulement j'avais dix minutes de retard, mais une petite icône en haut de l'écran m'indiquait en outre que j'avais reçu un nouveau SMS. Pourvu qu'il soit de Liv ou de Becky pour me dire qu'elles avaient trouvé un avocat. Je repris ma voiture pour effectuer le kilomètre qui me séparait de Banyan Street, trouvai une place de parking et, par sécurité, gavai le parcmètre de pièces de monnaie.

Tout en rejoignant le café à pied, je consultai le SMS :

« Salut Fin. C'était top la nuit dernière. »

Pour toi, peut-être. Cette pensée jaillit dans mon esprit, me laissant un sentiment coupable de mesquinerie et de méchanceté. Tout cela montrait bien que je ne méritais en aucun cas un type aussi bien.

« Désolé, ne peux pas venir à audience. Vol du soir annulé, ai dû prendre le précédent. Assure Jane de mon soutien et dis-lui que je croise les doigts. Je t'appelle d'Arizona. Patrick. »

Je lui renvoyai un SMS en réponse : « Bon voyage. » À l'instant où j'appuyais sur la touche « Envoyer », je me demandai si je n'aurais pas dû ajouter quelque chose comme « Je t'aime, Fin ». Non, pas ça. Peut-être quelque chose comme « Bisous, Fin ». Non, je n'avais plus 12 ans. Oh et puis zut ! J'avais déjà laissé ma mère, Margaret et les Grognasses des Archives me pourrir ma journée, il n'était pas question que Patrick vienne rallonger cette liste. Mais bon, d'où venait cette haine ? Je m'étais jusqu'à présent contentée de me faire du souci pour Jane. Et puis, Patrick avait programmé ce voyage depuis des lustres et ce n'était pas comme si Jane avait été l'une de ses amies proches. Bien sûr, il la connaissait, mais le rôle de Patrick aurait surtout été de me rassurer et de me soutenir moralement. Après tout, Becky et Liv seraient là pour ça et il le savait.

Soudain, un parfum d'ail et d'oignon émanant d'un bagel se mêla à une odeur de café fraîchement moulu. Le café Tommasso était un endroit décontracté qui nourrissait tous les employés de bureau des environs. Comme la plupart des clients prenaient des plats à emporter, il me fut facile de repérer Becky et Liv autour d'une table située dans le fond de la salle de restaurant. Elles m'avaient même commandé une tasse de café qui fumait de façon prometteuse.

Je passai devant tout un tas de plats divers, depuis les jambons fumés jusqu'aux friands au fromage, avant d'arriver à leur table. L'expression satisfaite que je lus sur le visage de Liv me rassura. Cela devait vouloir dire que la question de l'avocat avait été résolue ou, au moins, était en passe de l'être.

Tout comme moi, Becky et Liv avaient opté pour des vêtements classiques. Le tailleur corail de Becky se voyait éclairé par une blouse de couleur crème et elle avait attaché ses cheveux auburn, tirant sur le roux, au moyen d'une pince du même ton. Elle portait aux oreilles de simples créoles en or.

La robe de coton de Liv était blanche avec de minuscule pois bleu pervenche et elle portait sur les épaules un gilet du même bleu. Ayant elle aussi opté pour un classicisme de bon ton, elle s'était fait une simple queue-de-cheval et portait un collier ras du cou en or avec une paire de pendentifs assortis.

Je pris une chaise et m'y affalai avant d'avaler goulûment une longue gorgée régénérante de café.

— On dirait une série télévisée des années 50.

Liv passa dans ses cheveux bruns et raides une main parfaitement manucurée :

— Où en sommes-nous côté cash ?

Je leur parlai du prêt qu'avait consenti ma mère, en omettant volontairement les termes contractuels dont il était assorti.

— Et question avocat ? demandai-je.

Liv sourit et les traits parfaits de son visage s'éclaircirent comme sous l'effet d'un soleil éclatant :

— Tout est réglé. Il se trouve avec Jane en ce moment même.

— De qui s'agit-il ?

— Clark Taggert.

Je grommelai :

— Il a au moins 100 ans. C'est ce que vous avez pu faire de mieux ?

— *Nous* n'avons rien fait, intervint Becky. *Elle* a tout réglé. J'ai pourtant essayé de lui faire comprendre qu'il n'était plus dans le coup. Il est totalement DHC.

— DHC ? demanda Liv.

— Définitivement Hors Circuit, fut l'explication que Becky et moi lui donnâmes d'une seule voix.

Je pris une longue inspiration pour essayer de positiver un peu :

— Cela dit, il a une réputation correcte.

— *Avait*, maugréa Becky, il est en préretraite depuis des années.

— En tout cas, il est gratuit, ponctua Liv d'une voix où commençait à percer l'irritation.

— Comment ça ? m'étonnai-je.

— Shaylyn et Zack.

Je m'affalai sur le dossier en métal de ma chaise :

— Les propriétaires de Rendez-vous Fantasmatiques payent pour l'avocat de Jane ?

L'irritation de Liv se mua en un enthousiasme méfiant.

— C'est pour cela qu'ils ont cherché à me joindre toute la journée d'hier. Ils se sentent vraiment mal à propos de ce qui est arrivé à Paolo et ils veulent s'assurer que son meurtrier sera traduit en justice.

Mon baratinomètre se mit à clignoter tous azimuts :

— Mais, ils ne connaissent même pas Jane. Pourquoi voudraient-ils financer sa défense ? Nous, nous l'aimons et nous savons qu'elle n'a rien fait, pas eux. Alors, pourquoi présument-ils qu'elle est innocente ?

— Ils me connaissent *moi*, rétorqua Liv. Je me suis portée garante de Jane et ça leur a suffi. Je considère que leur offre est généreuse et Becky estime que cela peut faire bonne impression au juge. Le fait que les propriétaires de l'agence de rencontres ayant présenté Paolo à Jane soutiennent celle-ci ne peut pas être négatif. Surtout s'ils estiment que Jane est innocente. J'espère que leur attitude et notre front uni convaincront le juge Faulkner de fixer une caution raisonnable.

— L'agent de garantie[1] exigera en principe 10 % du montant de la caution. Je peux aller jusqu'à 2 500 dollars.

— Ta mère ?? me demanda Becky en ouvrant des yeux immenses.

Je le lui confirmai d'un signe de tête.

— Et alors ? Tu as dû vendre un organe pour garantir ta dette ?

Parce qu'elle m'aimait et connaissait bien les tours de ma mère, Liv m'adressa un coup d'œil compatissant :

— Je suis déjà allée à la banque. Ça prendra quelques jours, peut-être une semaine, mais j'ai déjà lancé la procédure de liquidation des actifs de Jane. Il est probable que nous serons en mesure de rembourser ta mère avec ça.

J'avais du mal à l'admettre, mais je sentis soudain qu'un grand poids venait de tomber de mes épaules. J'étais très heureuse de participer à l'effort collectif, mais le fait de devoir de l'argent à ma mère lui donnait un immense pouvoir sur moi. Or, je savais par expérience qu'elle n'hésiterait pas à me le rappeler dès qu'elle en aurait l'occasion.

---

1. *NdT*. Dans le système judiciaire américain, une personne privée doit se porter garante vis-à-vis du tribunal du paiement de la caution fixée pour la remise en liberté provisoire d'un accusé.

— Nous pourrions utiliser cet argent pour engager un véritable avocat, commenta Becky en portant son gobelet de café à ses lèvres. Je crois que nous devrions continuer à chercher.

— Tu as le droit de faire ça ? Je veux dire, est-ce que le tribunal te laisse la possibilité de changer d'avocat au beau milieu du procès ? s'étonna Liv.

— Oui, répondit Becky en se tournant vers moi pour chercher mon regard. Mais, si tout se passe bien, nous n'aurons pas à aller jusque-là. Mon assistante juridique va prendre un congé imprévu à compter de demain.

J'essayai en vain de trouver un lien entre le fait de changer d'avocat et l'assistante juridique de Becky :

— Mais quel est le problème avec Denise ?

— Aucun, dit Becky en esquissant un sourire malicieux. Mais, sans Denise, je vais devoir emprunter une assistante juridique à un autre département. Bien entendu, il va me falloir quelqu'un que de longs trajets n'indisposeront pas : je suis en pleines négociations avec une société dont le siège se trouve dans le comté sud.

Aaah. Je souris à mon tour :

— Malin.

— Je ne comprends pas, fit Liv.

— Le département patrimoine n'est pas débordé actuellement, lui expliquai-je. Nous sommes hors saison. Peu de gens calanchent en ce moment. Je n'ai que quatre successions actives en cours. Du coup, je vais être disponible pour aider Becky.

— Mais l'aider à quoi faire ?

— Par exemple, en étant en dehors du bureau, je pourrais rencontrer – par hasard, bien sûr – quelqu'un qui disposerait d'informations de nature à aider Jane.

Les yeux de Liv allaient et venaient entre Becky et moi :

— Mais je croyais que Dane avait dit qu'il te virerait si tu t'impliquais dans cette affaire.

— Mais, tout ce que Vain Dane ne sait pas ne peut pas me nuire. Et puis, j'aurai de l'aide.

— Qui ? demanda Liv

— Liam, répondit à ma place Becky, d'une voix qui trahissait sa grande jubilation.

— Le détective super-sexy ?

J'acquiesçai.

— Alors, qui est la meilleure amie du monde ? me demanda Becky.

— Liam est agaçant, me plaignis-je.

C'est cela, Liam-de-mes-rêves est agaçant, fit une petite voix moqueuse à l'intérieur de ma tête. Je repris une gorgée de café en lui disant de la boucler. Liam était marié. Même si un divorce est définitif, un homme qui passe autant de temps que Liam avec son ex-femme est un homme qui n'a pas mis fin à son engagement. Or, homme engagé, homme à oublier.

De plus… j'avais Patrick.

— Peut-être, mais il t'aidera peut-être à te décider.

Je jetai un regard outré à Becky :

— Mais, je n'ai aucun mal à me décider !

Menteuse, menteuse.

— C'est ça, fit-elle d'un air moqueur. Arrête de nous pomper l'air et quitte Patrick une bonne fois pour toutes. Il est plus que temps.

— C'est un type bien, protestai-je.

Ce type de réaction défensive concernant Patrick était presque devenu un réflexe. Il avait tous les attributs d'un merveilleux petit ami. Ce n'était pas *lui* le problème, mais plutôt moi.

— Tu me fais bâiller, dit Becky. Regarde les choses en face, Finley : tu t'ennuies. Bon sang, moi-même je m'ennuie et ce n'est même pas mon petit ami ! Ton problème, c'est que tu n'arrives pas à te résoudre à aller le voir pour lui dire que c'est fini.

Cette situation me mettait si mal à l'aise que je me tortillais quasiment sur ma chaise :

— Et peux-tu m'expliquer comment nous avons réussi à passer des ennuis de Jane à ma relation avec Patrick ?

— Je peux facilement arranger ta relation avec Patrick. La situation de Jane est beaucoup plus compliquée.

— Elle a raison.

Je jetai un regard mauvais à Liv :

— Je n'ai pas besoin de vos conseils sur le sujet. La dernière fois que Becky est sortie avec un mec, il l'a emmenée voir la première de *Men in black II*. Quant à toi, tu as recours à un SDF au chômage pour te soulager sexuellement.

Becky posa les deux coudes sur le Formica usé de la table, puis croisa les doigts :

— Finley, tout ce que tu as à faire, c'est de dire à Patrick que c'est fini. Tu comprends ? Le vieux truc du « ce n'est pas toi, c'est moi » ?

Je secouai la tête avec véhémence :

— C'est le type idéal pour moi.

— C'est ça, acquiesça Becky avec sarcasme. Si tu tiens à passer le reste de tes jours dans le coma…

— Ne faut-il pas que nous allions au tribunal ? m'enquis-je, pour changer de conversation.

L'autoanalyse attendrait.

Nous décidâmes de rejoindre le tribunal en voiture, chacune de notre côté, en prenant par North Olive Street. J'étais la seule à être en congé et nous convînmes donc que ce serait moi qui m'occuperais du paiement de la caution, puis qui ramènerais Jane chez elle après sa remise en liberté.

Quand j'arrivai, je découvris une bonne demi-douzaine de camions de télévision autour du bâtiment. Génial. Je n'avais pas réfléchi au fait que cette affaire pourrait attirer l'attention des médias. J'aurais pourtant dû m'y attendre. Forcément, les détails

salaces concernant une femme accusée du meurtre et de la mutilation d'un type plein aux as allaient susciter beaucoup d'intérêt. Et
puis, le comté de Palm Beach n'était pas vraiment réputé pour être
un centre névralgique de la criminalité. Bien sûr, on y commettait
occasionnellement un meurtre et on y recensait quelques problèmes mineurs de gangs et de drogue, mais en général, les journalistes qui couvraient la délinquance locale devaient se contenter de
conduites en état d'ivresse, d'attaques de chiens et de scènes de
ménage.

Je garai ma voiture et allai rejoindre mes amies. Escortée par
Becky et Liv, je parvins à atteindre sans encombre la ruelle qui
séparait les divisions civile et pénale. Mais, alors que nous nous
apprêtions à pénétrer dans le bâtiment consacré aux affaires crimi-
nelles, j'entendis que quelqu'un m'avait reconnue comme étant la
femme qui avait été arrêtée en même temps que Jane, et nous
dûmes hâter le pas pour échapper à la ruée soudaine des photogra-
phes et des cameramen.

Une fois à l'intérieur, nous dûmes passer sous les portiques
détecteurs de métal, puis consulter le plan : les audiences de com-
parutions préliminaires se tenaient dans la salle d'audience n° 2.

Contrairement aux vrais procès, les audiences de comparution
sont presque toujours très brèves et sont souvent confiées à de
jeunes assistants du procureur, à peine sortis de l'école. Pourtant, à
la minute où je pénétrai dans l'austère tribunal, je sus que les choses
n'allaient pas se passer ainsi. Et pour commencer, l'espace réservé
au public était plein à craquer. D'habitude, seuls les avocats commis
d'office et les avocats de la défense occupaient les larges bancs en
bois qui flanquaient chacun des côtés de la longue allée centrale
menant à la balustrade qui séparait les spectateurs de la table assi-
gnée aux avocats et de l'estrade où siégeaient les magistrats.

Je reconnus plusieurs personnes parmi les spectateurs. Le nouveau type super-mignon de la Chaîne 12 était assis au troisième
rang, avec un bloc-notes sur les genoux. Mais tous ses concurrents

locaux étaient également représentés et se reconnaissaient à leurs vêtements manifestement choisis pour faire de l'effet devant une caméra. À cet égard, j'étais à peu près sûre que les spectateurs moins bien habillés que j'apercevais çà et là appartenaient à la presse écrite. Manifestement, un macchabée sans pénis constituait une information de choix.

À l'instar de témoins de mariage, forcés de déclarer leur camp, nous nous glissâmes, Liv, Becky et moi-même, le long du banc installé du côté de la défense. Malgré l'air conditionné que j'entendais ronronner et l'énorme ventilateur qui tournoyait au plafond, je transpirais à grosses gouttes. Je gardais les yeux rivés sur la porte située sur le côté gauche de la salle, guettant avec angoisse l'arrivée de Jane. Ne voyant pas Taggert, j'en déduisis qu'il était avec elle dans la salle de détention située à l'étage inférieur.

La salle sentait le café et les pastilles au menthol. Je notai que les vieux routards des salles d'audience avaient emporté de l'eau, ignorant les énormes panneaux qui interdisaient boissons, nourriture, chewing-gums et téléphones portables. Mon mobile étant encore en mode vibreur, je me dis que ça passerait. Un peu d'eau m'aurait fait du bien à moi aussi car j'avais l'impression que ma gorge était remplie de coton.

Liv se tenait à ma droite, et Becky s'était assise au bord de l'allée centrale. À dessein, sans doute. Elle avait fait un stage avec Faulkner et espérait probablement qu'il la reconnaîtrait et ferait preuve, en conséquence, de plus d'indulgence à l'égard de Jane. Je l'espérais aussi. J'avais vraiment hâte que tout ceci soit fini.

Le mur situé derrière l'imposant fauteuil en cuir noir du juge était orné du blason de l'État de Floride, lequel était surmonté d'une grande horloge. Le fauteuil lui-même était cerné par deux drapeaux, l'un étant le drapeau américain et l'autre la bannière officielle de l'État de Floride. Au moins, je pouvais me concentrer sur ces deux étendards tandis que mes pieds battaient nerveusement la mesure sur le sol moquetté.

Le drapeau de l'État était légèrement incorrect politiquement, dans la mesure où deux diagonales rouges s'y croisaient sur fond blanc, rappelant ainsi vaguement le drapeau des confédérés. Il portait en son centre le blason de l'État, lequel représentait une femme séminole dispersant des fleurs, un bateau à vapeur, un palmier et un soleil radieux. Il eût été probablement plus judicieux d'y faire figurer une image de la navette spatiale, quelques confettis de perforatrice[1], un énorme camping-car et les oreilles de Mickey Mouse.

Mais ma futile tentative de revisiter ce blason cessa brutalement au moment où la salle fut invitée à faire silence. En pivotant, je vis Allison Brent s'avancer vers la table du procureur. Elle n'était pas seule : les inspecteurs Graves et Steadman la suivaient. Involontairement, je me mis en retrait. Mon cœur ne battait plus, il tambourinait contre mes côtes.

— Qu'est-ce qui ne va pas ? me chuchota Liv dans l'oreille.

— Brent fait partie des membres les plus expérimentés du bureau du procureur.

Liv se rapprocha, son épaule pressée contre la mienne :

— Ne devrait-il pas y avoir deux avocats ? L'un d'eux assurant la défense de l'accusé ? Où est Taggert ?

Mes yeux restèrent fixés sur Brent quand elle posa un mince porte-document sur la table de la défense et engagea un conciliabule avec les deux inspecteurs. Elle était élégante, petite, avec des cheveux roux courts, coiffés à la garçonne, et une peau magnifique. Elle était estimée par ses pairs comme par ses adversaires et, généralement, les jurés l'adoraient. Durant ses − presque − vingt années

---

1. *NdT*. Référence aux machines à perforer défaillantes utilisées pour voter lors des élections présidentielles américaines de 2000 qui ont vu la défaite d'Al Gore au profit de George W. Bush, sachant que ce sont les résultats houleux obtenus en Floride qui ont permis de départager les deux candidats.

de carrière en qualité d'avocat général, elle n'avait jamais perdu un seul procès.

— Taggert se trouve sans doute avec Jane. Mais je crains le pire parce qu'il est rare que l'État envoie l'une de ses meilleures gâchettes pour une simple audience préliminaire. Cela dit, peut-être recherche-t-elle simplement un peu de publicité. J'ai entendu dire qu'elle allait se présenter à l'élection du procureur général de l'État, l'an prochain.

Un bourdonnement parcourut la pièce lorsque la porte s'ouvrit et que Jane fut escortée dans la salle par deux policiers. Ma poitrine se serra quand je vis ses profonds cernes sombres et ses yeux remplis de terreur. Quand on lui eut retiré ses menottes, elle nous lança un regard pathétique et un pâle sourire avant de s'agripper au fauteuil vide devant elle. Ses longs cheveux pendaient tristement sur ses épaules voûtées. J'aurais tellement voulu me précipiter vers elle et la serrer dans mes bras, mais je connaissais les règles. Et avec Steadman et Graves dans les parages, il n'était pas question que j'enfreigne celle qui proscrivait les contacts physiques.

— Elle a un air épouvantable et c'est ma faute, me chuchota Liv.

— Elle a passé la nuit en prison, rappelai-je à mon amie en lui frottant le haut du dos pour la réconforter.

— Non, insista Liv, c'est parce que je lui ai apporté l'une de mes robes.

Bien qu'au bord des larmes, je fis un rapide examen des vêtements que portait Jane. Je ne l'avais jamais vue aussi… aussi… effacée.

— Elle est très bien, dis-je à Liv en espérant que cela la rassure-rait.

— Je n'avais pas un choix énorme. C'était soit mes fringues soit les siennes, et Becky a dit qu'il valait mieux que Jane ne débarque pas ici en ressemblant à une pâle copie de Beyoncé.

Cette remarque me remonta un peu le moral. Liv avait raison : le style très personnel de Jane était plutôt sexy, et donc pas des plus indiqués pour quelqu'un qui s'apprêtait à passer devant un juge qui allait l'accuser d'un crime incluant l'émasculation de la victime.

Maître Clark Taggert prit place aux côtés de Jane. Il était de belle taille, avec des cheveux blancs un peu fous. Une sorte de Matlock, en plus âgé et plus enrobé, mais sans le costard gaufré à rayures. À l'époque de ses jours glorieux – il me semblait que c'était avant ma naissance –, il avait été un avocat redouté. Il avait alors défendu avec succès des accusés de renom et travaillé sur pas mal d'affaires, à titre gratuit. Mais c'était du passé. Aujourd'hui, si les rumeurs étaient fondées, il avait près de 70 ans et tutoyait les premiers stades de la démence sénile. Loin d'être rassurant, tout cela. Surtout quand je vis qu'il peinait à ouvrir les serrures de sa propre mallette.

Me penchant au-dessus de Liv, je tapotai du doigt le genou de Becky et lui demandai :

— Tu es sûre que tu ne saurais pas faire ça ?

Elle haussa les épaules :

— Je devrais peut-être.

— Non, insista Liv. Tu as déjà dit que Jane avait besoin d'un avocat qui soit expert en contentieux, ce qui n'est pas ton cas.

— Mais quand j'ai dit ça, je visais un avocat qui saurait se souvenir de son propre nom, lui répliqua Becky.

Liv ignora sa pique :

— OK, ce n'est peut-être pas le meilleur choix, mais c'est le seul que nous ayons à ce jour. Dès que Jane sera libérée, nous pourrons essayer de trouver quelqu'un d'autre pour s'occuper de cette affaire.

Un huissier rigide et peu amène s'avança et nous ordonna de nous lever. Ce fut une très bonne chose puisque le bruit de tous ces pieds qui s'agitaient couvrit le son de mon téléphone portable, pourtant censé rester silencieux. J'avais dû omettre de sélectionner la fonction vibreur pour les SMS. Liv, Becky, ainsi que quelques autres de mes voisins l'entendirent et me lancèrent des coups d'œil désapprobateurs. Le plus discrètement possible, je sortis mon mobile de mon sac, vérifiai qu'il s'agissait bien d'un SMS et éteignis mon téléphone. C'était probablement Patrick qui venait aux nouvelles entre deux avions.

Une seconde plus tard, le juge Faulkner, l'un des juristes les plus estimés du comté, fit son entrée, sa longue robe noire flottant dans l'air alors qu'il se dirigeait d'un pas rapide vers l'estrade. Bien qu'il eût très largement dépassé la limite d'âge que je considérais comme acceptable – il devait avoir une cinquantaine d'années –, je le trouvais très séduisant, du moins, dans le genre judiciaire. Ses cheveux étaient sombres, contrairement à ses yeux, et, l'espace d'un instant, j'eus l'impression d'admirer une version âgée de Liam.

L'huissier annonça le nom de l'affaire et son numéro, puis tendit une fine chemise cartonnée au juge. Faulkner, qui semblait tout à sa tâche, exigea le silence de la salle avant de se tourner vers l'assistante du procureur de l'État en la personne d'Allison Brent :

— Commencez.

Brent consacra plusieurs minutes à la description du crime, laissant clairement entendre que Jane était celle qui l'avait commis.

— Je présenterai l'affaire aux jurés, sous peu. D'ici là, l'État requiert que la défenderesse soit maintenue en prison, sans accès à la liberté sous caution.

Je cessai de respirer durant plusieurs secondes avant de suffoquer :

— Quoi ??! m'écriai-je d'une voix suffisamment forte pour me valoir un coup d'œil sévère du juge.

Taggert se mit péniblement debout :

— Puis-je, votre Honneur ?

Faulkner opina.

— Mlle Spencer est une citoyenne modèle et un membre actif et productif de notre communauté, commença-t-il d'une voix posée, teintée de cet accent un peu traînant du nord de la Floride. À ce jour, on ne peut guère lui reprocher autre chose qu'une contravention.

Brent bondit sur ses pieds.

— Voilà une présentation des faits gravement erronée, dit-elle en retirant différents documents d'une chemise cartonnée, puis en les agitant devant elle. Mlle Spencer a un casier judiciaire.

Je m'étranglai. À vrai dire, tout le monde fit de même, à l'exception de Jane, Steadman et Graves.

Jane ? *Ma* Jane avait un casier judiciaire ? N'importe quoi.

L'huissier vint chercher les documents entre les mains de Brent et les remit au juge. Les yeux de celui-ci se froncèrent et il regarda Taggert avec intensité.

— Veuillez montrer ceci à maître Taggert, demanda-t-il à l'huissier, ajoutant après quelques instants : Alors ?

— Votre Honneur, je n'étais pas au courant de ceci, dit Taggert lentement. Mais, dans la mesure où les accusations ont été levées, ces faits sont hors de propos et ne devraient pas interférer avec ce procès.

— Hors de propos ?! tonna la voix du juge Faulkner, qui résonna dans toute la salle.

Aussitôt, tous les journalistes présents saisirent leur stylo, leur crayon ou leur ordinateur portable. Et moi ? J'avais tout simplement une boule de la taille d'un œuf d'autruche au beau milieu de l'estomac.

— Non monsieur, persista Taggert après avoir consulté le document que lui avait remis l'huissier. L'accusation en cause a été prononcée il y a plus de dix ans et rejetée par le tribunal de Caroline du Sud.

Brent secoua la tête :

— Qu'elle ait ou non été rejetée, cette accusation démontre clairement une prédisposition à la violence chez l'accusée.

Le juge frotta son menton parfaitement glabre, puis hocha la tête à son tour.

— Je me vois dans l'obligation de me ranger à cette position, maître. Considérant le caractère haineux du crime en cause et le

fait que votre cliente a été précédemment accusée d'un crime similaire, la liberté sous caution est refusée.

Un crime « similaire » ? Qu'est-ce qui pouvait s'apparenter à un
meurtre doublé d'une mutilation, hormis, eh bien, un autre meurtre
doublé d'une mutilation ?

Son maillet s'abattit en même temps que tout espoir que j'avais
pu former quant au fait que cette histoire serait vite oubliée.

Ceux qui le peuvent agissent,
les autres improvisent.

Sept

Immédiatement après la fin de l'audience, Becky sauta sur ses pieds et, après avoir brandi sa carte de membre du barreau, suivit Taggert et Jane dans les coulisses du tribunal interdites au public.

Brent et les inspecteurs quittèrent ensuite la salle. Steadman en profita pour s'arrêter dans l'allée centrale, au niveau du banc où j'étais assise, suffisamment longtemps pour me signifier qu'elle m'avait parfaitement reconnue. À moins que ce soit pour s'assurer que j'avais bien compris qu'ils venaient de remporter le premier round. Et je devais en convenir, même si j'étais encore en état de choc après la bombe que venait de lâcher le procureur.

Les membres de la presse évacuèrent progressivement la salle en rangs serrés, comme des abeilles tueuses se préparant à lancer une attaque. Je grimaçai en songeant aux gros titres que les révélations sur le passé de Jane allaient engendrer.

Et puis, Liv et moi nous retrouvâmes seules. Je ne savais pas ce que ressentait Liv, mais j'étais pour ma part un peu sonnée. J'avais cru, jusqu'alors, que le défi le plus important qu'aurait à affronter le Front de Libération de Jane serait de trouver un avocat et de lever assez de fonds pour payer la caution. Quelle erreur ! J'aimais suffisamment mon amie pour ne m'intéresser à son passé que dans la mesure où il influençait sa situation actuelle. Les choses allaient de mal en pis.

— Bon, que fait-on maintenant ? demanda Liv d'une voix qui tremblait un peu.

Je haussai les épaules, puis saisis mon téléphone après avoir coincé mes cheveux derrière mes oreilles. Je n'avais pas spécialement envie de prendre connaissance du SMS que j'avais reçu. J'avais surtout besoin de faire quelque chose d'autre que de rester assise sur ce banc, à digérer le fait que Jane ait eu un passé secret. Ou plutôt, un passé secret *criminel*.

— Je ne sais pas, finis-je par répondre en rallumant mon portable et en cherchant le SMS.

Les flics ont quelque chose sur Jane. Un truc énorme. Je vérifie. Liam

Classique : le tuyau un peu trop elliptique et un peu trop tardif. Mais je pouvais difficilement l'en blâmer. Je connaissais Jane depuis des années et elle n'avait jamais ne serait-ce que fait allusion à des ennuis passés.

Des ennuis ?! Ce terme procédait apparemment de la litote. Mais je savais par expérience qu'accusation ne signifiait pas nécessairement culpabilité. Moi-même j'avais été accusée d'effraction. Techniquement, j'étais effectivement coupable d'un tel délit, mais ça n'avait pas été pour autant la première étape d'une longue carrière de criminelle. Cette effraction avait, en pratique, été un élément indispensable de mon enquête dans l'affaire Hall. Les charges contre moi avaient d'ailleurs été abandonnées. De même, celles qui pesaient sur Jane avaient été rejetées et, de toute évidence, Brent n'avait utilisé cette information que pour obtenir gain de cause sur le terrain de la liberté sous caution. Une stratégie intelligente. Énervante, terrifiante, mais *vraiment intelligente*.

J'avais du mal à déterminer si le SMS de Liam appelait une réponse. Mon manuel de savoir-vivre n'avait pas encore fait l'objet d'une mise à jour concernant les communications de ce genre.

— Patrick ? s'enquit Liv.

— Liam.

— Peut-être saura-t-il découvrir ce que Jane a fait, dit-elle d'une voix légèrement raffermie.

— Apparemment, il est déjà au courant qu'il y aurait eu un... problème.

— Rappelle-le !!

— OK.

Je me mis debout. Pour une raison inconnue, j'avais besoin de marcher en composant son numéro. Je me dis que c'était parce que j'avais peur qu'il n'ait déjà découvert le mystérieux « fait » et que j'aurais du mal à supporter une mauvaise nouvelle supplémentaire. J'avais eu mon compte pour la journée.

Tandis que j'attendais qu'il veuille bien décrocher, je vis que Liv avait elle aussi sorti son téléphone de son sac et qu'elle composait un numéro. Vraisemblablement son bureau. Aucune de nous n'avait vu venir cet ouragan. Selon les plans initiaux, Becky et Liv devaient partir immédiatement après l'audience de comparution et elle était sans doute en train de réorganiser son planning avec Jean-Claude.

— McGarrity.

— J'ai eu ton message.

Et maintenant, j'ai une boule dans la gorge, rien qu'en écoutant ta voix.

— Je suis encore en train d'y travailler, me répondit Liam. Ils sont assez peu bavards dans le coin. Et de ton côté, quoi de neuf ?

— Il s'est passé un truc, il y a une dizaine d'années.

— Un truc ? Tu peux m'en dire plus ?

— Peut-être après que Jane aura pu parler avec Becky et Taggert.

Je lui fis néanmoins un bref résumé de ce que Brent avait dit pour convaincre le juge Faulkner que Jane représentait une menace pour la société.

— Taggert ? répéta Liam.

Le ton qu'il avait utilisé pour prononcer son nom me renseigna immédiatement sur l'estime dans laquelle il tenait ce brillant avocat.

— Et qu'est devenu Quinn ? Je croyais qu'il devait représenter Jane ?

Sa question me rappela qu'une citation à comparaître m'attendait à mon appartement et mon indignation de la veille s'en trouva ravivée. Afin d'éviter de devoir partager avec lui les résultats inattendus de mon entretien avec Quinn, je me contentai de lui dire :

— Ça n'a pas marché. Mais, en tout cas, les ennuis qu'a eus Jane se sont déroulés quand elle était encore au lycée.

— Comment arrives-tu à cette conclusion ?

— C'est simplement mathématique. Il y a dix ans, Jane devait être en train de plancher sur son bac.

— Et où se trouvait son lycée ?

— C'est le lycée de Charleston. Il faut que tu te rendes en Caroline du Sud immédiatement. Fais… Fais de ton mieux pour trouver le plus d'informations possible pour…

— Non, m'interrompit-il.

— S'il s'agit de ta mission de surveillance pour éviter que je ne mène ma propre enquête, ça devrait aller.

— Je sais. J'irai peut-être, j'y réfléchirai dans la matinée.

— Le plus tôt sera le mieux. Une fois que nous saurons ce qui s'est passé, Taggert pourra déposer une requête visant à ce que le juge reconsidère sa décision.

— Mais d'abord, tu devrais envisager la possibilité que les faits n'aillent pas dans le bon sens.

— Impossible. Les charges ont été abandonnées. Elles devaient donc être sans fondement.

Je pouvais presque l'entendre ricaner devant ma pathétique tentative de démonstration. Des accusations pouvaient être rejetées pour de très nombreuses raisons, y compris la tragique possibilité que la victime ait refusé de coopérer avec le procureur. Pas de victime, pas de procès.

— Écoute, commença-t-il d'une voix calme et chaude qui cherchait sans doute à m'apaiser. Je sais que Jane est ton amie, mais ça ne doit pas t'empêcher de conserver un peu d'objectivité et de recul.

S'il disait ça pour me tranquilliser, c'était raté !

— Il faut que tu montes dans le premier avion pour Charleston.

— Pas possible. J'ai un…

Nooon, ne le dis pas !

— Truc.

— J'espère que ton *truc* a trait aux empreintes sur la bouteille de champagne et les verres trouvés dans la limousine.

— Non. Je n'aurai pas les résultats de ces tests avant au moins un jour ou deux. Tu sembles oublier que Lieberman me paye et que c'est elle qui décide. Or, elle ne m'a pas engagé pour aller faire un tour à Charleston.

— Ah ouais, rétorquai-je, tellement furieuse que je voyais rouge. Eh bien, moi non plus !

Le problème avec les téléphones portables, c'est que le fait d'appuyer, même brutalement, sur le petit bouton rouge ne procure pas la même satisfaction que celui de raccrocher violemment le combiné d'un téléphone fixe sur sa base.

Après quelques profondes respirations visant à restaurer un calme relatif, je me tournai vers Liv qui terminait à l'instant sa propre conversation téléphonique.

— Zack et Shaylyn veulent que nous nous retrouvions vers midi à Concierge Plus.

— Très bien. Pars devant. Je vais attendre Becky. Il faut que nous sachions ce qu'ils ont sur Jane.

La gorge et les joues de Becky étaient écarlates quand elle finit par revenir. Je connaissais cette expression : Becky était sérieusement énervée.

— Alors ? m'empressai-je de lui demander en lui emboîtant le pas vers la sortie.

Becky garda le silence jusqu'à ce que nous ayons atteint les ascenseurs.

— Elle a menti.

Mon moral descendit encore plus vite que la cabine de notre ascenseur.

— Elle a tué Paolo ?

— Non, elle a menti à Taggert. Il lui a explicitement demandé si son passé comportait quoi que ce soit qu'il aurait dû savoir avant sa comparution.

— Donc il n'est pas sénile ?

— Loin de là. Il est tellement en colère qu'il a menacé de se retirer de cette affaire.

— Et n'est-ce pas ce que nous voulions ?

Becky poussa un profond soupir :

— Je n'en suis plus si sûre. Taggert est vieux comme Hérode, et il est peut-être un peu lent à démarrer, mais il a digéré plus de droit pénal que la plupart des gens n'en étudieront jamais.

— Alors on le garde ?

— Pour le moment. Mais, juste par prudence, Taggert et moi sommes convenus qu'il me prendrait officiellement comme coconseil.

— Merci, mon Dieu.

— Oh, ne va pas mettre tous tes espoirs là-dedans, hein ! Je ne vais pas être d'une grande aide en matière de stratégie judiciaire. Mais, au moins, ça nous place toi et moi dans le périmètre de la confidentialité existant entre client et avocat.

— Comment cela ?

— Même si je n'interviens qu'en marge, Jane est désormais réputée être mon client. Quant à toi, tu es l'assistante juridique qui doit, à compter de demain, travailler sous ma supervision. Ainsi, elle devient aussi ton client.

— Bien raisonné.

— Ça ne vient pas de moi, mais de Taggert. D'après ce que j'ai vu aujourd'hui, ce type est compétent. Il a passé au moins deux heures avec Jane avant l'audience et a clarifié tous les points essentiels. Jane s'est mise dans la mouise toute seule.

Il fallait que je repose la question :

— Mais elle n'a pas tué Paolo, hein ?

— Bien sûr que non. Elle a été vraiment bête de mentir, mais ce n'est pas une meurtrière.

Il y avait quelque chose d'apaisant dans sa réponse concise et assurée. Je lui parlai du rendez-vous avec Zack et Shaylyn :

— Il faudrait que nous y allions.

— Je ne peux pas. J'ai une conférence téléphonique avec Ellen à 11 h 30, me dit Becky, visiblement hésitante. Il va falloir que tu sois mes yeux et mes oreilles.

Puis, s'interrompant brutalement, elle retira trois photocopies de son sac :

— Voici la copie du procès-verbal DD5 de l'arrestation de Jane et celle de la décision d'abandonner les poursuites. Ce n'est pas grand-chose, mais c'est déjà un début.

— Mais, attends un instant. Jane ne t'a pas donné d'explications après ce qu'a dit Brent ?

— Non. Elle cache quelque chose et je n'ai aucune idée de ce que cela peut être.

— Est-ce que je devrais lui parler ?

Becky secoua la tête.

— Il faut que Liam aille interroger la victime, la coturne et l'avocat de la défense qui s'est occupé de l'affaire. Tous ceux qu'il pourra trouver. Et vite. Taggert estime qu'il serait en mesure d'obtenir la libération sous caution de Jane si nous pouvions rapidement prouver que Brent a fait de l'esbroufe et qu'il n'y a rien à tirer de cette affaire de Caroline du Sud. Mon Dieu, j'aimerais pouvoir faire l'impasse sur Ellen, mais elle a été vraiment chouette de me rendre ce service. De *nous* rendre ce service.

Je ne voulais pas accroître les sujets d'inquiétude de Becky en lui annonçant que Liam n'était pas disponible. Et je ne voulais pas non plus risquer d'augmenter ma tension artérielle en repensant à son excuse bidon. Surtout depuis que j'étais à peu près sûre que ces

« trucs » récurrents impliquaient Mme − pas vraiment − ex-Liam McGarrity. Rester ami avec son ex, passe encore, mais la niquer, c'était du vice.

Patrick appela d'Arizona alors que je m'apprêtais à passer le pont. Le pont n'était pas seulement le moyen de traverser le bras de mer qui séparait Palm Beach de West Palm Beach. C'était aussi la métaphore qui désignait la frontière entre Ceux-qui-avaient-beaucoup et Ceux-qui-avaient-tout.

— Fin, ma chérie, je suis vraiment désolé. Que puis-je faire ?

— Rien. Ça va s'arranger.

— Qu'est-ce que Jane a bien pu faire quand elle était au lycée ?

Attendant que le feu passe au vert, je respirai une bouffée de l'air un peu vicié, mêlé à des relents de carburant, qui provenait de la marina située à l'extrémité ouest du pont.

— Elle a poignardé quelqu'un.

— Tu veux rire ?!

— J'aimerais, admis-je. Tout ce que nous avons, c'est un rapport de police partiel et l'abandon des poursuites. En fait, je ne dispose que de la première page du DD5. Je n'ai même pas le nom de la victime.

— DD5 ??

— Le procès-verbal que les officiers de police rédigent quand ils procèdent à une arrestation.

— Et qu'en dit Jane ?

— Je n'étais pas présente, mais, apparemment, Jane n'arrête pas de clamer qu'il s'agit d'une sorte de malentendu. En fait, elle n'en dit rien du tout.

— Ben dis donc… fit-il.

Sa remarque fut absorbée par une annonce de l'aéroport informant les passagers que les bagages du vol continental en provenance de Palm Beach International, *via* Pittsburgh, étaient désormais disponibles au niveau du tapis roulant n° 4.

— Pas très direct, ce vol, remarquai-je. (Ce devait être encore plus agaçant pour un pilote habitué à des vols directs.) Je n'ai jamais compris pourquoi les compagnies aériennes remontaient autant vers le nord pour des destinations situées à l'ouest.

— Ça n'a pas été si terrible que ça, me dit-il. Y a-t-il quoi que ce soit que je puisse faire pour toi ?

C'était pour ça que notre relation clochait. Patrick était parfait. Il disait et faisait toujours tout ce qu'il fallait. Malheureusement – et c'était tout à fait mesquin de ma part, j'en convenais –, je commençais à trouver cette perfection péniblement… prévisible. J'aurais aimé que, ne serait-ce qu'une fois, il ne soit *pas* si épouvantablement… *gentil*. Je n'aurais pas voulu qu'il soit méchant ni agressif, non. J'aurais simplement souhaité qu'il soit un peu moins *irréprochable*.

C'était un peu comme si j'avais suivi avec constance un régime à base de chocolat. J'adorais le chocolat, mais une fois de temps en temps, j'aurais apprécié de manger des pommes de terre sautées.

Il était tellement génial que j'avais toujours l'impression de devoir adopter la meilleure attitude et que tous les doutes que pouvait engendrer notre relation tenaient à mon propre manque d'assurance.

Et puis merde. En fait, je ne savais tout simplement pas ce que je voulais.

— Non, ça va aller. Profite bien du Grand Canyon.

— J'essaierai de te rappeler, mais il est probable que le réseau téléphonique ne sera pas excellent une fois que nous serons en pleine cambrousse.

— Ne t'inquiète pas. Ça ira. Sois prudent.

— Je le suis toujours.

Le connard qui me suivait me klaxonna parce que j'avais mis plus d'un dixième de seconde à démarrer après que le feu avait passé au vert. J'appuyai donc sur l'accélérateur jusqu'à atteindre la vitesse autorisée.

Bien que toutes mes pensées fussent pour Jane, une petite partie de mon cerveau ne put s'empêcher de noter que ni Patrick ni moi ne terminions plus nos conversations – ni même nos rendez-vous – par des déclarations d'affection. Bon, je n'étais pas trop du genre dégoulinant – Je t'aime fort, mon cœur – et il le savait. Becky avait peut-être raison. Si je restais avec Patrick, ce n'était peut-être pas parce qu'il était théoriquement l'homme qu'il me fallait, tendre et gentil, mais parce que tout changement me paraissait compliqué et m'effrayait. Sans parler de mon goût généralement déplorable en matière de mecs. Vraiment. Avais-je véritablement envie de revenir sur le marché des cœurs à prendre ? Pouvais-je le faire ? Ces rendez-vous étaient tellement pénibles.

Étape n° 1, trouver le type, et ce n'est pas toujours une sinécure. Étape n° 2, le traditionnel rituel pour « apprendre à se connaître », soit, en général, du grand n'importe quoi, vu que tout le monde adopte un comportement exemplaire au début. Étape n° 3, chercher l'erreur. C'est le moment où la cuirasse tombe et où l'on commence à s'apercevoir des petites choses qui sont, potentiellement, de nature à fonder ou briser la relation. Étape n° 4, accepter les défauts. Ensuite, il faut comparer inconvénients et avantages. Il ne s'agit pas d'un art ni de quelque chose d'aussi abstrait. Il est tout simplement question de savoir peser le pour et le contre, et de se demander si les aspects positifs sont de taille à faire oublier les aspects négatifs. Étape n° 5, s'engager.

Je n'avais jamais réussi à dépasser l'étape n° 4. En réalité, Patrick était le premier homme qui soit parvenu jusqu'à cette étape. J'avais mis énormément de temps à trouver son défaut. Il n'était pas énorme. Ce n'était peut-être même pas un défaut. Je trouvais simplement nos rapports sexuels ennuyeux. Mon Dieu ! J'étais peut-être comme ma mère. J'étais peut-être incapable d'aimer qui que ce soit.

Cette seule pensée de pouvoir être son clone me traumatisait plus que la perspective de quitter Patrick. Étais-je à ce point irrécupérable ?

Je pris le plus long chemin pour aller à Concierge Plus, en choisissant de prendre par South Ocean Boulevard, afin d'admirer les villas du front de mer ou, tout au moins, leurs portails et leurs toits. L'intimité avait énormément d'importance sur l'isthme et la plupart des maisons étaient protégées par des murailles de 2 mètres de haut. Leurs propriétaires n'avaient pas envie que la plèbe, dont je faisais partie, ait une vue directe sur leur petite oasis personnelle. Paradoxalement, ils fixaient fréquemment leurs armoiries sur le portail électrique. J'en déduisis que leur souci de discrétion n'allait pas jusqu'à les empêcher de clamer leur position sociale.

Concierge Plus se trouvait sur Clarke Avenue, juste au sud du parcours de golf de Breakers Ocean. L'immeuble de 650 mètres carrés comportant deux étages dans lequel la société s'était installée avait été le domicile d'une famille avant d'être transformé en locaux commerciaux au milieu des années 1950. Les dernières personnes à avoir occupé le bâtiment à titre professionnel étaient des architectes et ils avaient apporté des modifications fabuleuses à cette villa de style méditerranéen. Je me garai sur le parking de l'immeuble en forme de fer à cheval, à mon emplacement favori, à l'ombre d'un chêne. Je notai qu'une couche de peinture blanche avait récemment été passée sur la façade.

Je le notai pour deux raisons : ça faisait partie du dernier point de la liste de choses à réparer que Liv avait dressée à la suite des derniers ouragans qui étaient arrivés de l'Atlantique et il y avait une grosse Bentley, d'un bleu outremer profond, qui masquait l'enseigne et le passage menant à Concierge Plus.

C'est vrai, j'étais impressionnée. Cette Bentley Continental se négociait pour environ 200 000 dollars. Je le savais car il avait fallu que j'en fasse estimer une pour la succession Lockwood. J'étais allée jusqu'à me sacrifier pour conduire moi-même le véhicule jusque chez l'expert. Cette fois-là, j'avais également emprunté la route la plus longue. Deux fois.

Ce faisant, selon les points de vue, soit j'avais fait preuve d'un admirable professionnalisme en préservant ainsi l'un des actifs les plus remarquables de la succession, soit je m'étais comportée comme une gamine de 29 ans qui part en piste. Car voyez-vous, ma mère avait aussi une Bentley, mais jamais elle ne m'aurait laissé la conduire, à moins d'avoir perdu l'usage des deux jambes. Sur le chemin du retour, je m'étais – je l'avoue – accordé un arrêt non autorisé pour passer voir un photographe de mes amis et lui faire faire une photo. J'en avais fait le fond d'écran de mon ordinateur portable personnel.

La voiture – une véritable œuvre d'art – possédait toutes sortes de trucs sensationnels. Outre son intérieur cuir incroyablement raffiné dans ses tons de noisetier, elle disposait d'un allumage électronique qui ne nécessitait pas de clef de contact. Une simple pression, et le moteur se mettait à ronronner.

Les Lockwood étaient pleins aux as et leur voiture le confirmait. Leur Bentley, tout comme celle que j'avais sous les yeux, avait un bloc DVD-GPS-Radio-CD encastré dans le tableau de bord. Sans parler de la connexion Bluetooth pour le téléphone.

Liv conduisait une Mercedes. Jean-Claude avait une Lexus. Cette Bentley devait donc appartenir aux propriétaires de Rendez-vous Fantasmatiques. Je longeai la voiture en me disant que si Shaylyn avait une Bentley, elle devait forcément avoir une Rolex. Une ravageuse envie de montre m'envahit.

Le rez-de-chaussée était composé d'une immense pièce où flottait le parfum d'une douzaine de gerbes de fleurs. Quelques haut-parleurs dissimulés dans le faux plafond diffusaient une douce musique classique. En entrant, vous aviez plus l'impression de pénétrer dans un spa que dans une entreprise d'événementiel. C'est Liv qui avait voulu cela, dès le début. Concierge Plus, c'était le luxe absolu et c'était exactement pour cela que cette société bénéficiait d'une aussi bonne réputation auprès de l'élite de Palm Beach.

Jean-Claude se trouvait à l'autre bout de la pièce, près de la double porte ouvrant sur la véranda, laquelle profitait de la fraîcheur d'un petit étang artificiel. Il était grand, mince, impeccablement vêtu et agréable à regarder. Liv l'avait débauché des Hôtels Breakers. Une judicieuse initiative. Doté d'un fort accent français et de manières exquises venues d'Europe, Jean-Claude avait consacré des années à parfaire son charme. Et le fait qu'il ait des cheveux clairs, des yeux bleus et un sourire esthétiquement parfait tout en étant sincère ne nuisait en rien à sa réussite.

— Bienvenue, me dit-il en me tendant les mains tout en m'embrassant les deux joues.

Sa sexualité m'avait toujours paru ambiguë. Il n'était pas à proprement parler précieux, mais je ne l'imaginais pas non plus regardant un match de football. D'ailleurs, il était très discret sur le sujet et je ne lui avais jamais vu de partenaire. Son bureau était placé sur un côté de la pièce, près du présentoir des catalogues qui couvraient tous les sujets, depuis les traiteurs des environs jusqu'aux échantillons de tissus. Dans ce panorama, la seule touche personnelle consistait en une photographie en noir et blanc de ses parents, joliment encadrée.

— Ils sont là-haut dans le bureau de Liv. Puis-je t'offrir quelque chose à boire ?

— Un *caffe latte*, s'il te plaît.

— Avec de la vanille ? demanda-t-il en vérifiant le fin cadran de la montre rectangulaire qui ceignait son poignet bronzé. Glacé ?

Je souris. Cet homme n'oubliait jamais un détail. L'été, vers midi, j'appréciais de passer au café glacé. Même le barman de mon bistrot préféré n'arrivait pas à s'en souvenir.

En montant l'escalier de marbre qui menait à l'étage, je laissai mes doigts glisser le long de la rampe en bois verni. À mi-chemin, j'entendis le bruit étouffé d'une conversation. Quand je parvins au palier, je pus reconnaître trois voix différentes : Liv, un homme et une femme.

Toute cette situation me prenait de cours et je ne savais pas trop comment l'aborder. Je ne connaissais pas Zack et Shaylyn, mais je n'arrivais pas à comprendre pourquoi ils s'étaient tant empressés de venir au secours de Jane. Il y avait quelque chose dans leur démarche que je trouvais suspect. À moins, bien évidemment, qu'ils ne soient du genre bons samaritains.

Je m'éclaircis la voix en arrivant près de la porte et entendis que la conversation cessait aussitôt.

Liv me présenta au couple avant même que j'aie pénétré dans la pièce qu'elle avait tendue de tissu de couleur crème. Un bureau à l'image de Liv : féminin sans être une bonbonnière.

Zack Davis se leva le premier pour me saluer, avant de s'effacer pour que Shaylyn puisse me gratifier à son tour d'une délicate poignée de main. Je m'étais trompée sur la montre de celle-ci : ce n'était pas une Rolex, mais une Cartier. Le modèle La Dona de Cartier, pour être exacte. De l'or rose 18 carats et une lunette octogonale sertie de petits diamants ronds.

Elle avait des yeux noisette, des cheveux châtain foncé et une superbe robe d'un blanc rosé que j'avais repérée sur le catalogue de Neiman. Manifestement, le business d'agence de rencontres était lucratif. Son joli minois devenait encore plus beau lorsqu'elle souriait. Son « ravie de vous rencontrer » me parut plutôt sincère. Peut-être mon jugement était-il un peu hâtif.

Zack, à l'inverse, semblait d'humeur sombre et maussade, et beaucoup moins disposé aux mondanités que son associée. Il me sourit, lui aussi, mais cet effort ne parvint pas à illuminer ses yeux presque noirs. J'en vins à me demander si l'aide apportée à Jane n'était pas exclusivement une idée de Shaylyn et s'il avait du mal à le digérer.

En hôtesse parfaite, comme d'habitude, Liv avait déjà disposé une autre chaise à haut dossier de son côté de la table. Jean-Claude me livra alors mon *caffe latte* ainsi qu'une bouteille d'eau de concombre pour les autres. Je n'étais, pour ma part, pas très portée sur les eaux de légumes. Désaltérantes, dites-vous ? Certes. Mais contiennent-elles de la caféine ? Non.

— Merci d'avoir fait en sorte que maître Taggert puisse représenter Jane, dis-je en observant attentivement la réaction de Zack.

Il se redressa en s'éloignant de moi, ce qui, selon docteur Phil[1], indiquait une attitude passive-agressive à l'égard de mes remerciements.

— Nous sommes très heureux de pouvoir le faire, m'assura Shaylyn.

Je ne pus empêcher ma curiosité de prendre alors le pas sur mes bonnes manières :

— Quand bien même elle vous est parfaitement étrangère et se voit accusée d'avoir tué l'un de vos clients ?

— Finley ! siffla Liv entre ses dents.

Les lèvres ombrées d'un rouge cerise de Shaylyn ne se départirent pas de leur sourire :

— Ce n'est pas une étrangère. Peu importent les circonstances, Jane fait aussi partie de nos clients. Je l'ai rencontrée afin qu'elle remplisse notre questionnaire.

Et en disant cela, elle prit à ses pieds une fine mallette noire qu'elle posa sur ses genoux et en sortit une chemise cartonnée qu'elle nous remit.

En en parcourant les pages, je fus abasourdie par l'exhaustivité de la chose. Outre la photographie et les informations manifestement écrites de la main de Jane, Rendez-vous Fantasmatiques avait mené une enquête approfondie sur ses ressources financières.

— Avez-vous réalisé la même étude pour Paolo Martinez ?

— Bien entendu, me répondit Zack.

Son accent était prononcé, mais je ne savais pas d'où il le tirait. Un peu de New Jersey, un peu de France. Je ne parvenais pas à

---

1. *NdT.* Référence à Phil MacGraw, psychologue et animateur de télévision.

l'identifier clairement. J'ajoutai cela à ma liste de motifs de suspicion concernant le couple.

— Et l'auriez-vous apporté avec vous ?

Shaylyn m'adressa un regard d'excuse :

— Nos dossiers professionnels sont confidentiels.

Je leur expliquai alors la notion de confidentialité avocat-client :

— J'ai par conséquent interdiction de partager ces informations avec quiconque. Même avec la police. Toutes les informations que vous pourrez nous donner dans le but d'aider Jane feront l'objet d'un traitement parfaitement confidentiel, de notre part également.

— Alors d'accord, fit Shaylyn d'un ton un peu réticent.

— Mais !

La protestation de Zack fut immédiatement réduite au silence quand Shaylyn plaça sa main délicatement manucurée sur la sienne :

— Je vais faire envoyer le profil de Paolo à maître Taggert.

— Pourriez-vous également l'adresser à Becky Jameson, je vous prie ?

Le front de Zack se plissa encore un peu plus :

— S'ils sont coconseils, ils…

— Aucun problème, l'interrompit Shaylyn dont les paroles semblaient avoir force de loi.

Il devenait assez clair que, dans leur couple, c'était elle qui portait la culotte.

Ce fut l'une des autres choses que je notai. Ressentis, plus exactement. Je pensais que leur relation allait au-delà d'une simple association professionnelle. Les couples émettent des vibrations. J'étais prête à parier mes derniers dollars que ces deux-là ne partageaient pas qu'un capital social.

Et à propos de mes derniers dollars.

— Je suis très heureuse de vous avoir rencontrés et merci encore de votre aide, fis-je en me levant pour leur indiquer que notre entretien était terminé.

Je leur donnai à chacun une brève poignée de main et leur rappelai avec délicatesse qu'il serait judicieux d'adresser le dossier sur Paolo à Becky dans les meilleurs délais.

— Et tu veux bien me dire pourquoi tu t'es sentie obligée d'être aussi brutale avec eux ? me demanda Liv dès que l'écho de la porte, au rez-de-chaussée, nous eut indiqué qu'ils étaient partis.

— Il y a quelque chose qui cloche chez eux.

— Il y a surtout quelque chose qui cloche chez *toi*. Ils payent Taggert.

— J'en suis très contente pour eux. Il faut que tu m'offres un billet d'avion. Enfin presque.

Liv grommela :

— Finley, qu'est-ce que tu mijotes ?

— Une excursion à Charleston. Ma carte de crédit a atteint sa limite.

— Mais tu n'es pas censée…

— À l'instant où on lui a refusé sa mise en liberté sous caution, Jane a été transférée d'une cellule provisoire vers la prison. Tu veux qu'elle croupisse dans un centre de détention avec de véritables criminels ?

— Bien sûr que non !

— Alors, je dois découvrir ce qui s'est passé.

— Mais, c'est à Liam de faire ça, non ?

— Il ne peut pas.

— Et pourquoi ?

— Il a un truc, répliquai-je en la poussant légèrement de la hanche afin d'avoir accès à l'ordinateur qui se trouvait sur le rebord de la fenêtre, près de son bureau. Je ne te demande pas de m'offrir le billet. J'utiliserai un peu du cash que m'ont remis Patrick et Sam. Oh, pourrais-tu conserver le chèque au porteur de ma mère dans ton coffre-fort ? Je ne veux pas continuer à me balader avec ce truc dans mon sac.

J'allai sur un site de voyages à prix réduits et trouvai un vol qui ferait l'affaire. Il n'était pas exactement bon marché, pour une réservation de dernière minute.

— 752 dollars pour un pauvre vol de deux heures et dix minutes ??!

— Vas-y, dit Liv en saisissant son sac à main, puis en me tendant sa carte American Express gold.

Je renseignai toutes les cases. Je jouais un peu avec le feu. Le vol aller partait dans une heure et demie et j'avais choisi de passer la nuit là-bas, au cas où. J'ajoutai donc un hôtel modeste à mon excursion. Un vol de retour très tôt le lendemain me laisserait juste assez de temps pour passer me changer à la maison et arriver au bureau à 10 heures au plus tard.

Je rendis sa carte à Liv, lui remis le chèque de ma mère et tâchai de lui rembourser le billet.

— Garde ton liquide, tu en auras peut-être besoin.

— Merci.

À ce moment, le fax de Liv se mit à ronronner avant de cracher plusieurs pages. Ça venait de Becky. Elle avait fait une recherche sur Westlaw et avait obtenu quelques informations sur la précédente affaire concernant Jane. Mais surtout, j'avais désormais les noms de l'avocat général et de celui de la défense qui étaient intervenus à son procès. Ça, plus le numéro de l'affaire, ce qui allait me permettre de commencer mes recherches.

J'imprimai la confirmation de mon vol. J'étais en route pour la Caroline du Sud et si cela parvenait aux oreilles de Vain Dane, je pouvais dire adieu à mon job.

Parfois, tout se résume vraiment à une question de chaussures.

Huit

Il y avait beaucoup de choses appréciables à l'aéroport international de Palm Beach : le café Starbucks, le Wi-Fi... Et puis, il était relativement petit, alors ça évitait les folles ruées vers une porte d'embarquement située à l'autre bout du terminal.

J'affichai le plus grand respect pour les agents de sécurité de l'aéroport, même quand ils exigèrent que j'abandonne mon dernier tube de gloss Rose Plaisir de chez Chanel dans la corbeille réservée aux articles interdits. Et ça ne s'arrêta pas là. Il fallut aussi que je me défasse de mon tube de dentifrice, de l'échantillon de Lulu Guinness que j'avais toujours sur moi pour les imprévus ainsi que de la moitié de mon cappuccino. Bien qu'un peu réticente, je me montrai totalement coopérative : en la matière, mieux valait prévenir que guérir. Cela dit, toute cette belle prudence allait me coûter 50 dollars au bas mot – 50 dollars et 78 cents si je comptais mon café.

Durant les vingt minutes qui me restaient avant l'embarquement de mon vol, je retirai mon ordinateur de mon cabas et attendis qu'il veuille bien s'allumer. La plupart des passagers de mon avion attendaient déjà en rang d'oignons, comme du bétail, près de l'hôtesse d'accueil en uniforme. Et moi ? Ça ne me dérange absolument pas d'être la dernière à monter dans un avion. Il faut bien que quelqu'un se dévoue, alors pourquoi pas moi ? De plus, je voyageais en classe économique, alors les sièges de la salle d'attente qui surplombait le tarmac devaient bien avoir deux fois la taille de celui que j'allais devoir occuper dans l'avion.

Je consultai ma messagerie et parcourus mes e-mails en laissant de côté tout ce qui n'avait rien d'essentiel pour me concentrer sur ce qui m'intéressait : j'espérais que Becky aurait reçu, scanné et déjà envoyé le dossier relatif à Paolo durant le temps qu'il m'avait fallu pour préparer mon minuscule bagage et emballer mon ordinateur.

Il n'y avait aucun e-mails de Becky, mais je découvris plusieurs messages d'alerte en provenance d'eBay m'informant que quelques-unes de mes marques favorites mettaient en vente de nouveaux articles. Mon porte-monnaie était tragiquement vide, mais je savais que mon salaire du mois tomberait sur mon compte dès le vendredi suivant.

Trois des alertes concernaient des pièces détachées nouvellement offertes qui me seraient utiles pour la construction de ma Rolex maison. Par ailleurs, « FemmeDuPilote » annonçait avoir plusieurs nouveaux ensembles à céder. Cet annonceur faisait partie de mes vendeurs préférés et je pris son message comme un signe du destin. Oh, pas pour la raison qui semblait la plus évidente, même s'il y avait une certaine ironie à s'engager dans une relation commerciale avec une femme sans visage, de la côte nord-est du pays, qui avait choisi un pseudonyme décrivant assez bien mon propre statut. Pas exactement, certes, mais ce n'était pas grave. En fait, nous avions les mêmes mensurations et partagions une passion identique pour le rose et les pilotes.

Quand j'avais cherché un cadeau pour Patrick, à l'occasion de son dernier anniversaire, j'avais utilisé le mot « pilote » dans le moteur de recherche car son appartement était décoré sur ce thème. Voilà comment j'avais fait la connaissance de FemmeDu-Pilote.

Nous ne nous étions jamais rencontrées en dehors du cyber-espace, mais j'avais réinventé toute son histoire sur la base de ce qu'elle vendait habituellement. Ainsi, elle devait avoir une aversion proche de la phobie pour les teinturiers puisque toutes les fringues qu'elle proposait faisaient l'objet d'énormes rabais et n'avaient été portées qu'une seule fois, deux au grand maximum. Et puis elle fourguait énormément de vêtements. Tout et n'importe quoi depuis le pantalon de toile décontracté jusqu'à la robe du soir haute couture brodée main. Qui que ce fût, elle avait un sacré paquet de pognon et devait considérer eBay comme une œuvre de charité. Du coup, j'imaginais qu'il s'agissait d'une femme solitaire, mariée à un homme âgé qui recevait fréquemment et/ou assistait régulièrement à des soirées mondaines et des déjeuners huppés. J'évaluais son âge entre 30 et 35 ans dans la mesure où elle suivait la mode, sans pour autant s'y soumettre — le respect religieux des tendances étant réservé au créneau 20-24 ans, encore appelé dans mon jeune temps « LACP », Les Années du Corps Parfait.

Le dernier appel pour l'embarquement mit un terme à mes errements sur eBay. J'éteignis mon ordinateur, le rangeai dans mon sac, puis me dirigeai vers l'hôtesse, dûment munie de ma carte d'embarquement.

— Bon voyage, Mlle Tanner, me souhaita-t-elle après avoir scanné ma carte d'embarquement et contrôlé mon nom sur son écran.

Remontant mon sac un peu plus haut sur mon épaule, je la remerciai puis m'engageai sur la passerelle menant à l'avion. Dans cette sorte de couloir, les bruits que faisaient les avions en décollant ou en atterrissant étaient atrocement amplifiés, de même que les sonneries et alarmes diverses des véhicules de service qui passaient d'une porte à l'autre.

Une hôtesse brune sculpturale me guida jusqu'à ma place. Je crois surtout qu'elle voulait vérifier que j'attachais bien ma ceinture avant le décollage.

L'un des avantages d'une petite taille, c'est que vous n'avez pas besoin de beaucoup de place pour vos jambes. J'occupais le siège au milieu de la rangée, ce qui parut irriter le gros type assis à mes côtés, côté couloir. Il décida donc de me punir de mon arrivée tardive en rangeant simplement ses jambes sur le côté, plutôt que de détacher sa ceinture et de se lever pour me laisser passer. Abruti d'égoïste.

Cela me prit un peu plus de temps, mais je parvins à passer au-dessus de lui de manière élégante et, je le jure, le fait que mon cabas ait glissé de mon épaule et lui ait percuté la mâchoire était purement accidentel – et néanmoins satisfaisant. Je m'excusai et sortis mon téléphone de mon sac avant de caser cette arme redoutable sous le siège de devant.

Ma voisine, côté hublot, s'était déjà endormie et ronflait doucement, ses cheveux gris-bleu reposant contre la vitre.

L'une des hôtesses récita la liste des mesures de sécurité pendant que deux de ses collègues s'agitaient dans l'allée centrale afin de nous mimer la bonne utilisation des masques à oxygène. J'aimais bien la partie complètement absurde qui avait trait à la transformation du coussin de mon siège en bouée. Pour ma part, je n'avais jamais entendu parler de vies sauvées grâce aux capacités de flottabilité dudit coussin. Et puis, il y eut la litanie sur l'utilisation des téléphones portables. Un jour, j'avais demandé à Patrick comment quelque chose que n'importe qui pouvait se procurer à la boutique du coin pouvait bien perturber les instruments de navigation d'un avion. Grossière erreur ! Il s'engagea alors dans un monologue sans fin sur la sensibilité extrême de l'avionique.

Mon appareil atterrit quinze minutes avant l'heure prévue. L'aéroport de Charleston ressemblait beaucoup à celui de Palm Beach. Notamment, il était si petit que ma valise à roulettes fut sur le tapis roulant avant même que j'aie eu le temps de me rendre à la zone de récupération des bagages.

Je passai la bandoulière de mon cabas autour de la poignée de ma valise et me dirigeai vers les agences de location de voitures. Tandis que j'y faisais la queue, je repensai à ma dernière visite à Charleston.

Il y avait quatre ans de cela et c'était à l'occasion du mariage de quelqu'un que je n'avais jamais rencontré.

Je ne me souvenais plus si ma mère avait alors déjà divorcé du numéro 3 ou si elle n'en était qu'au début de la procédure, à moins qu'elle en ait été à remplir les papiers requis pour bénéficier de la retraite de feu le numéro 4. Ça n'avait pas grande importance, à vrai dire. Quoi qu'il en soit, j'avais été réquisitionnée pour l'accompagner à ce mariage, car il aurait été inconvenant d'emmener un petit ami à une cérémonie de mariage une semaine après avoir demandé le divorce ou enterré son précédent mari. Du moins, certaines personnes – dont je faisais partie – voyaient cela d'un mauvais œil, mais ma mère se serait relevée de son lit de mort plutôt que de rater une invitation.

Je m'étais donc coltiné les noces de la fille de l'une des copines de ma mère, issue, bien entendu, de la meilleure société. Ça avait bien commencé. Je veux dire par là que le décor était magnifique : une plantation datant de 1739, complètement rénovée, sur l'île de Kiawah. Les consentements avaient été rapides mais, à compter de cet instant, c'en avait été fait de ma tranquillité.

Pour voir le bon côté des choses, je ne devais pas faire mon âge car la plupart des relations de ma mère me prenaient pour Lisa. Elles me félicitaient avec effusion pour ma prometteuse carrière médicale. Toujours soucieuse de sauver la face, ma mère leur expliquait alors : « Oh non, celle-ci est mon aînée. Elle travaille pour l'un des plus prestigieux cabinets de Palm Beach. Patrimoine et successions. »

Intentionnellement – et fort commodément –, elle omettait la partie concernant mes fonctions d'assistante juridique, donnant ainsi à ses amies l'impression que j'étais avocate. Entre deux présentations, elle m'avait chuchoté à l'oreille que le fait que je n'aie pas un métier décent lui causait un odieux embarras qui l'obligeait à mentir à ses amies.

De mon côté, tout se passait bien puisque le barman et moi-même avions atteint le stade du tutoiement avant même que la pièce montée n'ait été entamée.

Le vol du retour avait été encore plus horrible que celui de l'aller. En ma qualité d'auditrice captive (j'avais à un moment envisagé de demander à l'équipage de m'accorder une place en soute), j'avais dû écouter l'éternel refrain concernant la manière dont je gaspillais mon temps et mon potentiel. Contrairement à ma sœur, qui n'avait pas peur des défis (elle !), voulait faire quelque chose de sa vie, était plus vive que l'abeille et rapide que l'éclair, et pouvait, tel Superman, atteindre le sommet d'un immeuble en un seul bond.

J'avais alors songé à retourner en fac de droit, allant jusqu'à passer le concours d'entrée général. Mais une fois que je me fus rendu compte que les avocats bossaient, en moyenne, soixante-dix heures par semaine, ce projet perdit de son intérêt. Ce n'était pas tant que je refusais de travailler dur, c'était plutôt que je voulais avoir une vie équilibrée. Une vie, tout court.

Or, le statut d'assistante juridique me le permettait et ma spécialisation en droit patrimonial avait ajouté à cet avantage celui de l'autonomie. Sous couvert de déposer quelque chose au tribunal, je disposais de deux heures pour déjeuner, faire du shopping ou bien mes courses, et tout ce que je pouvais vouloir. Du moment que j'effectuais mon travail dans les temps, personne chez Dane, Lieberman ne semblait y trouver à redire. Sauf Margaret.

En me dirigeant vers l'endroit où était garée la voiture de location que Liv m'avait retenue par le biais d'Internet, j'allumai mon téléphone portable. Becky y avait laissé trois messages et un SMS qui hurlait : « Appelle-moi TOUT DE SUITE ! »

Afin d'éviter de devoir passer par Margaret, je composai le numéro de son portable :

— Salut !

— Pas trop tôt, grogna Becky. J'ai parlé avec Taggert et il a dit qu'il fallait que tu te rendes d'abord au tribunal. Il ferme dans quarante minutes et il faut que tu t'y procures les archives du procès et tout ce que tu pourras récupérer.

— OK.

— Tâche aussi de dénicher le procureur et l'officier de police qui a procédé à l'arrestation.

— Et l'avocat de Jane ?

— Il n'a pas le droit de s'exprimer sans la permission de Jane et elle refuse de me la donner. En tout cas pour le moment.

— Tu sais pourquoi ?

— Non, ça fait partie des choses que tu dois découvrir. Connaissant Jane, je pense qu'elle doit protéger quelqu'un. Tu m'appelles quand tu as du nouveau, d'accord ?

— Compte sur moi.

Puis, comme j'arrivais devant l'agent chargé des voitures de location, je lui demandai de patienter un instant.

Quand je lui montrai mon formulaire de location, le type me regarda (du haut de ses – quoi ? – 18 ans) avec un peu de mépris :

— C'est la verte, la toute petite, au numéro 44.

— Merci.

Enfin, pas pour ton commentaire. Puis, reprenant ma conversation avec Becky, je lui demandai où en était le dossier de Paolo.

— Je te l'ai envoyé par e-mail il y a quelques minutes. Dépêche-toi, tu dois être de retour ici demain matin.

— Je sais.

Et puis elle raccrocha en me laissant avec ma *to do list* et un sentiment amusé. On ne pouvait pas reprocher à Becky de manquer d'efficacité.

En un temps record, je pris vers l'est, sur la 526, puis vers le sud, sur la 17, pour finalement arriver dans un dédale de rues à sens unique. Le plus difficile consistait à éviter les attelages tirés par des chevaux et les tramways de touristes qui avaient la priorité. En plus d'être une ville étudiante, Charleston était une destination touristique très prisée et ce, en dépit d'une température qui y dépassait les 35 degrés avec un taux d'humidité à peu près aussi élevé.

L'odeur agréable du jasmin étoilé disparaissait parfois au profit de celle du crottin de cheval et de la transpiration qui s'échappait des systèmes d'air conditionné. Je me concentrais sur mon itinéraire en consultant fréquemment le plan sur lequel le type des locations avait indiqué la place du Tribunal. Autre avantage de Charleston, tout ce qui touchait à la loi se situait dans le centre ville, à deux pas de Broad Street.

Le sentiment d'impuissance qui m'accablait depuis que Jane était apparue dans l'encadrement de ma porte, ensanglantée et balbutiante, était en train de s'estomper. En fait, il était progressivement remplacé par un sentiment d'urgence, et le niveau de mon adrénaline montait rapidement. Cette escapade allait me permettre d'évacuer la désagréable impression d'avoir été une si mauvaise amie.

Partout, la ville exposait les réminiscences de son glorieux passé. Notamment, elle semblait n'offrir aucun parking. Il y avait bien, à intervalles réguliers sur les trottoirs, des poteaux pour attacher un cheval, mais d'emplacements pour les voitures, point. Je dus faire au moins trois fois le tour du pâté de maisons avant que l'un d'eux ne se libère.

Une fois que je fus entrée à l'intérieur du tribunal et que j'eus consulté le tableau d'orientation, je me dirigeai vers la salle des archives où je m'empressai de remplir un formulaire avec le numéro du procès qui m'intéressait. L'employée chargée des archives ne parut pas du tout contente en regardant le formulaire en trois exemplaires que je lui tendais.

— Ce procès a plus de dix ans, me dit-elle avec un fort accent du Sud, traînant et raffiné.

— C'est exact, lui répondis-je de ma plus aimable voix. Je payerai les frais de reproduction en urgence.

Elle jeta un coup d'œil à la pendule, puis partit avec réticence pour chercher le dossier. Elle se déplaçait encore plus lentement qu'elle ne parlait.

Dix minutes après l'heure de fermeture des bureaux, elle revint avec un petit tas de feuilles agrafées entre elles. Se léchant les pouces, elle compta les pages et m'annonça : « Seize pages à 2 dollars la page, 32 dollars. Plus 15 puisqu'il s'agit d'une reproduction en urgence. » Puis, elle alla chercher une antique machine à calculer pour s'enquérir du total.

Quand elle revint vers moi, j'avais déjà préparé les 47 dollars requis que j'avais étalés sur le comptoir. Réunissant les archives, je la remerciai abondamment.

Il n'était pas évident de monter les marches deux à deux tout en consultant les photocopies qu'elle m'avait remises. Le procureur était un dénommé Ned Franks et je me souvenais d'avoir lu ce nom sur le tableau d'orientation du tribunal.

S'il vous plaît, faites qu'il soit dans son bureau.

Essoufflée par mon ascension de trois étages, je ralentis un peu le pas dans le couloir, allant de porte en porte jusqu'à ce que je trouve son nom inscrit sur un petit carré de Plexiglas. Je frappai une fois, puis de nouveau en tournant en même temps le bouton en cuivre de la porte.

S'il avait une secrétaire ou une assistante, elle ne se trouvait pas à son poste. Je n'avais donc pas d'autre choix que de me diriger vers la porte suivante, en ignorant la mention « Privé » qu'elle affichait, à hauteur d'œil.

— M. Franks ? demandai-je en pénétrant effrontément dans la pièce, sans même avoir frappé.

Un homme auquel je donnais 55 ans environ était assis là, les pieds sur son bureau et les jambes croisées. Les semelles de ses chaussures étaient usées et abîmées. Le dernier bouton de sa chemise blanche était défait et le nœud de sa cravate bleu et rouge avait été desserré. Ses cheveux étaient d'un blanc immaculé, ce qui me sembla un peu prématuré, à moins qu'il ne puisse se vanter de gènes exceptionnels qui lui donnaient cette peau presque sans ride.

Bien qu'il parût manifestement surpris de ma subite apparition, il réagit à mon intrusion en véritable gentleman sudiste. Reposant ses pieds sur le sol, il rajusta sa cravate et me demanda :

— Puis-je vous aider ?

— Oui, monsieur, répondis-je en déposant mon lourd cabas sur l'un des fauteuils et en m'asseyant sur l'autre.

Je lui tendis le mince dossier que je venais d'obtenir des archives :

— Je m'appelle Finley Tanner. Je travaille pour le cabinet Dane, Lieberman et Zarnowski, à Palm Beach. Je fais actuellement des recherches sur un client.

Mon introduction ne parut pas l'étonner outre mesure, ni le fait que j'aie fait irruption dans son bureau, d'ailleurs. C'était un peu comme s'il m'avait attendue. Ce qui n'avait aucun sens. Personne, hormis le Front de Libération de Jane, ne savait que je me trouvais en Caroline du Sud.

— Vous avez participé au procès de Jane Spencer en 1997. J'ai une copie de la mise en accusation, mais le nom de la victime en a été effacé.

— La victime était un mineur.

Une légère irritation vint me chatouiller l'estomac :

— Cela fait plus de dix ans, aujourd'hui. Il ou elle n'est plus mineur.

Il me rendit les photocopies :

— Désolé, Mlle Tanner, mais je ne suis pas en mesure de vous aider.

— Pas en mesure ou pas disposé ?

— Les deux, répliqua-t-il en se levant d'une façon qui me signifiait mon congé.

— La Floride et la Caroline du Sud ont des accords en matière de divulgation de pièces. En outre, les dispositions de la Constitution des États-Unis vous imposent de coopérer.

— Et je serai ravi de le faire si j'en reçois l'injonction par un tribunal compétent, et seulement à ce moment-là. Maintenant, à moins de pouvoir vous être utile à autre chose…

Je me raidis en ramassant mes affaires et en me levant.

— Oui, peut-être pourriez-vous m'indiquer la façon dont je peux me rendre au bureau des inspecteurs du poste de police de Charleston ?

— Trois pâtés de maisons vers l'ouest, un pâté de maisons vers le nord. Un immeuble gris de trois étages.

Mon enthousiasme retomba comme un soufflé. Franks avait représenté une totale perte de temps et le temps était un bien extrêmement rare que je ne pouvais pas vraiment gaspiller. Je regagnai ma voiture de location et jetai ma veste sur le siège arrière. La chaleur restait étouffante bien que le soleil ait déjà commencé à décliner.

Deux pâtés de maisons plus loin, ma décision de me passer de ma veste m'apparut un peu hâtive. De gros moustiques noirs étaient en train de se repaître de mes bras nus en me bourdonnant dans les oreilles. Je tentai vainement de me défendre en les écrasant, mais c'était peine perdue. Ils avaient reniflé l'odeur du sang et le rapport de force était trop déséquilibré. Je dus donc me résoudre à traverser la rue : mieux valait encore cuire au soleil que de me faire dévorer vivante à l'ombre.

Si j'en jugeais par l'état du linoléum gris qui recouvrait le sol, le commissariat de police n'avait pas dû être rénové au cours des quatre ou cinq décennies précédentes. Les téléphones semblaient y sonner dans le vide. Les murs étaient recouverts d'une peinture bleue défraîchie plutôt déprimante et mouchetés çà et là de quelques taches de plâtre blanc. Quelques ventilateurs venaient en renfort du système d'air conditionné, faisant ainsi circuler des effluves mêlés de nettoyant antibactérien et de bacon, sans oublier le café réchauffé, élément incontournable du régime des forces de l'ordre.

De toute façon, je le trouvais plus agréable que celui que j'avais visité dernièrement. Au moins, cette fois-ci, je n'étais ni en pyjama, ni menottée à un(e) prostitué(e).

Quand je pus enfin obtenir l'attention de la femme en uniforme qui se trouvait derrière le comptoir de l'accueil, je demandai à voir l'inspecteur Colton Langston.

En me regardant à peine, elle me répondit :

— L'officier Langston fait partie du troisième quart.

— Ce qui signifie ?

— Qu'il est là entre 23 heures et 7 heures du matin. Il va falloir vous adresser à l'un des autres inspecteurs.

Génial.

— Non, merci. C'est à lui que je dois parler.

— Alors donnez-moi votre nom et vos coordonnées, ainsi qu'un numéro d'affaire. Je lui transmettrai le message.

— Je reviendrai.

Déjà deux essais manqués. En rebroussant chemin vers ma voiture, j'appelai Becky pour lui présenter l'état de non-avancement de notre affaire. D'après sa voix, elle devait être au moins aussi déprimée que moi. La fatigue commençait à me gagner et je décidai de me rendre à mon hôtel pour y passer les quelque cinq heures qui me séparaient de la prise de fonction de l'inspecteur.

Au préalable, je m'arrêtai devant le premier fast-food que j'avisai. Je choisis de ne pas descendre de voiture et de commander une salade à emporter. En fait de salade, je repartis du Burger King avec un énorme hamburger, une grande portion de frites et un quart de litre de Coca.

Je repris la route 17 en dévorant tous ces délicieux aliments bourrés de gras et de cholestérol. Je finis par trouver l'Auberge Beachside. À vrai dire, le terme « auberge » était un brin pompeux pour décrire cet ancien motel de deux étages. Ma minuscule voiture était la seule berline garée sur le parking, les autres véhicules étant de gros pick-up ou des camionnettes aménagées.

Le propriétaire, un type à l'air louche avec une haleine de cendrier et un gros bide, m'accueillit et m'indiqua le numéro de ma chambre : un réduit sombre et humide avec un dessus-de-lit en polyester déchiré et une lampe dans le même tissu.

La salle de bains était forcément exiguë avec quelques plaques de moisissures noirâtres qui s'épanouissaient sur le joint de la baignoire. Je pouvais sentir que les toilettes avaient été pourvues d'un de ces atroces, et malheureusement puissants, blocs désodorisants, ce qui n'avait pas empêché l'eau de croupir au fond de la cuvette. J'avais une terrible envie de m'enfuir pour le cinq étoiles le plus proche, mais mon budget ne me le permettait pas.

Considérant que le dessus-de-lit devait nécessairement regorger de miasmes et autres fluides laissés par les précédents occupants, j'y étalai une serviette-éponge avant de sortir mon ordinateur portable. Je levai les yeux au ciel en constatant que le seul accès Internet était un téléphone à touches. Avec les taxes et les suppléments, ça allait rajouter au moins 20 dollars à la note que m'établirait l'Auberge de l'Enfer. Ayant retiré mes chaussures, je connectai néanmoins le fil du téléphone à mon ordinateur et patientai. Patientai. Patientai…

La bécane évaluait à environ onze minutes le temps nécessaire au téléchargement de la pièce jointe que m'avait envoyée Becky. En fouillant dans ma valise, j'y trouvai le paquet de Lucky Charms et me mis à en grignoter les lunes, les étoiles, les carreaux et les cœurs en guimauve, avant de faire descendre le tout avec une grande lampée de Coca.

Cet apport brutal de sucre me donna un coup de fouet, mais n'accéléra pas le téléchargement.

Mes pensées allèrent vers Patrick. J'imaginais qu'il se trouvait dans un endroit reculé, tout près du Grand Canyon, et qu'il était en train de rigoler avec ses copains devant un feu de camp. Je n'aurais jamais pensé qu'un jour, j'en viendrais à envier une tente et un sac de couchage, mais c'était avant que je visite l'Auberge

Beachside. Patrick devait bien s'amuser. Ça, au moins, c'était chouette.

Puis, je pensai à Liam et mon cerveau composa une image plus vraie que nature de ses ébats avec Ashley. Ça, c'était beaucoup moins bien.

Je secouai la tête et me passai les doigts dans les cheveux. Enfin, mon ordinateur tinta, signifiant que le fichier avait été téléchargé et que Liam pouvait retourner aux oubliettes. Jusqu'à ce que j'aille le rechercher dans les replis de mon cortex.

La première page consistait en une photo de Paolo. Pas étonnant que Jane se soit ainsi déchaînée dès le premier soir. Il avait un petit air d'Enrique Iglesias ou d'un jeune Antonio Banderas. Tout comme pour le dossier de Jane, Rendez-vous Fantasmatiques avait été très minutieux en réunissant les informations le concernant. Un sifflement m'échappa quand j'atteignis la page relative à son patrimoine : ce mec n'avait pas 30 ans et était déjà à la tête d'une petite fortune dérivée de ses activités d'opérateur boursier.

Il était facile de deviner pourquoi Shaylyn et Zack lui avaient fait rencontrer Jane. Ils partageaient de nombreux centres d'intérêt : la voile, la course à pied, la musculation et autres activités sportives – et totalement absurdes si l'on voulait mon avis. Paolo était un fan absolu de Peter Sellers, tout comme Jane.

Contrairement à ce qu'ils avaient fait dans le cas de Jane, les gens de Rendez-vous Fantasmatiques avaient vérifié le casier judiciaire de Paolo. Apparemment, hormis quelques excès de vitesse, il n'avait rien à se reprocher. Il était bien connu des œuvres de bienfaisance de Palm Beach et, aux termes de sa « liste de vœux », il voulait au bout du compte se marier et fonder une famille. Si la femme idéale voulait bien se montrer.

La femme idéale.

Ça ressemblait tellement au jargon des phobiques de l'engagement.

Je relus une deuxième fois son dossier, puis une troisième, mais rien ne me sauta aux yeux. Je tentai de voir ce que Google avait sur Paolo, mais ma connexion Internet ne cessait de s'interrompre. Finalement, je rendis les armes et éteignis l'ordinateur.

À 10 heures, je reprenais la route en direction de Charleston. Je fis une courte pause dans un Quickie-Mart pour y acheter un café. Ce n'est qu'une fois revenue dans la voiture que je réalisai que mon café était coupé avec de la chicorée. C'était une horreur, mais je n'avais que ça sous la main et il fallait bien que je m'en contente.

L'inspecteur Langston arriva cinq minutes après que j'eus décliné mon nom à l'officier de police chargé de l'accueil et que je me fus assise dans l'espace réservé aux visiteurs. Son apparition m'évita l'horrible lecture d'un autre numéro d'*American Hunter*[1], et Dieu sait que ce magazine venait de m'en apprendre bien plus que je ne l'aurais souhaité sur la taxidermie.

Langston avait l'air d'un flic : des traits burinés et taillés à la serpe avec une crampe permanente tordant une bouche plutôt fine. Il me semblait qu'il portait Old Spice, mais je ne savais pas s'il s'agissait de l'eau de toilette ou du déodorant.

Il me fit entrer dans son bureau. L'endroit était un sombre foutoir avec des dossiers jetés çà et là, partout où il y avait de la place. Je faillis presque pleurer de joie lorsqu'il me proposa un café. Il fallait que je me rince la bouche pour effacer ce désagréable goût de chicorée.

Il revint avec deux tasses fumantes qu'il parvenait à tenir dans une seule de ses énormes mains.

— Donc, Mlle Tanner, vous êtes ici à propos de la fille Spencer ?

Je clignai des yeux pour lui signifier mon étonnement. Il haussa les épaules.

---

1. *NdT. American Hunter* signifie en anglais « Chasseur américain ».

— Franks m'a appelé pour me dire que vous passeriez peut-être par ici, précisa Langston en s'appuyant au rebord de son bureau pour mieux siroter son café tout en me dévisageant. Et que voulez-vous donc savoir ?

— Tout. À moins que le procureur ne dise…

— J'aime pas trop Franks. Jamais aimé.

Je sentis mon corps se détendre un peu.

— Que s'est-il donc passé ? Je sais que c'était il y a très long-temps, mais tout ce dont vous pouvez vous rappeler me sera très utile.

Son expression s'adoucit.

— Une affaire difficile à oublier. Ce n'est pas tous les jours qu'on doit se rendre sur les lieux d'un crime dont l'arme est une chaussure.

— Une chaussure ?

— Ouais.

— Je croyais que quelqu'un avait été poignardé. Êtes-vous en train de me dire que Jane a agressé à coups de pied…

— Non. Elle l'a transpercé avec un talon aiguille de huit centi-mètres. En plein dans la jugulaire.

J'étais sidérée :

— Pourquoi ?

— Vous n'êtes pas d'ici, hein, alors il va falloir que je vous explique un peu le contexte.

— Je veux bien, merci.

— La fille Spencer partageait un appartement avec Molly Bishop. Elles étudiaient toutes les deux au lycée de Charleston. Molly avait un petit ami plus jeune. Je crois qu'il avait 17 ans ou quelque chose comme ça.

Je prenais des notes comme une possédée.

— Molly et son copain sont allés à une *rave party* et, selon les gens que vous écoutez, on leur a fait prendre, ou ils ont acheté, un peu d'ecstasy. Bon, il se trouve que le truc était mélangé avec du LSD.

Alors, elle le ramène chez elle. Ils sont déchaînés et ils décident de faire l'amour. À un moment, Molly se met à avoir des hallucinations du fait de la drogue et elle commence à crier et griffer son copain. La fille Spencer rentrait au même moment de son job à temps partiel comme serveuse de restaurant. Elle entend les cris et croit que Molly est en train de se faire agresser.

— Alors, elle le transperce avec sa chaussure ?

— Il faisait sombre. Molly était incontrôlable. J'ai cru alors, et je crois encore aujourd'hui, que la fille Spencer a réagi à ce qu'elle a pris pour une tentative de viol.

— Alors, pourquoi tout ce secret ?

— Bien que le type ait failli mourir, la famille de Molly a voulu qu'on oublie tout ça au plus vite.

— Pourquoi ?

— Parce que c'était Molly Bishop.

— Désolée, mais pour moi, ça ne signifie pas grand-chose.

— La fille du sénateur Ray Bishop. Il a fait campagne et a remporté l'élection en promettant de faire tout ce qui serait en son pouvoir pour débarrasser la ville de la drogue. Ça aurait eu l'air de quoi si le bruit avait couru que sa gamine avait viré positif à la *rave party* ? Elle s'était déjà fait arrêter deux fois pour détention de drogue, mais avait été envoyée en centre de désintoxication au lieu d'aller en prison.

— Mais pourquoi Franks ne voulait-il rien me dire de tout cela ?

— Il en veut encore au sénateur Bishop de l'avoir court-circuité et de s'être arrangé pour que les poursuites soient abandonnées. Encore une fois. Car il avait déjà essayé de la faire condamner à deux reprises avant cela, mais le sénateur s'en était chaque fois mêlé et avait réussi à faire en sorte que sa môme aille en cure. Franks savait que Molly Bishop et Spencer étaient copines et je pense qu'il voulait utiliser l'arrestation de Spencer pour atteindre Molly. Il se disait sans doute que Molly admettrait avoir enfreint les termes de son contrat de remise en liberté s'il la faisait témoigner et si elle était forcée de reconnaître qu'elle était défoncée ce soir-là. Au lieu de ça, les charges ont été levées contre Spencer, et Molly est repartie en cure de désintox'. Ça a dû marcher parce qu'elle n'a jamais plus eu d'ennuis. Du moins pas à Charleston.

— Et vous avez une idée de l'endroit où je pourrais la trouver ?

— Elle a quitté l'État après cette histoire. Aux dernières nouvelles, le sénateur vient de prendre sa retraite, et lui et sa femme pourraient bien vouloir se rapprocher de Molly.

Je remerciai abondamment l'inspecteur et quittai le poste de police en dansant presque. Maintenant, je comprenais mieux. Jane n'avait rien dit à personne sur sa précédente arrestation parce que ça aurait rejailli sur Molly Bishop. C'était tout Jane, ça : loyale jusqu'au bout.

Bien que minuit fût passé depuis longtemps, je m'apprêtais à appeler Becky, mais mon portable sonna.

— Finley Tanner, détective de choc, me lança une voix goguenarde.

— Liam McGarrity ! As-tu perdu le peu de sens commun qui te restait ?

Au boulot, une mutation signifie que tu es baisé,
il s'agit seulement d'une nouvelle position.

Neuf

Je ne savais pas si je devais me morfondre ou me réjouir que Liam ne soit pas à l'aéroport pour me féliciter ou me gronder, à mon arrivée à Palm Beach. Il était 8 h 15. Il n'était peut-être pas du matin. Ou alors, il avait épuisé toute sa colère lors de notre coup de fil tardif de la veille.

Une chose était certaine : en dépit de son entrée en matière narquoise, il ne me considérait certes pas comme un détective de choc. Il estimait que mes démarches étaient imprudentes, dangereuses, etc., etc., et présentaient le risque non négligeable de me faire perdre mon job. Bla bla bla.

J'avais passé une bonne partie du vol à imaginer la façon dont j'allais pouvoir le contraindre à me rembourser les dix minutes de communication téléphonique que m'avait coûtées sa petite morale.

En traînant des pieds, j'allai chercher ma valise et la tirai jusqu'au parking longue durée. J'aurais très bien pu me rendre directement au bureau, mais j'avais besoin de me doucher. Je voulais éliminer tous les éventuels résidus de mon horrible auberge.

Dès l'aube, j'avais parlé à Becky, durant mon périple vers l'aéroport de Charleston, afin de lui exposer tous les détails que j'avais obtenus sur l'accusation de coups et blessures au talon aiguille dont Jane avait fait l'objet. Elle parut très satisfaite de ces informations et me promit d'organiser un déjeuner avec Taggert pour discuter de la stratégie à suivre. J'espérais que ça permettrait de faire sortir Jane de sa prison le plus tôt possible.

Je me ruai dans mon appartement et ôtai mes vêtements à la hâte, tout en me dirigeant vers la salle de bains. Mon téléphone sonna, mais je l'ignorai. Sous le jet d'eau brûlant, je commençai à réfléchir à la Question Patrick. Soit, le verbe « commencer » était impropre. La Question Patrick faisait partie d'un débat intérieur permanent qui m'occupait depuis plusieurs mois. D'habitude, je n'étais pas aussi obsédée par les hommes, mais cette décision risquait de marquer un tournant essentiel dans ma vie et je ne voulais pas le rater. Pas encore.

Et puis, je ne voulais pas non plus faire de mal à Patrick. Il avait toujours été adorable avec moi. En tout cas, la scène de rupture que je me repassais en continu dans la tête était loin d'être au point. Quant à l'alternative – ne pas le quitter –, elle m'obligeait à admettre que toute inertie de ma part signifierait que j'étais prête à me résigner.

Mais une fois encore, il était tout aussi stupide de croire que j'allais rater un quelconque Prince Charmant si je restais avec Patrick. Il n'y avait pas de Prince Charmant. Seulement des crapauds. L'important était de trouver celui qui ne vous collerait pas trop de boutons. Et bien sûr d'éviter ceux qui étaient venimeux et pouvaient vous empoisonner. Le gros défaut de mon raisonnement, c'était que les crapauds vraiment dangereux étaient aussi, le plus souvent, les plus attirants. La nature peut se montrer si cruelle.

Et puis zut. Toute cette introspection finissait par me coller la migraine. Or, j'avais besoin de toute ma tête pour réfléchir à la situation de Jane.

Par ailleurs, Patrick – enfin, c'est ce que j'imaginais – ne serait pas joignable durant la majeure partie des quinze jours à venir. J'aurais donc tout le loisir d'affronter mes petits démons un peu plus tard.

Sauf qu'en émergeant de la douche, je vis que la Reine de Tous les Démons venait de me laisser un bref message : « Je t'appelle pour te remercier de m'avoir renvoyé le document aussi rapidement. Je suppose qu'il n'y a eu aucun problème avec le chèque que je t'ai fait passer. Bien entendu, je ne peux que le supposer, vu que tu n'as pas estimé opportun de me contacter pour me témoigner ta reconnaissance. Lors du brunch de dimanche, tu pourras peut-être, si toutefois tu en as le temps et l'envie, envisager d'accuser réception de ce prêt, de manière adéquate. » Et le message se terminait par un énorme claquement signifiant, selon toute vraisemblance, que ma mère avait reposé avec une certaine violence le combiné sur sa base.

Immédiate culpabilité. Droit au but !

— Des fleurs, décidai-je en enfilant à la hâte un chemisier vert anis et une jupe Lilly Pulitzer fuchsia que j'avais raflée pour une bouchée de pain, parce qu'une cliente maladroite en avait cassé la fermeture en l'essayant. Réparation très accessible et totalement invisible. Même l'œil le plus averti n'aurait pu s'apercevoir que je portais des articles endommagés.

Oui, des fleurs feraient l'affaire. Des fleurs *en public* seraient encore mieux. Je fis un nœud à mon mouchoir virtuel pour passer prendre deux douzaines de roses Monticello samedi. Je les emporterais au brunch et les lui présenterais sous les yeux ébahis des clients du Willoughby. Oui, excellent plan. Ma mère, qui adorait la mise en scène, serait ravie. Et je serais ainsi absoute. Le monde pourrait alors cesser de tourner autour de la mortification que mes récents égarements avaient causée à ma mère.

J'avais *vraiment* apprécié qu'elle vienne à ma rescousse et je voulais qu'elle le sache. Une carte électronique aurait été trop *cheap*. Et puis, de toute façon, elle n'avait pas d'ordinateur et détestait tout ce qui y avait trait. Notamment, elle n'ouvrait les cartes de vœux que si son nom et son adresse avaient été rédigés à la main (et de préférence, d'une écriture appliquée) sur l'enveloppe.

Vêtue de frais, recoiffée et rassérénée par un bol de café noir, je chaussai ma paire de sandales roses préférées et transférai le contenu de mon cabas dans mon sac à main. Le dossier sur Paolo était encore archivé dans ma messagerie et je pourrais donc le consulter une fois arrivée au bureau.

Il était 9 h 47 lorsque ma voiture pila dans le parking du cabinet Dane, Lieberman. Mes légers retards n'avaient rien d'inhabituel, mais, comme toujours, ils me valurent un coup d'œil réprobateur appuyé de notre austère réceptionniste. Margaret Nunuche griffonna quelque chose sur un bout de papier tandis que je passais devant elle. Elle était très fière de tenir la liste de mes petites infractions, liste qui trouvait, comme par magie, le chemin des doigts manucurés de Dane, juste avant mon entretien de fin d'année.

Becky m'attendait dans mon bureau. Elle fronça les sourcils en tapotant sur le cadran de sa montre :

— Tu es en retard.

— Mais, pour qui te prends-tu ? Mini-Margaret ? lui demandai-je en glissant mon sac dans mon tiroir de bureau, puis en allumant, dans l'ordre, cafetière et ordinateur.

— Tu as l'air fatiguée.

— Je le suis.

— Mais tu as fait du bon travail, ajouta Becky. Espérons que ce sera suffisant pour convaincre le juge Faulkner de revenir sur sa décision.

Je soupirai bruyamment en m'affalant sur le cuir de mon siège de bureau.

— Je l'espère aussi. Ça m'énerve juste de ne pas avoir eu le temps de trouver Molly Bishop. Puisque Jane l'a couverte quand elle était au lycée, peut-être serait-elle prête à lui renvoyer l'ascenseur.

Dès que mon ordinateur se fut allumé, je me mis en quête de découvrir ce que Google avait sur Molly Bishop. Il y avait un million sept cent trente et des brouettes réponses possibles. Il allait falloir que je précise le champ de ma demande ou bien ça allait me prendre un certain temps.

Becky se servit une tasse de café avant de se diriger vers la sortie :

— J'ai demandé que tu sois réaffectée à mon département, alors il faut que tu ailles voir Ellen à dix heures et quart.

Je vérifiai l'heure à ma montre et fus prise d'un accès de panique :
— Mais pourquoi ?

Becky pencha la tête sur le côté et entortilla l'une de ses mèches auburn autour de son index :
— Officiellement ?
— Ouais.
— À partir de maintenant, c'est elle ton supérieur direct. Vois-le comme… (Elle fit une pause et plaça son index sur son menton avec un air malicieux) un camp d'entraînement au département contrats.

Je fermai les yeux brièvement et fis la grimace :
— Calme-toi, mon pauvre cœur. Est-ce que je peux faire l'impasse sur la réunion et aller directement m'enfoncer un crayon dans l'œil ?
— Non, me répondit Becky en souriant.
— Et y a-t-il un ordre du jour officiel pour cette réunion ?
— Oui. À cette occasion, elle va te menacer de te virer si tu mets ne serait-ce qu'un doigt sur le dossier de Jane.

Je ne comprenais plus rien :
— Mais alors, pourquoi est-ce qu'elle nous aide en engageant Liam et en décidant mon changement de département ?
— Elle nous aide. C'est ça qui compte, me dit Becky. Ne crois pas que ça s'est fait tout seul, il a fallu que j'aille un peu pleurer auprès d'elle. Et si ça peut te rassurer, tu n'es pas la seule visée. J'ai eu moi aussi mon lot de morale. Mais, vu mes dons de négociatrice exceptionnels, elle a accepté mon plan.

Je ne voulais même pas imaginer à quoi pouvait ressembler une négociation avec Lieberman. En réalité, cette femme ne négociait pas, elle vous usait jusqu'à ce que vous criiez grâce et rendiez les armes, non sans l'avoir remerciée de vous avoir fait l'honneur d'expérimenter une si complète défaite.

Quand Becky partit, il me restait tout juste le temps d'avaler un paquet de M&M's en guise de petit déjeuner, avant de filer vers l'étage des gros bonnets, tout en haut de l'immeuble.

En sortant de l'ascenseur, j'offris un sourire gêné à la secrétaire qui se tenait derrière le grand bureau verni en forme de croissant de lune. Le dernier étage avait été conçu sur le mode d'une roue de chariot dont elle occupait le centre. En temps normal, je l'aurais contournée pour me rendre dans le bureau de Dane, mais cette fois-ci, je pris sur la droite afin d'aller, à pas comptés, vers le repaire d'Ellen Lieberman.

Un subtil parfum de désodorisant citronné m'enveloppa. Je ne pouvais que prier pour que mon propre déodorant tienne les promesses figurant sur son emballage. Vain Dane m'irritait, mais Lieberman m'intimidait carrément.

Je n'ai jamais vraiment compris pourquoi certaines femmes se donnent autant de mal pour parvenir au sommet, puis ouvrir les portes du succès, avant de prendre un malin plaisir à les claquer derrière elles avec violence, de sorte qu'aucune autre femme ne puisse faire mieux qu'elles. Un peu comme si la vie était une compétition et que la finale ne pouvait admettre qu'une seule personne pourvue d'ovaires.

Lieberman était clairement en finale. Elle était déterminée, exigeante et, généralement, sévère avec ses assistants – surtout avec moi. Elle n'arrivait pas à comprendre mon peu de motivations, ni les raisons qui m'empêchaient d'utiliser à plein mon potentiel. Quand elle se mettait sur mon dos, j'avais l'impression d'avoir une deuxième mère, si ce n'est que la mienne s'habillait incontestablement mieux.

Je frappai à la porte et attendis qu'elle me demande d'entrer. Passant le bloc-notes que j'avais apporté (plus pour me donner une contenance qu'autre chose) dans mon autre main, je tournai le bouton de la porte.

Ellen redressa la tête, l'air absent et le cheveu – qu'elle avait toujours épais, bouclé et roux – en pétard. Elle ne se leva pas, se contentant de m'indiquer un siège du bout d'un doigt :

— 'Jour, Finley.

— Bonjour, comment allez-vous ?

— Bien, me répondit-elle distraitement en griffonnant sa signature si typique au bas d'une lettre, puis en posant celle-ci sur le côté avant de s'intéresser à la suivante.

— Vous ?

— Très bien.

Voilà qui commençait à ressembler à la version professionnelle d'une mauvaise *blind date*[1] : maladroite, convenue et probablement sans espoir.

Nerveusement, mes yeux faisaient le tour de la pièce, laquelle était très neutre, ni masculine, ni féminine, tout à fait comme Ellen. Deux de ses murs disparaissaient sous des étagères remplies d'ouvrages juridiques bien rangés et de leurs mises à jour. Derrière le bureau se trouvait une fenêtre, mais toute lumière provenant de l'extérieur avait été stoppée au moyen d'épais rideaux. Ellen était associée, mais elle n'était pas *managing partner*. C'est la raison pour laquelle la vue qu'elle avait de son bureau n'était pas aussi spectaculaire que le front de mer dont bénéficiait Vain Dane. Mais son bureau était également beaucoup moins égocentré que celui de son associé. En fait, à l'exception des inévitables diplômes, il était difficile d'y apercevoir des objets personnels. Il y avait bien une petite statue primitive en pierre noire − *Mon Dieu, faites qu'il ne s'agisse pas d'une sorte de dieu de la fertilité* − ainsi qu'une... chose qui ressemblait à un morceau de bois pétrifié, vaguement sculpté, avec des traces de peinture, mais ce devait être tout. La pièce était stérile.

Pas de couleur : du beige sur du beige. Et ce ton ne flattait pas vraiment Ellen qui se déclinait elle-même en dégradé de beige. Assise comme je l'étais à attendre qu'elle veuille bien m'accorder son attention, j'avais tout loisir de méditer sur le grain − parfait, dans le genre pâlot − de sa peau. Contrairement à la plupart des

---

1. *NdT*. Une *blind date* est un rendez-vous galant avec un inconnu.

rouquines, elle n'avait pas la moindre tache de rousseur. Or, je savais pertinemment qu'elle ne se maquillait pas puisqu'elle l'avait dit elle-même, en expliquant que ce n'était ni nécessaire ni naturel. La nécessité est dans les yeux de celui qui la regarde, n'est-ce pas ? Quant au naturel, j'avais été tentée de lui rétorquer que « naturel » ne rimait pas toujours avec « bien ». Après tout, l'arsenic était naturel. Et puis, elle faisait aussi l'impasse sur le parfum et se rasait les jambes, ce qui voulait donc dire que sa définition du naturel n'était pas éloignée de fétide et poilu.

Après qu'un semestre entier se fut écoulé – j'en avais du moins l'impression –, les yeux gris pâle d'Ellen consentirent à se lever vers moi. Le son qu'elle fit en replaçant le capuchon de son stylo à encre résonna dans le silence comme un coup de feu.

J'avais moi aussi fait l'essai du stylo plume. Mauvaise idée. Le réservoir fuyait toujours et l'encre avait gratifié la doublure de mon sac à main Juicy Couture (qui était alors mon préféré) d'une énorme tache noire.

Croisant les doigts, elle les posa sur le sous-main en cuir camel qui protégeait son bureau :

— Il faut que nous revenions sur deux ou trois choses.

— OK, fis-je avec une certaine réticence, avant de réaliser que j'avais certes emporté un bloc-notes, mais que je n'avais pas de stylo.

Comme si elle avait lu dans mes pensées, Ellen ouvrit un tiroir et en sortit un Bic qu'elle me tendit.

— Afin d'éviter tout malentendu, sachez que cette mutation temporaire ne vous relève absolument pas de vos autres devoirs vis-à-vis de ce cabinet. Où en sont les dossiers sur lesquels vous travaillez ?

— L'inventaire de la succession Lockwood est terminé. Il faut juste que j'en apporte un exemplaire au greffe. J'attends une expertise concernant les bijoux de la succession Benoit. Nous devons adresser un premier état comptable à Zander. La succession Evans devrait passer devant le tribunal cette semaine. Il ne manque plus que l'ordonnance de clôture.

— Tant que je serai l'avocate qui vous supervise, vous devrez respecter mes règles.

— Bien sûr. *Comme si j'avais un autre choix.*

— Vous devrez arriver au bureau à 8 heures tous les matins.

Je ravalai le grognement qui bourdonnait dans ma gorge et acquiesçai. Puis, je notai sur mon bloc d'acheter plus de café. S'il fallait vraiment que je sois au bureau à 8 heures, j'allais devoir en sniffer des lignes. À moins que j'essaye les intraveineuses ?

— J'ai actuellement diverses fusions en cours de négociation. Votre mission, en pratique, consistera à annoter et modifier les contrats et leurs annexes, faire des recherches et écrire des mémos sur des jurisprudences et des réglementations, et, plus généralement, faire et aller là où je vous le dirai.

Mon cerveau était déjà tout engourdi :

— Pas de problème.

L'un des sourcils en bataille d'Ellen forma un arc de cercle :

— Vous êtes sûre ?

— Absolument.

Pouvoir était une chose, vouloir en était une autre.

— Alors parlez-moi de la différence existant, d'un point de vue juridique, entre « doit » et « peut » dans un contrat.

Elle voulait me faire passer un *quiz* ou quoi ?

— Je vous demande pardon ?

— « Doit » et « peut », répéta-t-elle en me fixant avec intensité.

Mon cœur tambourinait dans mes oreilles tandis que j'essayais de remonter le temps pour me rappeler tout ce que j'avais appris durant le seul cours relatif aux contrats que j'avais suivi, il y avait de cela au moins dix ans.

— « Doit » oblige l'une et/ou l'autre partie à exécuter les termes du contrat. Toute non-exécution du contrat constitue un manquement, lequel annule tout ou une partie du contrat et/ou constitue le fondement d'une action en justice à l'encontre de la partie fautive.

Le visage d'Ellen resta impassible. Pas un bon signe. Mince. Elle aurait dû être super-impressionnée. Moi-même, je l'étais. Je savais que ma définition était parfaitement exacte.

— « Peut » ?

— « Peut » définit une option ou une suggestion ayant trait à la contrepartie rendue par l'une et/ou l'autre partie au contrat.

J'étais bien partie. Nous consacrâmes les trente minutes suivantes à échanger termes juridiques contre définitions et à évoquer divers cas pratiques. Quand elle eut enfin fini de me cuisiner sur les arcanes du droit des contrats, je fus presque déçue.

Puis, elle me prit par surprise en m'adressant un large sourire, tandis qu'elle adossait ses épaules osseuses à son siège, en signe de détente. Cela dit, il était assez difficile de distinguer les contours de son corps, vu ses penchants vestimentaires qui l'orientaient vers les robes-tentes igloos. Je présume qu'elle estimait que ça allait bien avec ses sandales de gladiateur à talons plats. Mais, si vous voulez mon avis, il était presque criminel de faire un petit 38 et de porter des soutiens-gorge de sport avec des robes de grossesse.

Ça faisait trop longtemps que je ne m'étais pas fait une injection de caféine. J'étais en manque, mais Ellen ne faisait pas dans le café. Elle était plutôt du genre tisane. Le thé, au moins, contenait de la caféine, mais la tisane, c'était juste un peu d'eau colorée, avec, dans le meilleur des cas, un vague parfum végétal.

— Et Charleston vous a plu ?

Je me raidis aussitôt :

— Pardon ??

Ellen émit une sorte de ricanement guttural, entre ironie et sarcasme.

— Ne me confondez pas avec Victor, me dit-elle, je sais tout de vos longs déjeuners et de vos séances de shopping clandestines. Je sais aussi que vous êtes allée à Charleston hier. Qu'y avez-vous trouvé ?

Becky ? Mon amie la plus proche et la plus chère m'aurait vendue ? Est-ce que ça sentait vraiment le roussi ? En tout cas, je lui racontai tout ce que je savais, en me demandant bien pourquoi elle se montrait si curieuse.

— Vous devez rencontrer M. Taggert pour le déjeuner ?

Je hochai la tête :

— J'espère qu'il pourra déposer une demande en révision, au vu de ces nouvelles informations.

— Ça devrait marcher, dit Ellen. Et c'est la raison pour laquelle j'ai insisté pour que Becky se retire complètement du dossier. Elle endossera un rôle de consultant, exclusivement. Ce cabinet ne s'occupe pas de dossiers pénaux, et n'apprécie pas que son nom y soit associé, en tout cas, pas quand ces dossiers sont aussi graveleux.

Donc, me dis-je, ce n'était sans doute pas le moment de lui parler de l'injonction que m'avait remise Quinn. Ce procès-là promettait d'être un vrai show.

— Avec tout le respect que je vous dois, Ellen, Jane a besoin de Becky.

— Non, Jane a besoin d'un avocat pénaliste et du soutien de sa famille et de ses amis.

— Elle n'a pas de famille.

Les lèvres d'Ellen se pincèrent l'espace d'un instant. Je sentais bien qu'elle perdait patience, mais sa façon de gérer à distance le dossier de Jane commençait à m'agacer.

— Quand bien même, poursuivit Ellen en repoussant son fauteuil et en dépliant son mètre cinquante-cinq. Vous devez, toutes les deux, rester discrètes. Surtout vous. Becky peut continuer à s'impliquer de façon passive, pour préserver la relation de confidentialité, mais pas en qualité de coconseil siégeant au tribunal. Quant à vous, votre présence doit être encore moins visible.

D'agacée, je virai à franchement énervée, puis à carrément furieuse. Ma tension augmentait à chaque milliseconde :

— Je ne vais pas tourner le dos à Jane. Vous pouvez me virer si bon vous semble.

Ellen secoua la tête.

— Ce que je veux, c'est que vous retourniez en fac et que vous décrochiez votre diplôme. Vous pourriez rendre de bien meilleurs services à ce cabinet en qualité d'avocate. Et nous pourrions facturer votre temps en conséquence. À moins que vous ne paracheviez votre formation, je veux que vous fassiez votre job, et pas seulement que vous fassiez semblant.

Ça, ça faisait mal. Parce que en pratique, elle avait raison. Pas sur la partie études, mais celle qui parlait de faire semblant. J'étais une assistante juridique sur pilote automatique. Et ça me convenait parfaitement. Et la pensée de devoir être à mon bureau dès les premières lueurs de l'aube ne faisait que renforcer ma conviction. Je ne voulais pas d'un travail à soixante-dix heures par semaine. Quarante heures, c'était parfait. Et trente-huit ? Encore mieux.

Je me levai doucement et dis, avec un sourire forcé :

— Je pense que vous serez plus que satisfaite de mon travail. S'il n'y a rien d'autre…

— Votre travail est toujours satisfaisant. C'est bien tout le problème. Avec un cerveau comme le vôtre, il pourrait même être exemplaire. Et oui, il y a autre chose.

Je m'immobilisai, m'attendant presque à ce qu'elle me demande de faire les carreaux. J'en venais à regretter Vain Dane. Au moins, lui m'ignorait. Enfin, la plupart du temps. En volant suffisamment bas, je parvenais à échapper à son écran radar. À moins, bien sûr, que Margaret ne cafte comme une sale peste. Dans ces cas-là, je me faisais épingler.

— Vous serez à votre bureau à l'heure.

Ouais, on a déjà vu ça.

— Oui, j'y serai.

Ellen se rassit, en ramenant les plis de sa tente sous son invisible postérieur. Je pivotai sur mes talons et je me dirigeai vers la porte en essayant de ne pas courir.

— Finley ?

Je m'arrêtai, mais en modeste signe de défiance, je ne me retournai pas vers elle :

— Oui ?

— Il faut que vous soyez à l'heure.

Bon sang, on va pas y passer le réveillon, non ?

— Je le serai.

— Très bien parce que je compte bien que vous aurez terminé votre travail avant l'heure du déjeuner. Tout votre travail. Celui que je vous donnerai et celui concernant vos successions.

Avais-je raté quelque chose ? Je me retournai et lui fis face. Elle s'était remise à signer ses trucs avec son joli stylo en écaille.

— Et que voulez-vous que je fasse durant le reste de la journée ?

— J'ai déjà dit à Victor que tant que vous seriez dans mon département, vous passeriez vos journées dans le comté de Broward.

— C'est très loin et je…

— Je n'ai pas dit que vous devriez aller dans le comté de Broward. J'ai juste dit à Victor que vous y seriez. Les détails, Finley, prenez garde aux détails.

— Je ne vous suis pas.

— Si votre travail est fini, vous pourrez disposer de vos après-midi.

J'eus subitement envie de danser :

— Je peux travailler sur l'affaire qui concerne Jane, alors ?

Elle leva une main et me fixa d'un œil perçant :

— Du moment que vous restez en dehors des journaux et loin des ennuis, je ne veux pas savoir ce que vous faites.

— Merci. C'est vraiment sympa de votre part.

Il devait bien y avoir une contrepartie. Ellen Lieberman n'était pas du genre méga-cool.

— Je ne suis pas sympa, Finley, je suis cartésienne. Seul un idiot pourrait croire que vous allez rester sur la touche, alors je veux bien vous donner un peu de marge de manœuvre. Mais…

Pourquoi fallait-il toujours qu'il y ait un *mais* ?

— Ce cabinet représente des clients qui ne verraient pas d'un bon œil des journalistes camper devant nos bureaux parce que vous auriez fait quelque chose qui vous vaudrait une certaine publicité. Ils ont été très clairs avec Victor sur ce point après que vous vous êtes mêlée de cette affaire concernant Marcus Hall.

— Affaire dans laquelle j'ai contribué à démasquer le véritable meurtrier.

— Mais écoutez-vous donc, intervint Ellen en poussant un soupir de frustration. Vous n'êtes pas un super-héros. Vous vous mettez en danger et vous risquez de compromettre la réputation de ce cabinet. Quant à démasquer le meurtrier, nous savons toutes les deux qu'il s'agissait plus de chance que de calcul. N'oubliez pas que vous avez alors enfreint une directive expresse venant de l'associé senior qui vous demandait de vous désengager de cette affaire. L'unique raison qui me pousse à payer Liam McGarrity comme baby-sitter tient à ce que je ne suis absolument pas convaincue que vous ayez retiré le moindre enseignement de cette précédente expérience.

Faux. J'avais appris à me méfier des gros chiens.

— Là, je vous donne un peu de mou, Finley, ajouta Ellen. Tirez un peu trop sur la corde et je vous pendrai avec. Vous et Becky.

— Vous et Becky, répétai-je à voix basse en parodiant la voix d'Ellen de façon aussi peu flatteuse que possible, une fois que je fus à l'abri dans l'ascenseur.

Je ne pensais pas qu'Ellen virerait Becky. Je savais en revanche qu'elle me ficherait dehors sans que cela lui coûte plus qu'une minuscule perle de sueur. Super. Maintenant, j'avais l'impression que le job de Becky dépendait de moi.

Une fois que je fus de retour dans mon bureau et que je me fus versé une bonne tasse de café, j'appelai Liv. Je savais qu'elle avait rendu visite à Jane et je voulais avoir des nouvelles. J'avais aussi besoin de m'épancher, à vrai dire.

— Salut, fis-je quand Liv répondit. Comment allait Jane ?

— Elle a une mine épouvantable. Elle a peur et elle t'en veut vraiment beaucoup.

— Apparemment, elle n'est pas la seule.

Je me passai les doigts dans les cheveux, puis en vérifiai les pointes. Ils avaient besoin d'un coup de ciseaux. J'étais en mesure de contrôler l'état de mes cheveux, mais tous les autres aspects de ma vie me donnaient la nausée.

— Pourquoi Jane est-elle furieuse ?

— Elle ne voulait pas que cette histoire avec Molly Bishop soit rendue publique et maintenant, elle a peur que Taggert ne l'utilise pour la faire sortir de prison.

Je n'en croyais pas mes oreilles.

— Mais bien sûr qu'il va l'utiliser. Une fois que Faulkner aura tous les éléments, il faudra bien qu'il accorde la liberté sous caution.

— Jane ne veut pas.

— Elle ne veut pas sortir de prison ? Elle n'a décidément pas toute sa tête. Son incarcération lui a clairement court-circuité le melon.

— Elle semblait pourtant lucide, insista Liv. Je pense que cette histoire de Bishop est plus compliquée qu'on ne le croie. Il doit bien y avoir une raison pour qu'elle refuse d'en parler.

— J'y travaille. À propos, qui est ton contact à l'agence de location de limousines ?

— Harold QuelqueChose et le service de limousines s'appelle Bonne Conduite. Pourquoi ?

— Est-ce que c'est lui qui conduisait la limo de Jane et Paolo samedi soir ?

— Non. Lui, c'est le patron. Je ne sais pas qui conduisait la limousine. Je me contente de commander un certain type de voiture, pas un chauffeur en particulier. À moins que le client ne le demande expressément, bien entendu. Tu veux que je lui passe un coup de fil ?

Je n'avais rien d'urgent à faire et je devinais à la qualité de notre communication téléphonique que Liv était en voiture.

— Non, non. Je m'en occupe. Quel est le numéro ?

Je notai le numéro sur un petit Post-it rose sous la dictée de Liv qui le connaissait apparemment par cœur.

— Merci. Je vais l'appeler et voir ce que je peux déterrer sur Molly Bishop.

— Pas besoin.

Je faillis lâcher le combiné quand j'entendis cette voix familière, chaude et beaucoup, beaucoup trop attirante, qui provenait de l'encadrement de ma porte. Liam se tenait devant moi, la tête inclinée contre le chambranle. Son tee-shirt noir avait connu des jours meilleurs, tout comme son jean. Sur tout autre que lui, le mélange aurait semblé pitoyable. Sur Liam, c'était sauvagement sexy. Tout comme son petit sourire en coin et ses beaux yeux bleus. *Principalement* bleus, car ils avaient juste ce qu'il fallait de gris pour les rendre aussi dangereux qu'un orage en mer.

Et j'adorais les orages.

Il chaloupa dans mon bureau – oui, c'était bien le mot qui convenait à sa démarche de félin – avec une mince chemise cartonnée sous le bras. Le parfum de son savon se diffusa dans la pièce, menaçant de m'anéantir. Ou de semer la pagaille dans mon cerveau. Le fait d'être à un cheveu de la pâmoison ne me mettait pas particulièrement à l'aise.

Il déposa le fin dossier sur mon bureau, puis attrapa ma tasse de café encore fumante et se mit à la siroter.

Pendant tout ce temps, je me débattais pour récupérer un rythme cardiaque normal. Après ça, je pouvais toujours jurer mes grands dieux que je n'étais pas obsédée. À ma décharge, il n'y a guère qu'un cadavre qui aurait pu rester insensible face à Liam. Qui donc pouvait prétendre ne pas apprécier un beau ténébreux grandeur nature ?

— Je te rappelle, soufflai-je dans le combiné avant de le replacer sur sa base.

Fort heureusement, ma voix ne m'avait pas trahie. Enfin, je l'espérais.

En le regardant déguster le café qui restait dans mon mug, je retrouvai peu à peu mon équilibre. Personne ne s'interpose entre moi et mon café, compris ?

— Nooon, vraiment, ça ne me dérange pas. Fais comme chez toi.

Peu déstabilisé par mon ironie, il désigna la chemise cartonnée d'un signe du menton. Cette action délogea une mèche de cheveux qui vint danser sur son front. Liam était une rareté : ses cheveux étaient vierges de tout produit. Bien que je fusse normalement attirée par des modèles plus classiques, le style décontracté de Liam me donnait de la tachycardie.

Ignorant le besoin urgent que j'avais de me lever, de contourner le bureau et de m'installer sur ses genoux, je pris la chemise. À l'intérieur, je découvris des photographies horribles prises sur les lieux d'un crime manifestement sanglant. *Yaaak !* Je jetai un coup d'œil incrédule à Liam en refermant presque immédiatement le dossier et en le reposant vivement sur mon bureau.

— Un petit avertissement aurait été le bienvenu !

— Tu es allée à Charleston pour jouer au détective. Les images comme ça font partie du job.

Finalement, tous ces contrats arides, ordinaires et ennuyeux me semblaient de plus en plus enviables. Mais forcément, une sorte d'orgueil obstiné s'en mêla et, essayant d'adopter un air crâne, je repris la chemise et l'ouvris à nouveau. Je faillis hurler.

C'était une photo en couleurs, criarde, d'un oreiller. Une énorme tache de sang rougissait la quasi-totalité de sa surface, initialement blanche. Dans le coin en bas, à droite, un autocollant jaune indiquait : *Police de Charleston* suivi de la date et de ce que je supposais être le numéro de l'affaire.

Les autres photographies montraient encore des projections écarlates sur les murs de la chambre, un autre oreiller et des serviettes-éponges ensanglantés sur la moquette, puis une jeune Jane. Quelques clichés n'avaient cadré que les taches rouge sombre qui maculaient ses mains. Et enfin, une photo anthropométrique.

On voyait par ailleurs une femme petite que l'on chargeait dans une ambulance, avec une intraveineuse à la saignée du bras. Un bras ensanglanté. La légende me dit qu'il s'agissait de Molly Bishop. En dernier lieu, il y avait la copie des rapports de police que je parcourus, ne serait-ce que pour donner à mon corps une chance d'évacuer la boule qui s'était logée dans ma gorge.

— Merci pour le spectacle, dis-je à Liam en prenant une deuxième tasse dans mon placard et en la remplissant à ras bord, puis en complétant celle qu'il m'avait volée. Et le sens de tout ça ?

— Ça colle pas.

Nos regards se croisèrent à nouveau :

— Ce qui veut dire ?

Repoussant sa/ma tasse sur le côté, Liam ouvrit la chemise et souligna du doigt les contours de l'image de l'oreiller.

— Il ne devrait pas y avoir de sang ici. Pas si ça s'est passé de la manière que Jane et Molly ont exposée aux flics, sous serment. Au lieu de cela, il devrait y avoir une sorte de forme découpée puisque la tête de Molly, et probablement ses épaules, auraient dû empêcher le sang de souiller l'oreiller.

— Je ne vois toujours pas où ça nous mène.

— Qu'as-tu fait de ton flair légendaire ? se moqua-t-il, de l'ironie plein les yeux.

— Tu ne vas tout de même pas te ficher de moi dans mon propre bureau, n'est-ce pas ?

— Je vais me gêner, répliqua-t-il sans vergogne. Quoi qu'il en soit, selon la version que Jane et sa coturne, la pauvre petite fille riche, ont donnée à la police, Molly était étendue sous la victime quand Jane l'a, disons, talonnée.

— Aiguillonnée.

— Si tu veux. Tu préfères qu'on révise le Bescherelle ou tu as envie d'en savoir plus sur ce qui s'est passé ?

Il était encore plus sexy quand il s'énervait. J'avais envie de jouer un peu au prisonnier fuyard et à la femme du gardien. *Non, ça suffit !*

— Continue.

— Molly a alors déclaré l'avoir fait rouler sur l'autre côté du lit pendant que Jane appuyait sur la blessure en attendant l'arrivée de l'équipe médicale, soit sept minutes plus tard.

— Et qu'a dit la victime ?

— Trop défoncée pour se rappeler le moindre détail.

— Et qu'en dis-tu ?

Il haussa les épaules et je fis tout mon possible pour ne pas relever que ses muscles pectoraux et ses épaules tendaient le tissu de son tee-shirt. Encore raté.

— Les pièces à conviction n'étayent pas la version officielle de cette affaire.

Un frisson d'excitation me parcourut :

— Tu es en train de me dire que Jane n'a pas attaqué la victime.

— Si Jane était effectivement l'agresseur, ses fringues et son corps auraient dû porter des traces d'éclaboussures. Quand tu perces une jugulaire, tu obtiens une vraie gerbe de sang.

— Merci pour cette précision dégoûtante.

Il feuilleta les photographies et s'arrêta sur le gros plan de Jane pris sur le lieu du crime :

— Pas d'éclaboussures.

Puis, il continua à feuilleter et plaça la photo de Molly sur son brancard à côté de celle de Jane :

— Ça, c'est de l'éclaboussure, sur le bras de Molly. Et elle a aussi du sang dans les cheveux et sur la figure. Les pièces à conviction ne confirment pas l'histoire qu'elles ont racontée.

— C'est génial !

Je faillis passer par-dessus mon bureau et lui sauter au cou. De toute façon, j'en aurais eu envie. Eh bien non :

— Ce qui veut dire que Jane n'a rien fait de mal et que Faulkner va devoir accepter sa remise en liberté sous caution.

Il prit une profonde inspiration avant de me dire, lentement :

— Non, ce n'est pas génial et tu ferais bien de ne rien dire à Taggert.

— Mais, ça prouve que Jane...

— A l'habitude de faire de fausses déclarations à la police et s'est volontairement rendue complice d'un crime. Si les flics ou le procureur entendent parler de ça...

Il n'avait pas besoin de terminer sa phrase, j'avais saisi.

— Qu'est-ce que tu fais, me demanda-t-il en me voyant me baisser pour attraper mon sac.

— Je vais voir Jane.

Il ne bougea pas de son siège :

— Tant que tu y es, tu pourrais aussi lui demander qui lui en veut à ce point.

— Pourquoi ?

— C'est quelqu'un de West Palm Beach qui a prévenu Brent à propos de la précédente arrestation de Jane. Une simple enveloppe en papier kraft déposée sur le sol, dans le hall, et portant seulement le nom de Brent tapé à la machine.

— Jane n'a pas d'ennemis.

Alors que je passais à côté de lui, Liam referma ses doigts puissants et chauds sur mon poignet. Une décharge électrique me parcourut immédiatement des pieds à la tête. *Whiiiiiizzz.*

Il se leva, lâchant mon poignet.

— Ça me désole de te l'apprendre, Finley, mais elle en a au moins un.

Les secrets sont comme des livres cochons,
on les place au fond d'un tiroir en espérant que
personne ne les trouvera jamais.

Dix

— À la minute où tu sortiras de prison, c'est moi qui vais te tuer, dis-je à Jane qui était assise en face de moi, de l'autre côté d'une table.

Je serrais les poings et mes ongles s'enfonçaient dans mes paumes.

Dans la mesure où j'appartenais au cabinet où exerçait l'avocat de Jane, le règlement m'autorisait à la rencontrer dans l'une des salles réservées aux conseils du centre de détention qui se trouvait à quelques pâtés de maisons de mon bureau. L'endroit sentait le moisi et le renfermé. En plus, il était très bruyant : les signaux d'ouverture de porte se déclenchaient chaque fois que des gens entraient ou sortaient du bâtiment, et les cloisons qui nous isolaient des aires de détention et d'exercice laissaient passer des bribes de conversations sonores et de chahuts. Moins distinctement, l'écho de voix grave et étouffées nous parvenait de l'aile réservée aux hommes.

Jane eut la décence de baisser les yeux. Même le sommet de son crâne paraissait coupable.

— Alors ?

Elle secoua la tête tristement, lentement. D'habitude, ses cheveux châtain clair étaient impeccablement coiffés. Là, ils pendaient lamentablement sur ses épaules, vaguement séparés par une raie hasardeuse.

Quand elle me regarda, je pus lire dans ses yeux sombres toutes sortes d'émotions – colère, peur, honte, désespoir – diluées par les larmes qui menaçaient de passer le rebord de sa paupière inférieure que le mascara ne soulignait plus.

— Liam a raison, finit-elle par admettre. J'ai effectivement menti aux flics.

Ça, je le savais. Ce que je voulais, c'était passer par-dessus la table, la saisir par ses épaules désormais recouvertes de la combinaison orange des détenus, la secouer et la sommer d'accepter mon aide. Ce n'était pas par pur plaisir que je creusais ainsi dans son passé. Si je le faisais, c'était pour la faire sortir de ce trou de l'enfer. J'avais peur pour elle. *Vraiment* peur. Et je craignais que, malgré ma détermination, aucun d'entre nous ne soit capable de réunir suffisamment d'éléments de nature à l'aider et qu'elle pourrisse en prison jusqu'à la fin de ses jours. La prison ou la mort d'ailleurs.

— Pourquoi ?

Ses mains étant attachées, Jane dut les croiser pour pouvoir écarter une mèche brune de son front. Elle baissa les yeux et haussa les épaules.

Mon humeur qui commençait à s'apaiser passa à nouveau dans le rouge.

— Je vais traquer Molly Bishop et la faire passer à la question s'il le faut.

— Tu ne la retrouveras pas.

Jane me paraissait bien insolente pour quelqu'un qui risquait de passer au moins trois mois en prison avant son procès.

— C'est ce qu'on va voir. Si tu refuses de me parler, je te garantis que, lorsque Liam et moi nous en aurons fini avec elle, *elle* parlera.

— Non, elle ne le fera pas.

— Alors… répliquai-je en abattant mon poing sur la table, je ferai en sorte que la presse s'en mêle et elle…

Jane tenta de se lever, mais ses chaînes l'en empêchèrent et elle dut se rasseoir brutalement, sa chaise en métal raclant le sol dans un bruit déplaisant.

— Ne fais pas ça, dit-elle les dents serrées. OK, je vais te parler de l'accord.

— Ne me mens pas, l'avertis-je.

— Je suis désolée pour tout ça, me dit-elle avec sincérité. Toi, Liv et Becky, vous méritez beaucoup mieux. J'aurais dû me montrer plus honnête à votre égard. Bêtement, j'ai cru qu'il serait plus facile de prétendre que ce chapitre de ma vie était de l'histoire ancienne.

Presque toute la tension initiale quitta la pièce comme par magie.

— Je suis certaine que ça aurait été le cas s'il n'y avait pas eu toute cette affaire autour de Paolo. Alors, crache le morceau et n'oublie rien.

— Molly était une colocataire super-chouette et une excellente amie. Elle ne m'a jamais fait sentir que j'étais une pauvre étudiante boursière, alors qu'elle était sans doute elle-même la fille la plus riche du campus. Elle me racontait sa vie : les vacances de Noël dans les Alpes, Paris au printemps et les étés passés à naviguer autour du monde. Et moi, je lui parlais de la vie dans un village de caravanes. Vers l'âge de 20 ans, elle était passée maître dans l'art de leurrer ses parents.

Ça, je voulais bien le croire. Je n'avais jamais été une experte, mais j'avais connu quelques beaux succès au détriment de quelqu'un de beaucoup plus fort que moi : ma mère.

— Molly n'était pas une mauvaise fille. Elle avait seulement de mauvaises habitudes.

— Drogue ?

Jane hocha la tête.

— Drogue, alcool, sexe. Elle était plutôt incontrôlable et adorait faire la fête. En y repensant, je crois qu'au moins inconsciemment, elle avait terriblement besoin que ses parents lui accordent vraiment de l'attention. Une attention positive ou négative.

— Et le type qui a reçu le coup de talon ? Ses rapports avec Molly ? intervins-je.

La grosse pendule blanche fixée au-dessus de la porte me disait qu'il ne me restait plus que vingt minutes avant mon rendez-vous avec Becky et Taggert. Vingt minutes pour réunir un maximum d'informations qui pourraient contribuer à la défense de Jane.

— Il s'appelait Michael Fry et il ressemblait beaucoup à Molly. Sublime maison, sublimes parents, beaucoup trop d'argent facile. Hormis la drogue et l'abus d'alcool, il avait aussi des difficultés à contrôler ses colères. Il aimait la frapper.

J'eus la nausée :

— Un vrai champion, on dirait.

— C'était le genre de Molly, admit Jane en haussant les épaules. Je ne dis pas que c'était une sainte, loin de là. Molly aimait bien vivre dangereusement. Ses parents étaient des gens bien, mais ils ne voyaient pas plus loin que le bout de leur nez. Il suffisait que Molly dise qu'elle était désolée et qu'elle batte des cils devant eux pour qu'ils fassent tout ce qu'elle voulait. Il était hors de question pour eux de laisser salir la réputation de leur fille.

— L'inspecteur de Charleston a dit qu'elle faisait pourtant l'objet d'une mise à l'épreuve.

Jane acquiesça :

— Mais seulement parce que papa-maman n'avaient pas pu revenir de Chine à temps pour faire passer à la trappe le procès-verbal pour conduite en état d'ivresse.

— OK, d'accord. Je peux comprendre qu'on puisse vouloir étouffer à tout prix un contrôle pipeau positif, mais, bon sang, Jane ! Elle a transpercé un mec avec un *talon de chaussure*. Explique-moi pourquoi tu voudrais couvrir un truc aussi dingue ? Et ne me regarde pas avec ces yeux-là. Liam m'a montré les photos du lieu du crime. On voyait très bien que tu n'avais pas pu agresser le type.

Je lui fis alors la liste de chacune des incohérences que Liam m'avait signalées :

— Alors, la question est : Pourquoi est-ce que tu as couvert Molly ?

— L'argent.

Elle prononça ce mot comme s'il s'agissait d'une malédiction.

— Même avec ma bourse et mes boulots à mi-temps, je n'avais pas loin de 20 000 dollars de dettes à la fin de ma première année. Quand j'ai avoué être la coupable, le sénateur Bishop a remboursé mes dettes et payé mes dépenses jusqu'à la fin de ma scolarité.

— Et que devient Michael MachinChose dans l'histoire ? Tu ne craignais pas qu'il se souvienne de ce qui s'était vraiment passé et qu'il…

Jane secoua la tête avec ferveur :

— Impossible. Ni les Bishop ni les Fry n'auraient pris le risque d'un scandale. Michael venait de se faire accepter à Navale. Ses parents avaient donc tout intérêt à ce que le passé de leur fils reste immaculé.

— Et tout le monde a laissé Molly continuer à se détruire ?

— L'une des conditions que j'ai posées avant d'accepter de me déclarer coupable et de prendre l'argent était que Molly soit placée en centre résidentiel de traitement.

— Il faut que je lui parle, dis-je en fouillant dans mon sac pour y trouver un stylo et un bout de papier.

— C'est impossible.

Je ne cherchai même pas à cacher ma lassitude quand je relevai la tête et regardai Jane dans les yeux.

— Ta loyauté est louable. Stupide, contraire à tes intérêts, mais louable. Je ne peux rien dire à Taggert ni à Becky parce qu'ils seraient alors obligés de le révéler au procureur général. Mais je veux lui parler et m'assurer que sa conscience ne la travaille pas trop depuis dix ans. La dernière chose dont nous aurions besoin, ce serait qu'elle sorte du bois comme une fleur et qu'elle vienne cracher le morceau aux autorités.

— Tu ne peux pas.

— Jane. Ne sois pas bête. Quelqu'un ici, à Palm Beach, a tuyauté Brent sur l'incident de Charleston. Et si cette personne connaissait toute l'histoire ?

— Impossible. À part les Bishop, les Fry, moi, et maintenant toi, personne ne connaît la vérité.

— Liam la connaît.

— Et alors. N'a-t-il pas l'interdiction d'en parler à qui que ce soit puisqu'il travaille indirectement pour moi ?

— Techniquement, peut-être, soufflai-je en me levant car le temps qui m'était imparti avait presque expiré. Désolée, mais je dois retrouver Taggert et Becky au Bacio, alors je dois y aller. Puisque tu n'es pas plus coopérative, je me contenterai de faire passer Molly Bishop à la moulinette de Google et je finirai bien par la trouver moi-même.

— Non, tu ne le feras pas.

Je fus déstabilisée par l'énergie qu'elle avait mise dans cette affirmation.

— Tu sais très bien que je le ferai. Avec un peu de temps, je peux trouver n'importe qui.

— Nous nous étions mises d'accord pour ne pas utiliser Google pour nos amis, me rappela-t-elle.

En réalité, c'est moi qui avais eu l'idée de cette règle. Je n'avais rien à cacher, mais je considérais simplement qu'il était trop facile d'obtenir des renseignements avec un ordinateur. Les amis ne devraient jamais utiliser Google entre eux. Ça s'apparente trop à la version high-tech d'une fouille en règle du tiroir à sous-vêtements ou de l'armoire à pharmacie.

— Ça ne s'applique pas à Molly Bishop, elle ne fait pas partie de mes amies.

— Elle ne fait plus non plus partie de ce monde. Elle a fait une overdose il y a environ cinq ans.

— Putain de merde…

J'aurais adoré rester pour en apprendre plus, mais je n'avais plus le temps. Le restaurant Bacio se trouvait sur South Rosemary et il allait falloir que je coure dans cette chaleur étouffante si je voulais limiter mon retard à dix minutes.

Mes cheveux étaient humides. La sueur me coulait le long de la colonne vertébrale et entre les seins. Je m'aspergeai d'un peu de parfum avant de pénétrer dans la salle pour y localiser Becky et Taggert.

Tout en slalomant entre les tables, dans une puissante odeur d'ail et de sauce tomate, je réalisai que Becky et Taggert étaient assis à une table dressée pour six personnes. Curieux. Le Bacio était presque toujours complet à l'heure du déjeuner. Il avait donc besoin du moindre couvert disponible. Pourquoi aurait-on alors consenti à faire une croix sur une table de six quand une table de quatre aurait très bien fait l'affaire ?

Élégamment, Taggert se leva pour m'accueillir. Il me sourit de manière affable, mais ses yeux ne disaient pas la même chose. Un long serveur, avec un minuscule tablier aux couleurs du drapeau italien qui entourait ses hanches étroites, vint m'aider à m'installer.

Je plaçai mon sac sur le côté de ma chaise, puis posai ma serviette sur mes genoux tout en saluant Becky et l'avocat chenu.

— Jane vous salue.

— Vous êtes allée la voir ? me demanda Taggert.

Il avait l'air un peu fâché. Peut-être faisait-il partie de cette catégorie de gens un peu possessifs qui insistaient pour être tenus au courant du moindre événement.

— Oui.

— Et alors ? poursuivit-il.

Je haussai les épaules et me mis à chercher des yeux le serveur afin qu'il remplisse d'eau mon verre :

— Il faut que nous la sortions de prison.

— Faulkner a déjà rendu sa décision.

Becky et moi échangeâmes un coup d'œil surpris :

— Avant d'avoir eu toutes les informations !

Taggert secoua la tête sans pour autant que son épaisse masse de cheveux ne bouge, comme sous l'effet d'une laque de puissance industrielle.

— J'ai vu les procès-verbaux relatifs à l'arrestation ainsi que les dépositions. Mlle Spencer a été impliquée dans une précédente agression comparable. Il sera presque impossible de démonter l'affirmation de l'avocat général selon laquelle elle représente une menace pour la communauté. Ajoutez à cela les... réticences de Mlle Spencer à discuter de cet épisode. Mes mains sont liées.

— Eh bien, déliez-les.

Qu'il fût ou non une légende, je n'aimais pas Taggert. On aurait dit une vieille poule mouillée défraîchie :

— Vous pourriez tout à fait déposer une requête *in limine litis* visant à exclure cette information des débats. Ces charges ont été levées pour défaut de fondement. Un détail que Brent s'est bien gardée de mentionner au tribunal. Cela n'a aucun rapport avec l'accusation actuelle. Mieux ! continuai-je après avoir pris le menu des mains du serveur, Jane ne veut vraiment, vraiment pas revivre cet événement. *Ni être mise en situation de commettre un second parjure.* Vous pourriez donc tenter de demander une entrevue au juge, hors la présence des autres parties, afin de lui expliquer la situation.

Les joues de Taggert s'empourprèrent nettement :

— Et où donc avez-vous obtenu votre diplôme de droit ?

Ce fut à mon tour de rougir.

— J'ai obtenu le mien à Emory, intervint Becky, m'évitant ainsi de sauter par-dessus la table pour achever cette vieille baderne à coups de fourchette. Finley a raison. Chacune de ces options offre une possibilité raisonnable d'obtenir une libération sous caution de Jane.

— Je vous prie d'excuser ma franchise, Mlle Jameson, mais il me semble que votre pratique juridique se limite au droit des contrats et aux fusions. Le droit pénal est mon domaine. J'estime être le mieux placé pour déterminer ce qui est ou n'est pas dans l'intérêt de ma cliente.

— Et, donc, quel est *votre* plan ?

— Des preuves. Les juges adorent les preuves. J'envisage d'engager un détective pour localiser et interroger quiconque aurait des contacts avec Mlle Spencer et M. Martinez le soir du meurtre.

— On s'en est déjà occupé.

J'aurais pensé que Taggert nous en aurait été reconnaissant. Après tout, notre initiative lui évitait de devoir se bouger le cul et de prendre – enfin – une initiative. L'agacement que suscitait ce vieux trouillard commençait à me filer des démangeaisons. Non seulement il n'avait pas l'air reconnaissant, mais il semblait tout bonnement irrité.

— *Si* j'ai besoin de votre assistance, Mlle Tanner, et *lorsque* ce sera le cas, je vous le ferai savoir. Avant cela, veuillez vous tenir à l'écart de mon dossier.

— Elle fait partie du dossier, lui rétorqua Becky. En qualité d'employée de mon cabinet, elle bénéficie du même privilège de confidentialité que nous. Et cela s'applique également à notre détective, Liam McGarrity.

— McGarrity, l'ancien flic ? demanda Taggert.

— C'est bien cela, dis-je d'une voix qui pouvait laisser penser que c'était moi qui avais inspiré à Tammy Wynette, en 1969, la fameuse chanson recommandant de prendre soin de son homme[1].

D'ailleurs, si j'en jugeais par le visage étonné de Becky, ma défense de Liam n'était pas passée inaperçue. Sauf de Taggert.

---

1. *NdT*. Tammy Wynette est une chanteuse de musique country dont la chanson *Stand By Your Man* (littéralement « Prends soin de ton homme ») a connu un succès mondial.

— Mlle Jameson était…

— Becky, l'interrompit-elle, sans doute pas pour la première fois.

Sur son siège, en face de moi, Taggert concéda :

— *Becky* était justement en train de me dire qu'elle n'interviendrait plus en tant que coconseil, mais plutôt en tant que consultant, exclusivement.

— Dans la mesure où cela a trait au procès, précisa Becky. Je dispose encore d'un accord écrit par lequel Jane me confie la charge de la représenter pour toute question autre que le crime dont elle est accusée. Le privilège de confidentialité est donc préservé.

Prends ça ! Je faillis bien le lui lancer à haute voix, et songeai même à lui tirer la langue afin de ponctuer cette pulsion enfantine. Mais je savais que cela n'aurait eu pour seul résultat que de me faire passer pour une folle.

La tension autour de la table était palpable. Elle ne dura pas longtemps. Entendant que quelqu'un arrivait dans mon dos, je me retournai, m'attendant à voir le serveur. Au lieu de cela, je me trouvai nez à nez avec le souriant visage de la propriétaire de Rendez-vous Fantasmatiques, Shaylyn Kidwell. En y regardant de plus près, je m'aperçus qu'elle ne souriait pas du tout et qu'il ne s'agissait que des séquelles d'une récente injection de collagène. Ses lèvres étaient en effet si gonflées qu'elles lui donnaient un vague air de truite.

Zack Davis était sur ses talons, toujours aussi sombre et soigné. Leur couple formait un pur produit de Palm Beach : bronzé, mince et impeccablement habillé.

Taggert se leva et les accueillit avec plus d'enthousiasme qu'il n'en avait montré à mon égard. Une fois de plus, j'eus l'intuition que je n'allais pas figurer en tête de sa liste de cartes de vœux en fin d'année.

Leur arrivée me prit par surprise et, d'après le coup d'œil discret de Becky, elle non plus n'était pas au courant que Shaylyn et Zack seraient conviés à notre séance de réflexion sur la stratégie à adopter.

— Ravi que vous ayez pu vous libérer, dit Taggert tandis que le couple prenait place de son côté de la table.

On aurait dit un remake de *West Side Story* avec les Sharks faisant face aux Jets.

— Nous désirons faire tout ce qui est en notre pouvoir pour aider Jane, assura Shaylyn en lissant ses cheveux sombres parfaitement coiffés.

Sur sa main, un énorme solitaire – nous parlons d'un diamant de plusieurs carats – faisait office de pointeur laser, le rayon de lumière qu'il renvoyait balayant le plafond et les murs près de nous comme un sniper fou.

— Puis-je vous en demander la raison ? demandai-je en ignorant le coup de coude que Becky venait de me décocher dans les côtes et en répartissant mon attention entre Taggert, Shaylyn et Zack. Hormis la préservation de votre réputation professionnelle, qu'est-ce que cela vous rapporte ?

Le visage de Shaylyn resta calme, détendu et composé. Beaucoup trop, si vous voulez mon avis. Les gens ont presque toujours un dessein ou un intérêt quelconque. L'altruisme est tout à fait contraire à la nature humaine, à moins que vous ne soyez nonne ou membre bénévole d'une organisation humanitaire. Or, je ne voyais Shaylyn dans aucun de ces rôles.

— Nous croyons que Jane est innocente, dit Shaylyn. Pas vous ?

— Si. Mais je connais Jane depuis très longtemps. Pas vous.

— C'est vrai. Le meurtre de Paolo nous a terriblement affectés. Et je veux, Zack et moi voulons que justice soit faite. Liv nous a convaincus que Jane ne pouvait absolument pas avoir commis un tel crime. Mais il est vrai que la protection de mon, je veux dire, notre activité fait partie des motivations qui nous ont poussés à agir. Cela vous pose-t-il un problème ?

Oui. Non. Peut-être.

— Si tel est le cas, poursuivit Shaylyn, son œil noisette brillant plus que jamais, sentez-vous libre d'organiser vous-même la défense de Jane et nous nous retirerons bien volontiers.

Becky passa des coups de coude aux pincements.

— Aucune de nous ne le souhaite, dit-elle. Finley et moi-même sommes simplement un peu sur les nerfs depuis que la mise en liberté sous caution de Jane lui a été refusée.

Shaylyn avança la main par-dessus la table pour tapoter la main de Becky. Ses ongles portaient une couche toute récente de vernis OPI d'un vermillon éclatant :

— C'est tellement compréhensible.

Tel un androïde tout droit sorti de Disneyland, Zack se borna, pour sa part, à commander une bouteille de vin français.

Taggert dévora un plat de pâtes, me donnant ainsi l'explication de son généreux tour de taille. Shaylyn opta pour du poisson et Zack commanda un steak. Becky et moi-même nous contentâmes d'une salade. Épisodiquement, la conversation revenait sur la tragique situation de Jane. Taggert semblait considérer que le fait de ne s'exprimer qu'au conditionnel lui permettait de contourner son obligation de confidentialité vis-à-vis de sa cliente.

Je fulminais. Pas une fois il n'avait évoqué les possibilités dont j'avais parlé, se contentant de vagues références à sa soi-disant réflexion sur les alternatives disponibles. Le crédit que je lui accordais était proche de zéro quand la note arriva. Shaylyn la fit aussitôt glisser vers un Zack Le Silencieux de moins en moins enthousiaste.

Ce n'est que lorsque nous nous apprêtions à partir que Shaylyn mentionna, presque de façon anodine, que Brent leur avait notifié une injonction de production de pièces.

— Que faisons-nous ? demanda-t-elle à Taggert.

— Vous devez y répondre ou comparaître devant le juge afin de démontrer que vous avez un juste motif pour ne pas être obligés de dévoiler vos archives professionnelles. Or, vous n'avez pas de juste motif.

— Je vous serais reconnaissante d'en adresser également copie à mon cabinet, s'il vous plaît, lui demanda Becky.

Puis, se tournant vers Taggert, elle ajouta :

— Vous n'y voyez pas d'inconvénient, n'est-ce pas ?

Toute son expression disait « oui », mais ses lèvres concédèrent un « non ».

— Parfait. Disons que nous les attendons pour demain matin, première heure.

Cette impression vague, perturbante et déplaisante qui m'avait hantée dès le début du repas me poursuivit jusqu'à mon bureau. Je savais que j'aurais dû raconter à Becky toute l'histoire concernant Molly Bishop, mais je ne voulais pas lui causer d'ennuis. Elle était avocate à la cour. Elle pouvait fort bien se faire exclure du barreau pour avoir omis de révéler au tribunal une information pertinente. Encore un cas dans lequel il était bien pratique de n'être qu'assistante juridique. Si quelqu'un découvrait le parjure de Jane lors de l'incident de Charleston – et c'était un énorme « si » –, je pourrais ainsi plaider l'ignorance et, souhaitons-le, préserver Becky de toutes répercussions fâcheuses à cet égard.

Néanmoins, je détestais de devoir mentir à ma plus chère amie. Et à propos… Je lui saisis le poignet alors que nous tournions au coin de North Olive Street :

— Pourquoi as-tu parlé à Ellen de ma virée en Caroline du Sud ?

— Je ne lui en ai pas parlé.

— Alors qui l'a fait ?

— Liam.

— Je le déteste.

— Tu ne devrais pas.

— Oh que si.

— C'est ça, continue à te le répéter, se moqua Becky. Je t'entends ronronner dès que l'on prononce son nom.

Ronronner et soupirer.

— Tu te trompes.

Elle me lança un regard qui en disait long :

— Je te connais bien, Finley. Avoue-le, tu veux ce mec.

— Je ne veux pas ce mec.

— Noooon, fit Becky en dégageant son poignet de mes doigts. Clarifions les choses, tu veux bien ? C'est *Patrick* dont tu ne veux pas, mais tu es bien trop lâche pour l'admettre.

— Ça, c'est vraiment méchant.

— Ça, c'est vraiment vrai. Et l'instant présent est tout indiqué pour prendre la tangente. Envoie tout simplement un message à Patrick lui demandant de t'oublier. Ou sois plus elliptique, du genre… Loin des yeux, loin du cœur.

Ce fut à mon tour de lui donner un coup de coude :

— Mais il est hors de question que je fasse une chose pareille !

— Et pourquoi ? Tu t'es cassé la main ? Tes lèvres sont cousues ?

— Je ne peux pas lui faire autant de mal. Ce serait trop méchant.

Heureusement, nous arrivions devant les portes de Dane, Lieberman.

Alors, Becky se pencha vers mon oreille et me chuchota :

— Plus méchant que de lui faire l'amour en imaginant que c'est Liam ?

— Je n'ai jamais fait ça ! *Les rêves ne comptent pas, hein ?* Et, petite mise au point, ce n'est pas Liam que je déteste, c'est toi.

Je me dirigeai immédiatement vers les ascenseurs, en laissant Becky et ses hypothèses pas si oiseuses que ça se débrouiller pour récupérer les messages auprès de Margaret.

J'avais espéré trouver réconfort et solitude dans mon bureau, mais au lieu de cela, je découvris plusieurs dossiers empilés près de mon téléphone avec les initiales d'Ellen écrites sur chacun d'eux.

— Si c'est ça son « vous pourrez disposer de vos après-midi »…

Les yeux piquants de fatigue, je parvins malgré tout à digérer le premier dossier qui contenait plus d'annexes que la Constitution des États-Unis, sans compter des plans cadastraux multiples et variés qui m'obligeaient à consulter sans cesse mon dictionnaire juridique. À ce train-là, j'y serais encore pour mon quarantième anniversaire. Si toutefois je ne me suicidais pas avant. Hypothèse non négligeable, décidai-je en terminant mon mémo et en appuyant sur la touche qui l'envoyait à l'impression.

Après ça, comme un môme de maternelle, il me fallait une récompense pour mes efforts. Quelque chose qui serait à la hauteur de la prouesse que je venais d'accomplir en ayant achevé l'un des onze dossiers qu'Ellen avait déposés sur mon bureau sans plus de cérémonie. Mais toutes les récompenses vraiment bonnes se trouvaient sur eBay. Du moins, celles que je pouvais m'offrir. Enfin, que je *pourrai* m'offrir à compter de vendredi.

M'installant devant mon ordinateur, je fus très déçue de constater que les enchères de FemmeDuPilote avaient largement dépassé mes moyens. Après cela, je fis un détour par Rolexville où je parcourus la nouvelle liste des pièces que je pouvais ajouter à mon petit chantier de construction. Je lus en soupirant la description détaillée qui concernait le remontoir en diamants. Pas dans mes cordes. Il fallait d'abord que je fabrique la montre de mes rêves. Ensuite je pourrais penser aux améliorations.

Je fis une enchère pour le bracelet, puis cliquai sur quelques autres articles afin de les inscrire dans ma liste d'alertes. En bonne experte d'eBay, je savais qu'il ne servait à rien de faire trop tôt des enchères. Cela ne faisait qu'augmenter les prix. Mais, à l'inverse, une enchère trop tardive risquait de vous faire perdre un article au profit d'un enchérisseur de dernière minute.

Ce n'est pas que je ne faisais pas confiance à Jane. J'avais une grande confiance en elle. Mais plus aussi grande depuis que j'avais découvert son passé secret. Sur la page d'accueil de Google, je commençai à taper son nom, mais j'en conçus aussitôt une lourde culpabilité. C'est vrai, ce n'était pas bien d'utiliser Google pour ses amis.

J'attendis un instant en songeant à ce que je pouvais faire d'autre. Liam n'était pas mon ami, donc il pouvait passer dans Google. Je tapai donc L-I-A-M-M-C-G quand mon téléphone sonna.

— Finley Tanner.

— Salut, c'est Liam.

Comme une gamine surprise le doigt dans le pot de confiture, j'effaçai immédiatement son nom de l'écran. *Idiote, il ne peut pas te voir.* J'avais sans doute honte de fouiner sur Internet quand l'objet de mes furetages était au bout du fil.

— Mauvais moment ? demanda-t-il.

— Non, non. Je… Qu'est-ce qui t'amène ?

— J'ai les résultats préliminaires des tests concernant la bouteille de champagne et les verres de la limousine.

— Et ?

— Traces de Rohypnol.

— GHB ? demandai-je. La drogue du viol, c'est ça ?

— C'est ça.

— Génial ! Alors le meurtrier a drogué leurs boissons, puis il les a suivis dans l'appartement de Jane.

— Ou bien, enchaîna Liam de cette voix si chaude, sensuelle et masculine, Paolo en a utilisé pour décontracter un peu Jane. Ou encore ils ont décidé ensemble d'en prendre. Aucun moyen d'avoir le fin mot de l'histoire avant d'avoir obtenu le résultat des empreintes. En supposant qu'il y en ait.

J'avais envie de crier.

— Pour une fois, rien qu'une fois, ce serait génial si tu pouvais m'appeler pour me donner de bonnes nouvelles. Tu sais, un truc sympa qui me filerait la pêche ?

— Tu veux un truc qui va te filer la pêche ?

— Ce serait chouette.

— OK. T'as des jambes magnifiques.

C'était vrai. Et elles faillirent bien se dérober sous moi.

La peur te motivera ou te rendra incontinent.

Onze

Le fait de me retrouver engluée dans les subtilités d'une fusion entre deux sociétés informatiques m'amenait à regretter les premiers temps de l'Aéropostale. Le progrès technique allait plus vite que les lois et les règlements, et il me fallait, en conséquence, faire un travail de fourmi pour trouver de la documentation pertinente pour Ellen. Décidément, ce nouveau boulot faisait salement ch…

Et c'était encore plus rageant d'être toujours au bureau à 19 h 10.

Mais le pire de tout était de savoir que Jane allait passer sa deuxième nuit en prison. J'avais lu la dernière requête que Taggert avait déposée auprès du tribunal. Celle dans laquelle il ne prenait même pas la peine de réclamer une procédure d'urgence. Encore plus fort, ce vieux tromblon avait quasiment passé sous silence le fait que les accusations de Charleston avaient été abandonnées. Au lieu de cela, il avait choisi de se concentrer sur les liens qu'entretenait Jane avec sa communauté. Un argument de poids pour quelqu'un qui allait se faire juger pour un meurtre digne d'un psychopathe.

— Connard, murmurai-je en montant tout en haut de l'échelle – là même où était inscrit au marqueur fluo sur une étiquette : « Danger ! Ne pas monter sur le dernier barreau ! »

Je faisais donc très attention. J'avais retiré mes sandales et j'essayais de me faire légère dans mes contorsions pour attraper le volume qui réunissait les débats parlementaires ayant trait au rôle de l'autorité de concurrence dans la réglementation des prises de participation sur le marché des nouvelles technologies. Avec un peu de chance, ce bouquin tomberait de l'étagère en me heurtant la tête, causant un évanouissement salvateur. Alors, peut-être aurais-je le droit de rentrer à la maison.

Mais pas pendant plus de onze heures environ. La règle des 8 heures du matin était entrée en vigueur. Et mieux valait que je m'abstienne de dénoncer le contrat qui me liait à Ellen. Je crois qu'elle me testait. Ça ressemblait tellement à du Ellen, ça : me coller tous ces dossiers sur les bras après m'avoir dit que les après-midi m'appartenaient. Elle cherchait sans doute à me casser. Mais même si je frisais actuellement la folie, j'étais encore loin d'y plonger. J'allais lui boucler ses fichus dossiers, quand bien même cela me prendrait toute la nuit. Je pouvais le faire. Il ne me restait plus qu'une seule chemise à traiter. J'avais de la volonté. Et surtout, j'avais du café.

Ce ne fut pas une sinécure, mais je parvins finalement à déloger de leur étagère les ouvrages si rarement consultés. Je les laissai alors tomber sur le sol de la bibliothèque du cabinet dans un grand fracas. Personne ne pouvait m'entendre : il ne restait plus que moi. Pas là Margaret Nunuche. Pas là Vain Dane. Pas là Ellen La Limande. Il n'y avait que moi jusqu'à ce que l'équipe de nettoyage fasse son apparition. Elle débarqua sans crier gare dans ce bureau endormi, comme une version antibactérienne de la petite souris.

Soufflant sous le poids des lourds volumes que je venais de retirer des étagères, je remis mes chaussures et me dirigeai vers les ascenseurs. Du coude, je tentai d'appuyer sur la touche « Descente » qui voulut bien s'allumer au bout de trois essais.

Quand la cabine de l'ascenseur approcha, le bruit de ses rouages fut amplifié par le silence qui régnait désormais dans le bâtiment. Je descendis à l'étage inférieur.

Il me fallut plus d'une heure pour examiner la documentation et rédiger un mémorandum. Un sentiment de satisfaction m'envahit lorsque j'agrafai le dernier mémo au dernier dossier qui rejoignit la Montagne des Fusions sur le coin de mon bureau. Je caressai l'idée d'emporter tous ces dossiers jusqu'au bureau d'Ellen et de les laisser devant sa porte. Mais son bureau était vraisemblablement fermé à clef et, franchement, mon salaire ne justifiait pas que je fasse l'effort d'assurer personnellement les livraisons à l'étage des grands de ce monde.

Je pressai les paumes de mes mains contre mes yeux endoloris, bâillai généreusement, puis emportai les ouvrages que j'avais consultés à la réception et les plaçai dans la boîte *ad hoc*, afin qu'ils soient réacheminés vers la bibliothèque.

J'étais épuisée, mais les effets de mes multiples injections de caféine se faisaient encore sentir et je retournai donc vers mon bureau. J'avais un assez bon ordinateur portable à la maison, mais il tenait de la paléontologie en comparaison de celui que mettait à ma disposition Dane Lieberman, avec ADSL et tout et tout.

En me connectant à eBay, je fus énervée de constater que les enchères de FemmeDuPilote avaient pris fin. Je lui envoyai un court message lui expliquant que j'avais eu un empêchement – plutôt un emprisonnement, en fait, mais elle n'était pas censée le savoir – et lui demandant de bien vouloir me contacter si l'une des ventes était finalement annulée. Après relecture, je modifiai mon message pour lui demander, en outre, s'il ne lui restait pas, à tout hasard, quelque chose à vendre. Le mariage de Lisa n'aurait lieu que dans quelques mois et il me fallait une tenue pour le dîner qui serait donné la veille du mariage. Une fois que j'eus appuyé sur le bouton « Envoi », eBay se chargea de transmettre mes requêtes. J'aurais préféré pouvoir faire mon petit lobbying en direct, mais ça ne fonctionnait pas comme ça. J'espérais seulement que cette femme consultait fréquemment sa messagerie électronique et qu'elle me répondrait vite.

Alors que je m'apprêtais à revenir sur Google, je m'aperçus que le bouton correspondant à ma boîte vocale clignotait. J'utilisai la gomme de mon crayon à papier pour appuyer sur la commande du haut-parleur et composer mon code d'accès.

« Mais où es-tu ? me demanda la voix de Liv, teintée d'inquiétude pour ne pas dire franchement paniquée. Je suis allée voir Jane. Elle tient bien le coup. Est-ce que tu as parlé à Harold de chez Bonne Conduite ? Rappelle-moi. Bye. »

Mince. J'avais laissé un message au propriétaire de la boîte, mais il ne m'avait pas rappelée. Je collai un Post-it sur mon ordinateur pour ne pas oublier de le rappeler, tandis que ma messagerie vocale m'annonçait un deuxième message.

« J'ai vu que votre bureau était allumé lorsque j'ai quitté le cabinet. »

La voix d'Ellen Lieberman trahissait très bien son amusement.

— Contente de te faire rigoler, dis-je en regardant mon poste téléphonique avec agressivité.

« Les détails, Finley, prenez garde aux détails. Passez une bonne soirée. »

Biiip.

— Qu'est-ce que ça peut bien vouloir dire ? demandai-je encore au téléphone avec irritation. Je viens de travailler comme un chien pendant des heures sur ses détails pourris.

Prenant une profonde inspiration, je me passai la main dans les cheveux, avant de les tordre en chignon, puis de les attacher au moyen d'une des pinces papillon noires qui traînaient dans le tiroir supérieur de mon bureau.

« Salut, Fin », disait le message suivant.

La voix de Patrick était couverte et on aurait pu croire qu'il chuchotait, sans doute parce qu'il se trouvait à ce moment-là dans un trou paumé, à plusieurs centaines de kilomètres du village le plus proche :

« Je voulais juste savoir comment tu allais et prendre des nouvelles de Jane. »

J'entendis un cri aigu dans le lointain. N'étant, pour ma part, absolument pas fascinée par la nature, je ne savais pas à quel genre d'animal sauvage attribuer ce bruit. Et je m'en contrefichais à dire vrai.

« Je te rappelle dès que je pourrai. Prends soin de toi. »

Biiip.

Le message suivant était bref et efficace : « Harold de Bonne Conduite, qui retourne votre appel. Désolé de vous avoir manquée. »

Biiip.

Le dernier message provenait de la secrétaire de Becky. Taggert L'Abruti avait fait livrer les dossiers de Rendez-vous Fantasmatiques. Cette femme efficace en avait déjà fait des copies et me les avait fait porter par courrier interne.

Biiip. « Fin-des-messages. »

Puisque ces dossiers n'étaient pas dans ma boîte « Entrées » et que je ne les avais trouvés dans aucun des endroits auxquels j'avais pu penser, j'appelai le portable de Becky. Mon appel fut transféré directement vers sa boîte vocale.

Repoussant mon fauteuil, je me levai et allai vers le box des secrétaires. Je n'avais pas droit à une secrétaire personnelle. Je devais partager les services de la douzaine d'assistants qui occupaient un box situé en face des ascenseurs. Après quelques recherches, je mis la main sur une boîte en carton blanc posée sur le sol, près du bureau de l'un des stagiaires estivaux. Sur le couvercle de la boîte, mon nom avait été clairement imprimé en grosses lettres noires. La case figurant près du mot « Urgent » avait été cochée.

Le stagiaire C (ils ne restaient jamais suffisamment longtemps pour que je retienne leur nom) avait manifestement une définition toute personnelle de ce terme. En soulevant la boîte pour l'emporter dans mon bureau, je fus assez surprise de sa légèreté. Rendez-vous Fantasmatiques avait une activité florissante et je m'attendais à y trouver des douzaines de dossiers. Mais en entendant les bruits de frottement à l'intérieur du carton, je sus que celui-ci n'était qu'à moitié plein.

Quand, une fois revenue dans mon bureau, je l'ouvris, je compris pourquoi. Plusieurs dossiers suspendus d'un rouge carmin se balançaient sur l'armature métallique qui avait été fixée à la boîte. De petites étiquettes plastifiées avaient été apposées sur le haut de chacun des dossiers, bien séparés et répartis par groupes de six, de façon que chaque nom soit clairement visible. Il était presque effrayant d'imaginer qu'un double de Mary Beth La Parfaite Assistante Juridique se baladait en ville.

Je reconnus la plupart des noms instantanément, à commencer par le premier d'entre eux. Jace Andrews était un agent immobilier incroyablement sexy. Je l'avais aperçu à l'occasion de plusieurs événements mondains au cours de ces dernières années. Et maintenant que j'y songeais, il venait à ces soirées accompagné de sa mère. Difficile de draguer quand on a sa maman sur les talons.

Le nom de Matthew Gibson m'était lui aussi familier, mais j'étais très surprise de constater qu'il était membre de Rendez-vous Fantasmatiques. Le *Palm Beach Post* avait suivi d'assez près les préparatifs de son mariage avec Kresley Pierpont, redoutable reine de la nuit de Palm Beach et, accessoirement, unique héritière de l'empire Pierpont bâti sur des céréales entièrement naturelles, biologiquement irréprochables et gustativement imperceptibles.

Le prochain mariage Kresley-Matthew était un mélange de neuf et d'ancien. Les Gibson étaient une vieille famille, tandis que les Pierpont appartenaient, selon les standards de Palm Beach, à la catégorie des nouveaux riches. Leur fortune céréalière datait d'après la vogue du « bio » dans les années 1960, alors que celle des Gibson avait précédé la signature de la Déclaration d'indépendance. Mais, si j'avais correctement digéré mes lectures de la presse *people* à scandales, Kresley valait une fortune, Matthew valait quelques millions.

En ouvrant le dossier sur Matthew, je n'y trouvai qu'un CD. Après vérification, je dus me rendre à l'évidence : aucun des dossiers suspendus ne contenait de document papier. Pas de problème ! J'espérais seulement que Taggert avait une bonne secrétaire. À défaut, il ne parviendrait jamais à examiner les informations relatives aux clients de Rendez-vous Fantasmatiques, rendant par là même très hypothétique une découverte par ses soins de suspects alternatifs. Je n'accordais pas un grand crédit à ses compétences informatiques. Pour être exacte, je ne lui accordais pas un grand crédit, point.

J'aurais aimé que Quinn accepte de représenter Jane. J'aurais aussi aimé qu'il ne me balance pas une citation à comparaître. Surtout, j'aurais aimé ne pas avoir à en parler à Ellen ou à Vain Dane, mais ça me paraissait inenvisageable. J'allais, du moins, tâcher d'en reporter l'échéance le plus possible.

Ayant parcouru les dossiers d'au moins une cinquantaine de noms, je souris en constatant que Kresley Pierpont était également membre de Rendez-vous Fantasmatiques. Bizarrement, les journaux n'avaient jamais mentionné qu'elle avait trouvé le grand amour grâce à une luxueuse agence de rencontres. Si ma mémoire était bonne, l'annonce qui avait paru à l'occasion des fiançailles laissait supposer que les tourtereaux s'étaient rencontrés sur une plage de Saint-Bart'. Je présume que ça semblait plus romantique et, socialement, plus acceptable que d'avouer que les futurs mariés avaient bien dû payer au moins 10 000 dollars à eux deux pour trouver chaussure à leur pied.

J'étais face à un choix. Glisser le CD dans mon ordinateur ou en rester là pour ce soir. Si j'avais pensé un instant que ma présence au bureau aurait pu activer la libération de Jane, j'aurais volontiers affronté une nuit blanche. Mais, malheureusement, ça ne changerait rien. Aussi, je replaçai le couvercle sur la boîte et la repoussai dans un coin. Tout comme moi, on la trouverait dans ce bureau, prête et impatiente d'en découdre, dans – après vérification sur ma montre – exactement dix heures et dix-sept minutes.

J'avais la main sur mon sac à main et le doigt sur l'interrupteur quand je décidai néanmoins d'essayer une dernière fois l'agence de location de limousines d'Harold. Bonne Conduite se trouvait sur mon chemin.

— Allô ?

— Bonsoir, je m'appelle Finley Tanner. Puis-je parler à Harold, s'il vous plaît ?

— C'est moi.

Enfin, quelque chose qui donnait l'impression de vouloir marcher.

— J'essaye de retrouver l'homme qui a conduit la voiture de Paolo Martinez et Jane Spencer, samedi dernier.

— Billy ? dit-il, manifestement tracassé. Mais il n'y a pas que vous, moi aussi je le cherche. Je lui ai parlé ce matin après que j'ai eu votre message. Depuis, il est introuvable : il ne s'est pas présenté ce soir.

— Il est malade ?

— Je n'en ai pas la moindre idée. Il ne répond pas au téléphone.

— Je pourrais peut-être l'appeler ? suggérai-je. Pourriez-vous me donner son numéro personnel ?

— Je ne communique pas les coordonnées personnelles de mes chauffeurs.

Mes épaules se voûtèrent :

— Et son nom de famille ?

J'entendis le type soupirer profondément :

— Et puis zut. Ça lui apprendra à me foutre dans la mouise. Je paye une fois et demie plus cher pour le remplacer au pied levé.

La minute suivante, j'avais le nom et l'adresse personnelle de William « Billy » Arthur entre les mains. Me retournant vers mon ordinateur, je lançai une brève recherche sur MapQuest pour voir où se trouvait exactement le quartier de Acreage, où il vivait, et l'imprimai.

Ma feuille de route en main, je quittai le bâtiment. Les dernières touches de rose et d'or du soleil couchant illuminaient le ciel. Malgré l'heure tardive, la température n'avait pas beaucoup baissé et devait encore être proche des 27 degrés.

M'orientant vers le nord, j'empruntai la 95, avant de prendre la sortie vers Blue Heron. Le boulevard PGA aurait sans doute été plus direct, mais cette sortie avait l'avantage de me faire passer devant un Dunkin'Doughnuts situé à deux pas. C'est donc armée d'un immense *caffe latte* glacé à la vanille que je mis le cap à l'ouest.

Le quartier de Acreage[1] est l'une des rares communautés rurales qui résistent encore dans le comté. Du moins jusqu'à présent. Son nom est un vestige des temps où le comté de Palm Beach constituait une échappatoire au raz-de-marée citadin arrivant du sud. Acreage était tout simplement une vaste étendue de champs sans nom. Mais dans le sud de la Floride, havre des jeunes mariés et des moribonds, le terrain valait aujourd'hui très cher et le quartier fondait à vue d'œil.

La maison de Billy Arthur se trouvait au bout d'un chemin de terre. D'accord, le terme « maison » était un peu exagéré. Les poils de mes bras se hérissèrent quand ma voiture cahota sur la voie à peine carrossable qui y menait. La masure – minuscule, décrépite et nécessitant des réparations urgentes – se situait à près de cent mètres de la route principale.

Elle était lugubre. Vraiment lugubre. Ce n'était peut-être pas une si bonne idée, me dis-je en me garant derrière une berline gris métallisé dont le pare-chocs était enfoncé et dont le pare-brise avait été remplacé par un morceau de plastique fixé par du Scotch. Tandis

---

1. *NdT. Acreage* vient de *acre* qui est une mesure de surface correspondant à un demi-hectare. On pourrait donc traduire ce nom par « les arpents » ou « les champs ».

que je sortais de ma voiture, une odeur de pourriture végétale et de luzerne envahit mes narines. Si j'en jugeais par la taille des orties et le niveau de l'herbe, Billy n'employait pas de jardinier.

Volontairement, je n'éteignis pas mes phares. Je voulais éviter de devoir tâtonner dans le noir. Je pouvais entendre le battement de mon cœur qui résonnait dans mes tympans et il m'apparut subitement que j'avais encore fait ma blonde : et si Billy était le meurtrier ?

— Oublie ça, me murmurai-je en retournant vers ma voiture.

Je n'allai pas bien loin. Et lorsque je heurtai de plein fouet le torse solide et musculeux qui se trouvait juste derrière moi, je réagis logiquement : je hurlai comme une fille.

Quelques chiens hurlèrent à leur tour tandis que de puissants doigts saisissaient mon bras. Posant ma main sur sa poitrine, je m'apprêtais à repousser mon agresseur quand je reconnus le parfum familier du savon de Liam.

En redressant un peu la tête, je vis son sourire en coin ironique que mes phares éclairaient.

— Tu m'as fichu la peur de ma vie, sifflai-je en me dégageant de son étreinte et en heurtant au passage le talon de ma sandale sur un morceau de ciment.

Sur un pied, je sautillai pour retirer ma chaussure et inspecter les dégâts. Mes sandales – presque neuves – portaient une horrible éraflure qui s'étendait sur tout le talon :

— Mince ! Elles sont fichues.

Liam se contenta de hausser les épaules :

— Je suis à peu près certain que tu as plus d'une paire de chaussures roses. En fait, tu en as sans doute des douzaines.

Peut-être, mais celles-ci étaient mes préférées.

— Qu'est-ce que tu fiches ici ? lui lançai-je. Et puis comment es-tu arrivé là ? ajoutai-je en ne voyant pas sa voiture.

Pointant du pouce vers la rue principale, il me dit :

— Je me suis garé là-bas et j'ai marché.

— Pourquoi ?

— C'est mon job.

— De me faire mourir de peur *et* de ruiner mes chaussures ?

— Désolé de t'avoir effrayée et arrête avec cette histoire de pompes. Je t'ai suivie jusqu'ici.

— Pourquoi ?

— C'est mon j…

— Job, le coupai-je en imitant sa voix et son intonation. De me harceler ?

Il ricana. Et, forcément, ça m'énerva. Enfin, techniquement, c'était surtout le fait que j'adorais ce son profond et masculin qui m'ennuyait le plus, mais passons.

— Et je ne te harcèle pas. Lieberman ne veut pas que tu te fourres dans des ennuis, tu te souviens ?

— Ouais.

Puis, après avoir remis ma chaussure, je shootai dans un petit caillou avec le bout du pied et ajoutai :

— Elle a aussi dit que je pouvais disposer de mes après-midi.

— Pardon ?

— Oublie. Et pour la petite histoire, je n'étais pas en train de me fourrer dans les ennuis. Je suis venue ici pour interroger le chauffeur de la limousine.

Il inclina sa tête et me fixa droit dans les yeux :

— Celui qui a déjà fait l'objet de six arrestations et de trois condamnations ? Ce chauffeur-là ?

Je ne pus m'empêcher de frissonner, puis je fis de mon mieux pour afficher un air de totale décontraction, très éloignée de la vérité.

— Manifestement, je n'étais pas au courant qu'il avait un casier judiciaire aussi chargé. Et l'un de ces délits inclut-il la mention d'un couteau ou d'un pénis ?

— Chaque fois des violences conjugales. Tu t'apprêtais à frapper à la porte d'un type réputé pour tabasser les gonzesses. Pas ta meilleure initiative. Tu aurais dû m'appeler.

— Je ne voulais pas prendre le risque de te déranger au beau milieu de l'un de tes *trucs*.

— Si je suis occupé, je te le dirai. Bon, maintenant, on va voir cette maison manifestement déserte ou on reste là ?

Super : les deux options de son alternative me faisaient passer pour une idiote.

— Il a appelé son patron pour dire qu'il ne se sentait pas bien, alors il est peut-être chez lui.

Il indiqua la maison d'un geste du bras :

— Montre-nous le chemin, alors.

Après avoir empoigné la rampe métallique rouillée qui bougeait comme si elle allait céder, je décidai qu'il valait mieux que je m'en passe pour monter sans aide les cinq marches en ciment lézardées qui nous séparaient de la maison. Liam était sur mes talons. Si près que je sentais la chaleur de son souffle sur l'arrière de mon cou. C'était tellement troublant que je songeai à ôter la pince papillon qui retenait mes cheveux, afin de mieux m'isoler de tout ce qui pouvait susciter des pensées inadéquates.

Je frappai la porte de mon poing à deux reprises. Le bruit résonna, mais ne provoqua aucune réponse. J'essayai encore. Rien.

Liam passa le bras au-dessus de mon épaule et son biceps balaya mon bras nu. Le contact fut fugace, mais suffisant pour que j'en ressente une décharge électrique. Ce qui m'énerva presque autant que l'absence de Billy.

Utilisant la paume de sa main, Liam frappa la porte avec suffisamment de force pour la faire vaciller sur ses gonds. Une seconde plus tard, il saisit la poignée et la tourna. La porte s'ouvrit.

— Est-ce une effraction ?

— Non, juste une pénétration, répondit-il en passant devant moi.

L'odeur, à l'intérieur de la maison, s'apparentait à celle d'un vestiaire de sportifs : sueur et humidité. Liam alluma une petite lampe de chevet sans abat-jour, inondant la pièce d'une lumière crue.

S'il avait été là, Sam serait immédiatement ressorti en courant. Il était patent que Billy n'était pas très versé dans la décoration d'intérieur. Le séjour disposait d'un vieux fauteuil défoncé, d'une table basse sur laquelle était posée la lampe que nous venions d'allumer et d'une table de télévision à roulettes qui devait dater des années 1950. Le sol était carrelé et les joints étaient noirs – sans doute un champignon vénéneux. Un tapis ovale très usé le recouvrait partiellement.

— Cherchez l'erreur, dis-je en indiquant le poste de télévision à écran plasma fixé au mur, juste à côté de deux photographies d'un homme souriant, brandissant devant lui de gros poissons.

Liam s'avança et passa le doigt sur le rebord de la télé :

— Neuf. Pas de poussière.

Nous passâmes à la cuisine. De la vaisselle sale et des casseroles encore pleines de nourriture recouvraient presque tout le plan de travail et une bonne partie du coin repas. Je frissonnai en remarquant que des cafards étaient en train de profiter de ce festin.

— J'en ai assez vu, dis-je en revenant vers le séjour.

L'unique autre pièce était une chambre. Un lit, un pack de bière vide, deux étuis de préservatif – soit Billy engageait des prostituées, soit il pratiquait la « *safe*-masturbation » – et une bonne douzaine de blattes supplémentaires se partageaient l'espace, avec un uniforme, parfaitement repassé, suspendu à l'encadrement de la porte donnant sur la salle de bains. Je laissai celle-ci aux bons soins de Liam. J'étais trop occupée à slalomer entre les bestioles.

— Pas de Billy, conclut-il.

— Et maintenant, que fait-on ?

— La marina Jupiter.

— Et pourquoi ?

Tout en se dirigeant vers la sortie, il indiqua du doigt les photographies :

— Billy est un pêcheur. J'ai remarqué des éraflures sur le pare-chocs de sa voiture.

J'avais du mal à suivre ses grandes enjambées.

— Et comment en arrives-tu à la marina Jupiter en partant d'une voiture éraflée et de photos d'un type exhibant des poissons ?

— Tu peux apercevoir le phare de Jupiter sur les photos et l'éraflure du pare-chocs se situe exactement à l'endroit où l'on fixe une attache de remorque.

Séchée.

— Je te suis.

— Non, il faut qu'on parle. File-moi tes clefs.

— De quoi ?

— J'ai eu les résultats de l'examen des empreintes.

— Et ?

— Trois personnes : Paolo, Billy et Jane.

— Donc, Billy doit être celui qui a versé du GHB dans le champagne.

— Ou Paolo, ou…

— Ne le dis pas, l'avertis-je. Jane ne droguerait jamais un mec.

— Tu lui as posé la question ?

Je lui lançai un regard effaré :

— Je n'ai pas eu besoin de le faire. Elle boit du jus de carotte et elle fait du sport. Elle ne prendrait même pas une aspirine. En aucun cas, elle n'a pu s'administrer elle-même du GHB.

— Pas même pour inciter un mec à…

— Non mais tu as vu Jane ?! lui demandai-je sans même tenter de lui cacher ma colère. Elle est ravissante. Elle n'a pas besoin de drogue pour se faire un mec.

— Pourtant, elle a eu recours aux services d'une agence de rencontres.

Je serrai les mâchoires si fort que je crus que mes dents allaient finir par me percer les joues.

— Pour rencontrer un type intéressant. Énorme différence, McGarrity.

Il haussa les épaules :

— Très bien.

— Très bien ? C'est-à-dire ?

— Pas de problème. Tu la connais, et moi pas.

Le niveau d'adrénaline qui m'avait jusque-là maintenue sur le pied de guerre baissa un peu.

— Alors, ça va. Y a-t-il autre chose dont nous devions parler ?

— Non.

— Alors je te suis.

— Très bien.

— Très bien.

Liam me faisait tourner en bourrique. Outre le fait qu'il était sublime, il ne possédait aucune des qualités que je considérais comme importantes. Quelques années auparavant, dans l'espoir de briser le cycle infernal de mes épouvantables choix en matière de mecs, j'avais établi une liste. Patrick possédait la plupart des qualités de cette liste. Liam, aucune. Je m'obligeai à y réfléchir durant les dix kilomètres que dura notre trajet vers la marina.

Nous étions à environ un kilomètre de notre destination quand nous dûmes nous ranger sur le bas-côté afin de laisser passer plusieurs camions de pompiers qui se pressaient vers le nord en direction de la A1A. Je suivis des yeux leurs gyrophares et me mis dans le sillage de Liam qui roula encore sur cinq cents mètres avant de se garer.

Les sirènes ne fonctionnaient plus, mais les lumières rouges et blanches des camions de pompiers tourbillonnaient sur l'asphalte, tandis que nous marchions vers le parking de la marina. Il y avait dans l'air une odeur âcre qui me força à me couvrir le nez et la bouche.

Au bout de l'une des jetées, un petit bateau disparaissait derrière un rideau de flammes. Le tuyau d'un bateau-pompier envoyait un jet continu sur le feu. Le capitaine du port et d'autres personnes se hâtaient de déplacer les bateaux voisins du brasier.

— C'est quoi cette odeur ? Du gasoil ?

— Oui, me confirma Liam. Et de la viande grillée.

Je déglutis difficilement :

— C'est horrible.

— Non, c'est probablement Billy.

La prochaine fois que quelqu'un te dit que
ce n'est pas le cadeau, mais l'intention qui compte,
prépare-toi à recevoir un truc nase.

Douze

Billy était mort. Il était totalement calciné, mais les analyses dentaires avaient confirmé son identité. Ce qui signifiait que Liam avait raison. La chose devenait suffisamment fréquente pour commencer à m'énerver. Et puis, mon réveil afficha une fois de plus 7 h 20 et il fallut que je quitte mon chez-moi. Les yeux plissés sous les assauts de la lumière déjà aveuglante que diffusait un soleil aussi rouge qu'une cerise, je calai tant bien que mal mon gobelet de café et ma mallette pour déverrouiller les portières de ma voiture sans déclencher son alarme.

D'après Kevin et Virginia, qui animaient l'émission matinale de la station Wild 95.5, la température du jour serait proche de celle de l'enfer. Enfin, cet enfer ne serait jamais comparable à celui que Jane devait endurer en ce moment. Ma poitrine se serra à l'idée que mon amie allait inaugurer son troisième jour en prison.

J'avais appelé Liv et Becky pour les mettre au courant de l'incendie de la marina et tâcher d'organiser un planning de visites à la prison. Jane avait besoin de soutien et moi, j'avais besoin de réponses. Plutôt des confirmations que des réponses, à vrai dire. Je voulais l'entendre me dire de vive voix qu'elle ne savait absolument rien sur le GHB. Les accusations lancées à Charleston et la saga relative à Molly Bishop m'avaient un peu échaudée. J'avais juste besoin de m'assurer que Jane ne nous cachait rien d'autre qui puisse refaire surface et lui revenir en plein visage comme un boomerang.

Surtout si quelqu'un avait entrepris de tuyauter l'assistante du procureur général.

Quand j'atteignis Dane, Lieberman, j'avais fortement rallongé ma petite liste mentale de Choses-Qui-Ne-Collaient-Pas.

En arrivant dans le hall de réception désert, je ne pus m'empêcher de ressentir un léger sentiment de supériorité. Pour la première fois depuis que j'avais été engagée par ce cabinet, soit sept longues années, j'avais battu Margaret à la montre.

J'avais en outre bouclé les dossiers d'Ellen qui n'avaient plus qu'à être livrés. Je suis Finley Tanner, l'Assistante Juridique Extraordinaire, oyez, oyez ! C'était assez pour me donner envie d'endosser la toge, mais ça ne serait pas allé avec ma tenue. Laquelle, d'ailleurs, me donnait un motif supplémentaire de suffisance. Les vêtements neufs me faisaient cet effet, en général. Ma jupe turquoise issue des soldes de fin de saison de chez Dillard : 75 % de réduction, plus 10 % de mieux car, l'ayant dégotée lors du Mardi des Seniors, j'avais réussi à convaincre une accommodante consommatrice ayant l'âge requis d'ajouter mes achats aux siens. Et mon chemisier de popeline qui, même s'il n'avait rien d'extravagant, était suffisamment léger pour défier la chaleur étouffante de ce mois de juillet.

Les plus lèche-bottes des stagiaires étaient déjà devant leur bureau et me regardèrent avec des yeux ronds quand je sortis de l'ascenseur. Je leur fis un petit signe amical et leur souris comme s'il était pour moi monnaie courante d'arriver ainsi aux petites heures de l'aube. Grâce à une raisonnable couche d'anticernes, les marques sombres qui soulignaient mes yeux privés de sommeil étaient invisibles.

Habituellement, la première chose que je remarquais en entrant dans mon bureau était le parfum de mangue du désodorisant qu'utilisait l'équipe de nettoyage. Mais ce ne fut pas le cas ce jour-là. Ce matin, ce fut Ellen Lieberman qui, tranquillement assise dans l'un de mes fauteuils, feuilletait négligemment l'un des mémos que je lui avais exemplairement préparés.

— Bonjour.

Elle me sourit. Pas un sourire amical du genre que l'on envoie à quelqu'un que l'on est heureux de revoir, non. Plutôt un sourire de Chat du Cheshire. Comparaison d'autant plus adaptée qu'elle portait une de ses robes amples dont l'imprimé gris-brun n'était pas sans évoquer le pelage d'un chat de gouttière.

— Vous avez bien travaillé la nuit dernière.

— Oui, vous m'aviez laissé ces dossiers et...

— Les détails, Finley, soupira-t-elle bruyamment tout en se levant.

— Oui, j'ai bien reçu votre message. *Pas la moindre idée de sa signification, mais je l'ai eu.* Je pense que vous serez satisfaite de mon travail quand vous le reverrez.

— J'en suis tout à fait certaine. C'est juste que je ne comprends pas pourquoi vous êtes restée si tard pour le terminer.

J'écarquillai de grands yeux.

— Eh bien, parce que vous aviez laissés ces dossiers à mon intention. Vous avez été tout à fait claire sur le fait que vous entendiez que j'accomplisse rapidement le travail que vous me donniez.

— Est-ce là tout ce que je vous ai dit ? demanda-t-elle en faisant le tour de mon bureau pour placer le dossier qu'elle venait de feuilleter sur la pile des autres chemises.

— Et d'être au bureau à 8 heures. Il est... 8 heures 5 pile, ajoutai-je après avoir vérifié ma montre.

— Vous oubliez un détail important.

Pas vraiment s'il concerne le fait que tu es une vraie chieuse. Celui-là, je l'ai bien en tête.

— Je suis désolée. Vous allez devoir me rafraîchir la mémoire.

— J'ai dit que j'entendais que le travail soit achevé avant le déjeuner si vous vouliez que vos après-midi soient libres.

— Eh bien, il est terminé. Je n'ai quitté le bureau qu'après m'être assurée que tout avait bien été vu.

— Voilà le détail qui vous a échappé. J'ai fait déposer les dossiers dans votre bureau, hier. Depuis, je n'ai pas modifié le délai et il n'était donc pas nécessaire que vous passiez la nuit ici.

— Ça aurait été sympa de le préciser.

Ellen haussa les épaules.

— Mais je l'ai fait. Il est évident que vous ne m'écoutiez pas, conclut-elle en se dirigeant vers la porte. Aux termes de votre contrat de travail, les heures supplémentaires que vous venez de consentir constituent une fort généreuse donation.

Les muscles de mes épaules se nouèrent pour tenter de contenir ma rage.

— Ah bon.

Peut-être s'en souviendrait-elle quand viendrait l'heure de fixer les bonus de fin d'année. J'en doutais.

— Mais pour voir le bon côté des choses, vous êtes en avance.

Mon humeur s'améliora :

— Alors, je peux y aller ?

Elle secoua la tête en signe de dénégation.

— Non. Vous avez mentionné un certain nombre de formalités en suspens pour le département patrimoine et plusieurs requêtes à rédiger, expliqua-t-elle en montrant mon bureau du doigt. Je viens de vous laisser quelques suggestions.

— À propos de ?

— Becky m'a montré une copie de ce que Taggert a déposé au tribunal. Son argument – dérisoire – ne convaincra pas le juge Faulkner. Vous pouvez faire beaucoup mieux. Rédigez une nouvelle requête, demandez à Becky de préparer la lettre de couverture et faites-les porter à son bureau.

— Taggert n'est pas très efficace.

— Quinn aurait été beaucoup plus indiqué, me fit-elle remarquer.

— Oui, mais ça n'a pas marché.

— Je sais. Je lui ai parlé hier après-midi.

— Vous a-t-il dit qu'il m'avait notifié une citation à comparaître ?

— Bien entendu. J'ai d'ailleurs eu l'air un peu idiot puisque *vous* vous étiez gardée de me le préciser.

Je baissai les yeux vers le sol, comme si les volutes colorées de la moquette m'avaient subitement captivée.

— Donc, les dossiers que vous avez déposés sur mon bureau constituaient une punition ?

— Voyez-le plutôt comme une pénitence, Finley, fit-elle en me passant la main sur l'épaule. Et, Finley ?

— Oui ?

— Ne vous approchez pas des chauffeurs de limousine et des incendies. Vous voyez ce que je veux dire ?

— Oui.

Après avoir ramassé ses dossiers, Ellen partit non sans m'avoir rappelé que, bien que je fusse plus qu'en avance sur mon travail, je restais la propriété de Dane, Lieberman jusqu'aux douze coups de midi. Ainsi soit-il. Une fois que j'eus lancé un café frais, je lus les notes que m'avait laissées Ellen concernant la demande de liberté sous caution de Jane. J'étais vexée de m'être ainsi fait manipuler, mais ce sentiment s'évapora quand je découvris les pistes juridiques qu'elle m'avait indiquées.

C'était peut-être une chieuse, mais en qualité d'avocate, elle avait oublié d'être bête.

Tout en agitant la main afin de sortir ma souris de son hibernation, j'ouvris avec impatience la base de données de Westlaw et imprimai la documentation qui m'intéressait. Je voulais m'y plonger au plus tôt, mais il fallait au préalable que j'établisse l'ordre de mes priorités. Tout cela faisait énormément de lecture, mais je ne voulais pas risquer d'encourir une nouvelle fois les foudres d'Ellen en ignorant mes responsabilités professionnelles les plus évidentes.

Je commençai donc par consacrer l'heure suivante à la mise à jour des quatre successions dont j'avais la charge.

Le fait d'avoir accompli mon devoir juridique avant 9 heures me parut un peu étrange. Ce n'était d'ailleurs pas désagréable comme sensation. Oui, je manquais de sommeil. Oui, il avait fallu que je me démène comme une diablesse pour réaliser tout ça. Mais quelque chose en moi se réjouissait de constater que, lorsque l'on me mettait au pied du mur, j'étais capable de faire le boulot. Et dans les temps, qui plus est. Dingue ! Bien entendu, il y avait simultanément quelque chose en moi qui n'appréciait pas beaucoup d'être mise au pied du mur.

Successions bâchées, contrats bouclés : j'allais pouvoir me consacrer à Jane. J'avais la nausée en l'imaginant dans sa combinaison de détenue, en train de pousser son plateau dans le réfectoire de la prison. Cette pensée me fit honte d'avoir pu autant me plaindre de mes réveils matinaux, alors que les siens devaient être bien pires.

À cet instant, Becky fit irruption dans mon bureau. Elle ôta le bouchon de la bouteille d'eau qu'elle tenait et s'effondra quasiment dans le fauteuil qui me faisait face.

— Je ne t'avais jamais imaginée en lèche-bottes, Mademoiselle J'arrive-Super-Tôt.

— Crois-moi, c'était une lèche bien involontaire.

— C'est ce que je me suis dit. Jane te dit bonjour.

— Tu l'as vue ?

Becky hocha la tête.

— J'y suis passée ce matin. J'ai fait un crochet par Stuart pour lui apporter un croissant aux amandes de chez Mister Bread.

— Bonne idée. Elle les adore. Comment as-tu fait pour que ton croissant passe les contrôles de sécurité ?

Le visage de Becky se fendit d'un rictus malin.

— Ce sont de nouveaux officiers de police. Très aisément distraits par une paire de seins, m'expliqua-t-elle en déboutonnant le dernier bouton de son chemisier rose, révélant ainsi quelques millimètres d'un soutien-gorge en dentelle. Pendant qu'ils s'affairaient à vérifier l'innocuité de Victoria's Secret, le croissant clandestin tapi dans ma mallette est passé comme une lettre à la poste.

— Disons qu'un bienfait n'est jamais perdu. Il faut savoir payer de sa personne.

— Du nouveau pour Jane ? me demanda-t-elle en reboutonnant sa blouse.

Je m'adossai à mon siège en frottant le capuchon de mon stylo contre ma lèvre inférieure.

— À propos de nouveau, qu'est-ce qui arrive à Lieberman ? Pourquoi se montre-t-elle si... obligeante ?

Becky regarda ailleurs.

— Elle peut être obligeante.

— Depuis quand ? Attends un peu ! Qu'est-ce que tu as fait ?

— Rien.

— Becky ?

Elle décroisa ses jambes, puis les recroisa.

— J'ai renoncé à quelques jours de congés. Rien de plus.

— Combien ?

— Pas beaucoup.

— Combien ? insistai-je avec obstination.

— Trois.

— Il a fallu que tu fasses une croix sur des congés en échange d'un rendez-vous avec Quinn ? Un rendez-vous qui s'est transformé en total fiasco ? À moins que ces trois jours de congés ne soient le prix qu'elle te facture pour avoir le droit de représenter Jane ?

— Rien de tout cela. Et ce n'est pas trois jours, d'ailleurs.

— Trois *semaines* ?!

— Oui, c'est cela.

— C'est du grand n'importe quoi. Tu factures déjà des millions d'heures par an. Et maintenant, tu n'as plus qu'une semaine pour oublier ce fichu cabinet.

— Ce n'est pas très grave, insista Becky. Et puis, c'est toi qui as tiré le gros lot : te voilà l'obligée de la Méchante Sorcière.

Je fis la grimace.

— Je n'ai toujours pas encaissé le chèque.

— C'est ton affaire, mais les intérêts ne commencent-ils pas à courir à compter du jour où elle t'a consenti le prêt ?

Encore un autre sujet de préoccupation.

— Je verrai ça plus tard.

— Méfie-toi. Ton « plus tard » ne cesse d'enfler. Combien de temps penses-tu pouvoir tenir à distance ta dette vis-à-vis de ta mère et tes adieux à ton petit ami ? À moins que tu n'aies déjà décidé de la façon dont tu allais rompre avec Patrick. Alors, c'est fait ?

Mes mâchoires se contractèrent.

— Je n'ai même pas encore décidé si j'avais envie de rompre.

— Foutaises ! Tu as décidé de ne rien changer. Grosse différence.

— Tu as passé la matinée à montrer tes seins à des petits jeunes de la police et tu songes à me dispenser tes conseils sur ma vie de couple ?

Becky entortilla une mèche auburn autour de son index.

— Je n'ai pas montré mes seins, j'ai montré mon soutien-gorge. Et ce n'était pas pour moi, mais pour Jane. Une action totalement altruiste de ma part.

— Ha !

— Réfléchis-y, poursuivit-elle pour réorienter le sujet. Il est là-bas, en pleine communion avec la nature, marchant au milieu des grands pins et il ne te manque même pas. Ça devrait te mettre la puce à l'oreille, non ?

— Absolument : ça me confirme que tu ne connais rien de rien au Grand Canyon. On n'y trouve pas de pins.

— Peu importe. Votre relation touche à sa fin. En plus, elle fait peur.

Malgré un effort louable, je ne parvins à simuler ni indignation ni colère.

— Elle ne fait pas peur et il est très gentil avec moi.

— Ah oui ? Et c'est pour cela qu'il est parti faire le fou dans les bois pendant que l'une de tes meilleures amies pourrit en prison ?

— Il serait resté si je le lui avais demandé. Je ne l'ai pas fait. Patrick respecte mon espace perso.

L'un des superbes sourcils de Becky s'étonna :

— L'amour implique, entre autres, de ne jamais avoir à demander à ton petit ami de rester auprès de toi, quand tu te fais cuisiner par la police.

— Rappelle-moi de le noter quelque part. Peut-être que Mary Beth pourrait le broder au point de croix sur l'un de mes oreillers ? Et en parlant de Mary Beth…

— Nous n'en parlions pas, me coupa Becky. Tu cherches seulement à changer de sujet.

— Pas seulement, grommelai-je en me passant la main dans les cheveux, puis en saisissant le carton qui venait de chez Rendez-vous Fantasmatiques. Ça ne devrait pas me prendre trop longtemps de passer en revue la liste de leurs membres, dis-je en regardant Becky retirer un CD doré de l'un des dossiers suspendus. La doc qu'ils ont envoyée est sacrément organisée.

— Ce n'est pas Mary Beth qui a fait ça ??!

— Ça fout la trouille, hein ?

— On dit que tout le monde a un jumeau. Je présume que c'est vrai, fit Becky. Bon, qu'est-ce qu'il y a dans ces trucs ?

— File-m'en un.

Après qu'elle m'en eut tendu un, je le glissai dans mon ordinateur et ne dus attendre qu'un sixième de seconde avant qu'un message d'erreur jaillisse sur mon écran, indiquant « Mot de passe protégé ». Ma colère ne tarda pas à monter tandis que j'éjectais le disque, puis le réinsérais dans son tiroir en priant pour que le résultat soit différent. Peine perdue.

— Faich…

— Tu ne pourrais pas appeler Shaylyn ou MachinChose pour lui demander le mot de passe ?

— Il faudra bien.

— Que puis-je faire d'autre ?

— Ce n'est pas un boulot pour deux. Mais... commençai-je avant de faire une pause pour réfléchir à tout ce que j'avais amassé en vue d'une révision de la décision relative à la liberté sous caution. Je vais lire toute cette doc et te préparer un projet. Tu me donnes une heure ?

— Je peux le faire.

Je secouai la tête :

— Ellen m'a demandé de m'en occuper. Je sais qu'elle regarde par-dessus ton épaule, alors faisons comme elle a dit.

Becky prit une dernière gorgée de sa bouteille d'eau, puis la reboucha, avant de partir. Elle n'oublia pas de me souhaiter bonne chance.

Mon estimation du temps nécessaire à la rédaction d'un projet avait été un peu optimiste. Il était presque 11 heures lorsque je fus en mesure d'envoyer à Becky mes deux projets de requêtes par courrier interne. Le premier était une requête préliminaire qui visait à obtenir de Faulkner qu'il ignore tout ce qui avait trait à l'affaire de Charleston et qu'il ne fonde sa décision que sur les faits relatifs au meurtre de Paolo. Le deuxième était une demande d'audience privée. Je ne voyais pas celle-ci aboutir car, en général, les juges n'aiment pas trop que les avocats de la défense leur exposent des arguments en dehors de la présence du procureur. Mais, même si elle échouait, le juge apprendrait au moins que l'assistante du procureur général Brent utilisait des informations que lui avait transmises une source anonyme et non identifiée. Or, les juges n'aiment pas non plus les requêtes fondées sur des messages anonymes ou clandestins.

Je notai qu'il faudrait que je demande à Liam d'essayer de localiser cette source. Il avait l'air d'avoir pas mal de contacts. Et si nous parvenions à identifier cette source, nous pourrions ainsi identifier l'ennemi de Jane. Or, il semblait évident que l'ennemi de Jane était celui qui avait tué Paolo et maquillé le crime pour faire inculper Jane. J'essayai donc le portable de Liam, mais mon appel fut renvoyé vers sa messagerie vocale.

Son portable était peut-être déchargé.

À moins qu'il ne soit encore à la marina. La mort de Billy paraissait un peu trop commode pour qu'il s'agisse d'une coïncidence, mais il fallait attendre les conclusions de l'équipe scientifique chargée des incendies criminels.

Bon, alternativement, il pouvait très bien être en plein « truc » avec Ashley.

— Je hais les hommes, grommelai-je en composant le numéro de Liv.

Jean-Claude m'informa qu'elle était en rendez-vous avec un client pour des histoires de préparatifs de réception de mariage et qu'elle devait faire un saut à la banque avant de revenir au bureau. Il me suggéra de la contacter sur son portable. C'est ce que je voulais faire, mais pas immédiatement : a) si elle était en train de se faire remonter les bretelles par un client, je ne tenais pas à l'interrompre ; b) le passage à la banque était crucial. Si Faulkner finissait par accepter la remise en liberté sous caution, il nous fallait l'argent pour payer le garant.

Je replaçai le CD concernant Jace Andrews dans mon ordinateur et essayai quelques mots de passe : fantasme, rendez-vous, client, riche... Frustrée, je baissai les bras et appelai Shaylyn.

— Bonjour, vous êtes en contact avec Rendez-vous Fantasmatiques, la toute première agence de rencontres de Palm Beach. Nous sommes désolés de ne pouvoir prendre votre appel, mais si vous voulez bien laisser vos...

Je raccrochai avant d'entendre la fin de la ritournelle de Shaylyn et sans laisser de message.

Je n'avais pas une énorme envie de parler à Taggert, mais il me fallait ce mot de passe.

— Bureau de Clark Taggert.

Mon féminisme en prit un léger coup : je ne m'étais pas attendu à ce que Taggert ait un secrétaire masculin. Je ne l'imaginais pas trop militer en faveur de l'égalité des chances.

— Bonjour, je suis Finley Tanner du cabinet Dane, Lieberman.

— Oui, Mlle Tanner. En quoi puis-je vous être utile ?

— J'ai bien reçu le carton que vous nous avez fait porter, mais toute la documentation est protégée par un mot de passe.

— Oui, mademoiselle.

— Eh bien, cette documentation devient un peu inutile si je ne peux y accéder. Est-ce que Mme Kidwell ou M. Davis vous ont communiqué ce mot de passe ?

— Je ne sais pas. Voulez-vous que je me renseigne ?

Non, non, je t'appelle pour passer le temps.

— Ce serait très gentil à vous. Merci.

Je coinçai le combiné entre mon épaule et mon menton tout en écoutant une version symphonique de *La Ballade de Mackie Messer*. L'interprétation surpuissante des cuivres ne rendait pas justice à l'œuvre. Je n'étais pas une fan absolue de Bobby Darin, mais parmi les rares cadeaux qu'elle m'avait faits, ma mère m'avait généreusement initiée à la musique.

— Désolé, me dit la voix du secrétaire quand il reprit la ligne. Je ne trouve aucune information sur le sujet et M. Taggert est absent du bureau pour le moment. Voulez-vous que je lui demande de vous rappeler dès son retour ?

— Quand doit-il rentrer ?

— Je ne sais pas très bien.

— Se pourrait-il qu'il soit à la prison avec Jane Spencer ?

— Je ne sais pas, mademoiselle. Il n'a pas appelé le bureau et son agenda ne mentionne rien de spécial pour ce matin.

J'eus la vision de Taggert en train de sillonner les rues de Palm Beach après avoir été pris d'un accès de démence sénile. Et ma vision empira puisque, pour une raison inconnue, mon imagination l'affubla subitement d'un slip de bain écarlate.

— Je rappellerai plus tard. Je vous remercie. *De rien.*

Pas de Liv, pas de Taggert, pas de Liam, pas de Shaylyn, pas de Zack, pas de mot de passe, pas d'accès : immense frustration.

Je n'avais plus vraiment d'alternative. Du moins, ma patience venait d'atteindre ses limites. Je disposais en tout cas d'un département informatique à la pointe de la technique et il me suffisait d'appuyer sur quelques touches de mon téléphone pour le joindre. J'étais presque sûre que les forts en thème de l'étage du dessous sauraient me faire sauter ce code en un rien de temps.

Pendant qu'ils le feraient, j'allais essayer quelques méthodes de mon cru. Je rapprochai le carton et ouvris un nouveau document. Je me mis alors à faire la liste des noms figurant sur les petites étiquettes collées sur chacun des dossiers suspendus.

Celles-ci se présentaient dans l'ordre alphabétique et portaient une couleur différente selon le sexe de la personne concernée : le nom des hommes était imprimé en bleu et celui des femmes en bordeaux. Il fallut que j'atteigne Renée Sabato et Jane Spencer pour m'apercevoir d'un léger défaut dans ce système de classement quasi parfait : il manquait un dossier suspendu, ce qui laissait un espace entre les lettres S et W. Je retirai de cette erreur, somme toute mineure, un certain contentement. La perfection fait peur.

Une fois que ma liste fut complète, je confiai la boîte aux gars de l'informatique et les baratinai jusqu'à ce qu'ils fassent de ma petite mission leur priorité numéro un. Il n'était pas si compliqué de manipuler les techniciens informatiques : en matière de femmes, la plupart d'entre eux n'étaient jamais allés plus loin que la version digitale des jeux vidéo. Ils formaient un petit groupe plutôt sympa, juste un peu isolé socialement, avec des pouces de mains rendus calleux par les années consacrées à combattre des cyberaliens issus d'univers alternatifs.

Quand je revins à mon bureau, je me servis une tasse de café sans m'émouvoir de l'amertume qu'il avait développée, après toutes ces heures à mijoter sur le réchaud de la cafetière.

Bon, je n'avais pas encore le mot de passe, mais j'avais Google. Et mes Lucky Charms. Je commençai donc mes recherches, tout en veillant à bien séparer la partie céréale de la partie guimauve.

Ma première cible fut Molly Bishop. Selon le département de l'état civil de Caroline du Sud, celle-ci était décédée, ce qui m'était confirmé par une annonce de décès dans le journal. J'étais heureuse que Jane ne m'ait pas menti, mais également un peu gênée de constater que la confiance que j'avais placée en mon amie s'était émoussée.

Rien de ce que je pus trouver ne permettait d'établir le moindre lien entre l'affaire de Charleston et le meurtre de Paolo. Le penchant de Molly pour la drogue s'était déclaré bien avant qu'elle ne devienne amie avec Jane et, d'après ce que j'avais sous les yeux, rien ne prédestinait la famille Bishop à sombrer dans la folie et à chercher à faire porter le chapeau à Jane. Le sénateur Bishop avait pris sa retraite et, mis à part quelques rares apparitions publiques, il ne restait de sa femme et lui que leurs années fastueuses. Une photographie récente du couple résumait parfaitement la situation. Je ne pouvais vraiment pas imaginer ce digne sénateur et sa si convenable épouse trancher gaillardement le pénis de Paolo.

À partir de là, je décidai de ne plus travailler par ordre alphabétique pour le moment. Mieux valait que j'examine ce que je pouvais découvrir sur cette pauvre victime émasculée. Une fois que je me fus rafraîchi la mémoire en relisant le dossier que j'avais archivé dans ma messagerie, je commençai à surfer sur Internet pour voir si je pouvais dénicher quoi que ce soit d'intéressant.

Je trouvai énormément d'articles plus ou moins creux provenant des journaux et des magazines du coin, mais rien de bien substantiel. La seule interview que je pus relever avait déjà deux ans. Il s'agissait d'une présentation, tout à fait élogieuse, du profil de Paolo, qui s'attachait à souligner la bravoure dont il avait fait preuve à l'occasion de sa fuite de Cuba, accroché à des chambres à air de camions. Toute sa famille avait péri lors de la traversée, laissant Paolo orphelin à 11 ans. Après ces tristes débuts, il était devenu un maître de la finance et avait gagné son premier million avant d'atteindre l'âge de 25 ans.

J'observai sa photo durant plusieurs minutes : et si l'un de tes camarades de traversée ne t'avait pas pardonné quelque chose ?

Je feuilletai l'annuaire interne, puis saisis le téléphone et appelai l'assistante juridique qui s'occupait des affaires d'immigration pour le cabinet.

— Estella Chavez.

— C'est Finley du patrimoine.

— Salut Finley. Que puis-je faire pour toi ? me demanda-t-elle de son accent chantant.

Estella n'avait rejoint Dane, Lieberman que depuis quelques mois. Elle avait 22 ans et sortait de la fac. J'espérais qu'elle n'était pas au courant que le règlement du cabinet m'imposait d'effectuer par écrit toute demande d'informations hors département.

— J'aurais besoin du dossier que le service de l'Immigration a sur Paolo Martinez.

Puis j'ajoutai en faisant un rapide calcul mental :

— Date de naissance : 31 mars 1978. A dû immigrer entre 1989 et 1991.

J'entendis ses ongles pianoter sur le clavier, puis elle me demanda :

— M-A-R-T-I-N-E-Z ?

— Oui, c'est cela. Second prénom : Diego, si ça peut t'aider.

— Tu es sûre ?

— Ouais. Pourquoi ?

Les poils de mes avant-bras commencèrent à se hérisser.

— Martinez est un nom plutôt commun. C'est un peu le Dupont ou le Smith espagnol. Mais il n'y a aucun Paolo dans la fenêtre temporelle que tu m'as indiquée.

— Et tu pourrais faire une recherche entre 1978 et aujourd'hui ?

— Bien sûr.

Pendant qu'Estella me soufflait dans les oreilles, je laissai mes doigts tambouriner sur mon bureau en regardant le beau visage de Paolo.

— Aucun Paolo Diego Martinez n'est entré dans le pays. En tout cas pas légalement. Tu es certaine qu'il est enregistré ?

En me reportant aux dossiers de Rendez-vous Fantasmatiques, je constatai qu'il disposait bien d'un numéro de Sécurité sociale. Or, il était virtuellement impossible de s'en procurer un sans produire, au préalable, des papiers en règle.

— Ben oui. Et saurais-tu combien de garçons cubains de 11 ans sont entrés dans le pays entre 1989 et 1991 ?

— 103. Dont 87 sont arrivés directement en Floride.

— Cela t'ennuierait de me faire passer leurs noms ?

— Pas du tout. Autre chose ?

— Peut-être. Je te referai signe. Merci.

Il y avait plusieurs explications possibles au fait que Paolo n'apparaisse pas dans les registres de l'Immigration. Peut-être avait-il menti. Cette traversée rocambolesque et périlleuse pour fuir la tyrannie et l'oppression de Cuba faisait une excellente histoire et fleurait bon l'épopée héroïque. Bien plus glamour que, disons, une arrivée par le Mexique, le Guatemala ou toute autre région d'Amérique latine. Bien plus sexy aussi que le fait de prendre un avion depuis la République dominicaine ou la Colombie ou n'importe quel endroit. Cette façon de voir les choses était clairement injuste et vaguement raciste, mais solidement ancrée dans la mentalité de la communauté immigrée de Floride.

J'envoyai un e-mail à Estella pour lui demander d'étendre la recherche à tout Paolo issu d'un autre pays. Et puis, par prudence, j'élargis aussi la fenêtre temporelle au cas où Paolo aurait été plus jeune ou plus âgé que ce qu'indiquait l'article élogieux dont il avait fait l'objet. Je ne savais peut-être pas d'où il venait, mais je savais une chose : cette histoire de chambres à air était du pipeau.

Finalement, les vérifications effectuées par Rendez-vous Fantasmatiques sur leurs protégés n'étaient pas si minutieuses. Je comprenais pourquoi ils ne s'étaient pas préoccupés du casier judiciaire de Jane, puisque Liv s'était portée garante pour elle. Mais le fait que le faux passé de Paolo leur ait également échappé déclenchait quelques alarmes à l'intérieur de mon crâne.

Quand Ellen m'avait laissé entendre que je pourrais consacrer mes après-midi à travailler, discrètement, sur le cas de Jane, je suis presque sûre qu'elle n'avait pas voulu dire que je pouvais utiliser le compte de Dane, Lieberman pour lancer une recherche sur le numéro de Sécurité sociale de Paolo. Mais, dans la mesure où elle ne me l'avait pas expressément interdit, je complétai le formulaire et le faxai à l'agence de vérification de crédit à laquelle je faisais généralement appel, avant de clore une succession, pour retrouver les comptes bancaires perdus, les sûretés tombées dans l'oubli et autres anomalies financières.

Le découragement commença à s'installer. Les informaticiens étaient toujours en train de bosser sur mes CD. L'agence de vérification de crédit ne reviendrait pas vers moi avant au moins vingt-quatre heures et Liv, Shaylyn et Taggert restaient introuvables.

Je tentai de positiver en me disant que je détenais au moins le nom des clients. Mais l'annuaire téléphonique ne comportait pas de section réservée aux gens riches. Je ne pouvais donc pas les appeler.

Sauf Jace Andrews. Il était agent immobilier et ça valait le coup d'essayer.

— Bonjour, Propriétés de Prestige.

— Finley Tanner de Dane, Lieberman pour M. Andrews.

— Il est en rendez-vous avec un client, Mlle Tanner. Voudriez-vous vous entretenir avec l'un de nos autres agents ?

Jésus, Marie, Joseph. J'aurais dû faire passer le mot à tous ceux que je voulais contacter de rester devant leur bureau jusqu'à nouvel ordre.

— Non, je vous remercie. Il s'agit d'une affaire personnelle. Voudriez-vous avoir l'amabilité de demander à M. Andrews de bien vouloir me rappeler à sa meilleure convenance ? répondis-je avant de lui réciter mon numéro de téléphone portable.

Puis, je me mis à dérouler la liste alphabétique que j'avais constituée un peu plus tôt, mais ce fut pour aller d'échec en échec. Pas étonnant que ces gens ne parviennent pas à se caser, ils étaient impossibles à joindre.

Je tentai donc une autre approche. Une approche créative.

Les résultats de mes recherches sur Internet m'offraient plusieurs possibilités. Une partie des clients de l'agence de rencontres avaient un emploi. Ou du moins des activités. Pas tout à fait du genre 9 heures-17 heures. Ainsi, Payton McComber était designer en joaillerie et possédait une boutique super-chic sur Worth Avenue. Pour Jane, j'étais prête à faire tout le chemin jusqu'à l'autre rive.

Bon, j'étais même prête à faire tout ce chemin pour rien, mais là n'était pas la question. Au moins, ça me donnait un point de départ. De plus, la bijouterie de Payton se trouvait sur l'isthme, de même que la maison mère de Propriétés de Prestige. Tout comme deux des trois restaurants dont le principal propriétaire était un type du nom de Harrison Hadley.

Mais avant que d'aller me commettre sur la rive des nantis, il fallait que j'aille voir Jane.

★
★　★

Les jours qu'elle venait de passer en prison avaient fini par imprimer leur marque.

— Tu vas bien ? lui demandai-je dès que le gardien nous eut laissées seules dans la petite salle des conseils.

Je tendis à Jane la cannette de Coca que je m'étais procurée au distributeur que j'avais trouvé en chemin.

Elle me remercia, puis me demanda :

— Des nouvelles de la libération sous caution ?

— J'y travaille avec Becky. Parle-moi de l'accent de Paolo.

Ma question la prit un peu au dépourvu.

— Son accent ?

— Oui. C'était plutôt Ricky Ricardo ou Andy Garcia ?

— Ni l'un ni l'autre : il n'avait aucun accent.

— Bon d'accord. Pas un accent très prononcé ? insistai-je.

— Non. Aucun accent.

— Et t'a-t-il raconté quoi que ce soit sur lui-même ?

— Pas vraiment. Une bonne partie de cette soirée est dans le flou, mais il semblait surtout s'intéresser à moi. Ou plutôt à mes préférences en termes d'investissements.

— Ça paraît logique. Vous étiez tous les deux dans la finance.

Jane rajusta le col de sa combinaison orange informe.

— J'imagine. Je présume qu'il voulait seulement se montrer poli.

— Pourquoi ?

— Eh bien ses questions étaient… des questions d'amateur : les fonds mutuels, les bons d'État… Des trucs de base, vraiment.

— Peut-être était-il surtout préoccupé par la manière de te faire avaler du GHB ?

Jane se passa les mains dans les cheveux.

— Ça n'a aucun sens. Presque dès le début, il devait se douter qu'il m'intéressait. Il était très beau, en pleine santé, viril et Dieu sait que j'en avais carrément assez de ma traversée du désert.

— Tu ne lui as pas dit ça, n'est-ce pas ?

— Il est *possible* que j'aie mentionné le fait que ma dernière histoire de cœur remontait à assez longtemps. Enfin, ce n'est pas comme si je l'avais accueilli à ma porte en lui annonçant : « Salut, ça va ?

Je m'appelle Jane et je n'ai pas eu de relations sexuelles depuis la fin du mandat de Clinton. »

Je levai une main.

— C'est vrai, excuse-moi. Est-ce que Becky t'a raconté, à propos du chauffeur de la limousine ?

— Oui.

— Si ce n'est pas Paolo qui t'a administré du GHB, ça ne peut être que le conducteur de la limo. Tu te rappelles de quelque chose le concernant ?

Elle secoua la tête en signe de négation.

— Il a ouvert la portière et il a refermé la portière, fit-elle avant de se mordre la lèvre inférieure. Est-ce que je vais bientôt sortir d'ici ?

Je mis ma main sur la sienne en tâchant de me montrer rassurante.

— Nous faisons l'impossible. Promis.

Nous étions toutes les deux au bord des larmes, mais j'étais déterminée à ne pas pleurer. Quand je retirai ma main, mon poignet heurta la cannette de Coca presque pleine et son contenu vint se répandre sur moi.

— Miiiiiince !!

Mon chemisier et ma jupe étaient aspergés au-delà de toute possibilité de nettoyage. Pire, mon juron puissant avait alerté le gardien qui entra en trombe dans la pièce.

— Tout va bien ici ?

— Aux petits oignons, fis-je en examinant les dégâts.

Puis, regardant Jane, j'ajoutai :

— Je suis désolée, mais il va falloir que je me change avant de traverser le pont.

— Ne t'inquiète pas. Becky a dit qu'elle passerait après son boulot. Liv aussi.

Je voulais la prendre dans mes bras, mais la sévère règle du « Pas de contact » m'empêchait de lui offrir quoi que ce soit de plus rassurant qu'un maigre sourire avant de partir.

Le fait de devoir revenir sur mes pas jusqu'à mon appartement pour me changer allait bien me faire perdre une heure sur mon programme. Il serait approximativement 16 heures quand je parviendrais à Worth Avenue. Cela dit, cela me laissait tout le temps nécessaire pour coincer Payton, si elle se trouvait à sa boutique. Dans le cas contraire, j'essaierais de pister Jace Andrews, pour finir par Harrison Hadley. Les entreprises fermaient à 17 heures, mais les restaurants de Hadley seraient ouverts pour le dîner.

J'aperçus le carton de fleurs et l'enveloppe calés contre ma porte avant même d'avoir coupé le contact de ma BMW. Les fleurs venaient sans doute de Patrick. L'enveloppe ressemblait plutôt à la signature de ma mère. C'était un peu comme de recevoir simultanément un baiser et une gifle.

Je ramassai le carton de fleurs et l'enveloppe, déverrouillai ma porte et entrai. Je pensais que les fleurs me feraient plaisir alors je les réservai pour plus tard, afin qu'elles me consolent du problème qui surgirait forcément de l'enveloppe que j'étais en train d'ouvrir.

À l'intérieur du pli cartonné, je trouvai une seconde enveloppe cachetée qui portait mes nom et prénoms écrits sur un papier monogrammé lilas, délicatement parfumé. Le message était bref et efficace :

Considérant tes récentes étincelles, je quitte la ville pour quelques jours. J'ai déplacé nos réservations pour le brunch à samedi. Sois ponctuelle, je te prie.

— Mais où donc se trouve le « gros bisous » ? murmurai-je en jetant un coup d'œil au calendrier qui ornait mon frigo.

Non pas que ce fût important. Même si j'avais déjà eu des projets, il aurait été hors de question d'annuler. Principalement, parce que je voulais la remercier de son prêt, mais aussi, parce qu'il n'était jamais très avisé de poser un lapin à ma mère.

Avec ce changement de plan, il fallait que je m'assure que le fleuriste pourrait préparer le bouquet de roses pour 10 heures au lieu des 15 heures que je lui avais initialement indiquées. Ça me laisserait tout le temps de me rendre à Stuart, avec mon bouquet d'excuses publiques à la main.

Je tirai doucement sur le joli ruban rose qui ornait le carton de fleurs. Sur un lit de papier de soie se trouvait un couteau. Un gros couteau. Étrange. Ayant posé le couteau sur le bar, j'entrepris de déplier le papier de soie. Je m'arrêtai subitement, pétrifiée.

Il me fallut une seconde complète pour que mon cerveau appréhende ce que mes yeux regardaient. Une fois qu'il l'eut fait, je ne parvins pas à en détourner le regard suffisamment vite. Saisissant le téléphone, je composai le numéro de mes doigts tremblants tout en essayant de résister à la nausée qui m'assaillait.

— McGarrity.

— Liam, j'ai un pénis.

Règle des 50-50-90 :
chaque fois que ta chance d'avoir raison est de 50-50,
la probabilité que ça finisse mal atteint 90 %.

Treize

— Des idées sur les raisons qui auraient pu pousser quelqu'un à t'envoyer les bijoux de famille de Paolo ? Je me tenais dans l'encadrement de la baie vitrée qui donnait sur ma terrasse, les bras croisés, et je fixais Liam. Je n'arrivais pas à effacer de mon esprit l'image du pauvre pénis rabougri et *sectionné* de Paolo.

— Bien sûr que non.

Ça ne ressemblait même pas à un pénis. En tout cas, pas à ceux que j'avais eu l'occasion de croiser. On aurait dit le doigt crochu d'un vieillard cacochyme. L'idée que quelqu'un – Qui ? – ait pu trancher le bidule de ce pauvre garçon me donnait envie de vomir. Mais le fait de le voir me rendait encore plus malade. Je n'allais jamais pouvoir oublier cette vision.

Et puis à cette nausée s'ajoutait l'effroi de constater que le tueur avait cru bon de m'envoyer par la poste non seulement les parties de Paolo, mais aussi le couteau. Celui-là même que les flics cherchaient fébrilement depuis l'arrestation de Jane.

Je me frictionnai le ventre pour calmer les soubresauts de mon estomac et essayer de cacher mon sentiment de vulnérabilité à Liam qui semblait pour sa part beaucoup plus stoïque. Mais malgré mes efforts, la question jaillit d'elle-même :

— Que dois-je faire ?

— Il faut le transmettre aux flics. Avec le couteau.

L'angoisse m'étreignit de plus belle :

— Mais j'ai touché le couteau !

— Pas très fin.

— Je m'attendais à des fleurs, pas à… ça.

Liam passa une main dans ses cheveux sombres et épais.

— Il faut que tu les appelles. Il a fallu que je refile aux flics la bouteille de champagne et les coupes.

— Quoi ? fis-je en ouvrant de grands yeux.

Il haussa les épaules, ce qui tendit instantanément le tissu – soie et rayonne – de sa chemise de surfer. Les couleurs en étaient un peu passées et s'approchaient maintenant d'un bleu-gris qui évoquait ses yeux. Je me donnai mentalement une tape sur les doigts et me concentrai de nouveau sur la situation. Il n'était pas tout à fait approprié de remarquer ce genre de détails sur Liam, alors que le pénis du pauvre Paolo gisait dans une boîte, sur le comptoir de la cuisine.

— Les flics ont appris que j'avais emporté les pièces à conviction qui se trouvaient dans la limo et ils ont exigé que je rende le tout. Je n'avais pas franchement le choix. Et toi non plus.

Je fermai les yeux afin de repousser les larmes qui s'annonçaient. Je ne m'étais pas vraiment gagné les faveurs des inspecteurs Steadman et Graves. Il n'y avait donc aucun moyen de prédire la façon dont ils allaient réagir, quand ils apprendraient que j'étais en possession des parties intimes de Paolo. Je savais juste qu'ils n'en seraient pas enchantés.

Même les yeux fermés, je sentis que Liam venait de traverser la pièce. Je perçus la chaleur de son corps et son parfum boisé. Doucement, il m'attira à lui, ma joue reposant sur son torse solide.

Mes bras croisés s'interposaient entre nos deux corps. Les battements réguliers et rythmés de son cœur m'apaisèrent et m'aidèrent à refouler mes larmes. Crise jugulée. Ça aurait dû s'arrêter là. Je n'avais plus qu'à pivoter légèrement, puis reculer. Bon sang, il suffisait juste de partir dans n'importe quelle direction qui m'aurait éloignée de ses bras.

S'abandonner à ce geste de consolation qui pouvait, éventuellement, mener à un torride rapport sexuel, lui aussi de consolation, aurait été une très − très − mauvaise idée. Mais son doigt dessinait de petits cercles au centre de mon dos. Cette caresse de Liam opéra comme une immense gomme sur ma capacité de jugement déjà fortement entamée.

Ne fais pas ça ! m'intimait la voix de la fille intelligente. Mais son avertissement se voyait couvert par les exhortations de la mauvaise fille : *Et tu attends quoi au juste ?! Fonce ! Tu en as envie. Tu sais très bien que c'est vrai.*

Ma respiration s'accéléra quand je redressai légèrement le menton, jusqu'à ce que je sente son souffle frais sur mon visage. Sa bouche, à quelques centimètres de la mienne, formait une ligne nette. Ses yeux brillaient en parcourant mes traits, avant de s'arrêter, finalement, sur mes lèvres entrouvertes.

Quand je décroisai les bras pour poser mes mains sur ses hanches étroites, ses paumes remontèrent le long de mes bras nus, puis se perdirent dans mes cheveux. Ses pupilles se dilatèrent quand il souligna d'un doigt le contour de mes mâchoires, avant de revenir s'attarder sur ma lèvre inférieure.

Tout d'abord délicatement, puis de manière plus appuyée. Ce n'était qu'un effleurement, mais il me fit plus d'effet qu'un long baiser passionné. Je ne sentais plus la peur au creux de mon ventre. S'y était substituée une chaleur intense. Et chacun des muscles de mon corps fut comme électrisé quand elle se répandit.

Il était fort possible que les voix intérieures de ma raison aient continué à s'exprimer, mais je ne les entendais plus tant le bruit du sang battant dans mes oreilles était assourdissant. Je vivais l'un de ces moments magiques qui donnent envie d'arracher ses vêtements. Les siens et les vôtres. Vite. Vraiment vite.

Glissant ma main entre nous, je commençai à déboutonner mon chemisier. J'en étais au troisième bouton lorsque Liam fit un pas en arrière. Un pas de géant. Un pas de géant de taré.

— Qu'est-ce que tu fais ? me demanda-t-il.

Je rapprochai vivement les bords de ma blouse.

— J'ai cru que nous allions… bredouillai-je, les joues en feu.

— Ça ne fonctionne pas comme ça, me dit-il d'une voix parfaitement sereine. Tu n'es pas prête pour le sexe.

Pas prête ?! Il était tapé ou quoi ?! J'étais prête depuis qu'il m'avait regardée avec ses yeux brûlants. J'étais impatiente. J'étais en manque. Si ça, ça n'était pas être prête, que lui fallait-il de plus ?

Finito Le Moment. Terminado le frisson. Basta cosi. Maintenant, je me sentais seulement humiliée et furieuse.

— Mais tu te prends pour qui, mon prof de bio de troisième ? sifflai-je.

Il leva ses mains en signe d'apaisement.

— Ne t'énerve pas. Il se trouve que je suis un mec à principes. Contrairement à ton pilote toujours absent.

— Et c'est censé vouloir dire ?

— Désolé, ajouta-t-il bien que son ton ne traduise aucune volonté de s'excuser. Là, tu devras en trouver la signification toute seule.

Le mantra d'Ellen Lieberman me revint subitement en mémoire. *Les détails, Finley, les détails.* Penchant ma tête sur le côté, je lui décochai un regard noir.

— Pour ton information, j'ai tout compris depuis des mois. Dès que je t'ai vu avec Ashley.

Il sembla refouler un sourire. Mais il n'y parvint pas.

— Ce ne sont pas vraiment tes oignons, mais sache qu'Ashley et moi-même partageons un certain arrangement ainsi qu'une longue histoire.

Je n'avais pas envie d'entendre ça. Le dos raide, je me dirigeai vers ma chambre en traînant comme un boulet ma fierté en berne.

Ne lui faisant plus face, je pus reboutonner mon chemisier à la hâte.

— Courage, fuyons ?

Et comment !

— Bien sûr que non, fis-je, sans me retourner. Je vais changer de vêtements, puis j'appellerai la police. Tu peux t'en aller.

Je ne l'entendis pas traverser la pièce, mais soudain ses doigts se refermèrent sur mon avant-bras avant que j'aie pu atteindre la porte.

— Écoute, je suis désolé de ce qui vient de se passer. J'avais l'impression que tu allais fondre en larmes, alors j'ai cru qu'une diversion te ferait du bien.

— Ce n'était pas une diversion, McGarrity. C'était une sournoise tentative de séduction.

Il se pencha alors vers mon oreille et dit calmement :

— Faux. Si un jour je tente de te séduire, et quand je le ferai, ça n'aura rien de sournois. Maintenant, tu te changes et j'appelle les flics.

Je dégageai mon bras de sa main et entrai dans ma chambre dont je refermai la porte à clef.

— Idiote, idiote, idiote, marmonnai-je en me dépêchant d'enfiler un pantalon de toile beige, un débardeur rouille et un tee-shirt léger à motifs floraux dans les tons bruns.

J'avais une superbe paire de ballerines qui auraient idéalement complété cet ensemble, mais je leur préférai des mules de chez Cole Haan. Leur talon compensé de dix centimètres me grandirait un peu et je me doutais que ni les inspecteurs Steadman et Graves, ni Liam ne remarqueraient l'infime imperfection de leur cuir tressé qui avait occasionné une baisse de prix dont j'avais profité. Si je n'avais pas pu compter sur les défauts de fabrication, il aurait fallu que je me contente d'une pleine armoire de tongs en caout-chouc, en provenance directe du supermarché.

Il me fallut dix autres minutes pour me décider entre une simple chaîne en or, pas d'accessoires du tout, ou un ras-du-cou en perles de couleur. En fait, je sus que je n'allais rien porter, à l'exception de créoles en or, cinq secondes après avoir ouvert mon tiroir à bijoux. Je consacrai donc les neuf minutes et cinquante-cinq secondes restantes à piétiner et tourner en rond. Je n'allais pas pouvoir rester éternellement dans ma chambre, surtout depuis que j'avais entendu quelqu'un frapper à la porte d'entrée.

Une heure auparavant, j'étais encore en partance pour Worth Avenue. Et grâce à l'inondation de Coca, je me voyais maintenant dans l'obligation de passer je ne sais combien d'heures à expliquer pourquoi et comment je me trouvais désormais en possession du membre manquant.

Quand j'émergeai de ma chambre, j'avais vraiment très très envie d'être furieuse à l'encontre de Liam, mais je n'y parvins pas. Je ne pus déchaîner ma hargne après avoir senti l'odeur du café frais. La caféine avait toujours raison de ma mauvaise humeur. Pendant qu'il allait ouvrir la porte, je m'en versai un mug. Il aurait été poli d'en offrir également une tasse aux inspecteurs, mais, à ma connaissance, il n'y avait pas de règles très strictes de savoir-vivre quand il s'agissait de faire une livraison de pénis en tranches.

Je frissonnai en passant près de la boîte désormais fermée et réprimai un sourire à l'intention de Liam qui faisait entrer les deux inspecteurs.

Tel un missile guidé, Steadman se dirigea immédiatement vers la boîte, enfila une paire de gants en latex et retira le couvercle. De son côté, Graves ouvrit son petit bloc-notes, prit son petit stylo et fixa ses grands yeux chocolat sur moi.

— À quelle heure la boîte a-t-elle été prétendument livrée ?

Le terme « prétendument » n'est pas un bon mot. Il s'agit même d'un gros mot. Surtout lorsqu'il est prononcé par un représentant de la loi qui croit déjà que vous êtes complice d'un crime.

— Je n'étais pas à la maison, par conséquent, je n'en ai aucune idée.

Je m'appuyai à l'accoudoir du canapé en sirotant mon café, tout en observant tour à tour Graves, Steadman et Liam.

— Où êtes-vous allée aujourd'hui ?

— Au boulot, puis je suis passée voir Jane.

Steadman plaça le pénis et le couteau dans un sac qu'elle étiqueta, puis elle tenta de placer la boîte elle-même dans un grand sac en papier brun. Liam observait chacun de ses mouvements. Je faisais de mon mieux pour faire comme si rien de tout cela n'était vrai.

Déjà, j'avais du mal à ouvrir sans hoqueter de dégoût un paquet d'escalopes de poulet sous vide, alors une boîte de bistouquettes sanglantes... Je me demandais combien de litres de Javel il allait falloir que je vide avant de pouvoir réutiliser le plateau du bar sans arrière-pensée. Je crois bien que je ne pouvais pas compter jusquelà. Il serait sans doute plus facile de déménager.

Plus facile, mais impossible. Il y a belle lurette que mon compte bancaire ne pouvait plus se permettre l'avance des deux mois de caution requis pour une location. Et l'option déménageurs n'était pas non plus très réaliste. Or, je ne me voyais pas vraiment le faire moi-même avec ma petite camionnette de location et mon marcel. Je décidai de ne réutiliser ma cuisine qu'après avoir isolé d'une manière ou d'une autre l'endroit souillé par le pénis. Peutêtre qu'une grosse plante, stratégiquement disposée ? Ou alors une statue quelconque ? Ou...

— Mlle Tanner.

La voix maussade de Graves me rappela à la réalité.

— Oh pardon. Oui ?

— Mlle Spencer avait-elle le couteau et le...

— Pénis.

— C'est cela, confirma Graves avec un certain inconfort. Les avait-elle emportés avec elle ?

Il se sentait peut-être mal à l'aise, mais je barbotais pour ma part dans un océan de rage pure :

— Bien sûr que non !

— Ed ?

Liam l'a appelé Ed. Ed ? Comme s'ils étaient potes ? Traître.

— Désolé, dit Graves en lançant un coup d'œil embêté à Liam et en haussant ses énormes épaules. Tu connais la chanson.

— Allô ? fis-je en levant la main. Moi, je ne la connais pas. Quelle chanson ?

— Je vous prie de poser le café sur la table, de vous lever et de placer les mains derrière votre dos.

— Et pourquoi ?

— Finley Tanner, vous êtes en état d'arrestation pour avoir aidé à la réalisation et vous être rendue complice du meurtre de Paolo Martinez. Vous avez le droit de garder le silence. Tout ce que vous direz pourra…

En fait, je connaissais toute la chanson, à l'exception du bref claquement que fit le métal des menottes en se refermant sur mes poignets.

Pour la deuxième fois de la semaine, je me retrouvais donc au poste de police. Et plus précisément, dans l'une de ses cellules. Plutôt une cage, à vrai dire, avec ses bancs métalliques et ses sauvages occupants. Sur la demi-douzaine de femmes présentes, deux se trouvaient là pour violences conjugales et l'une d'elles sanglotait doucement en exhibant un début d'œil au beurre noir. Elle m'apparaissait plutôt comme une victime qu'une coupable, si on voulait mon avis. Mais comme personne ne me le demandait, je gardai les lèvres soudées.

Il y avait aussi trois agités. Ceux-là approchaient plutôt de la représentation humaine d'une course automobile sur circuit : mouvement perpétuel, virages à droite exclusivement quand ils approchaient des coins de la cellule de 5 mètres carrés. À voir leurs gestes brusques, leurs mains tremblantes, leur peau grisâtre et leurs chicots, j'aurais volontiers parié pour des accros à la méthamphétamine.

Le moment était tout indiqué pour jouer à « Cherchez l'erreur ». Sauf que c'était moi la pire délinquante du lot. Du moins, en termes d'accusations. Les bagarreuses resteraient au trou durant vingt-quatre heures puisque c'était la durée que la Floride considérait comme nécessaire à un dégrisement. Quant aux junkies, un avocat commis d'office les ferait sortir de là en un rien de temps. D'autant plus qu'ils s'étaient fait pincer de jour, ce qui impliquait une dépendance vraiment extrême. La drogue était sans aucun doute un fléau social, mais le fait d'en arrêter les consommateurs s'apparentait plus ou moins à un cautère sur une jambe de bois : balance ton dealer et tu sortiras de prison.

Et moi ? Eh bien ma destinée m'était complètement inconnue. J'avais utilisé mon unique coup de fil pour appeler Becky, et son conseil juridique avisé tenait en deux mots : « Oh merde ! »

Peu avant 19 heures, un régiment de gardiens baraqués débarqua, muni de plateaux de nourriture. D'accord, « nourriture » était un bien grand mot. Nous reçûmes, chacun à notre tour, une assiette en carton et une pochette en plastique contenant une serviette en papier et une cuillère/fourchette (une cuichette ou une foullière ?) en plastique. Ça, c'était pour le meilleur morceau.

Le repas lui-même était répugnant : deux tranches de pain de mie blanc surmontées d'une boule rance de… salade de thon ? Ou de salade de poulet ? Je n'aurais pu le dire. Avec ça, quelques bâtonnets décolorés de carotte, une petite brique de lait écrémé et une timbale de gélatine verdâtre, et le tour était joué.

— Café ? demandai-je.

D'accord, il s'agissait plus d'une supplique que d'une question.

Le Gardien Baraqué Numéro 1 m'adressa un signe négatif de sa tête quasi rasée :

— Désolée, chérie. On ne peut rien servir qui pourrait être utilisé comme une arme. Profite de ton dîner.

J'avais déjà bu du mauvais café, mais de là à imaginer qu'il pouvait devenir une arme… Qui sait ? Cette odeur de rance combinée à l'aspect infâme de cette mayonnaise acheva d'anéantir mon appétit. Ça, mais aussi le côté dramatique de ma situation.

L'audience préliminaire de mise en accusation commençait à me tenter. Au moins, elle me laisserait une chance de rejoindre Jane dans son bâtiment. La présence d'une amie me réconforterait. Mais une libération serait encore mieux.

— Tu manges ça ? me demanda la bagarreuse indemne en montrant du doigt le plateau que j'avais posé sur le banc, près de moi.

— Je vous en prie.

Elle engouffra la totalité de mon repas en à peine une minute. La dextérité dont elle faisait preuve avec la cuillère/fourchette me laissait penser qu'elle n'en était pas à sa première incarcération. L'usage de la serviette en papier était une autre histoire. Apparemment, elle préférait se nettoyer la bouche d'un revers de main, avant d'essuyer ses lèvres sur le tee-shirt taché qui la boudinait. Mais le clou du spectacle fut le généreux et odorant rototo qu'elle crut bon de lâcher, sans doute en signe de contentement.

À ce stade, j'avais vraiment envie de pleurer. Ou alors, de m'ouvrir les veines. Difficile quand on ne dispose que d'une cuillère/fourchette en plastique.

Peu après que les plateaux eurent été ramassés, un huissier entra dans la cellule avec un bloc à la main. Il prit le crayon qu'il avait coincé derrière son oreille et appela :

— Tanner, Finley A. !

Je sautai sur mes deux pieds qui, soit dit en passant, étaient enveloppés dans une paire de chaussons en papier de type hôpital. En effet, au terme d'une intense réflexion, il avait été décidé que les talons représentaient, eux aussi, un danger notoire et immédiat, et mes chaussures avaient été confisquées durant la procédure d'enregistrement.

— Avancez, tournez-vous et placez vos deux mains sur le rebord.

Ce rebord avait une double utilisation : il servait à livrer et collecter les plateaux-repas, mais il constituait aussi la première étape avant de sortir de cellule.

Je dus à nouveau souffrir le pincement des menottes sur mes poignets et je plissai les yeux quand il les referma en les serrant au maximum.

— C'est bon ! cria-t-il à l'intention de quelqu'un que je ne voyais pas.

Un *bzzzz* perçant se déclencha et la porte de ma cage s'ouvrit.

— Vous, les filles, reculez. Et vous, Tanner, suivez-moi.

L'espace d'une seconde, j'envisageai de lui proposer de porter son enfant s'il voulait bien m'escorter jusqu'au parking. Puis, je le regardai. Il aurait sans doute ajouté une tentative de corruption à la liste des charges qui pesaient contre moi. Et puis, franchement, il m'aurait fallu boire énormément avant de pouvoir faire quelque chose avec lui. Il était de taille moyenne et poussait devant lui un ventre digne d'une grossesse à terme. Je le soupçonnais de passer son temps libre devant un poste de télévision, dans un tee-shirt informe, avec un paquet de chips posé sur sa bedaine. Mais si on ôtait ses double et triple mentons, il n'était pas si horrible. Il avait des yeux corrects et il tenait mon bras fermement.

— Où allons-nous ?

— Audience nocturne.

Merci mon Dieu !

— Et mes chaussures ?

— Vous les retrouverez quand nous remonterons à l'étage supérieur.

La municipalité de Palm Beach ayant absolument tenu à préserver le bâtiment du tribunal qui datait de 1916 et à procéder à une rénovation et une restauration exemplaires, le nouveau bâtiment était séparé de l'ancien par une allée à ciel ouvert.

Une allée ouverte au public. Bordée de journalistes. L'huissier se fraya un chemin, tandis que je me faisais aveugler par les flashes blancs des appareils photo et les faisceaux lumineux des caméras.

Ils m'apostrophaient tous en criant : « Finley, où exactement aviez-vous conservé les pièces à conviction ? », « Finley, le cabinet Dane, Lieberman était-il au courant du rôle que vous avez joué dans le meurtre ? », « Finley, si vous n'étiez pas impliquée, pourquoi ne pas avoir transmis les pièces à conviction plus tôt ? » Et ma préférée : « Finley, quel type de relation entretenez-vous avec Jane Spencer ? Êtes-vous amantes ? »

Je n'arrivais pas à déterminer ce qui allait le plus horrifier ma mère : que je sois accusée de complicité pour le meurtre de Paolo, ou qu'un journaliste émette l'hypothèse que j'étais lesbienne. Aucune de ces supputations n'était exacte ou fondée, mais là n'était pas la question. Pour elle. Ainsi que – à en juger par son air – pour l'officier de police qui me tendit mes chaussures quand je parvins devant la salle d'audience du juge Faulkner. Je ne savais pas si c'était par homophobie, mais je pouvais, sans m'avancer, tabler sur sa criminalophobie.

Mon corps n'était plus qu'une boule de nerfs tendus comme des archets lorsque l'huissier ouvrit la porte latérale qui donnait dans le tribunal. Je m'attendais à voir Becky à la table des avocats de la défense. Et je redoutais que Taggert ne s'y soit déjà installé. Mais je fus sidérée d'y apercevoir Ellen.

Pendant que l'huissier m'escortait jusqu'à la table de mon avocat, je vis Becky et Liv assise à côté de Liam au beau milieu d'une foule de journalistes. Mes amies m'offrirent quelques timides sourires et Liam, eh bien, fut égal à lui-même. Il semblait détendu, l'un de ses coudes reposant sur le dossier de la chaise voisine. Je dirais même qu'il avait l'air parfaitement à son aise, comme s'il assistait à un match de base-ball des Marlins. Mais je n'avais ni le temps ni l'envie de m'attarder sur la signification de son langage corporel. Pas quand j'encourais une peine de prison tout à fait vraisemblable… ainsi que la colère légendaire d'Ellen Lieberman.

Toujours menottée, je fus placée aux côtés d'Ellen. Sa fureur devint encore plus palpable lorsqu'elle abattit son sac à dos en cuir marron sur la table. Il avait le double avantage de lui servir d'horrible sac à main et de mallette professionnelle.

— Je dois 50 dollars à Victor, me glissa-t-elle avec courtoisie en retirant un mince dossier de son sac. Il m'a affirmé que vous alliez merder avant la fin de la semaine. Manifestement, j'ai fait une erreur en vous accordant mon crédit.

Aïe. Prévisible, mais direct.

— Je vous suis reconnaissante d'être venue. *Et ce n'était rien de le dire.* Mais pourquoi l'avez-vous fait ?

— Principalement pour une question de relations publiques.

Je n'aimais pas trop ce que ça semblait cacher :

— De relations publiques ?

— C'est cela.

— Je ne comprends pas.

— Oh, vous comprendrez bientôt, me répondit-elle.

Le ton qu'elle employa ne fit qu'accentuer mon angoisse déjà intense.

L'arrivée de Faulkner fut annoncée en même temps que tout le monde recevait l'ordre de se lever.

Le juge avait l'air encore plus irrité que d'habitude. Et c'était assez compréhensible. En principe, les séances nocturnes revenaient aux tout jeunes juges, mais puisqu'il s'agissait d'une question directement liée au procès de Jane, Faulkner avait dû venir.

En jetant un coup d'œil sur le côté, je vis qu'Allison Brent s'était également déplacée pour le compte de l'État. Donc, toutes les vedettes étaient présentes et prêtes à en découdre. Malheureusement, c'est moi qui me trouvais face à elles, avec une cible peinte au beau milieu du front.

Le greffier demanda au public de s'asseoir, puis l'affaire fut appelée. Il y a toujours quelque chose de stressant dans le fait d'entendre prononcer votre nom dans une phrase qui commence par « État de Floride contre... ».

— Ellen Lieberman, avocate de la défense.

— Mme Lieberman, la salua Faulkner, manifestement surpris.

Et il pouvait l'être : Ellen n'avait pas participé à une affaire pénale depuis son admission au barreau. Même moi, je ne connaissais pas les raisons de sa présence.

— Je présume que vous acceptez de passer sur la lecture des accusations, demanda Faulkner.

Ellen opina de la tête.

— Oui, votre Honneur. La défense demande un abandon immédiat de l'ensemble des poursuites sur le fondement de l'insuffisance de preuves.

Brent se pencha en avant, le bout des doigts posés sur la table :

— Votre Honneur, la défense ne peut sérieusement invoquer une telle insuffisance puisque non seulement le pénis de la victime, mais aussi l'une des armes utilisées pour la perpétration de ce crime ignoble ont été retrouvés entre les mains de la défenderesse.

Ellen retira plusieurs documents, très proprement rangés et agrafés, de la chemise cartonnée qu'elle avait devant elle.

— La défense est en mesure de produire six déclarations sous serment de la part des voisins de la défenderesse établissant qu'ils ont eux-mêmes assisté à la livraison de la boîte ayant contenu les pièces à conviction, ainsi que les affidavits de moi-même et Vain Dane attestant que Mlle Tanner était dans son bureau à l'heure indiquée par les témoins.

— Le médecin légiste fait remonter la mort aux environs de 2 heures du matin, dimanche. La police n'en a pas été informée avant 6 heures de matin, ce qui a laissé à Mlle Tanner tout le temps voulu pour aider Mlle Spencer à falsifier et/ou cacher les pièces à conviction, contra Brent.

— Sur la base des déclarations sous serment de témoins oculaires, nous avons identifié, et vérifié, la société qui a été engagée pour procéder à la livraison. Il nous a ainsi été possible de recueillir un affidavit supplémentaire de l'un des employés qui travaillent à la réception de la société de livraison, lequel se souvient précisément de la date et de l'heure à laquelle le paquet a été déposé, de même que du sexe et de l'aspect général de la personne qui a fait porter ces pièces à Mlle Tanner.

Le greffier remit le paquet d'affidavits au juge et le tribunal resta révérencieusement silencieux pendant qu'il en prenait connaissance. On aurait effectivement pu entendre voler la proverbiale mouche. Ou, plus vraisemblablement, les battements de mon cœur affolé contre ma cage thoracique.

Quand il eut fini sa lecture, il passa les documents à l'assistante du procureur général. Rageusement, elle les feuilleta et une plaque rouge, partant de son cou, gagna progressivement ses joues. Je m'attendais à ce que de la fumée lui sorte des oreilles à tout moment.

— Mme Brent ? intervint le juge, qui ne paraissait pas très content.

Le balancier semblait vouloir revenir de mon côté, allégeant ainsi, un tout petit peu, mon appréhension.

— L'État demande que la question soit suspendue jusqu'à ce qu'il ait la possibilité de revoir ces documents et d'interroger les témoins.

— La défense s'oppose à cette demande, annonça alors Ellen. L'État n'a pas réussi à établir l'existence d'un crime *prima facie* et la nature tout à fait suspecte de la cause probable[1] constitue une

---

1. *NdT.* La « cause probable » désigne une conviction raisonnable qu'un individu a commis un crime et constitue une condition nécessaire et préalable à une arrestation. Cette notion est dérivée du Quatrième Amendement de la Constitution des États-Unis.

violation évidente des droits que ma cliente tire du Quatrième Amendement.

Le juge éleva son maillet, le laissant suspendu dans l'air – avec ma destinée – pendant quelques dixièmes de seconde.

— Au vu des arguments irréfutables de Mme Lieberman, ce tribunal abandonne les charges pesant contre Mlle Tanner. Mme Brent, vous êtes libre d'engager de nouvelles poursuites au terme d'une enquête qui devra cette fois être complète et minutieuse.

En langage normal, cela voulait dire que j'étais libre de m'en aller, mais que Brent avait aussi la possibilité de me poursuivre à tout moment, pour d'autres faits. Du moins jusqu'à ce que le véritable meurtrier soit démasqué.

L'huissier m'ôta immédiatement mes menottes et, dans mon immense soulagement, je pris spontanément Ellen dans mes bras. Elle se dégagea en me lançant un regard qui équivalait à un avertissement silencieux. OK, pas vraiment le genre câlin-câlin.

Ce n'était pas très grave. Becky et Liv se ruèrent sur moi et m'enlacèrent en se penchant par-dessus la rambarde.

— Je me sens tellement soulagée, dit Liv, les yeux humides. On va te ramener chez toi.

Ellen vint se placer à côté de nous :

— Il faut avant cela qu'elle complète quelques formulaires.

— Nous allons t'attendre devant le tribunal, promit Becky.

Ellen pointa le doigt vers Liv :

— Vous pouvez y aller.

Puis se tournant vers Becky et la pointant du même doigt :

— Vous et moi devons avoir un entretien.

Je levai les yeux à temps pour voir Liam qui s'apprêtait à quitter la salle d'audience. Il me fit un clin d'œil et m'adressa un sourire incroyablement sexy, avant de disparaître. Tout bien considéré, c'était sans doute aussi bien ainsi. Je n'avais pas besoin de diversions.

Il fallait donc que je trouve qui avait tué Paolo. C'était ça ou passer ma vie à me demander quand la police allait me retomber sur le poil. Sans parler de l'avenir incertain de Jane. La seule façon de mettre tout cela derrière nous consistait à découvrir ce qui s'était réellement passé dans l'appartement de Jane. Avec le couteau. Dans la chambre à coucher. Sans le pénis.

Après tout, j'étais suffisamment chamboulée pour avoir le droit de faire mentalement une partie sans queue ni tête de Cluedo, pendant que la police me faisait signer des trucs en triple exemplaire, dans le seul but de me rendre mon sac à main. Et alors ? Je le méritais bien. Je méritais aussi un Martini. Ou deux.

Si mes talons compensés m'avaient permis de sautiller jusqu'à la sortie du tribunal, je l'aurais fait sans hésiter. Une fois dehors, je respirai l'air frais, légèrement iodé grâce à la brise marine, et accueillis avec bonheur la douce chaleur de la nuit. Becky, Liv et moi-même, nous nous trouvions de l'autre côté de North Dixie Highway, sur le trottoir, près du parking.

La température descendit d'au moins 10 degrés quand j'aperçus Ellen qui m'attendait. Elle se tenait un peu de travers, son sac à dos pendu à l'épaule. Dans sa main, une enveloppe blanche se détachait clairement dans la pénombre. Et puis, elle avait l'air vraiment énervée.

Je m'en fichais. Elle pouvait me passer à la moulinette, me faire la morale, tout ce qu'elle voulait. Rien de ce qu'elle pourrait dire ou faire ne parviendrait à ruiner ce moment.

— Merci, lui répétai-je encore une fois, sincèrement reconnaissante pour ce qu'elle avait accompli à l'intérieur du tribunal.

— Tenez, me dit-elle en me tendant l'enveloppe cachetée.

Ah… Elle allait peut-être réussir à gâcher mon petit épisode de liesse, finalement.

— Qu'est-ce que c'est ?

— Votre lettre de licenciement et une indemnité équivalant à trente jours de salaire, plus le prorata des congés que vous n'avez pas encore pris, soit seize heures.

Mes yeux faillirent sortir de leurs orbites :

— Je vous demande pardon ?

— Vous êtes virée.

— Vous venez d'assurer ma défense et maintenant vous me virez ?

— Vous avez été prévenue, Finley. D'ailleurs, vous avez encore oublié un détail important.

Va te faire foutre, toi et tes détails.

— Ah vraiment ?

— Oui, je n'ai pas assuré votre défense. J'ai assuré la défense de la réputation de notre cabinet. Je viens d'en terminer avec cette question et maintenant, j'en termine avec vous.

Budget : nom masculin. Du latin, vous n'avez plus de fric
et vos cartes de crédit viennent d'imploser.

Quatorze

Ça faisait deux jours que je portais mon pyjama en coton rayé rose et blanc avec un tee-shirt blanc. Mes cheveux étaient relevés en queue-de-cheval. Allongée à même le sol, les bras croisés derrière la tête, j'avais les pieds posés sur les deux cartons qui représentaient l'intégralité de mes sept années de vie professionnelle et j'observais les mouvements circulaires du ventilateur :

— Je suis virée.

— Et moi, je suis suspendue, avait soupiré Becky depuis le canapé où elle s'était affalée.

Liv se trouvait dans la cuisine et se préparait une omelette :

— Et moi, il faut que je veille à ce que le château gonflable soit prêt pour 14 heures, au moment où la petite princesse arrivera dans son carrosse de verre.

— Au moins, tu as une occupation, souligna Becky en ôtant le papier d'un énième Hershey's Kiss. (Ma table basse était littéralement recouverte des papillotes argentées qui enveloppaient ces bonbons.) Ellen continue à m'envoyer du boulot à la maison, mais pas assez pour remplir mes journées.

J'avais à mes pieds une boîte de Lucky Charms. Vide. Mais toutes ses protéines et tous ses glucides, associés à la caféine, n'avaient pas réussi à nous tirer de notre torpeur cafardeuse.

— Au moins, tu reçois toujours un salaire.

— C'est vrai, convint Becky. Mais essaye de voir les choses positivement. Il se pourrait bien qu'ils décident de te réengager quand tout cela sera fini.

— Peut-être, admis-je, même si cette perspective ne me faisait pas non plus sauter au plafond.

— Tu pourrais bosser pour moi, suggéra Liv quand elle revint dans la pièce.

Elle repoussa quelques papiers de bonbons chiffonnés vers un coin de la table, puis rapprocha l'un des fauteuils.

Contrairement à moi (dont l'accoutrement frisait la clochardisation), Becky était à peu près présentable, en jean et chemise décontractée. Liv était, comme d'habitude, pimpante, dans une robe cache-cœur mauve de chez Diane de Furstenberg, et impeccablement maquillée.

— Pour faire quoi ?

— Des trucs pour les soirées.

— De la paperasse ?

Ce n'est pas que je m'estimais trop qualifiée pour taper les menus, faxer les devis ou faire ce genre de choses. Mon indemnité de licenciement n'allait pas durer bien longtemps. C'est juste que, d'après moi, il n'était jamais très judicieux de bosser avec ses amis. Et j'en avais une confirmation douloureuse puisque j'étais directement responsable des deux semaines de mise à pied de Becky.

— Tu pourrais mettre la pression à Taggert, suggéra Becky. Il faut qu'on sorte Jane de prison.

— Je l'ai vue hier soir, annonça Liv en repoussant son assiette qui contenait encore la moitié de son omelette. La requête déposée par Taggert était censée être soumise au juge aujourd'hui, mais il a faxé une demande de report. Pourquoi a-t-il pu vouloir faire ça ?

— C'est un abruti, répondis-je.

En fait, ce terme était bien en dessous de la vérité, mais a) je me disais qu'elles le savaient déjà et b) plus je pensais à ce vieux tromblon gâteux, plus j'angoissais en songeant que Jane allait finir ses jours en prison. Ou pire. Un frisson me parcourut.

— Peut-être devrions-nous engager Ellen. Elle était parfaitement préparée quand j'ai comparu devant le juge Faulkner.

— Pour ça, tu peux remercier le détective de tes rêves, pas Ellen, dit Becky, éveillant soudain mon attention aiguisée.

— Quoi ?

— C'est Liam qui a obtenu tous ces affidavits et localisé l'entreprise de livraison. Ensuite, il est allé voir Ellen et lui a tout mis sous le nez.

— Mais pourquoi n'a-t-il rien dit ?

Becky acheva de mâchouiller son millionième chocolat avant de me répondre :

— Je suis censée lire dans les pensées ou quoi ? Non pas que ça me gênerait de m'introduire dans sa tête. Ou son pantalon, d'ailleurs.

— C'est vrai qu'il est sexy, ajouta Liv. Carrément. Tellement que je me ferais un plaisir de…

— C'est bon, j'ai compris l'idée, l'interrompis-je. (Je ne savais pas ce qui lui aurait causé un tel plaisir, mais je ne tenais pas à en savoir plus.) Nous devons faire quelque chose.

Becky me lança une boulette de papier argenté, mais manqua sa cible.

— Commence par arrêter de te morfondre et va prendre une douche. Il faut que nous soyons proactives. Nous devons élaborer un plan.

— Je vais aller prendre une douche d'ici quelques minutes. Voilà le début du plan, annonçai-je en lançant à Becky un regard qui signifiait « Va te faire… ». Je suis au chômage, suspectée des pires choses et j'ai pourtant réussi à conserver un regard positif sur la vie.

— Foutaises, cracha Becky. C'est pour cela que je t'ai apporté un petit cadeau.

— Depuis le coup du pénis, j'ai développé une cadeauphobie.

— Re-foutaises. Tu vas aimer celui-ci. Promis.

— Qu'est-ce que c'est ?

— Les dossiers de Rendez-vous Fantasmatiques. Ils devraient arriver d'ici peu avec les CD que nous envoient les fous furieux de l'informatique.

— Ils ont réussi à déchiffrer le mot de passe ?

— Ouais. Ils ont tous bossé nuit et jour. Enfin, sauf celui qui est parvenu à se gonfler une *date*.

Liv éclata de rire jusqu'à manquer de s'étouffer, puis plissa le front d'un air réprobateur :

— Ce n'est pas très gentil.

— C'est parce que tu n'as pas vu nos informaticiens, lui fis-je observer. Ils ont beaucoup de talent, mais ce ne sont pas exactement des aspirateurs à minettes. Ils ont tendance à consacrer plus de temps à *Halo 2* qu'aux femmes en chair et en os.

— Ça me serait bien utile de parler à Zack et Shaylyn, dis-je à Liv. Sais-tu pourquoi ils ne retournent pas mes appels ?

Elle secoua la tête :

— Rendez-vous Fantasmatiques a pâti d'une très mauvaise presse ces derniers temps. Je les soupçonne d'avoir quitté la ville pour échapper aux journalistes. Ils ne retournent pas mes appels non plus.

Environ une heure plus tard, Liv partit pour aller superviser la boum de la Petite Princesse et Becky retourna chez elle pour travailler. Quant à moi, je me traînai jusqu'à la salle de bains pour faire couler la douche.

Tandis que la pièce se remplissait de vapeur d'eau, je jetai un coup d'œil dégoûté à la pile de linge sale qui avait depuis longtemps débordé du panier prévu à cet effet. Ça me coûterait au moins 200 dollars de teinturerie, et seulement si je prenais la peine de rouler jusqu'à Hobe Sound où se trouvait le moins cher des teinturiers du coin, à l'intersection de la Route 1 et de Cove Road. Mais la situation n'était guère plus brillante s'agissant de ce qui pouvait passer au lave-linge. Disons cinq, ou plutôt six machines. J'ajoutai ces corvées à la liste des Choses-À-Faire-Plus-Tard, me déshabillai et me glissai sous le jet d'eau brûlant.

Worth Avenue faisait partie des endroits où je voulais me rendre et je m'habillai donc en conséquence. Ce quartier de shopping chic et onéreux qui se situait sur l'isthme n'accueillait qu'avec grande réticence les simples mortels en tenue négligée. Les touristes qui s'égaraient là avec leurs appareils photo autour du cou étaient regardés comme des envahisseurs venus d'une autre planète. Si je voulais caresser l'espoir d'échanger trois mots avec Payton ou Jace ou encore avec ce Hadley, il allait falloir que je me fonde dans leur univers.

Le thermomètre à l'intérieur des terres devait avoisiner les 30 degrés, mais Palm Beach profitait d'une température moins élevée grâce à la brise qui soufflait de l'océan Atlantique. Avec un peu de chance, je ne me liquéfierais donc pas dans ma robe cache-cœur noire et ivoire. Je saisis une paire de sandales en corde et cuir de chez Steve Madden qui se balançait dans ma main lorsque quelqu'un frappa à la porte.

Tout en séchant du bout des doigts mes cheveux encore humides, je regardai à travers le judas, puis j'ôtai la chaîne du verrou. J'avais reconnu l'homme et la boîte qu'il avait coincée sous son bras énorme. Quand j'ouvris la porte, l'air étouffant mais aussi la capiteuse eau de toilette bon marché de Darin me cinglèrent le visage.

— Salut Darin.

— Finley, me salua-t-il avec courtoisie, en me tendant le carton provenant de Rendez-vous Fantasmatiques. De la part de Mlle Jameson. Mais je croyais que tu t'étais fait boucler ?

J'imaginais que Margaret avait pris un immense plaisir à installer un grand panneau au milieu du hall de réception du cabinet pour annoncer mon départ aussi inopiné que soudain. Elle devait être en train de danser autour, accompagnée de ses bécasses des archives, comme d'antiques dames patronnesses célébrant la disparition du dernier lupanar de la ville.

Je souris au livreur de mon cabinet – correction : ex-cabinet :

— Je dois boucler deux ou trois trucs. Merci.

— Ne te fais pas trop de bile, me dit-il en regagnant à la hâte son véhicule dont le moteur tournait.

Je déposai mes chaussures près de la porte après l'avoir refermée du pied. Je portai la boîte jusqu'au canapé et la laissai là. J'allai ensuite chercher mon ordinateur portable dans ma chambre et m'installai dans le salon. Normalement, je travaillais sur le comptoir du bar, perchée sur l'un des tabourets dépareillés, mais je venais d'y répandre une demi-bouteille d'eau de Javel et j'attendais que le désinfectant agisse. J'avais de toute façon prévu de répéter l'opération à plusieurs reprises. Après ça, il ne resterait, en principe, plus aucun des résidus douteux de la boîte à pénis.

En attendant que mon lentissime ordinateur veuille bien s'allumer, je pris la boîte de tampons et en sortis un. Il ne s'agissait pas d'un vrai tampon, mais de la version financièrement abordable d'un coffre-fort. Je conservais dans l'un des applicateurs en plastique les boucles d'oreilles en diamants que Patrick m'avait offertes à l'occasion du premier anniversaire de notre rencontre. J'avais estimé qu'à moins de me faire cambrioler par le premier voleur mal réglé de l'histoire du crime, il s'agissait d'une excellente cachette.

Chacune de ces boucles pesait un demi-carat et l'heure était venue de leur faire faire un tour de l'autre côté du pont. En revenant vers le salon, je jetai par hasard un coup d'œil au paquet cadeau qui se trouvait sur ma commode. Le commentaire elliptique de Liam sur ma relation avec Patrick me turlupinait. J'allai vers le paquet, en écartai le papier et observai la décoration de Noël qui s'y trouvait.

— Comment Liam sait-il que tu es souvent absent ? demandai-je à la jolie Brésilienne, comme si le personnage de verre était une sorte de miniature de Patrick. Oh, il devait encore essayer de me faire enrager, me dis-je en refermant le papier autour de la figurine et en recollant la petite étiquette dorée à sa place.

En passant le bout de mon doigt sur celle-ci, je sentis les contours discrets d'une lettre. Non, de deux lettres. Non, trois. Trois lettres trop peu marquées pour que je puisse les déchiffrer.

— Va te faire voir, Liam, grommelai-je en repoussant le cadeau comme si je refusais de me laisser gagner par son cynisme.

Du moins, c'est ce que je tentai de faire. Qu'est-ce qui lui permettait de dire qu'il savait quoi que ce soit sur mon couple ? Et qu'est-ce que ça pouvait lui faire que Patrick s'absente souvent ? Ça ne me déplaisait pas. Peut-être même que ça me plaisait un peu trop.

Merde.

Tout ce qui touchait à Liam était nul : il était distant et arrogant, sans parler de ses rapports malsains avec Ashley. Oui, il n'avait décidément aucune qualité qui puisse le racheter. Mais il me mettait les sens à l'envers.

Faich.

— Ça suffit maintenant ! m'ordonnai-je en sautillant sur place dans l'espoir que ça me libérerait de mes errements.

Et ça fonctionna. Je reportai mon attention sur la boîte que l'on venait de me livrer et découvris que l'un des informaticiens m'avait laissé un petit mot : *Mot de passe : Chouette des neiges.*

Curieux mot de passe. Cela étant, je m'en fichais du moment qu'il me permettait de consulter les CD. Ce qu'il fit.

— Salut Jace, dis-je en commençant à prendre connaissance de la vie réelle et des aspirations secrètes du magnat de l'immobilier.

Il était bel homme. La quarantaine avec des cheveux sombres et d'adorables fossettes. Pas étonnant qu'il ait fait fortune dans le commerce. Avec un sourire comme le sien, j'aurais signé n'importe quel contrat, en le remerciant de m'avoir fait un tel honneur. Il était attirant, il était riche. Pourquoi donc avait-il besoin d'une agence de rencontres ?

La théorie du croissant me traversa l'esprit. Celle-ci affirmait qu'en matière de rendez-vous galants, les hommes faisaient preuve de la plus absolue paresse. Quand ils avaient envie d'un gueuleton dans un super-restaurant à l'autre bout de la ville, ils finissaient toujours par avaler le premier croissant venu plutôt que de faire l'effort de s'y rendre. Eh bien, apparemment, Jace appartenait à cette catégorie des rencards-croissants.

Je continuai à balayer son dossier qui me parut somme toute assez ordinaire. La chose la plus intéressante était encore son adresse personnelle et son numéro de téléphone. J'en pris bonne note. Ensuite venait la liste de ses goûts et dégoûts, bla bla bla. En page 3, cela finit enfin par devenir juteux. Rendez-vous Fantasmatiques l'avait présenté à trois femmes différentes au cours des six derniers mois : Barbie Baker, Alexandria « Lexi » Haig et Alisa Williams.

— Pour 5 000 dollars, je me serais attendue à quelque chose de mieux, dis-je en continuant à dérouler son CV amoureux.

Les dernières pages correspondaient à des factures. Outre la cotisation requise de tout membre et les frais réels engendrés par chaque rendez-vous, il avait également dû payer quelque chose qui était désigné par le terme « Évaluation spéciale ». Quoi que cela puisse être, il valait mieux que ce soit effectivement spécial : les versements mensuels afférents s'élevaient à 2 000 dollars chacun. J'en pris également note. Il faudrait que je me renseigne auprès de Shaylyn et Zack sur ces honoraires. Si toutefois ils voulaient bien retourner l'un des vingt messages urgents que je leur avais laissés, avant que la Sécurité sociale ne commence à me verser ma pension de retraite.

Bon sang ! Je fis claquer mes doigts et attrapai mon téléphone pour appeler Estella Chavez. Après avoir accepté ses condoléances concernant mon « malheureux licenciement », je lui demandai de regarder si les informations relatives au numéro de Sécurité sociale de Paolo étaient arrivées. Ayant accepté de me rendre ce service, elle me promit de me rappeler quelques minutes plus tard.

Par chance, Barbie Baker était la suivante selon le système de classement alphabétique de Rendez-vous Fantasmatiques. Trente et un ans, divorcée. D'après ses états financiers, son précédent mari – une sorte d'homme d'affaires du Midwest – lui versait quelque chose comme 700 000 dollars par an, en pension alimentaire. Ce qui venait en plus des 30 millions de dollars que représentait la propriété de bord de mer que lui avait aussi valu sa transaction de divorce. Pas mal si l'on considérait qu'elle n'avait été mariée au type en question que durant trois ans. Mince, pour ce genre de pension, j'aurais pu envisager de déménager pour Saint Louis, pour voir si le mec aurait pu consentir à un deuxième mariage éclair tout aussi profitable.

D'ailleurs, si je n'arrivais ni à blanchir mon amie (et mon propre nom) ni à trouver un nouveau job, il faudrait peut-être que je considère la position de nouvelle Mme Baker comme une option.

— Quand donc suis-je devenue le double de ma mère ?

La différence principale entre le dossier de Barbie Baker et celui de Jace Andrews était que la première avait cessé de payer l'Évaluation spéciale. Mais elle en avait eu beaucoup plus pour son argent : trois mois auparavant, elle avait encore, en moyenne, un rendez-vous tous les quinze jours. Certains étaient des secondes rencontres. Apparemment, elle avait l'air d'apprécier Jace et… Ding. Ding. Ding. Elle était sortie trois fois avec Paolo. Ce pouvait être une information significative. Ou pas. Mieux valait la noter.

Quand j'atteignis la lettre G, j'avais la nuque endolorie et les yeux qui piquaient. Deux choses me poussaient néanmoins à persévérer : j'attendais le coup de fil d'Estella et je commençais à distinguer un schéma récurrent.

Enfin bon, une sorte de tendance : les clients qui bénéficiaient de l'Évaluation spéciale payaient une cotisation mensuelle supplémentaire et, pour la plupart, obtenaient fréquemment des rendez-vous. En fait (je fis une pause pour éjecter, puis insérer un autre CD), ils s'en sortaient beaucoup mieux que le client moyen de Rendez-vous Fantasmatiques. Ces 2 000 dollars d'évaluation commençaient à évoquer le bakchich en vue d'un rendez-vous. Je fis une liste des noms de ceux qui y souscrivaient : Harrison Hadley, Matthew Gibson, Kresley Pierpont − ceux-là sortaient du lot −, Payton McComber et Renée Sabato.

Je ne savais rien de Hadley, de McComber et de Sabato, mais Matthew Gibson et Kresley Pierpont n'étaient qu'à quelques semaines d'un mariage à plusieurs millions de dollars.

— Alors pourquoi continuer à payer les services d'une agence de rencontres ? demandai-je à la photographie de Matthew.

Inutile de préciser que le cliché en deux dimensions ne me répondit pas. En revanche, mon téléphone se mit à sonner et son écran me disait qu'il s'agissait de Rendez-vous Fantasmatiques. Je murmurai un grognement : « Ah bah, c'est pas trop tôt » avant de décrocher et de me fendre d'un jovial « Allô ! »

Rien.

— Allô ? dis-je d'une voix plus forte. (Les téléphones cellulaires sont bien pratiques mais pas toujours fiables. Pourtant, ce n'était vraiment pas le moment pour que le mien me laisse en rade.) Allô ? Shaylyn ? Zack ?

Rien.

Je raccrochai donc avant d'appuyer immédiatement sur la touche « Rappel » et d'écouter au moins six tonalités avant d'être orientée vers la messagerie vocale.

— Allez, grognai-je en retentant ma chance.

En vain.

Dépitée, je m'apprêtais à essayer une troisième fois quand Estella me rappela.

— Salut. Désolée d'avoir mis autant de temps, s'excusa-t-elle, le souffle court.

— Ça va ?

— Ouais. Je suis juste un peu essoufflée d'avoir monté les escaliers.

Les escaliers ? Mais qui prenait encore les escaliers quand un ascenseur en parfait état de marche se trouvait à deux pas ? Encore une de ces jeunettes qui s'agitaient avec enthousiasme en espérant ainsi tenir éternellement la cellulite à distance de leurs cuisses.

— Alors, le rapport est arrivé ?

— En quelque sorte.

— C'est-à-dire ?

— Ce numéro de Sécurité sociale appartient bien à Paolo Diego Martinez, date de naissance : 31 mars 1978.

— Mais ?

— Mais il ne s'agit pas d'un émigré venant de Cuba.

— D'où alors ?

— Dayton.

— Ohio ?

— Exact. Et ce n'est pas fini.

Je passai le bout de mon doigt sur ma lèvre inférieure, signe d'un intérêt croissant pour ce qu'elle me racontait :

— Continue.

— Tu m'avais bien dit qu'il s'agissait d'un type plutôt riche, non ?

— Il ne l'est pas ?

— J'ai sous les yeux une liste qui doit bien compter au moins cinquante créanciers : Visa, MasterCard, Discover, American Express… Ils veulent tous un morceau de ce mec. En plus, il est en défaut de paiement sur trois prêts concernant des achats de voitures, il fait actuellement l'objet d'une saisie *et* a un casier judiciaire.

— Pour quel genre de délit ?

— Le rapport ne le précise pas. Ça dit juste qu'entre 1998 et 2001, plusieurs créanciers lui ont écrit à… Maison de correction de Jessup, Maryland.

— Merci, dis-je en continuant à prendre des notes sur mon bloc.

Puis je raccrochai. Donc, soit il y avait deux Paolo avec le même deuxième prénom et la même date de naissance, soit je venais de découvrir le premier élément tangible pouvant constituer un mobile pour le meurtrier.

Frustrée, j'allai dans la cuisine pour me réchauffer une tasse de café au four à micro-ondes. Je manquais peut-être d'idées, mais pas de soupçons. Désormais armée de ma fidèle caféine, je retournai vers mon ordinateur.

Je pris le CD de Paolo et le glissai dans le tiroir de mon portable. J'allai directement à la page qui concernait son casier judiciaire. D'après le dossier, Rendez-vous Fantasmatiques avait demandé, puis reçu, l'extrait près d'un an auparavant : pas d'arrestation, pas de condamnation.

— Impossible.

Ce qui me laissait trois possibilités : a) ils n'avaient jamais effectué une vérification de son passé, b) la société à laquelle ils recouraient pour ce type de vérification avait merdé, de bonne foi ou non, ou c) Shaylyn et/ou Zack et/ou quelqu'un d'autre avaient bidouillé le dossier.

Mes aptitudes informatiques n'étaient pas exceptionnelles, mais elles n'étaient pas non plus tragiques. Refermant le dossier, j'effectuai une vérification de ce qui figurait sur le CD : pas de fichier caché, pas de sauvegarde, rien qui puisse m'inspirer de nouvelles théories. Il semblait évident que je ne trouvais rien parce qu'il n'y avait rien à trouver. Et si le CD ne contenait pas plus d'informations, peut-être allait-il falloir que j'utilise une porte dérobée.

Je fis une fois de plus une recherche sur Paolo à partir de Google. Cette fois-ci, j'utilisai son nom complet et j'affinai ma recherche en la limitant à l'État du Maryland. Je tombai sur un encart de cinq centimètres dans le *Evening Capital*, reprenant le registre de la police. Au début de l'année 1998, Paolo Diego Martinez avait été arrêté pour vol qualifié. Ça ne m'aidait pas beaucoup. Je savais juste que le vol qualifié était un délit et qu'il visait en général un vol de biens dépassant une valeur fixée par l'État. J'essayai de trouver autre chose en allant fouiller dans les archives du journal, mais sans succès. Maintenant, il allait donc falloir que je localise la porte dérobée.

J'allai sur Westlaw et tentai d'ouvrir le site : « Nom d'utilisateur et mot de passe erronés ». Quoi ?! Je retapai donc mes coordonnées et obtins le même message d'erreur.

— Margaret... soupirai-je en sachant, avec certitude, qu'elle s'était fait un plaisir de faire en sorte que l'ensemble de mes privilèges soit révoqué au plus tôt.

J'appelai donc Becky.

— Je n'ai plus d'accès au...

— Compte de Dane, Lieberman. Ouais, moi non plus. J'ai déjà appelé et on m'a dit que mon accès serait restauré à l'issue de ma période de suspension.

Je lui fis le récit du passé sordide de Paolo.

— Alors, comment pourrait-on obtenir de l'info ?

— Combien d'argent reste-t-il dans la caisse de Jane ?

— Presque tout. J'ai principalement utilisé les 500 dollars de Sam à l'occasion du voyage à Charleston. On a toujours les 3 000 dollars de Patrick et le chèque au porteur de ma mère. Pourquoi ?

— Il nous faut un professionnel. Moi, on m'a coupé les vivres. Toi, on t'a coupé les vivres. Paolo, on lui a... Désolée, ce n'est pas drôle. Ce que je veux dire, c'est : il nous faut quelqu'un qui sache creuser dans la boue.

Un seul nom me vint à l'esprit :

— Liam ?

— Je l'appelle ou tu veux le faire ?

Il était clair que je souhaitais le faire, mais je savais que nous parlions de deux choses totalement distinctes. À ce moment, j'entendis la sonnerie de double appel :

— J'ai un autre appel, il va falloir que tu t'y colles.

— Trouillarde.

— Bye, répondis-je en m'empressant de prendre le second appel. Allô ?

Pas de réponse. J'éloignai le téléphone de mon oreille afin de regarder ce que me disait l'écran : Rendez-vous Fantasmatiques. *Bon sang !* J'appuyai l'émetteur sur ma bouche :

— Au cas où vous m'entendez, sachez que votre fichue ligne téléphonique est complètement inaudible. Allô ? Allô ? OK, je vais faire comme si vous m'entendiez. Tous ces échanges téléphoniques ne marchent pas. Alors je vais partir d'ici quelques minutes et je passerai par votre bureau. J'espère que ça ne vous pose pas de problème.

— Non, c'est toi le problème.

Les poils de mes bras se hérissèrent immédiatement en entendant cette voix – un murmure, asexué.

— Je vous entends à peine. C'est Zack ou Shaylyn ? Qui est à l'appareil ?

— Moi. La personne qui va te tuer si tu n'arrêtes pas de fouiner.

Difficile d'affronter sa peur,
quand on a les yeux fermés.

Quinze

Le fait de prendre ma voiture pour aller jusqu'à Rendez-vous Fantasmatiques ne faisait pas partie des idées les plus brillantes que j'avais eues dans ma vie. Après que je m'en fus ouverte à Liv, cette idée me valut un savon en bonne et due forme sur le thème de l'imprudence, ainsi que quelques sages conseils concernant la police.

— Laisse-les s'occuper de cela, me supplia-t-elle.

Ouais, bien sûr. Comme si j'avais le choix. Les inspecteurs Graves et Steadman étaient d'ores et déjà persuadés que j'étais la complice d'un meurtre, alors soit ils m'enverraient péter, soit ils me colleraient au trou pour une énième déposition qu'ils ne feraient même pas semblant de croire. Depuis le début de la semaine, j'avais déjà passé assez de temps comme ça au commissariat, alors non merci, sans moi.

Becky fut encore plus intransigeante que Liv et me fit part de son point de vue en des termes beaucoup plus imagés. En fait, deux termes, pour être précise. Ça commença par « Quelle conne », puis, à mesure que notre conversation avança, quelques adjectifs y furent associés – quelle conne patentée, quelle incroyable conne, etc. Elle insista par ailleurs pour que je patiente jusqu'à ce qu'elle parvienne à joindre Liam.

Pas une alternative réjouissante. Elle revenait à admettre que j'avais besoin d'un homme pour me protéger.

Et pas très pratique non plus, pour finir. Pendant que j'essayais de lui expliquer les raisons pour lesquelles je ne souhaitais pas l'avoir dans les pattes, elle avait utilisé son téléphone fixe pour l'appeler, tout en m'écoutant pester dans son téléphone portable. Elle l'avait interrompu au beau milieu d'un de ses légendaires « trucs » et il la « rappellerait quand il aurait fini ». Je n'allais tout de même pas attendre qu'il daigne se pointer, pas quand Jane végétait en prison et que Taggert ne faisait pas grand-chose pour faire évoluer cette situation.

Comment Liam aurait-il pu couvrir mes arrières, quand ses préoccupations allaient surtout aux avant-scènes d'Ashley ? Et puis, je n'avais pas besoin de lui. Après tout, il faisait grand jour et Rendez-vous Fantasmatiques était ouvert au public, avec pignon sur South Ocean. Alors que pouvait-il arriver de grave ?

C'est vrai, Zack et Shaylyn me fichaient les jetons, mais du moment que je faisais gaffe, tout irait bien. Je n'allais pas entrer dans leurs bureaux, mais leur parler depuis le seuil, de façon à rester bien en vue des passants.

Alors que j'allais saisir la poignée de la porte, mon ordinateur tinta pour me prévenir de l'arrivée d'un nouveau message. Je revins sur mes pas et découvris un e-mail de FemmeDuPilote.

Salut ToutDeSuitePourMoi [mon très réel, à défaut d'être très imaginatif, pseudonyme] :

« Heureuse de faire encore des affaires avec vous. Ai une soirée samedi soir. Souhaite vendre chaussures portées une fois et éventuellement robe. Vous enverrai des photos ASAP. »

— Excellent, me réjouis-je à haute voix, avant de lui taper une brève réponse qui disait en substance : Avec grand plaisir !

Je tâchai de reprendre le plus de sang-froid possible, compte tenu de la situation, puis marchai d'un pas résolu vers la porte, dûment munie de l'adresse des clients concernés par l'Évaluation spéciale et de ma seule arme : un téléphone portable. À titre de mesure de sécurité supplémentaire, je montai à l'étage supérieur et allai frapper à la porte de Sam. C'était bien ma chance, il n'était pas chez lui.

J'entendais Butch et Sundance[1] qui miaulaient à l'intérieur. Sam vénérait ses chats jusqu'à l'obsession, alors je savais qu'il ne resterait pas absent très longtemps. En fourrageant dans ma besace de chez Betseyville (celle qui avait une minuscule déchirure sur la poche frontale et que j'avais décrochée pour 60 dollars), je finis par trouver un stylo et une facturette datant de ma dernière visite au supermarché. Celle-ci remontait à près de deux semaines. Pas étonnant qu'il n'y ait dans mon frigo que du café, de la crème et un pot de moutarde sur le point de rendre l'âme face à tant de solitude. Je lui griffonnai la courte liste des endroits où j'avais prévu de me rendre et des gens que je souhaitais y voir. Juste au cas où.

Non, il ne fallait pas que je raisonne comme ça. Ma priorité, quand je rencontrerais Zack et Shaylyn, consisterait à les informer que j'avais pris soin de parler de mes projets de visite à trois personnes – quatre si l'on comptait Liam, ce dont je m'abstenais. Dans ces conditions, le simple fait de songer à me molester ferait d'eux, instantanément, des suspects.

Je repoussai tous mes autres sujets d'appréhension – en pratique, être torturée, poignardée et/ou mutilée – en affichant mentalement l'image de Jane dans sa combinaison orange. Je n'avais qu'un souci : obtenir sa libération. Je pouvais très bien prendre soin de moi-même.

En un temps record, je fus sur la route de Okeechobee, puis je tournai à gauche avant de gagner le pont. Dès que j'eus atteint la cabine du voiturier sur Worth Avenue, la température de l'air chuta et la situation nette patrimoniale moyenne atteignit des sommets. Rien que le portier arborait une Seiko en acier à 500 dollars pièce sur son poignet bronzé. Peut-être serais-je bien avisée d'ajouter la profession de gardien de parking à la liste de mes nouvelles opportunités de carrière.

---

1. *NdT.* Référence à Butch Cassidy et Sundance Kid.

Tout en marchant sur ce qui était l'une des avenues les plus huppées de Palm Beach, je consacrai forcément un œil au repérage de célébrités, tandis que l'autre admirait les dernières tendances de la mode. Plus exactement, je me rinçais chaque œil. De toute façon, je ne pouvais pas m'en empêcher. Je faisais néanmoins bien attention à maintenir la partie endommagée de mon sac contre moi. Ces gens étaient des experts. Ils pouvaient repérer instantanément un article de seconde zone.

J'avais placé les dossiers de Rendez-vous Fantasmatiques dans une nouvelle pochette cartonnée flambant neuve. Je vérifiai mon reflet dans la vitrine sans tain d'Angela Moore, afin de reprendre un peu d'assurance avant de tourner sur South Ocean. Mon estomac était noué et le fait de devoir humer les puissants effluves – quel que soit leur prix – que laissaient dans leur sillage les riches passants oisifs n'améliorait pas mon état.

Je me trouvais à environ 50 mètres de ma destination quand je jetai un coup d'œil sur ma droite pour reluquer la façade d'Exquisitely Yours[1]. Cette vision suffit presque à me faire saliver. Dans la vraie vie, Exquisitely Yours était un salon spécialisé dans les cheveux et les ongles. Ici, sur l'isthme, c'était un repaire de coloristes, d'esthéticiennes, de spécialistes d'extension capillaire, de *make-up artists* et de masseurs-thérapeutes. La clientèle très sélecte de ce salon pouvait y profiter des bienfaits d'une séance de réflexologie, tandis qu'un autre magicien usait de Restalyne pour effacer la moindre ridule. Tous ces soins n'étaient, bien entendu, pas exactement donnés. Même en économisant durant toute une année (comme si j'en avais été capable), je n'aurais jamais été en mesure de produire les 1 500 dollars que coûtaient la demi-douzaine de mèches « coup de soleil » censées réveiller la couleur d'une chevelure. Mais j'avais

---

1. *NdT. Exquisitely Yours* signifie, littéralement, en anglais, « Exquisement vôtre ».

néanmoins pour projet d'aller une fois dans ma vie dans cet endroit. J'espérais juste que le jour où je le ferais – si toutefois un tel miracle se produisait –, je ne serais pas trop vieille pour encore me préoccuper de mon physique.

Entendant mon portable sonner, je me plaçai poliment sur le côté droit du trottoir, devant l'une des minuscules fontaines en céramique si élégantes qui jalonnaient le trottoir. Lors de ma première excursion sur Worth Avenue, ces fontaines m'avaient laissée perplexe. L'eau gouttait de leurs robinets anciens, formant ainsi de petits bassins encastrés, situés à intervalles réguliers tout au long du trottoir. Ils étaient placés trop bas pour que l'on puisse y boire et j'avais du mal à imaginer un digne représentant de la *crème de la crème* s'y arrêter pour profiter d'un bain de pied impromptu. Ce ne fut qu'à l'issue de ma session de lèche-vitrine (en extérieur, exclusivement) chez Cartier que je compris leur utilité. Ces fontaines n'étaient pas destinées aux humains, mais à la haute société canine : un cadeau/service offert par la ville à ceux qui ne pouvaient tout simplement pas envisager de faire leur shopping sans Poupette.

Je connaissais bien ce phénomène. Ma mère avait tout récemment adopté ce genre d'affectation très particulière, après qu'elle avait acquis un yorkshire de la taille d'une tasse à thé auprès d'un éleveur de Chicago. Elle l'avait appelée Diva, simplifiant ainsi à l'extrême le patronyme initial, outrageusement prétentieux et inutilement long, du roquet. Un truc du style Dame Maria Anna Sophia Cecelia Kalogeropoulos, Duchesse de l'Île aux Grands Airs. Ma mère avait trouvé ce nom incroyablement subtil et parfaitement adapté à la prestigieuse ascendance du minuscule clébard. J'étais quant à moi à peu près sûre que seuls les plus élitistes des accros à l'opéra reconnaîtraient le nom de baptême complet de la grande Maria Callas et feraient le rapprochement – opinion que, bien entendu, ne partageait pas ma mère. En tout cas, je me gardais bien de lui dire ce que je pensais de son chien, car cela n'aurait conduit qu'à l'irriter, chose que – Dieu m'est témoin – je parvenais déjà à faire rien qu'en respirant.

Quelle était, dans ces conditions, l'alternative ? Tâcher d'avoir l'air détendu même si ma mère s'obstinait à traîner ce chien derrière elle où qu'elle aille et quelle que soit l'heure. J'avais ainsi la certitude que Diva se trouvait présentement auprès de ma mère. Et c'était bien la seule chose dont je pouvais être sûre puisque celle-ci ne m'avait pas révélé la situation exacte de la retraite où elle se protégeait du retentissement des dernières frasques de sa fille.

J'avais espoir que les fleurs que j'avais commandées en vue de notre brunch du lendemain me donneraient droit à un soupçon de pardon. Le terme « espoir » étant bien le mot adéquat en l'espèce.

Ouvrant mon téléphone, j'y lus le SMS que je venais de recevoir. Un message curieux, même si le texte lui-même pouvait sembler normal :

« Fin : Ai entendu que tu avais des ennuis.

J'écourte mon séjour. À dimanche.

Patrick. »

Tout d'abord, je me dis que c'était adorable et je commençai à écrire une réponse. Puis, je me mis à réfléchir… S'il pouvait envoyer un SMS depuis le trou où il se trouvait, pourquoi ne pas m'appeler, tout simplement ? Et d'où tenait-il cette information ? J'étais absolument certaine que le *Palm Beach Post* n'assurait pas de livraisons dans le Grand Canyon. Or, mon arrestation, suivie de l'abandon des charges qui pesaient contre moi, ne constituait pas vraiment une information digne d'intéresser la presse nationale. C'est l'incarcération de Jane qui avait été mentionnée une fois à la télévision, ou plutôt, le meurtre dont on l'accusait. En fait, une partie de ce meurtre. La partie manquante.

Alors que je remettais mon téléphone dans mon sac, j'entendis une voix vaguement familière derrière moi. Me retournant, je vis la jeune Kresley Pierpont, sortir en minaudant de chez Exquisitely Yours. Si j'avais eu son argent et sa silhouette, c'est sûr que j'aurais moi aussi minaudé. Oh, et puis ses cheveux aussi ! Cette femme avait de magnifiques cheveux : longs, épais, et si brillants qu'ils étincelaient presque sous le soleil de midi.

Prenant une longue inspiration pour m'encourager, j'amorçai les deux pas qui me séparaient d'elle. Presque instantanément, un homme gigantesque en pantalon de toile et polo Ralph Lauren me barra la route. Même avec mes talons, mes yeux bleus étonnés arrivaient à peine à hauteur de son sternum. Relevant la tête, je lui offris mon sourire le plus éclatant, mais l'immense garde du corps ne parut pas franchement impressionné.

— Kresley ? appelai-je pour tenter de contourner cet obstacle.

Je n'avais pas vraiment d'autre choix car le petit 36 de l'héritière disparaissait totalement derrière la masse de son protecteur.

— Je suis Finley Tanner de… – ce n'était pas le moment de me répandre sur mon statut de chômeuse – … du cabinet Dane, Lieberman.

— Circulez, madame, je vous prie, me conseilla le garde en relevant ses lunettes de soleil, confirmant ainsi la fermeté de sa suggestion par un regard d'acier.

Jane en combinaison. Le temps était venu de jouer gros :

— C'est à propos de Jane Spencer. (Le garde maintint sa position.) Et de vos, euh, liens avec Rendez-vous Fantasmatiques.

Une main délicatement manucurée et parée d'un diamant étincelant se posa sur une minuscule portion du biceps du monstre :

— Donnez-nous une minute, George, voulez-vous ?

Kresley Pierpont paraissait bien plus jeune que ses 27 ans. Elle était grande, avec de longues jambes, un buste étroit, et tout juste assez de chair pour ne pas pouvoir être confondue avec un portant à roulettes affublé d'une robe sans manches, turquoise, blanc et noir, de chez Versace. Le devant de sa robe était constitué d'une dentelle qui lui moulait les seins – impossible que ces deux-là soient naturels –, tout en les dévoilant – très – généreusement.

Quand le garde du corps voulut bien s'éloigner, je notai qu'elle portait aussi le mélange tangerine-cyclamen-mimosa-vanille-bois de santal qui était la signature olfactive du Feminine de Dolce & Gabbana. Entre parenthèse, 50 millilitres de ce parfum coûtaient 1 milliard de dollars.

Elle me dévisagea des pieds à la tête et, bien qu'elle ne fît aucun commentaire, j'eus le sentiment qu'elle me plaçait sur le mauvais segment de la courbe. Elle me sourit néanmoins, d'un sourire qui disait : « Moi, j'ai un diamant de chez Harry Winston et pas toi. »

— Oui ?

Je lui tendis la main tandis qu'elle ôtait ses lunettes de soleil Gucci. Elle profita de notre brève poignée de main pour pivoter, afin que je sois désormais face au soleil.

Je mis quelques secondes à prendre conscience de l'appréhension et de l'irritation qui se lisaient dans ses yeux bleus brillants. Il était clair qu'elle n'était pas ravie que je l'aie ainsi interceptée au beau milieu du trottoir, en clamant le nom de son agence de rencontres.

— Je suis désolée de vous embêter, dis-je.

C'était sincère. Je lisais les journaux. Cette femme se faisait suffisamment harceler comme ça pour ne pas avoir besoin d'ajouter ma petite intervention à la liste sans fin de ses enquiquineurs. Mes yeux commençaient à souffrir des assauts du soleil et je fus contente de pouvoir les baisser pour retirer son dossier de la pochette cartonnée que j'avais emportée. D'une voix très douce, je lui demandai :

— Pourriez-vous me dire pourquoi vous continuez à avoir recours aux services de Rendez-vous Fantasmatiques, puisque vous vous apprêtez à épouser Matthew Gibson ?

Les lunettes furent instantanément retirées, de même que toute ébauche de sourire. Kresley me lança un de ces regards mi-furieux, mi-boudeurs que l'on observait fréquemment sur la couverture glacée des magazines *people* et/ou dans les tabloïds un peu plus *trashy*.

— J'ai fait ça, moi ? me répondit-elle d'une voix neutre.

Sortant la facture de la chemise, je la lui passai :

— D'après les archives que mon cabinet a reçues, vous…

— Mais je pensais que Clark Taggert représentait la femme qui a tué ce type dont le nom m'échappe ?

Quelques sonnettes d'alarme se mirent à retentir à l'intérieur de mon crâne. Les dossiers m'avaient appris que Kresley connaissait très bien Paolo.

— C'est exact, mais Mlle Jameson du cabinet Dane, Lieberman travaille également sur ce dossier. (Réponse évasive parfaitement adaptée.) Pourrions-nous revenir à vous un instant ?

Pourquoi avais-je l'impression que, dans l'univers de Kresley, tout devait tourner autour d'elle ?

— Bien sûr, me dit-elle en admirant les reflets du soleil sur la superbe couche de vernis écarlate qui ornait ses ongles.

— Pourquoi êtes-vous toujours membre actif de cette agence ?

— Un oubli, fit-elle en haussant les épaules. J'en parlerai à mon comptable.

Mon comptable à moi, c'était celui qui était assis derrière le guichet quand je passais à la banque.

— Et pouvez-vous m'expliquer cette dépense ? lui demandai-je en indiquant du doigt l'Évaluation spéciale mentionnée sur sa facture.

— Oh, ça ?

Pour la première fois, la voix de Kresley avait émis une petite note suraiguë. Panique ? Colère ? Je n'aurais su le dire.

— Oui. Pourriez-vous m'expliquer ce que ça recouvre ?

Elle fit un geste qui signifiait le mépris ou l'indifférence d'une main que le solitaire, taille émeraude, de sa bague de fiançailles devait sensiblement alourdir :

— C'est un truc quelconque de charité. Zack et Shaylyn sont très philanthropes. Je crois que toutes les donations vont à ces fondations qui aident les enfants en phase terminale, ou quelque chose de ce genre.

Kresley adressa alors un signe très subtil à son garde du corps. Celui-ci s'empressa d'ouvrir la portière passager du dernier modèle d'une Mercedes bleue, dont la couleur rappelait presque exactement les yeux pâles de sa blonde propriétaire.

— Autre chose ? me demanda-t-elle.

D'après moi, elle n'en avait absolument rien à battre de savoir si j'avais encore des questions à lui poser. Elle en avait terminé avec moi. En un éclair, elle s'engouffra dans sa berline, puis disparut derrière les vitres teintées.

Je regardai le véhicule s'éloigner, en sachant pertinemment que je cherchais à gagner du temps. Je n'étais pas spécialement trouillarde, mais je n'avais pas une immense envie de me confronter à Zack et Shaylyn. Kresley avait fort adroitement évacué ma question sur l'Évaluation spéciale et son explication sur sa qualité de membre était parfaitement plausible, mais l'affaire du coup de fil menaçant restait en suspens.

Je ne voyais pas comment ils auraient pu s'en défendre : le numéro enregistré dans mon portable prouvait que le coup de fil terrifiant et asexué que j'avais reçu provenait de leur bureau. Ce qui était moins clair, c'était ce qui avait pu les inciter à me menacer. Jusqu'à présent, mes recherches pour découvrir qui en voulait à Jane n'avaient guère porté leurs fruits. Et les soupçons que je concevais à l'égard de l'agence de rencontres ne s'appuyaient que sur mon intuition.

Mes seuls véritables accomplissements étaient d'avoir réussi à me mettre la police à dos, perdre mon boulot, accepter de l'argent de ma mère et – j'allais oublier – me faire coffrer. Pas exactement un palmarès de rêve.

Mais cette constatation ne réduisait pas la boule d'appréhension qui enflait dans ma gorge, à mesure que j'approchais des bureaux de Rendez-vous Fantasmatiques.

L'agence était installée dans l'un des nouveaux immeubles de Worth Avenue. Son architecture était typique de la Floride : un seul étage, couleurs tropicales et influences hispaniques. Il était en retrait de la rue (3 mètres environ) et l'allée avait été élargie pour pouvoir accueillir deux véhicules. Je reconnus d'ailleurs l'unique voiture qui y était garée. C'était la même Bentley bleu outremer que j'avais admirée devant le bureau de Liv, quelques jours auparavant.

À mesure que je me rapprochais des deux fontaines qui bordaient l'allée manucurée conduisant à l'agence, mon appréhension initiale se transforma en franche trouille. Les gargouillis de l'eau disparaissaient derrière le bruit sourd des battements frénétiques de mon cœur.

Peut-être aurais-je dû appeler la police. Peut-être aurais-je dû attendre Liam. Peut-être aurait-il été plus sage de faire immédiatement demi-tour et de prendre mes jambes à mon cou.

— Non, soufflai-je dans un murmure. Tu peux le faire. Tu n'en as peut-être pas envie, mais tu peux le faire. Il faut que tu le fasses. Pense à Jane.

Jane. Jane. Jane… Pied-de-biche ?

Je clignai des yeux sous le choc. Impossible d'y voir un mirage. De profondes marques d'effraction entamaient le bois de la porte, au niveau de la serrure en acier. Oui, sans aucun doute. Quelqu'un avait fait sauter le verrou. Je regardai par-dessus mon épaule pour m'assurer qu'il y avait bien toujours un flot continu de passants sur le trottoir. C'était le cas.

À ce stade, une femme intelligente aurait appelé de l'aide et attendu que celle-ci arrive. Mais la femme *en cause* avait une amie en prison, alors son intelligence s'évapora dans l'air ambiant. Je fis néanmoins deux pas en arrière pour me placer à mi-distance de la porte et de la Bentley, et appelai Liv afin de lui dire ce que je venais de découvrir.

— Appelle la police.

— Leur voiture est là, dis-je en contournant la Bentley afin de placer ma main sur le capot. Le moteur est froid.

—Je me contrefiche de la température du moteur, me hurla presque Liv. Tire-toi de là. Il pourrait très bien y avoir un cambrioleur à l'intérieur.

— Mais il pourrait aussi y avoir Zack et Shaylyn, ficelés et exigeant des soins.

— Raison supplémentaire pour appeler les flics et décamper immédiatement.

— Reste en ligne, dis-je en fouillant dans mon sac pour en retirer un mouchoir en papier.

— Finley ?

— Chut. Je vais jeter un petit coup d'œil rapide.

— Ce n'est pas une bonne idée, m'avertit Liv.

J'entendis un bruit de frottement et me dis que Liv avait dû recouvrir le combiné de sa main :

— Je sais ce que tu es en train de faire. Je t'en prie, ne demande pas à Jean-Claude d'appeler la police. Et si Zack et Shaylyn avaient vraiment des ennuis ? En plus, il y a peut-être des indices ou des trucs qui pourraient favoriser la libération de Jane.

— Ou peut-être as-tu tout simplement perdu la tête. Je t'en prie, Finley…

— Reste juste en ligne, insistai-je en poussant la porte d'entrée du bout du pied. Oh oh ? criai-je et le son de ma propre voix résonna dans le bâtiment.

Afin d'avoir les deux mains libres, je posai la chemise cartonnée contre un cache-pot à droite de la porte d'entrée.

— Zack ? Shaylyn ? C'est Finley. Je suis en ligne avec la police.

— Menteuse.

— Chut ! répétai-je brutalement. Je mets le téléphone en mode « mains libres », comme ça tu pourras tout entendre, mais il faut que tu restes silencieuse.

J'appuyai sur la touche *ad hoc* de mon portable et le plaçai dans la poche latérale de mon sac avant de tenter un premier pas timide au-delà du seuil.

En raison de la disposition en open space des lieux, je pouvais quasiment voir tous les coins et recoins de l'endroit. L'agence avait été ravagée : les quatre fauteuils avaient été lacérés et leurs coussins avaient répandu une matière blanche duveteuse un peu partout. Les canapés avaient subi le même sort, mais ils avaient été préalablement retournés et des lambeaux de leur cuir clair laissaient entrevoir leur armature en bois.

Sur ma droite, je vis un élégant bureau d'où provenaient sans doute les papiers éparpillés sur le sol. Les tiroirs des deux rangements latéraux étaient partiellement ouverts.

Mes mains tremblaient, mais je faisais bien attention à maintenir le mouchoir autour de mes doigts, tandis que j'avançais dans la pièce avec précaution. Une odeur sucrée écœurante flottait dans l'air.

J'avais pris soin de laisser la porte d'entrée grande ouverte. La chaleur provenant de l'extérieur réchauffait un peu l'atmosphère glacée qu'avait produite le système d'air conditionné.

— Bon sang… soufflai-je.

— Finley ? s'inquiétait la voix de Liv dans mon téléphone portable. Finley, tout va bien ? Finley ?

Approchant le téléphone de ma bouche, je lui chuchotai :

— Ouais. Je suis là. Tout va bien. Aucun signe de Zack, ni de Shaylyn, mais quelqu'un s'est carrément déchaîné, ici.

En enjambant l'un des coussins d'un canapé, je tombai sur quelques feuilles de papier abandonnées près d'un petit meuble. Quatre tabourets gisaient sur le sol carrelé au milieu d'éclats de verre. Je jetai un coup d'œil à la fenêtre qui surplombait l'évier de la kitchenette. Elle était intacte. En me penchant sur l'un des plus gros éclats, je constatai qu'il était trop fin pour appartenir à un verre. Une carafe, alors ?

— Bon, j'appelle la police. *Maintenant !*

— Attends. Donne-moi une minute, demandai-je à Liv, en posant le téléphone par terre.

Ignorant ses protestations, je saisis avec précaution l'une des feuilles de papier. Mon cœur fit un bond lorsque je pris connaissance du nom qui avait été tapé en haut de la page : Spencer, Jane.

Il s'agissait de son questionnaire. Le même que celui que j'avais lu sous forme électronique et que Zack et Shaylyn avaient également fait porter à Taggert. Mais je n'avais jusqu'alors pas accordé autant d'attention à la section « Références ». Mon nom et mon numéro de téléphone figuraient en deuxième position.

Je ramassai la douzaine d'autres feuilles éparses ainsi que la chemise cartonnée sur laquelle avait été étiqueté le nom de Jane. Je notai une autre différence entre le dossier que j'avais entre les mains et celui que m'avait fourni Rendez-vous Fantasmatiques : la copie du casier judiciaire de Jane, faxée depuis un endroit dont l'indicatif était le 843.

Tout excitée, je repris le téléphone et annonçai à Liv :

— Je crois savoir qui a renseigné le procureur sur Jane tout en prétendant l'aider. (Et tout lui en confiant ma découverte, la colère se répandait dans mes veines.) Je savais bien qu'il y avait quelque chose de louche chez ces deux-là.

— Tu penses qu'ils ont tué Paolo et essayé de faire porter le chapeau à Jane ?

— Oui, fis-je sans hésitation. Sauf que… (Je scannai la date et l'heure que le télécopieur avait automatiquement inscrites sur le fax.) Sauf qu'ils n'ont reçu cette information qu'une heure environ avant la première comparution de Jane devant le juge Faulkner. Ce qui signifie qu'ils ne connaissaient pas son passé tumultueux quand ils ont essayé de la faire accuser du meurtre de Paolo.

— Est-ce si important ?

— Ça pourrait l'être. Le rendez-vous entre Paolo et Jane a été organisé il y a trois semaines. S'ils comptaient l'utiliser comme bouc émissaire, pourquoi attendre que ce rendez-vous ait eu lieu pour chercher si elle avait des cadavres dans ses placards ?

— Finley, je pense que tu devrais quitter cet endroit. Que se passerait-il si Zack et Shaylyn revenaient ?

— Tu as raison, je vais aller dehors pour appeler les flics.

J'étais encore accroupie quand je sentis un objet métallique dur sur mon épaule. Je pivotai juste assez pour apercevoir le canon d'un revolver.

Tout le monde commet des erreurs,
l'important est de ne pas se faire pincer au beau milieu des plus stupides.

Seize

Dans une pathétique tentative de fuite et sous le coup d'une poussée d'adrénaline (*mais oui, c'est bien un revolver !*), je trébuchai, avant de basculer et de me cogner le crâne sur le carrelage.

La terreur intense qui m'avait envahie avait accéléré à l'extrême mon rythme cardiaque. Outre les étoiles qu'avait occasionnées ma chute, je m'attendais à avoir dans mon champ de vision Zack ou éventuellement Shaylyn qui me narguaient. Je me raidissais, terrifiée à la pensée de la douleur que devait causer une blessure par balle. Ça ne m'était jamais arrivé, mais j'imaginais que ce ne devait pas être du gâteau.

Mais au lieu des deux méchants, c'était Liam qui brandissait son arme. L'amusement se lisait dans ses yeux, tandis qu'il grattait négligemment une barbe naissante du doigt censé appuyer sur la gâchette.

— Espèce de salaud ! sifflai-je en me relevant, tout en attrapant mon portable et en réajustant les lanières de mon sac.

Ma dignité gisait encore à terre, s'infiltrant entre les joints des dalles de carrelage. Impossible de récupérer ce genre de choses à la cuillère.

— Finley ? J'ai entendu Liam ? Dieu merci il est avec toi. Finley, dis-lui combien nous...

En entendant la voix pas si atténuée de Liv bredouiller dans mon téléphone, je coupai le haut-parleur. Je détestais le fait de devoir lever la tête pour pouvoir le fixer dans les yeux, au moins autant que l'onde électrique qui me parcourait le ventre chaque fois que je regardais ses yeux incroyables.

— Tu m'as fait peur.

— C'est rassurant de savoir que quelque chose peut y parvenir, dit-il en coinçant son arme dans la ceinture de son pantalon.

Puis, après avoir balayé la pièce des yeux, il lâcha un long sifflement :

— Ton œuvre ?

Ma colonne vertébrale se raidit encore :

— Bien sûr que non. C'était comme ça quand je suis entrée.

— Tu aurais dû attendre à l'extérieur.

Il hocha la tête lentement, agitant ainsi quelques mèches qui vinrent danser sur son front. Mes doigts me démangeaient tellement j'avais envie de lui passer la main dans les cheveux pour les remettre en place. La dernière fois que sa présence m'avait fait cet effet, je m'étais rendue absolument ridicule. Mes joues se colorèrent au simple souvenir de cet épisode tragique que l'on pouvait résumer ainsi : « Ah bon, j'ai mal interprété les signaux, quand j'ai commencé à ôter mes vêtements ? »

— Eh bien je ne l'ai pas fait, répliquai-je avec une sorte de défiance enfantine dans la voix. En revanche, j'ai fait bien attention à ce qu'il y avait autour de moi. Il n'y a personne ici.

— Tu peux y voir un sacré coup de chance.

Ah ouais ? C'est déjà fait.

— La secrétaire de Liv m'a appelé. Becky m'a appelé. Cinq fois. Quand elles m'ont dit que tu étais en route pour… *enquêter*, je n'y croyais pas.

Je lui jetai un regard sombre :

— Il faut bien que *quelqu'un* le fasse. *Et on ne peut pas vraiment dire que ce soit toi qui t'en charges.* Sinon, Jane va passer un second week-end en prison. Je n'arrive pas à rester là sans rien faire.

— D'accord. Et alors ? Tu as laissé tomber 100 points de QI, avant de danser jusqu'ici les yeux bandés ? C'est ça ton plan pour sortir ta copine de prison ?

Bon, dit comme ça, j'avais effectivement l'air d'une parfaite idiote.

— Quelqu'un n'arrêtait pas de m'appeler au téléphone depuis cette agence et je voulais tirer ça au clair.

— Des appels à répétition ou des appels de menace ?

— Il y a une différence ?

— Énorme.

— Pas *des* appels. OK, si, *des* appels, mais les premiers ne comptent pas puisqu'on a raccroché. Un appel, un appel de menace, finis-je par réussir à expliquer, comme si ça pouvait me donner l'air plus intelligent. Quelque chose que j'ai fait a, semble-t-il, fait voir rouge à Zack et/ou à Shaylyn. Je m'apprêtais à leur demander des comptes en personne.

Son expression s'assombrit et ce que je pris pour de la colère passa dans ses yeux, l'espace d'une seconde :

— Et puis quoi ?

— Et puis quoi *quoi* ?

Il indiqua du doigt ce que j'avais dans la main.

— Je vais te donner un cours gratuit intitulé Interrogatoire 101. Ne pas affronter les gens. Et s'ils avaient été là, Finley ? Ou si celui qui a vandalisé cet endroit avait encore été à l'intérieur ? Même en supposant que tu réagisses vite – et là, je suis optimiste –, tu ne serais pas allée bien loin avec tes talons de star. La plupart des assaillants n'attendent pas calmement que tu composes le 911[1].

— Bon d'accord. Disons que j'ai eu des jours meilleurs, admis-je sur la défensive. Mais ça ne change rien au fait que Taggert est inerte et que Jane pourrit en prison.

---

1. *NdT.* Le 911 aux États-Unis correspond au 17 en France, c'est-à-dire la police.

— Effectivement.

— Or, non seulement le temps est important, mais aussi l'argent. Jane a placé quasiment tout son argent. Ça prend du temps de liquider ce genre d'actifs. L'associé de Liv continue à réfléchir à la possibilité de lui laisser ou non prélever des fonds de leur entreprise et j'ai déjà pompé tout ce qu'il y avait à prendre chez ma mère et mes amis. (Je sentis mes muscles se tendre : le brunch avait lieu dans moins de vingt-quatre heures. Que l'humiliation commence.) Au final ? Il ne reste que moi. J'ai du temps et…

— C'était plutôt vache de te virer de la part de Dane, Lieberman.

Je haussai les épaules :

— En un sens, ils t'ont aussi viré. Je suis certaine qu'Ellen t'a appelé entre le tribunal et son domicile pour te signifier que tes services n'étaient plus nécessaires.

— Elle l'a effectivement fait.

Je sentis des larmes de rage monter vers mes cils :

— Et je suis également certaine que je ne sais pas ce que je fais. Mais au moins, j'essaye. Je ne suis qu'un piètre détective, mais j'arrive quand même à trouver des indices.

— Ce n'est pas un jeu de société, Finley. Les indices sont bons pour les amateurs. Ce qu'il faut, ce sont des faits. Et aussi, en passant, si tu pouvais éviter un mauvais coup, ça ne serait sans doute pas plus mal.

— Eh bien, je n'ai plus de solutions.

Il grommela un juron :

— Mais si tu en as. Je vais t'aider.

— Pour un tarif d'ami ? Je passe, merci.

Je lui en voulais encore pour ce coup-là.

— Si tu promets de te tenir, pour cette fois ce sera gratis.

Je ne pus réprimer un sourire : son offre suscitait un soulagement qui inondait chacune des cellules de l'amateur que j'étais. Impossible de m'en empêcher. J'aurais bien voulu croire que je pouvais trouver moi-même des réponses, mais j'étais forcée d'admettre mes limites.

— Génial, alors par où commence-t-on ?

— Pas on. Je.

J'agitai la tête avec véhémence :

— C'est peut-être gratis, mais, techniquement, c'est moi le client. Je ne vais pas rester assise dans mon appartement à t'attendre. Pas quand tu as tes « trucs » toutes les deux minutes.

Maintenant, c'était lui qui souriait, l'enfoiré. Je plissai les yeux en le fixant :

— Ai-je dit quelque chose de drôle ?

— Oui, mais on pourra en discuter une autre fois. Pour le moment, il faut qu'on se mette mutuellement au parfum.

Il écouta patiemment pendant que je lui racontai la saga du mot de passe et mes interrogations concernant « Chouette des neiges ». Puis, je lui parlai de l'Évaluation spéciale. Très excitée, je lui tendis le dossier de Jane en soulignant combien il était étrange que le casier judiciaire n'ait été vérifié qu'après la fixation du rendez-vous entre Paolo et Jane.

— Bon, ponctuai-je, une fois que j'eus récupéré un peu de mon amour-propre, maintenant, il ne nous reste plus qu'à découvrir comment Zack et/ou Shaylyn ont tué Paolo et pourquoi ils ont voulu faire porter le chapeau à Jane, avant même de connaître l'histoire de Charleston.

— Tu as oublié une étape.

— Non, j'ai pris des notes, affirmai-je en les sortant de mon sac à main et en les lui tendant. Je connais les noms de tous les clients ayant bénéficié de l'Évaluation spéciale et…

— Pas cette étape-là, coupa-t-il. L'étape des preuves. C'est toujours un bon début, or nous n'en sommes qu'à des hypothèses. Avant de trouver le mobile ou, mieux, des preuves tangibles, nous ne pouvons présumer que Zack et Shaylyn sont les tueurs.

— Mais ça ne peut être qu'eux. Le seul point commun dans tout ça, c'est cette agence de rencontres.

— Peut-être. Peut-être pas.

Voilà qu'il recommençait à m'agacer. *Gratuit. Gratuit. Il travaille gratuitement.*

— Tu vois un meilleur suspect ?

— Peut-être. P…

— C'est bon, j'ai compris. Alors, quelle est la prochaine étape ?

— Tu rentres chez toi et je fais mon boulot ?

— Risque pas d'arriver.

— C'est bien ce que je pensais, soupira-t-il en se passant la main dans les cheveux avant de faire un grand geste du bras pour désigner le bazar à nos pieds. C'est quoi tout ça ?

— Des papiers.

— Qui concernent ?

— Je n'ai pas eu le temps d'examiner quoi que ce soit, hormis le dossier de Jane. Grâce, d'ailleurs, à ton petit numéro avec ton revolver sur mon épaule. C'était vraiment nécessaire ?

— Non.

Je m'approchai du bureau, redressai un fauteuil et posai mon sac sur son assise lacérée.

— Alors pourquoi l'as-tu fait ?

— Parce que j'en avais la possibilité.

J'adorais cette voix chaude et troublante. Je détestais ses réponses à la noix.

Liam et moi-même consacrâmes l'heure qui suivit à remettre de l'ordre dans le bureau, tout en allant fréquemment regarder par la fenêtre pour vérifier que nous ne risquions pas de nous faire surprendre. J'étais bien meilleure pour la reconstruction que pour le guet. Chaque fois que je m'approchais de la fenêtre, ma poitrine se serrait. Mettant mon orgueil de côté, je finis donc par demander à Liam de me remplacer à ce poste.

— Je ne trouve rien de bien extraordinaire, soupirai-je. Attends un peu, fis-je, soudain gagnée par l'excitation en examinant la section « Recommandé par » dans les dossiers des clients concernés par l'Évaluation spéciale. Matthew Gibson est devenu membre il y a deux ans. Juste après l'ouverture de Rendez-vous Fantasmatiques. C'est lui qui a recommandé Kresley Pierpont.

— Elle dispose d'une sacrée fortune. Tu crois qu'il aurait fait ça seulement pour l'alpaguer ?

J'humectai le bout de mon index afin de pouvoir feuilleter les autres dossiers plus facilement.

— Si c'est le cas, ça lui est revenu en pleine poire. Au moins, au début. Les premiers rendez-vous de Kresley ont eu lieu avec un type du nom de Cameron Wells.

— Est-ce qu'il paye le supplément ?

— Non, fis-je en secouant la tête. Et il a abandonné son statut de membre au bout de cinq rencards avec Kresley. Ce qui, comme par hasard, coïncide avec la première *date* entre Kresley et Paolo.

— Là, nous avançons, dit Liam en venant se placer à côté de moi.

Ses mains reposaient sur le dossier de mon siège et je sentis son souffle chaud contre mes oreilles lorsqu'il se pencha pour lire par-dessus mon épaule. Mon cœur battait la chamade et je commençai à me tancer intérieurement de tromper ainsi virtuellement Patrick. Ma conscience me tourmentait, mais elle n'était pas la seule. Je me forçai à me reconcentrer sur les pages que j'avais sous les yeux.

— On dirait que Paolo n'a pas su capter son intérêt très longtemps, remarqua Liam. Deux rencards seulement. Et le dernier date d'il y a dix-huit mois.

Je racontai à Liam tout ce que je savais sur la véritable identité de Paolo : né à Dayton, quelques années de prison pour vol qualifié et le fait que sa vie à Palm Beach était une complète fiction. Or, malgré tout cela, il avait réussi à passer les examens soi-disant scrupuleux de Rendez-vous Fantasmatiques.

— Et si elle avait découvert qu'il était bidon ?

— Peu probable.

Mon instinct me disait que nous tenions là quelque chose d'important, alors je persévérai :

— Pourquoi pas ? Aucune des Kresley Pierpont du monde entier n'aimerait se commettre avec la racaille ou se faire avoir.

— Mais elles sont aussi beaucoup trop enfants gâtées pour savoir attendre une année et demie avant de réagir.

— Bon point.

— Si elle avait découvert d'une manière ou d'une autre que Paolo était un imposteur, elle aurait sans doute attaqué Rendez-vous Fantasmatiques en justice jusqu'à ce qu'ils mettent la clef sous la porte. Or, elle ne l'a pas fait. Elle a même continué à profiter de leurs services.

— Jusqu'à ce qu'elle rencontre Matthew Gibson. Ils ont très rapidement cessé leurs autres rendez-vous. Peut-être a-t-il découvert que Paolo avait menti sur toute la ligne, et décidé de le tuer pour venger le tort fait à sa future femme.

— Ce qui aurait beaucoup de sens… *si* nous étions en Angleterre, sous la Régence, plaisanta Liam. Est-ce que tout ce business d'agence de rencontres fonctionne sur recommandation, ou quoi ?

Je regrettai la chaleur de son corps quand il alla s'asseoir sur le bord du petit bureau. Il feuilletait les pages que j'avais mises de côté parce qu'elles me paraissaient importantes.

— D'après ce que j'ai pu comprendre, quand l'agence a ouvert, Shaylyn et Zack ont organisé, dans différents lieux – sur des yachts ou dans des espaces VIP –, des soirées plutôt intimes réunissant quelques personnes triées sur le volet.

— Pour se faire une petite idée du marché des riches laissés-pour-compte ?

— Exactement. Mais depuis, ils opèrent presque exclusivement sur recommandation. Comme il y en a beaucoup de la part de Kresley Pierpont, je croyais tenir quelque chose, mais ça ne marche pas. Paolo en avait tout autant, tout comme une certaine Barbie Baker.

Il haussa l'un de ses sourcils :

— La Barbie Baker qui a obtenu une transaction de divorce tout à fait juteuse et rondement menée ?

Je n'aurais jamais pensé qu'il pouvait s'intéresser à la rubrique *people*.

— Comment le sais-tu ?

— Les détectives privés ont leur propre groupe Yahoo.

— Vraiment ?

Il fit un sourire entendu – troublant et ambigu en diable.

— Non. Ashley m'en a parlé. Elle est abonnée à énormément de magazines et s'intéresse à ce genre de conneries.

Quelque chose me dit que ce n'est pas la seule chose à laquelle Ashley s'intéresse.

— De quoi te rappelles-tu à propos de l'ex-Mme Baker ?

— Pas grand-chose. Ce genre de trucs ne m'intéresse pas beaucoup.

— Il faudrait que je la passe dans Google, dis-je en me penchant pour attraper l'ordinateur portable métallisé posé à mes pieds. Il me fallut un peu de temps pour rebrancher tous les fils, mais il finit par s'allumer.

— Nous sommes en train d'effacer toutes les empreintes utilisables, tu le sais, n'est-ce pas ?

— Je ne dirai rien si tu te tais aussi, murmurai-je en lisant le message d'erreur que m'adressait la machine.

Quand j'eus ouvert l'arrière de l'ordinateur au moyen d'une lime à ongles que j'avais trouvée dans le tiroir du bureau, je compris aussitôt pourquoi il ne fonctionnait pas.

— Quelqu'un a embarqué le disque dur.

Liam leva la tête du paquet de document qu'il était en train de négligemment feuilleter.

— Donc, nous recherchons un débutant en informatique.

— Comment peux-tu savoir ça ?

— Un accro de l'informatique aurait nettoyé le disque dur en le laissant en place. Ce qui rend par ailleurs la culpabilité de Zack et Shaylyn beaucoup moins probable.

— Parce que ?

Il m'éventa avec les feuilles qu'il tenait.

— Toute leur activité est informatisée. L'un d'eux est forcément un expert en la matière. Et puis, c'est leur ordinateur. S'il comportait un truc gênant, pourquoi ne pas l'emporter avec eux ? Ou tout simplement s'en débarrasser ?

— Où crois-tu qu'ils puissent être ? Personne n'a entendu parler d'eux depuis une éternité.

— Taggert le sait peut-être.

Je clignai des yeux, puis sentis que mon enthousiasme reprenait du terrain.

— Bien raisonné. C'est l'un de leurs amis, alors il paraît évident qu'il a des informations sur le sujet.

Usant de son pouce et de son index, Liam retira de la pile des paperasses sans importance, un document de deux pages bien proprement agrafées.

— Il est même plus qu'un ami, dit-il en faisant glisser le document sur le bureau. Taggert les représente en ce qui concerne la location de cet immeuble.

Sur la seconde page, je reconnus facilement sa signature alambiquée et vieux jeu.

— J'ai fait une pile de factures provenant des fournisseurs, dis-je à Liam. Tu les vois quelque part ?

— Je les ai, dit-il en me les tendant.

Je survolai plusieurs factures sans intérêt du genre électricité, eau et fournitures de bureau afin d'aller directement chercher la poule aux œufs d'or. Enfin, aux œufs d'argent ou de bronze, disons.

— Voici les notes d'honoraires émises par Clark Taggert en contrepartie de services juridiques. Elles portent la mention « Payé en totalité ».

— Nous savons déjà qu'il est leur avocat.

— Mais… poursuivis-je en fouillant dans les papiers qui jonchaient le bureau jusqu'à ce que je trouve un relevé de compte bancaire, ce truc-là ne mentionne aucun paiement qui aurait été fait à Taggert. Pourtant, ça doit atteindre une certaine somme.

— Ou alors, cela signifie tout simplement qu'ils ont plusieurs comptes bancaires et qu'ils l'ont réglé à partir d'un autre compte. Ou alors, ils encaissent les chèques et payent Taggert en liquide, pour une raison quelconque.

Je sentais qu'une mauvaise habitude était en train de se dessiner. Mon enthousiasme se mua en contrariété.

— Ça te plaît de reprendre chacune de mes idées pour les démolir une à une ?

— Parfois.

Ce type était aussi honnête qu'agaçant.

— Il faut que j'aille à la maison. J'ai besoin d'un vrai ordinateur.

— Avant cela, il faut que nous éliminions les traces de notre passage. Sinon, quand nous appellerons les flics, nos empreintes risquent de rapidement nous vendre. Ensuite, je t'emmène voir quelques amis à moi. Et après, tu rentres chez toi.

Des amis ? Qu'est-ce que ça signifiait ? Ce pouvait être la première étape pour m'intégrer à sa vie ou… ça pouvait vouloir dire que nous allions retrouver Ashley au Bluc Martini. Rien d'enchanteur.

— Attends, non. Il faut que je voie Jace Andrews, Payton McComber et peut-être Harrison Hadley.

Il me lança un regard interrogateur, mais avança le menton en signe de défi :

— Et pourquoi ferions-nous cela ?

— Tous clients de Rendez-vous Fantasmatiques. Ils ont des bureaux ici, sur l'isthme, et je veux les interroger maintenant. Tes amis vont devoir attendre un peu. Il faut que je passe chez moi. J'ai besoin d'un ordinateur en état de marche afin de pouvoir fouiller dans la vie de Barbie Baker, Cameron Wells et tous les autres. Zack et...

Liam souleva le bas de sa chemise et se mit à frotter toutes les surfaces planes. Ma gorge se serra à la vue de ses abdominaux sculptés et bronzés. Normalement, je n'adorais pas les types qui laissaient dépasser leur caleçon au-dessus de la ceinture de leur pantalon, mais sur Liam, ça marchait très bien. Correction : sur ma libido, ça marchait très bien. Très très bien. À en avoir les jambes en coton.

Il était de profil, mais je pouvais distinguer son rictus.

— Quand tu auras fini de me mater, prends une profonde inspiration, finis ta phrase et viens m'aider.

Mes joues ne se contentèrent pas de rougir, elles s'enflammèrent.

— D'abord, je ne te matais pas.

Techniquement, ce n'était pas un mensonge puisque je ne le regardais plus. J'étais passée à autre chose. À un fantasme en Technicolor de nos deux corps enlacés dans mes draps.

— Peu importe. Tu disais que Zack et...

Il me fallut trois gifles mentales pour me ramener à la réalité.

— Hum, je vais faire des recherches plus approfondies sur Zack, Shaylyn et Taggert. Tu considères peut-être qu'il n'y a aucun lien, mais moi je pense le contraire. Quelqu'un a protégé les dossiers par un mot de passe. La personne qui a vandalisé cet endroit cherchait manifestement quelque chose. Je devine que la réponse se trouve quelque part dans les dossiers, ce qui expliquerait pourquoi le disque dur a disparu.

— Ou Zack et Shaylyn l'ont embarqué par précaution afin de protéger l'intimité de leur clientèle, ponctua-t-il en continuant à passer le bord de sa chemise sur le meuble de réception en U.

— Pourquoi as-tu tant de mal à accorder quelques mérites à mes intuitions ?

J'entendis le craquement d'un morceau de verre et levai la tête pour voir Liam empoigner son arme.

— Tu as fouillé toute la pièce quand tu es arrivée ? me demanda-t-il en contournant lentement le comptoir de la réception, son arme pointée devant lui.

— À peu près.

OK, je n'étais pas allée dans la kitchenette, mais c'était seulement parce que j'avais été distraite par le dossier de Jane répandu sur le sol. En plus, elle était complètement ouverte, alors j'aurais remarqué si quelqu'un s'était tapi dans l'ombre.

— Tu as dû fouiller cette pièce les yeux fermés, j'imagine.

— Faux ! J'ai trouvé un morceau de verre provenant d'une carafe. Alors si tu viens de découvrir un morceau de cafetière, ne fais pas trop le fier.

Le couinement caractéristique des gonds d'une porte résonna dans la pièce à haut plafond.

En me penchant pour contourner le meuble, je vis Liam abaisser son arme avant de s'accroupir. L'odeur sucrée écœurante que j'avais sentie en entrant se fit plus intense, de même que le sentiment de panique qui commençait à tétaniser mes muscles.

— Tu as raté un truc.

— Comme quoi ?

— La mare de sang sur le sol.

L'honnêteté est toujours la meilleure solution,
sauf quand la vérité risque de vous conduire en prison.

Dix-sept

O n aurait dû rester, répétai-je à Liam pour la millième
— fois tandis que nous nous éloignions de Rendez-vous
Fantasmatiques.

— Seulement si tu souhaitais te faire cuisiner toute la nuit par
Steadman et Graves. À propos, ils ne t'aiment pas beaucoup.

Je lui lançai un regard incrédule tout en essayant de soutenir le
rythme de ses longues foulées.

— J'avais deviné, merci.

L'activité dans la rue tendait à diminuer, tout comme mon
espoir de faire libérer Jane avant le week-end. Il n'était pas encore
16 heures, mais, à travers les vitrines, je voyais déjà les vendeurs
ranger leurs articles et épousseter leurs comptoirs. Même si, officiellement, la journée de travail s'achevait à 18 heures, l'heure de l'apéro
débutait à 17 heures précises. Heure à laquelle les nantis devaient
retrouver leur poste de combat. Hôtes et hôtesses se pressaient donc
de regagner leurs majestueuses demeures afin de s'habiller pour la
soirée.

Très Palm Beach. Tous les soirs, il y avait une soirée. *Si*, toutefois, vous faisiez partie de la liste des invités. Je m'étais moi-même
rendue à quelques événements du genre, mais seulement en qualité
de resquilleuse. Enfin, théoriquement, il ne s'agissait pas à proprement parler de resquiller puisque Liv se débrouillait pour me

trouver une invitation, mais je n'avais jamais été conviée à l'une de ces soirées sur la base de mes propres qualités. Toutefois, quelle qu'ait pu être la manière dont je m'y faufilais, j'appréciais toujours la vision rapprochée et intime de leur opulence.

— Là, dis-je soudain à Liam en lui saisissant l'avant-bras. Arrête-toi.

— Payton's Place, lut-il sur l'enseigne fixée au-dessus de l'entrée d'une galerie-boutique. « Accessoires uniques ». Une envie de bijoux ?

— Ne sois pas idiot. Je veux parler à Payton McComber. C'est l'une des clientes concernées par l'Évaluation spéciale.

Liam ouvrit la porte et s'effaça pour me laisser entrer. Quand je passais devant lui, il me chuchota :

— Fais vite. J'ai un truc à West Palm dans environ une heure.

Un truc. Encore un de ces *trucs*.

— Sens-toi libre d'y aller tout de suite, lui dis-je d'un ton pincé.

Un discret carillon tinta lorsque je franchis le seuil de la boutique. Celle-ci avait été entièrement peinte en blanc et dégageait un vague parfum de gardénia. Deux longues rangées de présentoirs cubiques avaient été disposés de part et d'autre de la pièce et chacun d'eux recelait une pièce de joaillerie unique, artistiquement disposée. Dans l'allée centrale, quelques présentoirs octogonaux disséminés çà et là tournaient sur leur axe de façon à peine perceptible et accueillaient des bijoux moins spectaculaires. La pièce avait près de 5 mètres sous plafond, offrant ainsi tout l'espace voulu pour exposer des œuvres plus volumineuses. Sur le mur du fond, divers prix et récompenses avaient été symétriquement accrochés et flanqués de photographies rappelant la cérémonie correspondante. Outre la joaillerie, Payton était connue pour ses sculptures sur métal et ses œuvres en verre soufflé.

J'entendis qu'une porte s'ouvrait et je retins mon souffle. Je saurais reconnaître Payton. Elle passait fréquemment au journal télévisé et était plutôt appréciée des résidents de l'isthme, principalement parce que chacune de ses créations était une pièce unique. Or, il paraît que rien n'irrite plus une femme riche que de consacrer des milliers de dollars à un accessoire qu'elle retrouve, le soir même, au cou ou au poignet d'une autre femme – généralement, plus jeune.

Ce n'était pas Payton. Celle qui venait d'entrer était une jeune femme menue, avec des cheveux coupés très court et teints en un violet éclatant. Sa chevelure et ses vêtements excentriques annonçaient assez clairement l'*artiste*. À cet égard, je n'ai jamais compris pourquoi des gens qui sont capables de donner naissance à la beauté ont un style personnel comparable à celui d'un enfant de 3 ans laissé sans surveillance.

Elle me sourit et me tendit sa main fine. J'eus quelques difficultés à la lui serrer compte tenu du machin en argent qui reliait son pouce et son index en créant un effet toile d'araignée. Il était donc probable que la collection automne-hiver de Payton incluait une ligne Peter Parker en hommage à Spider-Man. Mais à part ses bijoux arachnéens, ses cheveux violets et sa tenue Cyndi Lauperesque, millésime 1983, la jeune femme qui se tenait devant moi était vraiment très jolie.

— Bonjour, je suis Astrid. Bienvenue à Payton's Place. Vous recherchez quelque chose de précis ?

— Oui. Payton McComber. Serait-elle disponible ?

— Elle se trouve dans le studio derrière, mais elle n'aime pas être dérangée. Je suis certaine de pouvoir vous aider à trouver ce qu'il vous faut.

— OK, dis-je en cherchant dans mon sac un stylo et un morceau de papier.

Cette fois-ci, l'heureux gagnant était une carte postale représentant une tasse de thé Chai de chez Starbucks que j'avais dû vouloir envoyer. À la hâte, je griffonnai quelque chose au verso, avant de la plier en trois.

— Soyez gentille de remettre cela à Mme McComber, s'il vous plaît. Nous allons attendre ici.

Dès qu'elle fut partie, Liam me dit :

— Tu fais vraiment bien la pétasse coincée.

Ne sachant pas très bien s'il s'agissait d'un compliment ou d'une critique, je n'étais pas sûre de la réponse à lui donner :

— C'est un don.

Plutôt nerveux, il se mit à regarder les présentoirs.

— Si tu veux mon avis, il y a là-dedans beaucoup de trucs qui ressemblent aux saletés que tu trouves dans les boutiques de gadgets à un dollar.

— Eh bien tu peux rajouter quelques zéros, lui suggérai-je, alors que mes yeux étaient subitement aimantés par un fabuleux collier de pierres vert citron, taillées en ovale, et ses boucles d'oreilles assorties.

Considérant ma condition de chômeuse, je dus me résoudre à les admirer de loin. D'ailleurs, qui donc essayais-je de bluffer ? Même quand je travaillais, je ne pouvais pas me permettre un bijou de chez Payton à moins d'économiser sévèrement et de gratter les fonds de tiroirs, c'est-à-dire de faire quelque chose que j'avais toujours réussi à éviter depuis près de trente ans.

Astrid revint, avec sur le visage une expression crispée d'excuse.

— Elle vous attend dans le studio, fit-elle en pointant sa toile d'araignée vers l'arrière-boutique. C'est par là, tout droit.

Quand Liam posa le plat de sa main au creux de mon dos, je sentis chaque centimètre carré de sa large paume. Je m'efforçai néanmoins de conserver un air dégagé. Difficilement.

— Qu'as-tu écrit sur ta carte ?

— Que nous venions la voir à propos de l'Évaluation spéciale de Rendez-vous Fantasmatiques toujours en souffrance de paiement. Elle n'a pas payé le supplément du mois dernier.

— Pas bête.

— C'est ce que j'ai pensé.

Oui, je n'étais pas née de la dernière pluie et je savais que je ne devais pas me laisser attendrir par la flatterie. Oui, j'en connaissais les dangers et il ne fallait pas que j'y sois sensible. Vœu pieux.

Pour rejoindre le studio, nous dûmes passer au travers d'un rideau de perles de verre colorées. Elles tintèrent, puis se stabilisèrent derrière nous, tandis que nous continuions dans un couloir étroit. Tâchant de me concentrer sur la lumière orangée que diffusait la sortie de secours, au-dessus de la porte, je continuai à avancer, non sans difficulté.

En chemin, nous passâmes près d'une pièce dans laquelle trônait une cafetière qui m'invita par télépathie à l'essayer. Je sus que j'avais retrouvé mon état normal lorsque mon envie de café surpassa mon désir, futile et sans issue, que Liam repose sa main sur mes reins. Tragique, hein ? Était-il possible que je préfère un bon café à un homme ?

Quand je sortis dans l'arrière-cour, la lumière crue du soleil me força à fermer les yeux. Je plaçai mes mains en visière afin de mieux y voir. À quelques mètres de nous s'élevait une sorte de garage. Enfin, si tant est que les garages puissent être dotés de cheminées crachant une chaleur telle qu'elle créait un effet de mirage.

— Tu sens ça ? me demanda Liam.

— Oui, ça sent comme ce qu'on utilise pour refaire le plein d'un briquet. Qu'est-ce que c'est ?

— C'est un combustible qui s'évapore très vite et est très inflammable.

Je m'arrêtai net, comme si je venais de heurter un mur :

— Tu crois que Payton va nous faire cramer ?

En me poussant en avant, Liam me répondit à voix basse :

— Non, je pensais plutôt au rafiot du chauffeur de la limousine. Il a bien fallu que quelque chose déclenche l'incendie.

— Est-ce que je dois avoir peur ? demandai-je, comme si ce n'était pas déjà le cas.

— Naaan.

L'unique porte d'entrée, portant la mention « Privé » écrite d'une main experte, était entrebâillée. Payton était à cheval sur un établi capitonné, le visage dissimulé derrière un masque de soudeur.

D'une main, elle tenait une sorte de marteau et de l'autre, un petit chalumeau qui crachait une flamme bleue d'environ huit centimètres.

Elle posa le marteau sur le banc devant elle, puis tourna une petite valve sur le chalumeau et la flamme s'évanouit avec un petit *poooff*. À l'exception du bruit que faisait un ventilateur d'appoint et du bourdonnement de l'air conditionné, l'endroit était parfaitement silencieux.

Payton mit en fuite l'ange qui passait :

— Vous pouvez dire à Zack qu'il fasse ce qu'il veut. Je ne lui verserai plus un sou.

Je présume que nous venons de sauter les présentations.

— Je vous demande pardon ?

Quand elle eut retiré son masque et ses gants d'un geste brusque, je constatai qu'une paire d'yeux sombres me fixait d'un air hostile. Ses cheveux, ondulés, étaient d'un noir bleuté qui ne pouvait être naturel et elle les avait tirés en une queue-de-cheval si sévère qu'elle lui étirait presque le coin des yeux. À moins qu'il ne s'agît d'un lifting raté.

Mon regard descendit alors vers son cou. Oui, la seconde option s'imposait sans aucun doute : sa peau flasque m'apporta la confirmation que son cou avait dix ans de plus que son visage et ses mains. Tout bien réfléchi, j'y rajoutai cinq ans. Ayant fait mon petit calcul, j'en conclus que, nonobstant la chirurgie plastique, elle devait avoir la quarantaine.

Comme beaucoup de femmes ayant eu recours à la chirurgie esthétique, elle accordait son style à son âge apparent. Ajoutez-y le paramètre artistique évoqué ci-dessus et vous obteniez un résultat des plus étranges. Payton McComber ressemblait un peu à une motarde. Des jambières usagées recouvraient ses cuisses et elle était chaussée de bottines en cuir clouté Harley Davidson Dazzle. Mais pas n'importe quelles bottines et pas n'importe quel cuir. Passant une jambe par-dessus l'établi, elle se planta sur ses deux pieds. Forte de ses huit centimètres de talons, elle faisait presque cinq centimètres de plus que Liam.

Payton était mince, mais très athlétique. Elle avait des bras très musclés et son buste était moulé dans une sorte de veste en cuir frangée, avec des perles de verre soufflé qui dansaient au bout des lanières. Sous ses jambières apparaissait un short en jean agrémenté de perles en cuivre. Quand elle se retourna pour retirer ses jambières, je vis que le short avait été taillé et découpé en un string tout à fait révélateur.

Je jetai un rapide coup d'œil à Liam qui semblait totalement indifférent à cet exhibitionnisme. L'inventaire du studio absorbait toute son attention.

Payton planta ses mains à l'endroit où auraient dû se trouver ses hanches et lança un regard noir dans ma direction.

— Il n'a trouvé personne d'autre que vous pour la commission ? Une débutante coincée tout droit sortie de la maternelle ? Eh bien vous direz à ce gros connard que je ne suis pas vraiment intimidée et que j'ai définitivement cessé de payer. Je n'en avais vraiment pas assez pour mon argent. Par ailleurs, mes... *goûts* ne sont plus vraiment secrets. Oh, et n'oubliez pas de lui dire aussi de reprendre son DVD et ses menaces et de se les carrer dans...

Je savais bien que ce Zack était un sale type.

— Zack vous a menacée ?

Elle haussa les épaules, révélant ainsi une partie du tatouage que portait l'une d'elles. Je n'en eus qu'une vision fugace, mais j'étais presque sûre qu'il s'agissait d'un serpent.

— Essayé, précisa Payton. Le supplément ne me dérangeait pas, tant que j'obtenais ce qui était prévu en échange.

— C'est-à-dire ? demanda Liam.

Elle lui décocha un lent sourire insolent :

— J'aime les jeux, mais j'avais du mal à trouver des partenaires depuis que j'ai quitté New York pour m'installer ici.

Je mis peu de temps à comprendre qu'elle ne faisait pas allusion au Scrabble.

— Et comment en êtes-vous venue à faire affaire avec Zack et Shaylyn ?

— Ce sont eux qui m'ont trouvée. Ils se sont pointés au studio. On a discuté et, à l'époque, ça semblait être un *deal* idéal pour chacun de nous. Je rencontrais des gens ayant des… *intérêts* similaires aux miens et ils se faisaient un peu plus de pognon. Et puis, il y a quelques mois, cet enfoiré de suceur de feuille d'érable m'a fait porter à la maison la copie d'un DVD amateur avec un message dactylographié me menaçant de rendre l'original public si je ne payais pas 20 000 dollars de plus.

— Quelqu'un a filmé vos séances de jeux ? demanda Liam.

— Ouais. Mais je suis une artiste. Une artiste réputée. Le fait de partager mes inclinations sexuelles avec le monde entier ferait probablement doubler ma cote. Regardez Mapplethorpe. Regardez le *Self-Portrait* de John Lennon et Yoko Ono. Le sexe et l'art font un excellent ménage. C'est très exactement ce que j'ai dit à Paolo quand il s'est pointé ici pour relever les compteurs.

— Quand était-ce précisément ? demanda Liam.

— Fin mai, début juin, peut-être ? répondit Payton d'un air un peu méfiant. Attendez. Vous ne croyez tout de même pas que j'aie quelque chose à voir avec la mort de Paolo, hein ? Je suis sortie avec lui à plusieurs reprises. C'était un excellent compagnon de jeu.

Beuuuurk.

— N'ont-ils pas déjà arrêté une fille pour ça ?

Comme si ça pouvait présenter un intérêt quelconque, je répondis :

— Elle est innocente.

— Il a été tué le week-end dernier, n'est-ce pas ?

Je le lui confirmai d'un signe de tête.

— Désolée de vous décevoir, mais entre vendredi et lundi midi, je me trouvai au vernissage d'une nouvelle exposition au musée de l'Érotisme à Miami.

— Quelqu'un peut-il le confirmer ? demanda Liam.

— Plusieurs quelqu'un, dit-elle avant d'éclater de rire. J'ai eu beaucoup de succès pendant les *afters*, si vous voyez ce que je veux dire.

Je voyais très bien ce qu'elle voulait dire, ainsi que quelques scènes déplaisantes.

— Vous disposez encore du DVD ?

Payton ne fut absolument pas déstabilisée par la question de Liam. Elle se dirigea vers un petit meuble de rangement, près d'une pile de toiles vierges, et se mit à fouiller à l'intérieur. Elle en exhuma un disque irisé dans une pochette plastique :

— Le voilà.

— Pourrions-nous le prendre ?

— Vous pouvez *l'emprunter*, précisa Payton.

— Nous n'en ferons pas de copies, lui assurai-je.

Elle pouffa :

— Faites-en toutes les copies que vous voulez. Je veux juste le récupérer parce que j'aime bien le visionner de temps en temps. Ça me file la pêche.

Beuuuuuuuuuuuuuuuuuuuuuuuuuuuuuuuuuuuuuuuuuuuuurk.

— Il faut que je prenne une douche, grognai-je peu après que nous fûmes sortis de la galerie de Payton.

Nous chaussâmes en même temps nos lunettes de soleil en nous dirigeant vers l'est.

— Je veux que tu vérifies son alibi.

— Pourquoi donc ?

Son ton méprisant m'énervait.

— Eh bien, pour commencer, combien de personnes de moins de 40 ans se souviennent que John et Yoko ont tourné un film qui mettait en scène le pénis de John ? Paolo est mort privé du sien. Certaines personnes pourraient y voir une coïncidence troublante. Elle avait toutes sortes de couteaux dans son studio. Et le mobile.

— Et quel mobile pourrait-elle avoir ?

— Voyons, fis-je pensivement en tapotant du doigt mon menton. Euh, Zack et Shaylin la faisaient chanter ?

— Je pense que Payton est le genre de femmes qui aime se faire malmener. Nous en saurons plus après avoir visionné le DVD.

— Oh, super. J'ai vraiment hâte de voir les prouesses de Payton.

— Tu es prude ou juste pathétiquement fidèle à ton pilote ?

Dans la mesure où j'avais mentalement trompé – et continuais à le faire – mon petit ami, je pouvais difficilement monter sur mes grands chevaux. Je n'avais d'autre choix que de tenter la non-réponse éculée :

— Mais il n'y a rien de pathétique dans la fidélité.

— Si, quand elle est à sens unique.

Sa remarque énigmatique ne pouvait vouloir dire que deux choses. Soit Ashley l'avait trompé, soit il l'avait trompée, et vice versa. Le fait qu'ils soient toujours en relation rendait plus vraisemblable la deuxième option.

— Reste en dehors de ma relation avec Patrick.

— C'est ce que je fais.

La vivacité de sa réponse me piqua au vif. Elle n'aurait pas dû me faire un tel effet, pourtant. Ça n'avait pas de sens. Est-ce qu'en réalité, je désirais qu'il me désire juste pour le plaisir de pouvoir lui dire non ? Ou est-ce que je désirais tout simplement Liam, un point c'est tout ? Ces deux scénarios tombaient chacun dans la catégorie « navets ». Le fait d'arriver à Propriétés de Prestige m'évita d'avoir à explorer plus avant les méandres de ma coupable conscience.

L'agence immobilière était luxueuse, mais peu différente, en pratique, de n'importe quel établissement du genre. Enfin, si l'on mettait de côté le fait que la réceptionniste nous offrit de nous désaltérer de toutes les façons possibles, depuis l'eau minérale jusqu'au champagne, pendant que nous attendions Jace Andrews. Et aussi le fait que la plupart des offres de vente dépassaient le million.

L'agent immobilier ne se fit pas désirer plus de deux minutes. Sans doute parce que j'avais usé du même stratagème que lors de notre précédente visite. Apparemment, la simple mention de l'Évaluation spéciale suffisait à obtenir l'attention de son bénéficiaire.

La première chose que je notai, ce fut qu'il était bien plus mignon en personne que sur la photo 20 × 25 du dossier établi par Rendez-vous Fantasmatiques. La seconde, ce fut qu'il avait l'air très énervé.

C'est avec un regard sombre et un sourire forcé qu'il nous invita à entrer dans son bureau. Celui-ci était très vaste, très masculin et très ordonné, avec beaucoup de meubles massifs en bois sombre et des tentures sobres dans les bordeaux et bleu.

— Asseyez-vous, je vous en prie, nous dit-il en plaquant sa cravate Hermès contre sa poitrine, tout en prenant place dans un fauteuil en acajou massif.

— Nous sommes ici à propos du supplément que vous payez, fit Liam sans préambule.

Les joues de Jace s'enflammèrent et il nous lança un regard haineux. Le portable de Liam se mit alors à sonner et il alla prendre l'appel dans le hall de réception. Je savais bien qu'il n'était qu'à quelques mètres de moi, mais je savais aussi que quelqu'un – pas Jane – avait poignardé et mutilé Paolo. Et cette personne était peut-être ce Jace, avec lequel j'étais maintenant en tête à tête.

N'ayant pas vraiment d'autre choix, je repris là où Liam nous avait laissés.

— Nous sommes au courant de l'Évaluation spéciale que vous avez payée.

Il ferma les yeux durant une minute en passant des doigts tremblants dans ses cheveux sombres.

— Combien voulez-vous de plus ? demanda-t-il en réprimant sa fureur.

— Combien de quoi ?

— D'argent ? souffla-t-il en ouvrant un tiroir et en en retirant l'un de ces énormes chéquiers professionnels reliés de cuir. Comme j'en ai informé Paolo, je veux bien payer pour que tout cela reste secret. Je n'ai pas vraiment le choix, n'est-ce pas ?

— Euh, non. Je me doute que votre portefeuille de clients n'augmentera pas beaucoup quand le bruit circulera que vous êtes un grand fan de SM.

Il releva brusquement la tête et le stylo qu'il venait de prendre sur le bureau s'immobilisa en l'air. Il reposa le stylo et s'adossa au dossier de son fauteuil.

— Je ne vois pas ce dont vous voulez parler.

— Un DVD sur vous, dans une posture qui n'est pas vraiment à votre avantage. Ça vous dit quelque chose ?

— Non. (Et il se leva de son siège.) Je suis certain que vous trouverez toute seule la sortie.

Wouah. Qu'est-ce qui m'échappait ?

— Paolo est mort.

— C'est effectivement ce que j'ai lu. La porte est par là, insista-t-il encore.

— La femme qui a été arrêtée ne l'a pas tué.

— Ce n'est pas mon problème.

Je ne bougeai pas de mon siège. Au contraire, je tenais les accoudoirs si fermement qu'il allait lui falloir emporter aussi le fauteuil s'il voulait me mettre dehors.

— Et c'est là que vous faites erreur. J'en fais votre problème. Je sais que Rendez-vous Fantasmatiques a facturé à certains de ses clients des suppléments en contrepartie de… d'exigences particulières.

Vous venez d'admettre que vous avez vous-même payé l'Évaluation spéciale.

— C'est vous qui le dites. Si vous le répétez, je nierai.

— Devant un juge ?

Jace Andrews donnait l'impression qu'il n'aurait pas eu de plus grand plaisir que de me tordre le cou, puis de me faire subir un électrochoc, avant de répéter l'opération.

— Pour soutenir une organisation humanitaire locale d'aide à l'enfance.

Même genre de conneries que Kresley avait utilisé un peu plus tôt.

— J'ai... commençai-je en jetant un coup d'œil à Liam qui était toujours au téléphone. Nous en avons déjà eu confirmation par l'une des personnes que Rendez-vous Fantasmatiques a fait chanter. Nous sommes au courant pour les expériences sadomaso et pour les DVD.

Il secoua la tête en ricanant :

— Alors, vous ne savez rien du tout, Mlle Tanner. Cela fait deux fois que je vous demande de quitter cette pièce. Maintenant, je vous ordonne de foutre le camp.

— Nous nous apprêtions à partir, dit Liam en revenant dans la pièce et en saisissant fermement mon bras. Désolés de vous avoir dérangé, M. Andrews.

— Mais !

— Maintenant, insista Liam dans un grognement sourd, en me fixant durement des yeux.

Nous étions à peine sortis de l'agence que je me mis presque à hurler.

— Nous devons y retourner ! Il faut le cuisiner, le pousser dans ses retranchements, le faire craquer !

— Le faire craquer ? répéta Liam. Tu ne regarderais pas un peu trop la télé, toi ?

Je ne goûtais pas du tout son ironie.

— Avouer. Peu importe comment tu appelles ça. Quand il a cru que c'était Zack et Shaylyn qui nous envoyaient, il était prêt à payer. Et puis, quand j'ai mentionné le sadomasochisme, il m'a jetée.

— Nous pourrons revenir plus tard. Il ne va pas s'en aller.

— Il mentait. Et tu aurais pu t'en apercevoir toi-même, si tu n'avais pas eu ton téléphone collé à l'oreille, comme un adolescent.

— En parlant de téléphone, le tien est mort.

— Quoi ? m'étonnai-je en fouillant dans mon sac pour constater qu'effectivement, l'écran s'était éteint. Je peux le recharger dans la voiture.

— Ne prends pas cette peine. Becky m'a appelé. Faulkner a reporté la demande de révision de la libération sous caution à 9 heures, demain matin.

— Génial !

Mais mon excitation se calma après un rapide calcul. Si l'audience se terminait vers 10 heures, je pouvais encore passer chez le fleuriste, prendre les roses et me rendre au country club de Willoughby, à Stuart, pour y retrouver ma mère avec quelques minutes d'avance.

— J'espère que Taggert est prêt. Ma voiture est garée par là-bas, dis-je quand j'eus réalisé que nous marchions dans la mauvaise direction.

— On reviendra la chercher. Il faut que je sois à la Table du Seigneur, ASAP.

— On va dans une soupe populaire ?

— Exact. Maintenant que tu es au chômage, je pense qu'il est opportun de te familiariser avec tes nouvelles possibilités de sorties.

Je lui donnai un coup de sac sur le bras qu'il avait vraiment beaucoup trop musclé pour que cela risquât de lui faire mal.

— Ce n'est pas drôle. Où m'emmènes-tu vraiment ?

— À la Table du Seigneur.

— Pourquoi ?

— Il faut que nous y arrivions avant que Frank le Cinglé ne s'en aille.

— Ne me dis pas que Frank le Cinglé est un autre client de Rendez-vous Fantasmatiques ?

— Non.

— Alors qui est-ce ? Et pourquoi l'appelle-t-on le Cinglé ?

— On l'a surnommé ainsi parce qu'il entend des voix.

— Je présume que c'est une autre façon de dire qu'il est psychotique ou schizophrène ? Et pourquoi est-il plus important que les clients de Rendez-vous Fantasmatiques ? Ce sont eux qui vivent des doubles vies consacrées au vice.

— Beaucoup de gens ont des doubles vies. Frank le Cinglé, lui, c'est le type qui t'a envoyé le pénis de Paolo.

J'assume l'entière responsabilité de mes actes,
sauf ceux qui sont la faute de quelqu'un d'autre.

Dix-huit

T'es déjà allée à la soupe populaire ?

— Oui, si tu veux savoir. J'ai accompli mon devoir de citoyenne plus souvent qu'à mon tour.

Son rictus immédiat me dit qu'il flairait l'entourloupe.

— Quoi ? Tu crois que je mens ? protestai-je de mon air le plus innocent.

— Non, mais je doute un peu de la spontanéité de la démarche. Travail d'intérêt général, peut-être ?

Bien vu.

— J'ai fait quelques excès de vitesse, alors c'était soit des cours de rééducation à la conduite huit samedis de suite, soit six week-ends à ramasser des détritus sur le bord de la nationale dans un horrible gilet jaune, soit se porter volontaire dans un foyer d'accueil durant un mois.

La ceinture de sécurité me sciait le cou, me forçant à me contorsionner sur le cuir craquelé du fauteuil. Contrairement à ma silencieuse BMW, la Mustang *vintage* de Liam nous offrait une symphonie de bruits divers. Le soliste du jour était le pot d'échappement qui pétaradait si gaillardement que le chef de la fanfare de Palm Beach en aurait tiré fierté.

Mais la ceinture de sécurité n'était pas la seule chose à me ronger le cuir :

— Tu ne trouves pas bizarre que ni Payton ni Jace ne nous aient demandé qui nous étions ? Presque comme s'ils s'attendaient à notre visite.

Il haussa les épaules :

— Tes messages laissaient entendre que nous avions un lien avec l'agence de rencontres. En tout cas, Payton ne m'a pas pris pour un timide. Je suis sûr qu'elle adore parler de sa vie sexuelle trépidante.

— Jace était à deux doigts de me faire un chèque. Et puis j'ai évoqué le truc du SM et il s'est refermé comme une huître. Curieux, non ? Bon, j'ai pu voir que c'était un vrai cul coincé. Mais j'ai un peu de mal à l'imaginer en cuir avec un fouet. Je vais y retourner pour lui parler. Il sait quelque chose et je veux découvrir ce que c'est.

— Est-ce qu'il t'arrive parfois de réfléchir avant d'agir ? me dit-il d'un ton qui n'était qu'à moitié moqueur.

— Oui, mais je me bats contre la montre, dans cette affaire.

— Et c'est la raison pour laquelle tu t'es pointée toute seule à Rendez-vous Fantasmatiques ?

Je pris une profonde inspiration et expirai lentement en suppliant le ciel de me donner un peu de patience. Comme chaque fois, Dieu plaça mon appel en attente.

— Au cas où tu ne l'aurais pas remarqué : ça m'a permis de fouiller leurs locaux, lui rappelai-je.

— Toujours pas de nouvelles de Zack et de Shaylyn ?

Je secouai la tête :

— Liv est censée se mettre à leurs trousses. Je l'appellerai ce soir. Et aussi Becky. Je n'arrive pas à croire que mon téléphone soit HS.

— Et pas Patrick ? me demanda-t-il en levant un sourcil interrogateur.

Il m'était impossible d'apporter une réponse adéquate à ce genre de question. Si je répondais par la négative, cela laissait penser que notre relation partait à vau-l'eau. C'était peut-être le cas, ou pas. Et si, après coup, j'ajoutais Patrick à ma liste de personnes à appeler, eh bien, ça prouvait que Patrick n'appartenait pas à mes priorités. En vérité, Patrick n'était ni au premier ni au dernier rang de mes pensées : il n'en faisait tout simplement pas partie.

J'entrouvris la fenêtre et ramenai mes cheveux sur mon oreille gauche tandis que l'air chaud et humide s'engouffrait dans la voiture. Au moins, comme ça, il y avait un courant d'air, ce que ne parvenait pas à produire l'antique système d'aération de la Mustang qui nous envoyait un souffle imperceptible mêlé de gaz d'échappement.

— Trop chaud ?

Deuxième question chargée de sens. S'agissant de la température : oui. S'agissant de ma libido : tu n'en as même pas idée. Il m'était impossible de contrôler la météo, mais j'étais, en théorie, totalement responsable des bouffées de désir qui circulaient dans mon corps. En plus, il fallait que je pense à Jane. Quel genre de fille pouvait ainsi songer à la luxure, alors que son amie moisissait en prison ?

— Où ça se trouve ? fis-je pour changer de sujet.

— Au coin de la 45ᵉ.

Je connaissais très bien ce quartier. Des galeries commerciales décaties, des stations-essence, des fast-foods, et, surtout, un Mac Drive.

— Est-ce qu'on pourrait passer prendre un café ?

— Tu as envie de café quand il fait 30 degrés à l'ombre ?

— Un café glacé.

Une fois de plus, je sentis qu'il souriait sans même avoir besoin de le regarder. Enfin, un sourire en coin plutôt qu'un sourire.

— Et quel autre péché est-ce que je viens de commettre ?

— Oh, aucun. Personne ne t'en voudra quand tu entreras à la soupe populaire avec un gobelet géant représentant plus d'argent que ce qu'ils possèdent à eux tous.

— Eh bien, je vais me passer de crème à titre de solidarité, rétorquai-je en soufflant ostensiblement. Je le laisserai dans la voiture pendant qu'on parlera avec Frank le Cinglé, d'accord ?

— C'est toi qui vois.

Je regardai son profil.

— Je pense mieux quand j'ai de la caféine dans le corps.

— Alors il devait t'en manquer une sacrée dose quand tu t'es rendue toute seule à Rendez-vous Fantasmatiques. Surtout que tu savais que quelqu'un t'avait appelée depuis leurs locaux pour te menacer. Pas très fin, Finley.

— Tu l'as déjà dit. (*Trois fois. Et si on l'ajoutait aux quatre-vingt-dix-neuf fois où je me l'étais répété à moi-même, on obtenait cent deux fois le mot « stupide ». J'avais saisi l'idée.*) Il y avait beaucoup de sang dans la cuisine ?

— Pas trop, répondit-il. Quelqu'un a pris un coup, mais rien de fatal.

— Qu'est-ce qui te fait dire ça ?

— La tache de sang était ovale, ce qui dénote une projection de sang à grande vitesse indiquant que la personne se trouvait en mouvement quand le coup a été porté.

Maintenant, il allait me falloir un café et un sac pour que je puisse y vomir.

— Traduction ?

Liam prit la sortie vers la 45e Rue et roula encore sur une centaine de mètres, avant de tourner dans l'allée du Mac Drive. Sa voiture envoya une ultime pétarade qui fit sursauter un papi qui traversait le parking. Bien que son émoi fût attribuable à la voiture de Liam, ce fut pourtant moi que le brave homme regarda avec de grands yeux réprobateurs.

— Tu devrais faire réparer ce tas de ferraille.

— J'y travaille, me répondit Liam en mettant sa guimbarde au point mort.

Mais même à l'arrêt, la voiture continuait à vibrer dans une cacophonie de bruits métalliques.

Retirant sa ceinture de sécurité, il se tourna vers moi et leva le poing en l'envoyant au ralenti vers son propre visage.

— Par réflexe, on se détourne toujours d'un coup. Comme ça, dit-il en mimant le geste. Ce mouvement a pour résultat de projeter le sang dans la direction vers laquelle se dirige la personne au moment de l'impact.

— Et les morceaux de verre ?

— Ça pourrait vouloir dire qu'il y a eu lutte, ou bien les deux éléments n'ont aucun lien. C'est impossible à dire tant qu'on ne sait pas ce qui s'est passé.

— Zack a dû envoyer un coup de poing à Shaylyn, peut-être après m'avoir menacée au téléphone.

— Je croyais que tu n'avais aucune idée du sexe de ton interlocuteur ?

— C'est exact, mais je ne vois pas Shaylyn en catcheuse. Elle est trop... sophistiquée. Zack en revanche me file vraiment les chocottes, expliquai-je en réprimant un frisson.

— Mais alors comment expliquer qu'ils ont fourni un avocat à Jane ?

Je me posais la même question.

— Peut-être ne voulaient-ils pas que quelqu'un découvre leur petite ligne de services complémentaires ? J'ai relu leurs archives des millions de fois et je suis quasi certaine que la majeure partie de leur activité est légale. Les pervers sadomaso ne représentent qu'une infime tranche de leur business.

— Mais le SM n'est pas illégal.

— Ça devrait l'être, m'indignai-je. Ne serait-ce que parce qu'il est inepte de porter du cuir, en Floride, au beau milieu de l'été.

Il me lança un sourire en coin encore plus sexy que d'habitude :

— Tu n'apprécies pas l'odeur du cuir et le claquement du fouet ?

Je secouai la tête avec véhémence :

— Non ! (Oublions le fouet, mais... L'image de Liam complètement nu à l'exception d'un pantalon de cuir noir me révolutionna le ventre et engendra un magnifique fard.) Mais dis-moi, tu me parais en savoir très long sur le sujet. Tu aimerais en parler ?

— J'ai travaillé aux mœurs durant quelques années.

J'avais du mal à imaginer l'homme qui était assis auprès de moi dans un uniforme de policier. Il ne me faisait pas l'effet d'être très à cheval sur les règles et les lois. Voilà sans doute pourquoi il n'était plus flic à ce jour.

— Pourquoi as-tu quitté la police ?

Liam avança de deux places dans la file et vérifia sa montre Breitling.

— C'était le moment.

— Pourquoi ?

Liam fit avancer la voiture jusqu'à parvenir à hauteur du guichet. Tout en commandant, il se pencha de côté et sortit un vieux portefeuille râpé de la poche arrière de son jean.

Au même moment, j'étais en train de fouiller dans mon sac pour y trouver de la monnaie. Il regarda avec pitié le pauvre billet de 5 dollars que je lui tendais :

— C'est ma tournée.

— Merci.

Il se pencha au-dessus de moi pour ouvrir la boîte à gants dont il retira un antique porte-gobelet en plastique qui pouvait se fixer entre la portière et la vitre. Il me le donna avant de me faire passer mon café glacé – sans crème donc.

Je laissai le porte-gobelet sur mes cuisses, lui préférant la paille, et commençai la dégustation de ce nectar tant attendu.

— Tu n'as pas répondu à ma question, lui rappelai-je après avoir avalé près du tiers du gobelet, alors que nous n'avions même pas quitté le parking.

— C'est exact.

— C'est une sorte de secret ?

— Non. Simplement un truc dont je ne parle pas.

Il aurait pu tout aussi bien agiter un drapeau rouge devant mes yeux.

— Tu sais que je peux te faire passer dans Google, n'est-ce pas ?

— Oui, mais tu ne le feras pas.

Erreur. J'ai déjà commencé et maintenant, je ne vais pas manquer de poursuivre. J'ajoutai cette mission à ma *to do list*. J'avais certes une politique très stricte en ce qui concernait Google et mes amis, mais Liam n'appartenait pas à cette catégorie. Nous étions... eh puis, zut, je ne savais pas ce que nous étions.

— Tu m'as l'air bien sûr de toi. Pour quelle raison ?

— Tu ne connaissais pas le passé de Jane.

— C'est différent. J'ai conclu un accord avec mes amis.

— Eh bien tu devrais réviser ton accord.

— Et pourquoi ?

Il secoua lentement la tête en signe de désespoir et soupira :

— Tu finiras bien par le découvrir.

D'accord, l'arrestation de Jane m'avait explosé à la figure, mais ses allusions codées me laissaient perplexe. Pensait-il que Becky et Liv avaient, elles aussi, des secrets à cacher ? Et, franchement, si c'était le cas, je ne voyais pas le lien avec l'affaire de Jane. Je l'aurais bien cuisiné un peu, mais nous venions d'arriver à destination.

Du fait de recherches antérieures, je savais que la soupe populaire avait été créée à l'initiative d'une charmante octogénaire nommée Bea Gaitlin. Bea et son mari possédaient, selon les standards de Palm Beach, une modeste fortune. À la fin des années 50, ils avaient acquis une vaste étendue de terrain dans le comté de Martin, 30 kilomètres environ au nord de Palm Beach. Ils y avaient ouvert un restaurant sans prétention qui avait bientôt eu ses habitués. Trente ans plus tard, ils avaient commencé à vendre des parcelles de terrain et Bea avait consacré les fruits de ces transactions à l'établissement d'une soupe populaire. Mais sa philanthropie ne s'était pas arrêtée là : Bea et sa famille avaient parrainé toutes sortes de choses, depuis les associations sportives pour enfants jusqu'aux actions de la Croix-Rouge. Néanmoins, la Table du Seigneur était restée chère à son cœur et on pouvait souvent l'y voir en train de servir des repas, malgré son grand âge.

Le bâtiment de plain-pied, en ciment, avait été repeint d'une couleur saumon flamboyante et une fresque figurant les apôtres rompant le pain en décorait la façade. L'enseigne peinte à la main, qui avait été placée à l'entrée du jardinet flanquant l'immeuble, donnait dangereusement de la gîte, résultat probable du dernier ouragan.

La double porte d'entrée avait été laissée ouverte et calée avec des chaises métalliques. Dès que je sortis de la voiture, une odeur de dinde rôtie vint me titiller les narines. Elle était malheureusement mêlée aux effluves corporels des deux ou trois douzaines de personnes qui se pressaient vers l'entrée. Quelques hommes, torse nu, s'étaient regroupés à l'autre bout du parking où ils s'offraient une douche fraîche à ciel ouvert.

Je pratiquais la charité. La plupart de mes sachets de M&M's venaient des collectes organisées par les écoliers devant les supermarchés et je veillais à vider régulièrement mes placards et à donner mes vieux téléphones portables aux foyers pour femmes battues. Mais je me sentis affreusement coupable en voyant la foule d'hommes et de femmes qui attendaient patiemment pour obtenir ce qui serait sans doute leur seul repas de la journée.

Je me souvins que j'étais sans emploi et que j'étais vraisemblablement plus endettée que certains pays en voie de développement. Pourtant, je disposais encore d'un toit très agréable, de vêtements somptueux et d'autant de nourriture que je voulais. Je pouvais prendre autant de douche que je le souhaitais et *quand* je le souhaitais. En observant tous ces gens qui attendaient sagement leur unique pitance de la journée, je pris la mesure de mon immense chance.

En arrivant aux abords du bâtiment, Liam sortit une photo de la poche de sa chemise. Après un rapide coup d'œil, je réalisai qu'il ne s'agissait pas à proprement parler d'une photo, mais du cliché anthropométrique face et profil d'un type aux yeux mi-clos et à l'air crasseux, avec des cheveux marron sale et des chicots.

Je récoltai quelques sifflets auxquels le regard glacial de Liam mit instantanément fin. Il fallait que j'apprenne à reproduire ce regard-là : il était d'une redoutable efficacité.

L'intérieur de l'immeuble était organisé comme une cantine d'école avec de longs bancs soudés à des tables métalliques. On entendait assez peu de conversations, plutôt le bruit des couverts s'activant dans les assiettes.

— La table au fond, côté gauche, me souffla Liam en passant devant moi.

Je me collai littéralement à lui pour traverser cette masse humaine qui dévorait des tranches de dinde accompagnées de haricots verts et de pommes de terre. Les assiettes disparaissaient sous une épaisse couche de sauce brune surmontée d'un gros morceau de pain.

— Merde, murmura Liam qui soudain se mit à courir.

Frank le Cinglé s'élançait vers la porte de derrière. Il était étonnamment rapide pour un type qui devait bien porter au moins sept épaisseurs de vêtements. J'étais, en revanche, plutôt handicapée par mes sandales, à la mode, certes, mais peu adaptées pour le sprint.

Frank avait fait environ cinq cents mètres dans le terrain vague qui s'étendait derrière le bâtiment, quand Liam l'attrapa par le collet, le contraignant à stopper brutalement sa course. Encore cent cinquante mètres et il aurait fini dans le canal.

Je ne sautais pas de joie à l'idée de devoir crapahuter dans ce champ, avec des mauvaises herbes jusqu'à mi-mollet, mais je n'avais guère le choix. Les deux hommes bataillèrent vaguement, mais Liam était clairement plus grand, plus fort et moins distrait par les apparitions d'extraterrestres.

— Je ne vais pas te faire de mal, dit Liam à l'homme après l'avoir ceinturé.

Malgré cela, Frank le Cinglé fut à la hauteur de son surnom et hurla pendant plusieurs minutes que Liam était l'envoyé d'une autre galaxie qui voulait prélever son foie. Pourtant, si j'en jugeais par l'haleine de Frank le Cinglé – laquelle dégageait une forte odeur alcoolisée –, il y avait bien longtemps que son foie n'était plus.

Liam parvint finalement à le faire taire en lui agitant un billet de 20 dollars sous le nez. Aussitôt, Frank le Cinglé essaya de l'attraper, mais Liam le maintint hors de sa portée.

— Parle-moi du paquet que tu as envoyé il y a quelques jours.

— Je n'ai jamais envoyé de paquet.

— Bien sûr que si tu l'as fait, lui dit Liam en continuant à agiter l'argent sous son nez.

Les yeux de Frank s'agitaient dans tous les sens afin de suivre les mouvements du billet, comme un animal suivant sa proie.

— C'était il y a très longtemps.

— Réfléchis, Frank, lui intima Liam.

— S'il vous plaît ? demandai-je.

En entendant le son de ma voix, Frank tourna brutalement la tête et ses lèvres s'entrouvrirent en un sourire. Il avait depuis longtemps perdu ses dents de devant, et quelques mèches de cheveux répugnantes lui tombaient devant les yeux, se mêlant au garde-manger qu'accueillait sa barbe.

— La boîte, Frank, reprit Liam. Où est-ce que tu l'as eue ?

— Elle me l'a donnée.

— Qui « elle » ? insista Liam.

— Sais pas.

Liam agita le billet de plus belle :

— Où l'as-tu rencontrée ?

— Elle est venue chez moi.

— Vous avez un domicile ? demandai-je, incrédule, mais ma question fut rapidement censurée par un coup d'œil excédé de Liam.

— Elle était dans le parc ?

Frank le Cinglé acquiesça :

— Ils étaient ensemble, mais c'est elle qui m'a donné l'argent.

— Un homme et une femme ? enchaînai-je. (Frank le Cinglé parut désarçonné par ma question, mais je pris son silence pour un « oui ».) Était-elle à peu près grande comme ça ? poursuivis-je en levant la main jusqu'à la taille approximative de Shaylyn. Cheveux sombres ? Jolie ?

— J'imagine.

J'aurais bien aimé obtenir de lui une réponse un peu plus affirmative, mais il me semblait malséant de bousculer un SDF.

— Et le type qui était avec elle ?

— Il était joli, lui aussi.

— Allez, Frank. Tu peux faire beaucoup mieux que ça, dit Liam en desserrant un peu sa prise, mais en gardant la main sur son col. Grand, petit, noir, blanc ?

— J'ai pas bien vu. Elle m'a juste donné la boîte et m'a dit de la porter jusqu'à la société de livraison.

— Comment savais-tu où il fallait faire porter la boîte ? demanda Liam.

Frank le Cinglé se passa la main sur la barbe :

— Il y avait l'adresse sur le bout de papier qu'elle m'a donné.

— Et tu as encore ce papier ?

Si c'était le cas, il y aurait peut-être des empreintes ou quelque chose qui pourrait prouver que Shaylyn était bien la coupable.

— Il a fallu que je lui rende. Sinon, elle m'aurait pas donné le fric. Un billet de 50.

— Et vous avez encore cet argent ?

Liam et Frank le Cinglé me regardèrent comme si c'était moi la folledingue. OK, c'était une question idiote.

— Et la voiture ? enchaîna Liam.

— Noire ou bleue peut-être, répondit Frank après une longue réflexion. Sombre.

— Une Bentley, demandai-je tout excitée. (La voiture luxueuse de Shaylyn pouvait être qualifiée de sombre, surtout si ça venait d'un type qui buvait souvent et dès le début de la journée.) Une grosse voiture ? Classe ?

Frank le Cinglé haussa les épaules :

— Ouais. Peut-être bien.

OK. Je n'allais pas le bousculer, j'allais l'étrangler.

— Peut-être grosse et peut-être classe ?

Liam sortit un autre billet de 20 dollars de sa poche :

— Fais un petit effort, Frank.

Les yeux vides du SDF étaient comme hypnotisés par l'argent :

— Il y avait un autocollant.

— Un autocollant sur le pare-chocs ? demandai-je.

— Sur le pare-brise. Un cercle, dit Frank en essayant de saisir le billet. Quelques mots, un X et un palmier.

— Bon travail, Frank.

Liam lui donna l'argent et Frank détala immédiatement vers le bâtiment.

— Pourquoi l'as-tu laissé filer ? m'étonnai-je. On devrait l'emmener à la police et lui faire répéter son histoire. Ça prouve bien que Jane n'a pas tué Paolo. Elle était en prison quand Shaylyn a payé Frank pour qu'il m'envoie le pénis.

— Au cas où tu ne l'aurais pas noté, je te signale que Frank n'a pas identifié Shaylyn. Il ne constitue pas un témoin crédible.

— Mais c'est le seul que nous ayons.

Liam indiqua du doigt sa voiture.

— Et il nous servirait à quoi ? Il n'y a aucun moyen de vérifier son récit. Les flics pourraient très bien en déduire que Jane ou toi vous avez payé Frank pour qu'il envoie la boîte après coup, juste pour les désorienter. Il va falloir trouver autre chose à rapporter aux flics que les élucubrations de Frank.

— Donc, la première chose à faire est d'éclaircir cette histoire d'autocollant ? (Je commençai à devenir bonne en matière d'enquête.) La Bentley est garée devant Rendez-vous Fantasmatiques. Mais, est-ce que la police n'y sera pas déjà ?

— Pas avant qu'on soit passé.

C'était, mettons, un trajet d'un quart d'heure en voiture.

— On y va à pied ?

— Non, avant cela, je dois passer voir une amie.

Mes talons s'enfonçaient dans la terre, tandis que j'essayais de suivre le rythme de Liam. Non seulement ça n'arrangeait pas vraiment mes chaussures, mais en plus je commençais à entendre le vrombissement caractéristique de nuées de moustiques. J'en venais à avoir hâte de regagner sa Mustang.

— Qui est cette amie ?

— Trena.

Il prononça ce nom comme si j'aurais dû instantanément le reconnaître. Un peu comme s'il avait parlé de Cher ou de Madonna.

— Et qui est cette Trena ?

— Une laborantine du bureau du médecin légiste. Elle m'aime bien.

Qu'elle aille au diable. Je me glissai à la place du passager, en m'éventant de la main dans l'espoir de mettre en fuite l'armada d'insectes qui me poursuivait. Alors que Liam s'installait derrière le volant, son portable se mit à sonner.

— McGarrity.

Après quelques secondes, il me passa le portable.

Quand je le portai à mon oreille, je sentis son odeur l'espace d'un instant, avant qu'elle ne s'efface au profit des gaz d'échappement de la voiture que Liam venait de démarrer.

— Allô ?

— Dieu que sa voix est troublante, dit Becky en soupirant bruyamment.

Et imagine-le moulé dans un pantalon de cuir noir...

— Tu m'appelles pour me dire ça ?

— Je cherchais à te joindre, mais c'est encore mieux de pouvoir l'entendre. Pourquoi n'as-tu pas rechargé ton téléphone ?

— Je n'en ai pas eu l'occasion. Je suis allée voir des… *amis* de Liam.

— Et ?

Je lui fis le récit de notre entrevue avec Frank le Cinglé.

— Et maintenant, nous allons voir quelqu'un qui répond au doux nom de Trena, au bureau du médecin légiste.

— Pourquoi ?

— Apparemment, c'est une information classée top secret, dis-je. (Je n'aimais pas cette manière de faire des mystères et je n'aimais pas cette façon de me rire au nez quand j'avais évoqué la possibilité d'emmener Frank au poste de police. Et je n'appréciais pas non plus d'être privée de mon téléphone. Quant à cette promiscuité avec Liam…) Comment est Jane ?

— Elle tient le coup. Liv et moi, nous venons de passer une heure avec elle.

— Des nouvelles de…

— Toujours pas de Taggert. Toujours pas de Shaylyn. Toujours pas de Zack. Bizarre, hein ?

— Et si Taggert ne se pointe pas à l'audience de demain matin ?

— Il serait idiot de sa part de risquer un blâme pour ne pas s'être présenté à une audience organisée à sa propre demande.

— Mais il *est* idiot.

— Oui, mais pas un idiot professionnel, me rétorqua-t-elle. Je vais continuer à tenter de le joindre. Fais-moi signe quand tu rentres chez toi pour que je t'y retrouve.

— Ça me semble être un bon plan. Veille à ce que Liv continue de son côté à pister Zack et Shaylyn. Dans le comté de Palm Beach, elle connaît tout le monde : barmen, portiers, chauffeurs, concierges… Il faut bien qu'ils se cachent quelque part.

— Amuse-toi bien avec Liam ! À plus.

— Salut.

Je rendis à Liam son portable, en prétendant ne pas avoir senti la décharge électrique qui me cingla lorsqu'il effleura la paume de ma main.

— De mon côté, j'ai aussi lancé quelques hameçons, me dit-il. On va les trouver.

— Avant ou après qu'ils auront tué quelqu'un d'autre ? *Comme, par exemple, moi ?*

— Tu ne sais même pas s'ils ont tué quelqu'un.

Il commençait à faire sombre, mais je lui décochai néanmoins un regard incrédule.

— C'est cela, oui. C'est juste un malentendu. Pure coïncidence, n'est-ce pas, que leur petite affaire comporte une branche axée sur les déviances sexuelles, que Paolo en ait été l'un des rouages actifs et que ses bijoux de famille lui aient été prélevés. Ils connaissaient le moindre des détails du rendez-vous de Jane et Paolo. Il est tout à fait plausible que l'un d'eux, ou les deux à la fois, aient commis ce meurtre, puis cherché à faire inculper Jane. Ils connaissaient mon nom et mon adresse depuis que Jane avait rempli leur formulaire. Il leur suffisait juste de trouver quelqu'un comme Frank le Cinglé pour me faire livrer le paquet.

— Mais pourquoi auraient-ils tué Paolo ? dit Liam en se frottant le menton.

— Parce qu'ils sont barrés.

— Possible. Mais il existe presque toujours un élément déclencheur dans un meurtre et là, je ne vois pas ce que ça pourrait être.

— Payton a dit qu'elle ne payerait plus le supplément, suggérai-je.

— C'est éventuellement un motif pour éliminer Payton, mais pas Paolo. Je ne crois pas que l'Évaluation spéciale constitue un mobile. Quelques billets de 1 000 ne représentent pas grand-chose dans la vie d'une Kresley Pierpont ou d'un Jace Andrews. En tout cas, pas assez pour commettre un meurtre.

— Ils l'ont peut-être tué parce qu'il n'a pas réussi à obtenir plus d'argent de Payton. Si Paolo était leur porte-flingue… Quoi ?

Il cessa de rire.

— Leur « porte-flingue » ? Maintenant, tu nous la joues Mafia ?

— Excuse-moi. (Bon sang qu'il était énervant.) Paolo était… Choisis le terme que tu jugeras approprié pour dire qu'il collectait l'argent de leur petit chantage. Mais comme il n'a rien rapporté après être allé rendre visite à Payton, ils l'ont tué.

— Si c'est le cas, ce n'était pas très fin de tuer Paolo, remarqua Liam.

— Parce que c'est fin de commettre un meurtre ?

— Quand on le prémédite autant, oui. Si ce n'est pas Jane qui l'a fait, alors quelqu'un s'est vraiment donné du mal dans cette histoire.

— Jane ne l'a pas fait.

— Je suis d'accord.

— Je croyais que tu t'en fichais complètement.

— C'est le cas. Mais je ne sais toujours pas qui a dévasté les bureaux de Rendez-vous Fantasmatiques. Zack et Shaylyn n'auraient eu aucun intérêt à le faire et je doute qu'il s'agisse d'une coïncidence.

— Quelqu'un cherchait quelque chose, dis-je.

Puis, après quelques secondes de réflexion, j'ajoutai :

— Un DVD amateur ?

Il haussa légèrement les épaules tout en tournant vers le parking qui se trouvait derrière un bâtiment anonyme jouxtant l'hôpital St Mary.

Je regardai autour de nous sans voir autre chose qu'une demi-douzaine de camions noirs, garés le long de la chaîne qui entourait le parking.

— C'est ici que l'on doit rencontrer Trena ? m'enquis-je.

— À l'intérieur, dit-il en pointant le bâtiment du doigt.

— Mais c'est…

— La morgue.

Plus vous êtes proche de la vérité,
plus les gens vous mentent.

Dix-neuf

N'ayant encore jamais mis les pieds dans une morgue, je ne savais pas trop à quoi m'attendre quand, sur les pas de Liam, je dépassai les lourdes portes métalliques et l'énorme panneau (en anglais et en espagnol) qui indiquait la présence de déchets toxiques. Un désodorisant à la cerise tentait, tant bien que mal – et plutôt mal, d'ailleurs – de couvrir l'odeur de désinfectant qui imprégnait l'air ambiant. Sur le côté du hall, plusieurs brancards, fort heureusement vides, avaient été abandonnés.

Liam semblait parfaitement à son aise, alors que repassaient devant mes yeux les images atroces des films *gore* que j'avais fait l'erreur de regarder. Le témoin lumineux de mon trouillomètre clignotait furieusement. D'un point de vue intellectuel, je savais que les cadavres n'allaient pas se redresser subitement et me poursuivre pour me déchiqueter membre après membre, mais j'avais du mal à empêcher mon imagination de galoper. À tel point que lorsqu'une petite brune pleine d'entrain passa la tête à travers l'encadrement d'une des portes qui bordaient le couloir, je sursautai en poussant un petit cri ridicule.

— Salut Trena, lui dit Liam. Comment ça va ?

Elle lui sourit largement et battit de longs cils fournis à son intention. Ça n'avait rien d'un geste de séduction. Plutôt un signe de reconnaissance entre frère et sœur.

— Salut, fit-elle à son tour en se penchant vers Liam pour me tendre la main. Je suis Trena.

— Finley.

— Ravie de vous rencontrer.

Sa poignée de main était ferme et vive. Trena était vêtue d'une blouse d'hôpital bleu-vert et d'un sweat-shirt qui menaçait de faire disparaître son frêle mètre soixante-cinq. Quand elle pivota pour retourner dans la pièce dont elle était sortie, les semelles de ses chaussures de sport blanches couinèrent sur le sol carrelé.

Nous la suivîmes dans ce qui ressemblait beaucoup à un laboratoire de chimie de collège. Plusieurs microscopes étaient alignés sur un long comptoir en Formica qui courait d'un bout à l'autre de la pièce. Il y avait au-dessus des placards et en dessous des tiroirs, dûment étiquetés et répertoriés en grosses lettres noires.

Dès que nous eûmes passé une deuxième série de portes métalliques, la température tomba brutalement et je faillis faire de même.

Il y avait des cadavres partout. Bon, j'exagérais peut-être un petit peu. Il y avait là cinq formes recouvertes d'un drap et portant une étiquette au pied. Pire, ils étaient placés sur ce type de chariots que je n'avais vus que dans *Les Experts*.

Trena avança jusqu'à l'avant-dernière table et repoussa le drap.

— Liam McGarrity, je te présente William Arthur.

Un flot de bile se pressa dans ma gorge quand je vis ce qui avait été, un jour, un être humain.

— Mais c'est répugnant !

— C'est la première fois ? me demanda Trena en me lançant un regard compatissant.

Je couvris ma bouche et mon nez de ma main avant de hocher la tête.

— Tu veux m'attendre dans le hall ? me demanda Liam.

Et comment !!

— Euh, n… non, ça va aller.

Liam se pencha au-dessus du corps, à l'endroit même où une large incision en Y fendait son torse.

— Alors, notre chauffeur s'est fait sauter tout seul, ou on lui a donné un petit coup de main ?

Prenant un bloc-notes sur le rebord de la table, Trena humidifia le bout de son doigt avant d'en feuilleter les pages.

— Mort causée par blessures issues de coups compatibles avec une explosion. Brûlures sur près de 100 % du corps. Trachée et poumons carbonisés.

— Donc, il était en vie quand le bateau a pris feu ?

Trena acquiesça de la tête :

— D'une certaine façon, oui. Tu vois ça ? demanda-t-elle en indiquant des lambeaux de peau plus sombres qui tenaient à peine au squelette. Les analyses ont révélé la présence d'énormément de gasoil dans les tissus. Il a pu en être éclaboussé au moment de l'explosion ou on a pu l'en asperger avant le barbecue. Il n'y a pas assez de matière pour que l'on puisse en avoir le cœur net. L'analyse toxico a détecté un taux d'alcool de 0,3 gramme dans le sang.

— Il n'était pas saoul ? demanda Liam.

— Non. Il semble que l'alcool ait juste facilité l'ingestion.

— De quoi ? intervins-je aussitôt.

— GHB. Il en avait encore beaucoup dans l'estomac au moment de l'autopsie.

Je regrettais *tellement* ma question. Même si je vivais mal ma condition de chômeuse, quel bonheur de ne pas faire *son* métier.

Trena parcourut la dernière page de son bloc, avant de le reposer à sa place.

— Quelqu'un a mis la drogue dans sa cannette de Miller. Ou il en a mis lui-même.

— Pour se masturber ? demandai-je, incrédule.

Trena éclata de rire.

— Que voulez-vous que je vous dise ? me dit-elle en replaçant le drap sur le corps. Certaines personnes en prennent de leur plein gré. On m'a dit que ça causait une véritable euphorie au cours des dix ou trente premières minutes. En ce qui concerne votre ami, je peux juste vous dire que son organisme en contenait. Savoir comment c'est arrivé, là est une autre histoire.

— Pas d'autre blessure ? demanda Liam.

— Quelques contusions mineures sur la pommette droite.

— Comme s'il avait reçu un coup de poing ? demandai-je en songeant à la tache de sang dans les locaux de Rendez-vous Fantasmatiques.

— Il ne restait plus assez de chair sur le visage pour s'en assurer.

Il faudrait *vraiment* que je retravaille la partie questions-réponses de ce genre d'entrevue.

— Mais c'est une possibilité, continua Trena. Je peux d'ores et déjà vous dire que le certificat de décès inclura cette hypothèse au nombre des causes de mort possibles. Mais nous ne disposons pas de suffisamment de preuves pour que le médecin légiste puisse qualifier ce cas d'homicide.

— Merci, lui dit Liam.

— Pas de problème.

Nous nous dirigions vers la sortie (une excellente chose, eu égard à l'état de mon estomac), quand Trena nous rappela :

— Vous vouliez aussi des infos sur ce type, Martinez ?

— Ouais. Il y a autre chose en plus de ce qui est… évident ?

Trena me sourit :

— Vous avez remarqué comme les mecs sont terrifiés dès qu'il s'agit de mutilation des organes génitaux ?

— J'ai effectivement noté ce problème chez les hommes, lui confirmai-je.

Plaçant ses mains sur le rebord de l'une des tables d'autopsie inoccupées, Trena y hissa sa mince silhouette, puis s'y installa confortablement en croisant les jambes. En fait, j'avais du mal à imaginer que l'on puisse se sentir à l'aise, ainsi assise sur un truc où l'on découpait les gens en morceaux. Mais il est vrai que j'étais difficile.

— Deux couteaux différents ont été utilisés lors de l'attaque, commença Trena comme si elle était en train de faire sa liste de courses. Pas de signes de lutte. Taux d'alcoolémie inférieur aux limites légales. Pas de drogue.

— Pas de GHB ? demanda Liam.

Elle secoua la tête en signe de dénégation :

— Pas au moment de l'autopsie, mais ce truc est très volatil. Il quitte l'organisme… – elle fit une pause pour claquer des doigts – comme ça. Les seules marques sur son corps étaient un tatouage de feuille sur son épaule gauche et une petite éraflure avec un bleu rectangulaire de onze par neuf millimètres sur la tempe.

Liam se passa la main dans les cheveux :

— Causé par quoi ?

Trena haussa les épaules :

— Je sèche. Apporte-moi un truc saillant, petit et vaguement rectangulaire d'environ un centimètre et demi et je te dirai si c'est ce qui a laissé l'éraflure et le bleu.

Quelques minutes plus tard, je me trouvais seule près de la chaîne qui clôturait le parking à inspirer de longues bouffées d'air frais, en faisant de mon mieux pour ne pas vomir sur mon ancienne paire de chaussures préférée. Maintenant, elle serait pour toujours associée aux heures qui venaient de s'écouler. Désormais, ces sandales seraient celles du foyer de SDF et de la morgue. Au final ? Elles iraient rejoindre mon pyjama de prison.

Je devais inscrire au crédit de Liam qu'il ne se moquait pas de moi. À sa charge, il me fallait bien ajouter qu'il était affalé sur le capot de sa voiture avec un pied sur le pare-chocs chromé, et qu'il bavardait tranquillement dans son portable, tandis que je devais combattre des visions de zombies et refouler le souvenir d'un cadavre calciné.

Patrick ne m'aurait jamais fait ça. Il n'était pas non plus le genre de type à me laisser me débattre dans les mauvaises herbes. Et puis, surtout, Patrick n'était pas du genre à passer son temps libre dans les morgues.

Comparaisons interdites ! m'ordonnai-je. *Une fois de plus.*

Je fouillai dans mon sac pour y trouver un bonbon à la menthe qui m'ôterait de la bouche cet horrible goût de mort qui l'avait envahie. Ayant mis de côté le DVD porno de Payton, je finis par en trouver un que je gobai avidement. Maintenant que j'y songeais, il était plutôt drôle d'avoir consacré sept années de ma vie au traitement juridique de successions en tout genre et d'avoir dû attendre ce jour pour approcher d'aussi près un cadavre. Pas si drôle que ça, en fait. Je tirai mes cheveux en arrière et m'éventai un peu pour éliminer tant bien que mal la sueur qui recouvrait mon visage. Mon boulot consistait à gérer les suites de la mort. Pas ça.

— Finley ? me dit Liam d'une voix forte destinée à me tirer de mes réflexions. Il faut y aller.

— Laisse-moi expulser mes derniers relents de bile et j'arrive, grommelai-je en m'approchant de la Mustang.

— Ça va ?

Je le regardai avec de grands yeux :

— Merveilleusement, merci.

— Mais pourquoi est-ce que tu m'en veux ? me demanda-t-il quand nous fûmes dans la voiture.

— Tu aurais pu me prévenir. Me donner un indice. Un petit quelque chose eût été le bienvenu. Je n'étais tout simplement pas préparée pour voir une personne de la vraie vie morte.

— Une personne de la vraie vie morte ?

Je souris malgré mon irritation.

— Tu vois parfaitement ce que je veux dire.

— Mouais. Quoi qu'il en soit… (Il fit une pause afin de démarrer son misérable engin et de l'engager vers la route I-95.) Je vais te déposer à ta voiture, puis passer par Rendez-vous Fantasmatiques pour voir s'il y a un autocollant sur le pare-brise de la Bentley.

— Et moi, que puis-je faire ?

— Rentrer chez toi.

— Mais je peux être utile, avançai-je.

— La vie n'est qu'une suite d'impressions, n'est-ce pas ?

— Ça, c'est méchant.

— Tu veux être utile ?

— Oui.

— Alors rentre chez toi et regarde *Payton se fait Palm Beach.*

— Toi, tu as le droit de repasser sur le lieu d'un crime, mais moi je dois me taper un porno SM fait maison ? Tu trouves ça juste ?

Il éclata d'un rire grave et sensuel qui résonna dans tout l'habitacle du véhicule et dont les échos se perdirent au plus profond de moi.

— L'un de nous doit le visionner et moi, j'ai un truc.

Mes poings se serrèrent quand il prononça ce mot. J'avais envie de sortir le DVD et de lui en frapper violemment le front. Pas parce qu'il avait parlé d'un « truc », même si cela m'énervait. Ni parce qu'il m'avait chargée du visionnage du DVD. Je n'allais pas lui faire une scène pour ça, non. J'étais juste royalement vexée parce que je me disais qu'il était en chemin pour entreprendre Mme pas-si-ex McGarrity. Plus exactement, j'étais vexée d'être vexée. Il y avait décidément quelque chose de détestable à soupirer ainsi pour un type absolument pas fait pour moi, tout en étant en couple avec quelqu'un d'absolument fait pour moi.

En tant qu'être humain, je craignais.

— Je te trouve bien silencieuse, me dit-il comme nous roulions sur la route du front de mer.

— J'économise mon énergie pour la projection de *Payton a été méchante, méchante, méchante.*

— Si ça te gêne autant de le regarder, alors…

— Ça ne me gêne pas, insistai-je, ça me pompe l'air.

— Tu n'aimes pas trop regarder, hein ?

— Pourquoi est-ce que tu fais ça ?

— Fais quoi ? me demanda-t-il en garant sa Mustang derrière ma BMW.

— Donne-moi une réponse simple à une question simple.

Il regarda sa montre, détacha sa ceinture, se pencha au-dessus de moi et ouvrit ma portière.

— Direction : ton appartement.

Attends, j'avais raté une étape ? Je clignai des yeux en l'observant, ébahie, sortir de sa voiture et marcher vers la mienne. Ramassant mon sac à main, mes clefs et ma dignité, je réussis à ravaler ma colère. De toute façon, je ne me voyais pas lui demander plus d'explications car cela aurait été trop… ambigu.

Les clefs dans une main, je désactivai l'alarme. Les feux de position s'allumèrent brièvement et un bruit sonore rompit la tranquillité de ce début de soirée.

Liam ouvrit la portière, mais s'attarda sur le côté de ma voiture. Il me barrait le chemin, ne me laissant que deux possibilités : soit me placer de biais afin de me glisser derrière le volant sans qu'une once de mon corps ne touche le sien ; soit m'en tamponner franchement et faire le pas qui m'obligerait à me coller contre lui.

Une bouffée de chaleur déferla en moi. Je l'avoue, elle était partiellement due au souvenir humiliant de ma mauvaise interprétation de notre dernier face à face, qui m'avait amenée à déboutonner mon chemisier un peu hâtivement. Mais, principalement, cette bouffée de chaleur procédait d'une pure curiosité de ma part. J'étais attirée par lui dans un élan autodestructeur. Un peu comme quand on sait que le fer à repasser est chaud, mais qu'on le touche quand même, juste pour s'en assurer.

Mais quoi qu'il advienne, il était hors de question que je me ridiculise une deuxième fois. En dépit de mon pouls qui battait la chamade et de mes hormones littéralement envoûtées par son regard bleu-gris, je choisis l'option la plus noble, à savoir la première.

Ou presque.

Les mains de Liam se refermèrent sur ma taille et, soudain, mon dos se trouva plaqué contre la carrosserie, tandis que mon corps était collé au sien. Ses pieds étaient légèrement écartés, ce qui me laissait un espace confortable entre le V de ses cuisses.

Son haleine chaude, teintée de café, caressait mon visage pendant que mon esprit tentait d'organiser le raz de marée des sensations qui m'assaillaient. Je ne savais plus par quoi commencer. Tout me percutait simultanément : son regard incandescent et séducteur, la puissance de son torse, la dureté de ses cuisses contre les miennes.

J'ouvris la bouche en espérant que quelque chose de concis voudrait bien en sortir. Un trait d'esprit qui dissiperait le malaise et m'empêcherait de faire quelque chose de vraiment, *vraiment*, stupide.

Nada. J'étais muette, vidée et j'avais tellement chaud que cela m'incommodait. Une version torride de pierre-papier-ciseaux : la pierre bat les ciseaux, les ciseaux battent le papier, le papier bat la pierre. Liam était le papier. Moi, j'étais… cuite.

Métaphores à part, j'étais hypnotisée par ses traits. La pâle lumière que diffusait le réverbère adoucissait les angles saillants de son visage. Ses doigts étaient légèrement écartés sur ma taille, mais le sort en fut jeté quand, du bout des pouces, il commença à dessiner, lentement, de petits cercles enivrants juste au-dessous de ma cage thoracique.

Élevant les mains, j'essayai de les placer sur sa taille et attendis. Attendis. Sa bouche n'était qu'à un souffle de la mienne.

— Eh bien ?

Les coins de la bouche de Liam s'arrondirent en un sourire insolent :

— Impatiente ?

— C'est toi qui as commencé.

Ses doigts cessèrent leur manège, mais il ne me libéra pas.

— *Mea culpa*, dit-il d'une voix aussi égale que son regard.

De mon côté, je n'étais plus qu'un tremblement. Mes jambes flageolaient. Si j'en avais eu la possibilité physique, je lui aurais collé son adorable, désirable, superbe postérieur, ainsi que son *mea culpa* à la noix, sur le siège arrière de ma voiture. Et puis, à ma plus grande surprise et tout à mon honneur, je réussis à me draper dans un voile de désintérêt :

— Bon, c'est tout pour ce soir ?

— Oh, je me ferais un plaisir de prolonger cet intéressant entretien, fit-il en secouant la tête, mais j'ai un…

— Truc ? Ashley t'attend, n'est-ce pas ?

Non, non, *non* ! Venais-je de faire une référence sarcastique, jalouse, à son ex ? Malgré mon silence et la ferveur de mes prières, le sol ne s'entrouvrit pas pour m'engloutir.

Liam fit un pas en arrière, mais sans lâcher ma taille.

— Tu n'es pas vraiment en position de faire des remarques. Quand tu auras balayé ton propre seuil, ton opinion sera la bienvenue.

Mon seuil ? Je me dégageais de son étreinte :

— Et tu pourrais me dire ce que ça signifie ?

— J'ai essayé de te le faire comprendre, Finley. Mais tu es assez peu sensible à la subtilité, n'est-ce pas ? (Il lança ses clefs en l'air et les rattrapa au vol, puis pivota et repartit vers sa voiture.) Et juste pour ton info, je ne vais pas voir Ashley, me dit-il par-dessus son épaule. Je retourne à Rendez-vous Fantasmatiques, puis à l'entreprise de livraison pour revisionner le film pris par les caméras de sécurité. C'est comme ça que j'ai trouvé Frank le Cinglé. Maintenant que je sais quoi chercher, je verrai bien si on peut apercevoir une voiture sombre sur la bande. Si tu trouves la voiture, tu trouves le meurtrier.

Vingt minutes plus tard, mes joues étaient encore en feu. Mes terminaisons nerveuses l'étaient aussi. Quant à ma conscience, elle était… coupable.

Merde, merde, merde.

Tout en roulant vers mon domicile, je savais que je pouvais m'en sortir en intellectualisant cet épisode. Il suffisait que j'en attribue la faute aux épreuves, émotionnellement bouleversantes, que je venais de traverser au cours de la semaine passée : l'arrestation de Jane, mon arrestation, une menace de mort, la livraison d'un pénis sectionné, l'emprunt fait à ma mère, la perte de mon job... Chacun de ces événements, pris isolément, aurait pu justifier mon désir pour Liam.

Il était temps de regarder la réalité en face.

Il était temps de mettre un terme à ma relation avec Patrick.

Mais, d'abord, il fallait que je me tape un porno.

Qu'y a-t-il de pire que de se sentir idiote ?
En être une.

Vingt

— P asse-moi le pop-corn, me dit Becky en étendant la main. Je lui tendis le saladier sans quitter des yeux l'écran de télé, puis cherchai à tâtons mon verre de Diet Coke sur la table basse.

Nous détournâmes la tête en même temps.

— Est-ce que son téton est attaché à son collier de chien ? me demanda Becky.

— Oui.

— Mais ça va laisser une marque.

Voilà que Payton se faisait de nouveau fouetter par le type qui portait un masque à la Hannibal Lecter. Et il restait encore trente-six minutes de film du même acabit.

Le type au masque et Payton gémissaient et grognaient. Becky et moi pestions et nous cachions les yeux. Surtout lorsque fessées, fouets et lanières ne furent plus utilisés pour infliger égratignures et marques, mais pour faire couler le sang. Et pour corser le tout, la caméra se mit alors à multiplier les zooms sur ces blessures.

Dès que Payton commença à faire glisser la fermeture de sa combinaison intégrale en cuir – en utilisant ses dents, bien entendu –, je m'emparai de la télécommande.

— Je vais mettre en avance rapide jusqu'au dénouement.

— Oh, oui, s'il te plaît, me dit Becky tout en enfournant une généreuse poignée de pop-corn. À force de regarder cette horreur, je suis en train de me dire que je vais prononcer des vœux de chasteté.

— Mais tu l'as déjà fait, non ? (Cette blague me valut un coup de coude dans les côtes.) C'est bien toi qui te plains constamment de ton manque de vie sociale ?

— C'est ma vie. J'ai le droit de me plaindre, me rétorqua Becky. Par ailleurs, j'ai une…

— C'est quoi ça ? demandai-je en passant du mode « Avance rapide » à celui de « Retour au ralenti », tout en me concentrant intensément sur le grain grossier du film.

— Un type à moitié nu.

— Non, sur son épaule. Je me levai pour aller jusqu'à la télévision et mis mon doigt sur l'écran plat. Ça. C'est un tatouage, tu crois ?

— Ou un grain de beauté. Ou une marque de naissance, suggéra Becky. C'est difficile à dire. Dommage que nous ne puissions pas améliorer la qualité de l'image.

Je redressai la tête brutalement :

— Mais on peut le faire.

— Qu'est-ce que tu as encore acheté ?

Je lui décochai un regard de mépris.

— Je n'ai rien acheté. Sam a un nouvel ordinateur avec toutes sortes de programmes vidéo, expliquai-je, alors que j'étais déjà en train de composer son numéro. Je suis certaine qu'il pourrait faire des merveilles.

Sam décrocha dès la deuxième sonnerie :

— Allô ?

— Salut. Est-ce que ça t'ennuierait de descendre avec ton superbe ordinateur portable ?

— Finley, je t'adore, mais ne compte pas sur moi pour t'aider.

— Euh… ?

— Jusqu'à ce que tu décroches un nouveau job, tu devrais abandonner tes habitudes de shopping sur Internet.

— Oh, mais je n'en ai pas besoin pour faire du shopping, le rassurai-je. Il me le faut pour un film porno sadomaso.

— Pourquoi ne pas l'avoir dit plus tôt ? J'arrive.

J'avais à peine eu le temps de replacer le combiné téléphonique sur son socle que deux événements se produisirent : quelqu'un frappa à ma porte et mon téléphone portable, désormais rechargé, se mit à vibrer et à sonner à l'autre bout de la table basse.

— Occupe-toi de ça, tu veux bien, demandai-je à Becky pendant que j'allais jeter un coup d'œil à travers le judas.

C'était Liv.

— Salut, dit-elle.

Elle portait une housse à vêtements blanche sur l'épaule.

Sachant que Sam allait nous rejoindre, je laissai la porte entrebâillée et suivis Liv qui déposa sa housse sur un fauteuil avant d'ôter la bandoulière de son épaule. Elle frotta les marques rouges qu'avaient inscrites les poignées dans la paume de sa main. Puis, ses yeux violets s'écarquillèrent en apercevant l'image figée sur l'écran de ma télévision et ses sourcils se froncèrent en signe d'interrogation :

— Est-ce que c'est bien ce que je crois que c'est ?

J'opinai de la tête et m'empressai de la mettre au parfum. Je finis de le faire à peu près au moment où Becky refermait mon portable.

— C'était Liam. Il m'a dit de te dire qu'il y a un autocollant sur la Bentley. C'est un autocollant du Polo Club de Palm Beach.

En scannant mes souvenirs, il me revint vaguement en mémoire que ma mère avait insisté à plusieurs reprises pour m'y traîner afin d'assister à un match. Le logo du club était circulaire, avec deux maillets en bambou croisés et un palmier au centre, le nom du club étant inscrit tout autour. Ça collait à la description de Frank le Cinglé.

Je n'étais pas une fan de polo, mais j'en appréciais certains moments. Par exemple, lorsque ce sport me donnait l'opportunité de voir des femmes du monde dans leurs plus beaux atours. Ça me donnait l'impression d'assister à un défilé à New York, durant la Semaine de la Mode. Ça aussi, ça faisait partie de ma liste de choses à faire.

L'ennui, c'est que le polo durait des heures, que ça se passait en extérieur, que le jeu était scindé en *chukkers* – un nom stupide – et qu'il incluait, à la mi-temps, cette ridicule habitude de fouler au pied les mottes de gazon. Cette activité imposait au public d'envahir le terrain afin de replacer les mottes de terre soulevées lors du match. Certains des joueurs rejoignaient alors les spectateurs, mais en général, ça se résumait à une bande d'ahuris endimanchés ruinant des paires de chaussures hors de prix.

— Excellente nouvelle. Veut-il que je le rappelle ?

— Non. Et il m'a dit de te dire que ça ne constituait pas une excellente nouvelle. Bon sang, il lit dans tes pensées ou quoi ?

Ignorant ses sarcasmes, je lui demandai pourquoi ce n'était pas une excellente nouvelle.

— Eh bien, outre nos deux arlésiennes, Shaylyn et Zack, il a constaté, après vérification, que plusieurs des personnes concernées par l'Évaluation spéciale étaient également membres de ce club : Jace Andrews, Barbie Baker, Matthew Gibson, Kresley Pierpont et Renée Sabato.

Voilà qui calma *illico* mon enthousiasme, lequel avait déjà été entamé quand Becky m'avait dit que Liam ne souhaitait pas me parler. C'était bête, je sais, mais je souffrais encore du contrecoup de son non-baiser et de sa remarque à peine voilée concernant mon inaptitude à la subtilité et l'attention que je devais porter à mon propre seuil.

— Hou hou ? fit Liv en agitant une main devant mon visage. À quoi penses-tu ? L'ensemble pervenche ou la robe crème ?

Elle avait étalé les deux tenues devant moi.

— Pour ?

— Que doit porter Jane demain matin à l'audience ? J'ai pensé que quelque chose de nouveau lui ferait du bien au moral et lui donnerait confiance en elle.

— Son moral s'améliorera quand Taggert obtiendra du juge sa libération sous caution, dit Becky. Ce type n'a toujours pas répondu à mes messages.

Liv et moi échangeâmes un regard inquiet. Je pointai du doigt l'ensemble pervenche.

— Elle devrait aimer celui-là.

— OK.

Tandis que Liv remettait les vêtements dans la housse, Sam arriva avec son ordinateur portable surdimensionné.

— Ce truc pèse un âne mort, gémit-il en repoussant le saladier de pop-corn et les cannettes de boisson gazeuse sur le côté de la table, puis en nettoyant le plateau de celle-ci avec une serviette en papier.

Alors seulement il y posa l'ordinateur. Pendant qu'il branchait les différents câbles et mettait l'engin en marche, je retirai le disque du lecteur DVD, puis entrepris de préparer du café. J'envisageais mentalement toutes les possibilités. Grâce à la franchise de Payton, je savais que l'Évaluation spéciale n'avait rien à voir avec un don à une œuvre caritative. Grâce à son DVD, je savais que ça avait tout à voir avec le SM. Mais Kresley et Jace avaient menti. Pourquoi ?

Frank le Cinglé avait dit qu'une femme lui avait remis le pénis. Par conséquent, à moins que Jace n'ait subi une rapide opération, il ne constituait pas un suspect probable. Kresley en revanche pouvait faire l'affaire, mais, considérant sa fortune, il paraissait hautement invraisemblable qu'elle ait dû recourir au meurtre pour se soustraire au chantage. Quant à Barbie Baker, elle ne m'avait toujours pas rappelée malgré les messages que je lui avais laissés. J'allais veiller à me lancer à ses trousses dès que le redoutable brunch avec ma mère serait passé.

Mais là aussi, j'avais eu l'occasion de jeter un coup d'œil aux finances de Barbie, et les quelques versements liés à l'Évaluation spéciale n'avaient pas dû sensiblement entamer son magot. Donc, faute de mieux, Zack et Shaylyn restaient mes meilleurs suspects.

— Tout est prêt, clama Sam.

Je servis un café à tout le monde, puis je m'assis entre Sam et Becky afin de pouvoir regarder l'image sur l'écran de l'ordinateur.

— Est-ce que tu pourrais zoomer sur la tache rouge ?

Après quelques manipulations, il isola la zone concernée et cliqua plusieurs fois sur sa souris. Une nouvelle fenêtre s'ouvrit, dévoilant une mosaïque de blocs de couleurs qui évoquait plutôt une œuvre picturale abstraite qu'autre chose.

— Ça ne nous aide pas beaucoup.

— Donne-moi une minute, me dit Sam en agitant frénétiquement sa souris.

L'image s'éclaircit, révélant le tatouage d'une éclatante feuille d'érable rouge. Un mauvais tatouage. Instantanément, le souvenir des paroles de Payton à propos de Zack me revint en mémoire : « cet enfoiré de suceur de feuille d'érable ».

— C'est moche et *cheap*, remarqua Becky. Les nervures de la feuille ressemblent plutôt à une toile d'araignée.

C'était Paolo qui portait le tatouage, mais c'était Zack que Payton avait désigné. Un frisson me parcourut la nuque. J'étais en train de passer à côté de quelque chose.

— Est-ce que tu peux revenir sur le DVD ?

— Bien sûr. Qu'est-ce que tu recherches ?

— Mets-le en « Avance rapide » pour voir si le type enlève son masque à un moment donné.

Pas de chance. Nous pûmes admirer chaque centimètre carré du type en question, à l'exception de son visage.

— Une belle perte de temps, grommelai-je en finissant mon café.

— Remonte au début, demanda Becky.

Après avoir regardé environ deux minutes de film, elle poussa un cri :

— Là ! fit-elle en indiquant du doigt la table de chevet. Est-ce que tu pourrais zoomer là-dessus ?

Sam s'exécuta.

— Des pilules ?

— Une pilule blanche portant ce qui ressemblait à cinq lettres. Et sous cette empreinte, un cercle avec en son centre la lettre Z ou le chiffre 2.

— Tu pourrais éclaircir ce truc ? demandai-je.

Il secoua la tête :

— Désolé.

— Passons-le dans Google, suggéra Becky.

— Non, certainement pas, s'exclama Sam avec véhémence. Vous avez sous les yeux un homosexuel qui a développé une certaine paranoïa depuis le Patriot Act[1]. Si vous avez l'intention d'interroger Google sur des drogues illégales, faites-le depuis l'ordinateur de Finley, pas du mien.

Pendant que Sam rangeait sa machine infernale, Becky alla dans ma chambre à coucher pour prendre mon plus modeste engin. De mon côté, je m'étais mise à fouiller frénétiquement dans les dossiers de Rendez-vous Fantasmatiques, afin d'y trouver le numéro de téléphone personnel de Payton.

Ce ne fut que lorsque j'entendis sa voix ensommeillée que je réalisai qu'il était plus de minuit.

— Je suis désolée de vous déranger.

— Qui est-ce ?

---

1. *NdT*. Le Patriot Act est une loi controversée qui a été promulguée aux États-Unis après les attentats du 11 septembre 2001 et qui renforce très largement les pouvoirs des agences gouvernementales en matière de lutte contre le terrorisme.

— Finley Tanner. Nous nous sommes rencontrées cet après-midi. Vous m'avez donné votre DVD.

Payton percuta aussitôt :

— Et vous avez aimé ?

Répugnant.

— Fascinant. Je n'ai pas pu m'empêcher de noter la présence de pilules sur la table de chevet.

— Une idée de Paolo. Il prétendait qu'elles... enrichiraient notre expérience.

— Vous savez ce qu'il vous a donné ?

— Je n'ai pas demandé.

Il fallait que quelqu'un informe cette femme qu'il existait une différence entre l'audace et la bêtise.

— Et ont-elles enrichi votre expérience ?

— Non, non. Pas vraiment. Enfin, un peu, tout de même.

— Vous pourriez être plus précise ?

— Cette nuit est un peu dans un brouillard. S'il n'y avait pas eu la vidéo, je ne suis pas sûre que j'en aurais conservé plus que des bribes.

— Enregistrez-vous toujours vos... rencontres ?

— Non. Et je ne savais absolument pas que Paolo allait filmer celle-ci.

— Vous n'en aviez pas discuté ?

— Non, mais il n'était pas nécessaire qu'il me drogue. Ça m'était complètement égal. Ce fut sa première erreur. La seconde, ce fut de croire que j'allais les payer pour qu'on n'en parle pas.

— « Les » ?

— Écoutez, Paolo était bien sympa, mais ce n'était pas non plus le type le plus fin de la planète. Il est impossible qu'il ait pu monter cette petite arnaque tout seul. Il ne m'a jamais fait de confidences sur le sujet, mais je soupçonnais que Zack et Shaylyn orchestraient le tout.

— Est-ce que Zack et Paolo... Est-ce qu'ils... ?

— À ce que je sais, Zack ne fonctionne pas à voile et à vapeur, si c'est ce à quoi vous pensez. Il rate quelque chose, si vous voulez mon avis. Il n'y a rien de plus érotique que deux…

J'avais envie d'enfoncer mes doigts dans mes oreilles, en fredonnant tralalalala. À ce stade, j'en savais déjà plus sur la vie sexuelle de Payton que sur la mienne. Mais c'était impossible, alors je la remerciai en m'excusant une fois de plus de l'avoir dérangée, puis je raccrochai aussi vite que possible.

— J'aimerais bien rester, mais je dois encore passer par chez Jane pour y prendre des chaussures et quelques bijoux, me dit Liv. Vous avez besoin de moi pour vos recherches sur Google ?

— Tu peux y aller, dis-je en l'embrassant. On se voit au tribunal à 8 heures 30.

— Espérons que ce sera la dernière fois, soupira Liv d'un air légèrement découragé.

— Ce sera le cas, intervint Becky.

Je priais pour qu'elle ait raison. Le fait que Taggert soit introuvable ne me disait rien qui vaille.

— Elle se sent coupable, dit Becky quand Liv eut quitté mon appartement.

— C'est elle qui a obtenu une place pour Jane chez Rendez-vous Fantasmatiques. Je me sentirais moi aussi coupable, à sa place.

— Mais ce n'est pas sa faute.

J'étais d'accord avec elle.

— Elle oubliera tout ça dès que Jane sera sortie de prison. Crois-tu vraiment que Taggert se pointera demain matin ?

Becky haussa les épaules.

— Il a consacré toute sa vie à son métier. Pas d'épouse, pas de famille. Il est peut-être moins affûté qu'avant, mais ça reste un bon avocat.

— Un bon avocat *engagé* par Zack et Shaylyn. Je pense qu'ils ont tué Paolo. Et le chauffeur de la limousine.

— Mais tu disais qu'ils n'ont appris l'affaire de Charleston qu'après le meurtre de Paolo, non ?

— Oui. Et là, j'ai besoin de ton aide. Si ce sont eux les coupables – et tout me porte à croire que c'est le cas –, pourquoi aideraient-ils la femme qu'ils cherchent à faire inculper de leur crime ?

— On dirait un oxymore, reconnut Becky.

Elle prit son sac et en retira un biscuit Moon Pie à moitié écrabouillé dont elle ôta l'emballage.

— Comment peux-tu avaler ce genre de truc ?

Becky éclata de rire :

— Curieuse question venant d'une fille qui a un faible pour les Lucky Charms !

— Allez, examinons ce que nous dit Google.

Une fois installée sur mon canapé avec mon ordinateur sur les genoux, je n'eus aucune difficulté à trouver une image de pilule de Rohypnol/GHB. Celle que j'obtins était une reproduction fidèle de celle que nous avions vue sur la table de chevet du porno de Payton.

— Il y avait du GHB dans la bouteille de champagne et les coupes de la limousine, et le chauffeur de celle-ci en a lui aussi absorbé avant de mourir. Il ne peut pas s'agir d'une coïncidence.

— Paolo avait peut-être l'intention de faire chanter Jane avec un DVD de sa composition ?

— Il devait pourtant savoir que Jane ne versait pas de cotisation. Dans le cadre d'un chantage, elle n'aurait jamais pu payer. Ça fait une semaine que Liv s'évertue à obtenir la liquidation des investissements de Jane. Paolo n'aurait eu aucun intérêt à droguer Jane afin de pouvoir filmer…

— Finley ?

Mon esprit se mit à bouillonner :

— Paolo ne filmait pas. Il y avait une troisième personne dans la pièce.

— Et comment en arrives-tu à cette conclusion ?

— La caméra n'était pas statique.

Becky fit des yeux immenses :

— Mais c'est vrai, ça !

— Zack ? Shaylyn ?

— Je parie sur Zack, dit Becky. C'est le plus effrayant des deux. Passe-le dans Google.

Je tapai son nom et mon excitation retomba immédiatement.

— Il y a trois millions neuf cent mille et des brouettes résultats pour cette recherche. Il faut que nous précisions notre demande.

— Qu'est-ce que Payton a dit de lui ?

Je retapai son nom en ajoutant « feuille d'érable », ce qui permit d'éliminer, disons, trois cents résultats.

— Davis est un nom bien trop répandu.

— Essaye en y ajoutant le nom de Shaylyn.

Je suivis son conseil. Le nombre de liens obtenus ne s'élevait plus qu'à un peu moins de quatre cent mille. Ensuite, je réessayai en rajoutant « feuille d'érable » et « chouette des neiges », le mot de passe utilisé pour protéger les dossiers de Rendez-vous Fantasmatiques.

— Ça ne fait qu'empirer la situation. J'obtiens maintenant un million de liens touristiques pour des vacances au Canada.

— Attends un peu, dit soudain Becky en prenant l'ordinateur.

Je la regardai taper le nom de Zack, puis celui de Canada et enfin le nom de toutes les sortes d'infractions auxquelles elle pouvait penser.

— Tiens, tiens… Eh bien, on dirait que notre ami Zack a passé un peu de temps dans les prisons canadiennes pour fraude. Je ne me souviens pas que cette information ait figuré dans les brochures de Rendez-vous Fantasmatiques.

— Paolo aussi a fait de la prison, lui rappelai-je. Est-ce que tu peux vérifier s'il a été emprisonné dans plusieurs pays ?

En un instant, Becky tomba sur la copie d'un article de journal.

— Zack et Paolo ont comparu ensemble devant un tribunal pour une affaire de fraude.

— La toile d'araignée.

— Pardon ?

Je repris l'ordinateur et me mis en quête de renseignements sur les tatouages les plus courants en milieu carcéral.

— Tu as remarqué que le tatouage de Paolo était de mauvaise qualité, n'est-ce pas ? Eh bien, on voit souvent des tatouages de toile d'araignée dans les prisons du Canada. Je parierais qu'il s'est fait tatouer une feuille d'érable pour dissimuler la toile d'araignée.

— Qu'est-ce qui te fait dire ça ?

— Discovery Channel a fait un reportage sur la vie en prison.

— Il faut que tu sortes plus souvent.

Je posai l'ordinateur à côté de moi et allai dans la cuisine pour me verser une nouvelle tasse de café.

— Liam m'a dit quelque chose de très étrange.

— Qu'il voulait te faire sauvagement l'amour ?

— Non.

— Il ne veut pas te faire sauvagement l'amour ??? dit Becky d'une voix exagérément haut perchée.

— Non. *Théoriquement.* Il a dit qu'il avait essayé de me dire quelque chose, dis-je en versant un peu de crème dans ma tasse, sans même songer à la mélanger au café. Un peu comme quand Ellen m'a harponnée en disant que j'avais raté des détails.

— À propos du procès ?

Je secouai la tête :

— Non. Il me le dirait s'il savait quelque chose qui pourrait aider Jane. Il s'agit d'un truc intime, or, nous ne sommes pas *intimes*.

— Je te parie que ça changerait si tu virais Patrick.

— Je vais y venir.

Becky se retourna vers moi comme si elle venait de recevoir une décharge électrique :

— Vraiment ?!

— Probablement. Peut-être.

— Pourquoi cette hésitation ?

— Ce n'est pas simple. Je ne veux pas lui faire de mal. Il a été gentil envers moi.

— Trop gentil, si tu veux mon avis.

— Je ne te l'ai pas demandé. Liam t'a briefée ou quoi ? Il ne manque jamais une occasion de critiquer ma relation avec Patrick.

— Peut-être sait-il quelque chose que tu ne sais pas.

— Comment serait-ce possible ? Il n'a rencontré Patrick qu'à deux reprises. En passant.

— Quand ?

— La première fois, c'était quand j'étais à l'hôpital, après l'histoire Hall.

— Tu sais, c'est lui qui a localisé Patrick.

— Quoi ?

Elle haussa les épaules :

— Je lui ai demandé de le faire. Je n'allais pas quitter l'hôpital avant d'être certaine que tu allais bien.

— Et que pourrait-il avoir appris sur Patrick que je ne sache pas, après tout ce temps ?

— Tu pourrais le lui demander, me suggéra-t-elle.

— Plutôt me couper la langue.

— Et si on avait recours à Google ?

Je fis la grimace.

— Je me refuse à faire une recherche dans Google sur mon propre petit ami, sur la seule base de commentaires elliptiques de la part d'un homme qui s'ingénie à me faire tourner en bourrique.

— Ce n'est pas nécessaire.

— Bien.

— Moi, je vais le faire.

Une personne honnête et confiante aurait sans aucun doute saisi l'ordinateur pour empêcher avec opiniâtreté que l'on fouille l'intimité du tiers en cause. Mais apparemment, je n'appartenais pas à cette catégorie de gens :

— Alors ?

— Plein de sites relatifs à Nick Lachey[1]. Il est mignon. Je me le ferais volontiers.

— Becky !

— Oups !

J'entendais ses doigts qui parcouraient les touches du clavier.

— Et puis, il y a aussi des trucs d'associations de pilotes.

Je lâchai le soupir que j'avais retenu jusque-là, sans même m'en rendre compte. Mes muscles se détendirent, puis se raidirent à nouveau quand je songeai à la façon dont Liam m'avait amenée à violer – même passivement – la règle que je m'imposais quant à l'utilisation de Google.

— Il n'y a rien à trouver.

— Peut-être pas. Peut-être… Oh, putain !

— Quoi ?

Au moment où elle leva ses yeux vers les miens, le visage de Becky exprimait un véritable état de choc.

— Tu ne vas pas aimer ça. Mais ça explique beaucoup de choses.

Je restai plantée à un bon mètre d'elle :

— Comme quoi ?

— Ses voyages.

— Ne me dis pas qu'il n'est pas pilote ?

— Non.

— Il est homo ? Bi ?

Elle secoua la tête :

— Pire.

— Qu'est-ce qu'il peut y avoir de pire que de découvrir que ton petit ami te trompe et qu'en plus, il le fait avec un mec ?

— Tu y es presque, Finley.

---

1. *NdT*. Chanteur (notamment, membre du groupe 98 degrees) et acteur américain (entre autres dans la série *Charmed*).

— Qu'est-ce que tu as trouvé ? Il a un site Internet personnel ou quoi ? Il me trompe ?

— En quelque sorte.

— Tromper sur Internet, c'est tromper.

De même que l'adultère intellectuel, mais nous n'en étions pas à éplucher mes propres transgressions.

— Ça n'a rien de virtuel, c'est parfaitement réel.

— Comment ça *réel* ?

— *Vraiment* réel.

— Dis-moi.

— D'après Ancestry.com, il est marié.

L'effet d'une trahison s'apparente à celui de mauvaises chaussures :
on sourit malgré la douleur, en espérant que personne ne s'en aperçoit.

Vingt et un

Une fois que le choc se fut dissipé, la colère s'installa. Becky me proposa de rester, mais je n'avais pas exactement envie de compagnie. Ça ne me posait aucun problème d'être frivole une fois de temps en temps, ou égoïste à l'occasion, mais je n'avais jamais, au grand jamais, essayé de piquer le petit ami de qui que ce soit. Pourtant, aujourd'hui, grâce aux mensonges de Patrick, c'est bien dans cette situation que je me trouvais. J'étais l'autre femme.

Et comme si ça n'était pas suffisamment grave, Liam le savait. Depuis des mois. Je l'ajoutai donc à la liste des hommes que je détestais, tout en continuant à flanquer les cadeaux que m'avait offerts Patrick dans des sacs-poubelle. Quand j'eus fini de m'occuper du placard, je m'attaquai à l'armoire.

Mes yeux se posèrent immédiatement sur le paquet qui contenait la décoration de Noël. Je passai les doigts sur l'étiquette et eus l'impression de me faire avoir pour la deuxième fois : « NYC » prononçai-je à haute voix. Ce n'était pas les initiales d'un magasin à la mode dans un lieu exotique quelconque. Juste New York City.

Grâce à une recherche plus approfondie, je savais désormais que l'infidèle Patrick et son épouse – vraisemblablement innocente –, mordue de généalogie, habitaient Westchester. Je me demandais combien de cadeaux, parmi ceux qu'il m'avait offerts, provenaient effectivement de voyages à l'étranger et combien étaient issus de boutiques new-yorkaises. *Connard.*

À un moment, je pris conscience de trois choses : a) j'en voulais moins à Patrick qu'à ma propre bêtise ; b) je n'allais pas ajouter à mes erreurs passées celle de lui renvoyer *tous* ses cadeaux. Hors de question. J'allais garder la besace, la paire de chaussures Prada et presque tous les bijoux. Disons que ça représentait l'amende à payer pour deux années de tromperie. Je regrettais seulement de devoir patienter trois jours avant de pouvoir lui jeter ses autres présents à la figure. Ou les lui envoyer dans les… Non, en fait, je ne voulais plus rien avoir à faire avec cette partie-là de son anatomie. Celle-là appartenait à son épouse. L'espace d'une seconde, je songeai à l'appeler sur son portable ou à lui écrire un SMS. Mais la nuit était déjà bien avancée et je ne voulais pas prendre le risque que sa femme apprenne mon existence. C'était déjà bien assez lourd d'être l'autre femme. Je ne voulais pas y ajouter le statut de briseuse de ménage. Même si, dans cette histoire, j'étais une victime tout aussi innocente que sa légitime épouse. Mais les femmes trompées l'emportent toujours sur les maîtresses bafouées.

Le point c) était le plus difficile à mettre en œuvre. Il allait falloir que je prenne un peu de sommeil. Juste quelques heures de façon à pouvoir affronter l'audience concernant Jane et le terrible brunch d'excuse/remerciements avec ma mère. Dès que j'eus fini d'éliminer chirurgicalement la moindre trace de Patrick dans mon appartement, j'allai me coucher pour quelques heures d'un repos régénérant.

Mais au réveil, ça se voyait quand même. Il fallut au moins trois doses de gouttes oculaires pour effacer les veinules rouges de mes yeux et deux passages d'anticerne, de fond de teint et de poudre pour dissimuler les marques sombres qui soulignaient mon regard. Allais-je laisser l'infidélité de Patrick interférer avec cette journée dédiée à la libération de Jane ? Certainement pas. Je remisai donc mes réflexions sur ce salauddeconnarddenfoiré au plus profond de mon subconscient, en me promettant de me consacrer entièrement à Jane durant les prochaines heures et de sourire malgré ma peine, quoi qu'il advienne.

Selon la météo, la température allait encore dépasser les 30 degrés. Je choisis donc une jupe turquoise et vert anis que j'assortis avec un simple *twin-set* turquoise. C'était un peu trop coordonné à mon goût, mais c'était exactement le genre d'ensemble qu'adorait ma mère. Et comme je m'apprêtais à dépenser ses 25 000 dollars pour la caution de Jane, je me dis que c'était la moindre des attentions.

Je vidai le fond de la cafetière dans ma tasse. Il ne fallait pas que j'oublie de passer prendre les roses avant le brunch. Je recopiai, par ailleurs, les adresses de Barbie Baker, Renée Sabato, Harrison Hadley et Matthew Gibson sur un petit morceau de papier que je mis dans mon sac avec le DVD de Payton. Dans l'après-midi, j'irais rendre visite au reste des clients de Rendez-vous Fantasmatiques concernés par l'Évaluation spéciale. Je doutais que Jace et Kresley acceptent de m'accorder une nouvelle entrevue et il me faudrait donc aller frapper à d'autres portes pour réunir un peu plus d'informations. Autant le faire dans l'ordre alphabétique : je commencerais donc par Barbie Baker. Et si Mme Baker s'obstinait à ne pas retourner mes appels, je me ferais un plaisir de passer chez elle.

Quand j'arrivai au tribunal du comté de Palm Beach, mon estomac avait eu le temps de se nouer. Je me garai, enroulai mon pull autour de la bandoulière — à peine abîmée — de mon sac de chez Dooney & Burke, puis sortis de ma voiture. Dehors, l'atmosphère était déjà chaude et humide.

Becky et Liv m'attendaient dans l'allée. Un seul coup d'œil à Liv me permit de deviner que Becky avait cafté. Je lançai à cette pipelette un « Merci beaucoup » très appuyé, pendant que Liv me prenait dans ses bras.

— Ça va aller ? me demanda-t-elle.

— Ça va, répondis-je en balayant des yeux les environs. (Il était hors de question que j'admette que je venais de gaspiller deux années de ma vie pour un…) La journée appartient à Jane. S'il vous plaît, dites-moi que Taggert est à l'intérieur.

Toutes les deux secouèrent la tête en même temps. Le nœud, à l'intérieur de mon estomac, se resserra.

— Alors, que fait-on ?

Becky jeta un coup d'œil à sa montre :

— Il nous reste encore vingt minutes.

— L'une de vous a pu voir Jane ? demandai-je.

— Oui, on s'est vues durant quelques minutes, lorsque Liv est allée lui porter les vêtements.

— Comment est-elle ?

— Elle tient le coup.

— Elle a eu des nouvelles de Taggert ?

— Non, répondit Liv, manifestement furieuse. Il ne peut tout de même pas disparaître comme ça de la surface de la terre !

— Ça arrive pourtant assez fréquemment, remarqua Liam qui venait d'arriver.

Je gardai les yeux fixés sur le dernier bouton de sa chemise en serrant les dents, dans le vain espoir d'endiguer le flot de mon humiliation. J'étais tellement en colère qu'il ne m'ait rien dit au sujet de Patrick, alors qu'il avait apparemment découvert le pot aux roses, plusieurs mois auparavant. Mais je ne voulais pas risquer de me laisser distraire.

— Shaylyn et Zack ? questionna Becky.

— Personne ne les a vus. L'un de mes amis a consulté leur fichier automobile. Outre la Bentley, il y a une Lexus noire, un pick-up marron et un van pour transporter des chevaux, inscrits à leurs noms ou à celui de leur société. Il y a aussi un permis bateau enregistré auprès du centre des impôts du comté de Broward. Je cherche actuellement à savoir où tout cela peut se trouver.

— A-t-on le droit d'utiliser le DVD ? demandai-je en faisant dépasser de mon sac un coin de son étui. Est-ce que cet élément, associé au fait que le chauffeur de la limousine a été tué après l'arrestation de Jane, ne permettrait pas de convaincre le juge que Jane doit être libérée ?

— Je ne suis pas inscrite comme étant son avocate, dit Becky. Faulkner est très soucieux du respect des règles. Je ne pense pas qu'il m'autorisera à représenter Jane avant que Taggert en ait été informé en bonne et due forme.

Je soupirai bruyamment :

— Au cas où, tu as apporté le chèque de ma mère ?

Liv hocha la tête :

— Il est dans mon sac. Avec ce que Patrick… Excuse-moi.

Je sentis que mes joues s'enflammaient.

— Il est temps d'aller à l'intérieur, maintenant, suggérai-je.

— J'ai reparlé à l'inspecteur de Charleston, dit alors Liam.

Ma curiosité fut plus forte que mon orgueil et je redressai la tête pour le regarder :

— Pourquoi ?

— Je n'arrivais pas à comprendre pourquoi Zack et Shaylyn auraient pu chercher à faire porter le chapeau à Jane, s'ils n'étaient pas au courant de l'affaire de Charleston concernant Molly Bishop.

— Et ?

Il jeta un coup d'œil à Liv :

— Quand as-tu organisé le rendez-vous ?

— Il y a de cela trois semaines et demie.

Il sourit :

— Il y a trois semaines, une femme a contacté le greffe du tribunal pour demander une copie du casier judiciaire de Jane.

— Dis-moi que Shaylyn a laissé son nom, m'écriai-je d'une voix presque suppliante.

— Elle a dit qu'elle était la secrétaire de Taggert, mais le numéro de fax qu'elle a donné ne correspond pas à celui de Taggert.

— Rendez-vous Fantasmatiques ?

Il secoua la tête en signe de dénégation :

— Non. La ligne pour ce numéro a été coupée la semaine dernière. Avant cela, elle faisait partie des sept lignes ouvertes au nom de R. Sabato.

— Renée Sabato ?

— Qui est-ce ? demanda Liv.

— Une cliente de Rendez-vous Fantasmatiques. Je compte aller lui parler cet après-midi.

— Mauvais plan, intervint Liam. Mesdames, voudriez-vous bien aller dans la salle d'audience et nous retenir une place ? demandat-il tout en refermant ses doigts sur mon avant-bras. Nous vous rejoignons dans quelques minutes.

Becky et Liv attendirent que je leur adresse un signe d'approbation avant de me laisser seule avec Liam. Alors, je pivotai pour lui faire face et, bien campée sur mes deux pieds, je dégageai mon bras d'un geste brusque :

— Comment as-tu pu ne *pas* me le dire ?

—Je te le dis maintenant.

— Ton sens de la chronologie est nul.

—Je viens de le découvrir.

J'écarquillai les yeux :

— De quoi parles-tu au juste ?

— Renée Sabato.

Oups.

— Et plus précisément ?

— Tu ne lis pas les journaux ?

— Si.

— Il y a trois mois, on a découvert le buste d'une femme rejeté par la mer, sur la plage, près de sa villa. Ça te rappelle quelque chose ?

Je me souvenais vaguement de cette histoire sordide. Pas de tête, pas de mains, aucun moyen d'identifier le corps :

— Renée Sabato est morte ?

— Non, non. Elle est bien vivante et en pleine santé.

— Raison supplémentaire pour que j'aille lui parler. Je suis désolée si un morceau de cadavre a atterri près de chez elle, mais il se peut qu'elle sache quelque chose qui pourrait aider Jane.

— Laisse-moi m'occuper de ça, Finley.

— Tu crois que je n'en suis pas capable ?

— Ça n'a rien à voir avec le fait d'en être capable ou non. Ça tient au fait que j'ai une arme et pas toi. Comment peux-tu être certaine que Renée Sabato n'est pas une tueuse psychopathe ?

— Tu penses qu'elle a tué quelqu'un avant de le jeter sur la plage qui borde sa propre maison ?

— On a déjà vu ce genre de choses, dit Liam. Je sais que pour toi, il est très important de résoudre cette affaire par toi-même, mais laisse-moi au moins vérifier qui est cette bonne femme avant de foncer tête baissée. Laisse-moi faire mon boulot.

— Mais tu n'en voulais même pas de ce boulot.

— Eh bien, j'ai changé d'avis.

— Je vais y réfléchir. L'audience de Jane va bientôt commencer.

— Qu'est-ce qui justifie une telle mauvaise humeur, aujourd'hui ?

— Mon amie est toujours en prison et son avocat s'est volatilisé.

Ses yeux se plissèrent :

— Non. Il y a autre chose. Jane était déjà en prison hier quand nous...

— N'avons rien fait, ce dont je me félicite, ajoutai-je en reculant d'un pas. Mieux que des félicitations, même. Tu ne m'intéresses absolument pas, pas plus qu'aucun autre homme, d'ailleurs. Vous êtes tous des porcs.

Lentement, les deux coins de sa bouche s'incurvèrent en un rictus malicieux :

— Tu as découvert le pot aux roses, alors ?

— Pas grâce à toi, m'exclamai-je en croisant les bras. Depuis quand sais-tu que Patrick est... est... ?

— Quelque temps.

— Et ça t'a amusé de le garder pour toi ?

Il leva les mains, la paume vers le ciel :

— Ce n'était pas mes oignons.

— Tu as raison. Et c'est toujours le cas.

— Je n'ai aucune raison de me défendre, mais, jusqu'à la semaine dernière, je croyais encore que tu étais au courant que ton petit ami était marié.

— Quel genre de fille crois-tu que je sois ?

Son rictus s'élargit en un sourire :

— J'essaye de ne pas porter de jugement.

— Bon, j'y vais.

— Finley ?

— Lâche-moi, tu veux, soufflai-je, le dos raide et les yeux rivés sur le portique de sécurité un peu plus loin. À propos, puisque tu es si performant et si bien informé, comment se fait-il que tu n'aies pas su que Zack et Paolo avaient passé quelque temps dans une prison canadienne pour fraude ?

— D'où tiens-tu ça ?

Je déposai mon sac sur le tapis du poste de contrôle :

— Je l'ai lu sur Internet.

Puis, je passai sous le détecteur de métal.

— Il faut que tu…

Biiip !

Un agent de sécurité grand, costaud et complètement rasé repoussa brutalement Liam de l'autre côté du portique :

— Monsieur, vous devez d'abord vider vos poches.

— Finley, poursuivit Liam en commençant à vider ses poches dans une caisse en plastique. Attends un instant.

Puis, il tenta de repasser sous le portique : *biiip !*

Il étouffa un juron quand mon sac à main, ayant passé les rayons X avec succès, atterrit entre mes mains.

— Finley !

Biiip !

— Monsieur, si vous voulez bien venir par ici.

Je ne me retournai pas quand le garde l'escorta jusqu'à la zone isolée par un cordon de sécurité. Mais je souris.

★
★ ★

— Pourquoi Liam ne vient-il pas s'asseoir avec nous ? demanda Liv à voix basse.

— Il est radioactif.

— Quoi ?

— Il a eu un petit souci avec le détecteur de métaux. Dommage qu'ils n'utilisent pas leur espèce de batte pour les fouilles au corps.

Becky se tenait au premier rang en attendant que Jane émerge des coulisses du tribunal.

— Tu passes ta colère sur lui ?

— Et comment ! Je hais tout ce qui est doté de testicules. Les hommes ne sont qu'une absolue perte de temps. Je crois que je vais acheter un chien, tiens. Une *femelle*.

— Tu n'aimes pas les chiens.

— C'est vrai. Un poisson rouge, alors.

— Est-ce que tu l'as appelé ?

— Les poissons rouges ont des téléphones ?

— Patrick. As-tu appelé Patrick ?

— Non.

— Et tu comptes le faire ?

— Non. J'ai décidé de gérer ce problème en adulte.

— Tu as déjà tout mis dans une boîte, n'est-ce pas ?

— Dans des sacs-poubelle.

Liv me tapota la main :

— Très adulte.

— Merci.

Jane entra dans la salle avec un air si impressionné et terrifié que j'en aurais pleuré. Son désespoir était palpable et il augmenta encore lorsque ses yeux cernés balayèrent le tribunal. Il lui fallut peu de temps pour réaliser que son avocat n'était pas là.

Becky se mit à lui parler à voix basse, mais ses paroles ne semblaient pas avoir beaucoup d'effet sur le sentiment de panique qui l'avait visiblement gagné.

— Je déteste également Taggert, remarqua Liv.

— Dommage que nous ne puissions pas le mettre lui aussi dans un sac-poubelle.

— Veuillez vous lever, demanda l'huissier.

Le juge Faulkner rejoignit son estrade et bougonna en voyant que la place à laquelle aurait dû se trouver l'avocat de la défense était vide.

L'avocat général Brent paraissait prête à danser une gigue pour marquer sa joie :

— Votre Honneur, considérant que l'avocat de la défense est absent, l'État demande qu'une décision soit immédiatement prise en ce qui concerne la requête.

Tous mes muscles se bandèrent. Je n'aurais pas été étonnée que le juge lui accorde sa demande, lève son maillet et aille aussitôt rejoindre le parcours de golf le plus proche.

— Si vous permettez ? commença Becky. Rebecca Jameson, votre Honneur.

— Oui, Mlle Jameson ?

— Compte tenu de l'absence de maître Taggert, je souhaiterais être désignée comme avocat remplaçant pour représenter l'accusée.

— Êtes-vous prête pour cette audience ? demanda-t-il.

— Oui, monsieur.

— L'État émet une objection, intervint Brent. Mon bureau n'a pas reçu de notification formelle concernant le retrait de maître Taggert de cette affaire. Cette audience ayant trait à la révision de sa demande de libération sous caution, il me paraît prudent de laisser ce point en suspens jusqu'à ce que non seulement cette cour, mais aussi le bureau du procureur, se voient signifier ce retrait dans les formes.

Faulkner réagit sans perdre de temps :

— J'aurais tendance à vous suivre sur cette question.

— Votre Honneur, tenta Becky en passant le portillon qui séparait le public des tables assignées aux avocats. Mlle Spencer ne devrait pas avoir à rester en prison quand, avec tout le respect que je vous dois, le ministère d'avocat fait partie de ses prérogatives et ne dépend aucunement de ce que peut en penser Mme Brent. Dans ces conditions, rejeter la requête sans la débattre procéderait d'un non-respect des droits de la défense.

— Nous sommes samedi, Mlle Jameson. Vous auriez bien du mal à trouver une cour d'appel qui recevrait votre théorie. Néanmoins, dans l'intérêt de la justice, je vais prolonger cette audience jusqu'à 16 heures, heure à laquelle j'espère que vous serez en mesure de me présenter soit maître Taggert, soit sa demande de retrait dûment signée. À défaut de pouvoir produire l'un ou l'autre, appelez mon clerc. Ne faites pas perdre plus de temps à ce tribunal.

— C'est bon, ça ? me demanda Liv tandis que nous nous levions pour saluer le départ du juge.

— Ça veut dire que nous avons sept heures devant nous.

— Pour faire quoi ?

Après discussion, il fut décidé que Liv resterait auprès de Jane qui n'était pas loin de l'effondrement complet. De son côté, Becky irait rédiger la requête et affûter ses arguments, ce qui incluait, le cas échéant, une injonction visant à la comparution de Payton afin qu'elle puisse éclairer le juge sur les DVD et autres activités complémentaires – et néanmoins sadomaso – de Rendez-vous Fantasmatiques.

Malgré mes vives objections, Liam irait rendre visite à Renée Sabato et Harrison Hadley avant de tenter de dénicher Taggert. Comme je n'avais pas la possibilité d'annuler mon brunch, on m'assigna la mission moins essentielle d'aller voir la veuve Baker et

Matthew Gibson. Tout le monde était censé pister Zack et Shaylyn, bien que Becky nous eût fait remarquer que leur absence jouerait peut-être en faveur de Jane.

Je commis ma première erreur environ trente minutes plus tard. J'avais oublié de m'arrêter chez le fleuriste. Si je revenais sur mes pas, j'allais être en retard au brunch. Et ça, au pays de ma mère, c'était un péché mortel, alors que le fait d'arriver à l'heure, mais les mains vides, constituait un péché plus véniel.

Le country club de Willoughby était situé dans une splendide propriété dont les jardins, impeccablement tenus, s'étendaient près du centre historique de Stuart. Le terme « historique » était un peu surfait dans la mesure où, en Floride, tout ce qui avait été bâti avant 1929 était qualifié d'historique. Le gardien m'autorisa à pénétrer dans l'enceinte et je fis presque crisser mes pneus en me garant à la hâte dans le parking du club.

Le *clubhouse* avait été installé dans un bâtiment cossu, pourvu d'une vaste salle de restaurant et de plusieurs pièces de taille plus modeste destinées aux réunions privées et aux joueurs de cartes. Dès que j'eus dépassé les portes en verre dépoli, je sentis le merveilleux fumet que dégageaient les cuisines extrêmement réputées de l'endroit. La salle de restaurant était cachée à ma vue par une énorme composition florale à base de lis blancs et par la minuscule estrade du maître d'hôtel.

Évidemment, rien de tout cela n'avait d'importance. Je n'avais pas besoin de voir ma mère en direct pour savoir qu'elle allait me lancer un regard réprobateur.

C'est bien sûr ce qu'elle fit. À l'instant même où elle me vit m'avancer vers la table drapée de lin blanc qu'elle occupait, je récoltai *Le regard*. Il s'agissait d'une expression extrêmement discrète et pourtant redoutablement efficace qui traduisait tout sauf ses véritables sentiments. J'étais certaine qu'elle m'aimait. Seulement elle ne m'aimait pas à l'excès. Elle aurait voulu un autre genre de fille.

Et comme, de mon côté, j'aurais souhaité un autre genre de mère, nous avions, sur cette question-là, un avis compatible.

Pour quiconque s'intéressait à notre duo, le baiser mondain que nous échangeâmes offrait une image idéale. Ma mère est une femme superbe, grande, mince, avec des cheveux parfaitement coiffés aux magnifiques reflets noisette. La seule caractéristique physique que nous partageons, ce sont des yeux bleu pâle.

En dépit de son sourire, je savais qu'elle était en train de peaufiner ses critiques, pendant que le garçon reculait mon siège et me présentait ma serviette. Je savais aussi que je venais d'échouer au test éliminatoire du jour. Rien de bien nouveau. Sauf à me transformer, comme par magie, en ma propre sœur, la parfaite Lisa, je n'obtiendrais jamais la moyenne.

Elle avança une main et en tapota la mienne :

— Je suis fière de toi, Finley.

Je la regardai avec suspicion. J'avais toujours voulu savoir à quoi pouvait ressembler *La Quatrième Dimension*. Me tortillant sur ma chaise, je m'éclaircis la gorge et lui dis :

— Merci.

— Non, vraiment, je le pense, insista ma mère tout en faisant un petit signe au garçon. À en juger par ton maquillage épais, tu as dû veiller toute la nuit. Pour trouver un travail, je présume.

Je sentis le deuxième pavé de la journée me tomber sur la tête.

— J'ai examiné différentes options.

Si l'on comptait le poste d'assistant à la morgue, ce que j'étais prête à faire, pour les besoins de ce brunch.

— Heureuse de l'entendre. J'admets que lorsque ton amie Jean…

— Jane.

— Peu importe. Lorsque ton amie Jane s'est vu refuser sa libération, j'ai cru que tu allais me rendre l'argent. Les intérêts ont commencé à courir depuis le jour où je t'ai remis le chèque, bien entendu.

Comme si j'avais besoin qu'on me le rappelle.

— Et tout ça te sera intégralement remboursé, comme promis.

Et fait devant témoins, et certifié. Sous le prétexte de devoir me désaltérer, je retirai ma main pour attraper mon verre.

— Je voulais te redire combien j'avais apprécié ta générosité.

— Pas « redire », Finley. Redire impliquerait que tu m'aies déjà remerciée.

— Une terrible négligence de ma part dont je suis sincèrement désolée. Nous savons toi et moi que tu ne m'as pas élevée ainsi.

— Oui, je…

Ma mère n'avait pas l'habitude de laisser ainsi ses phrases en suspens, mais quelque chose, dans mon dos, venait d'attirer son attention. Je tournai la tête et vis un homme très sophistiqué, aux cheveux gris, qui patientait près de l'estrade du maître d'hôtel. Puis, je me retournai vers ma mère. Elle était en train de se recoiffer, de rajuster son tailleur Chanel et de vérifier le rang de perles qui parait son cou. Et elle avait maintenant son regard de prédateur.

Ma prise de conscience fut immédiate. J'aurais dû m'en douter. Le report de notre brunch obligatoire au samedi n'avait rien à voir avec moi. De même que son transfert du country club du Cheval d'Acier à celui de Willoughby.

Le sourire discret qui lui était adressé, ainsi que le geste négligé – mais appelant une réponse – à son intention, ne laissait d'autre alternative à l'homme en question que de s'arrêter à notre table.

— Cassidy ! Quelle surprise, dit-il en prenant sa main entre les siennes.

Pauvre type. Si seulement il savait.

— Je ne savais pas que vous étiez membre de ce club.

— Je viens tout juste d'y entrer, répondit-elle. Cela fait quelque temps que je cherche un nouveau club.

Menteuse. Cela fait quelque temps que tu cherches un nouveau mari, oui !

— Je pense que vous vous plairez dans celui-ci.

Je pense qu'il te faudra un bon contrat prénuptial.

— Mais qu'ai-je fait de mes bonnes manières, minauda ma mère. Truman Caldwell, j'aimerais vous présenter ma fille, Finley.

— Comment allez-vous ?

Ou devrais-je plutôt vous questionner sur votre portefeuille ?

Il m'adressa un sourire sincèrement chaleureux.

— Votre fille ? J'aurais cru qu'il s'agissait de votre sœur. Ravi de vous rencontrer, Finley.

Si c'est effectivement le cas, j'espère que tu ne conduis plus.

— Voulez-vous vous joindre à nous ? proposa ma mère.

— Oh, je suis désolé. Je dois rejoindre un ami pour le déjeuner. Samedi prochain, peut-être, si vous n'êtes pas trop prises ?

Je me mordis l'intérieur de la lèvre. J'avais tellement envie de lui répondre : « Bah, je suis au chômage, alors, pas de problème pour samedi prochain », mais j'étais déjà suffisamment en disgrâce auprès de Cassidy Presley Tanner, etc. Alors, au lieu de cela, j'ouvris mon agenda un peu au hasard et l'ayant à peine consulté, je répondis :

— C'est très gentil à vous, M. Caldwell, mais j'ai une obligation samedi prochain.

— C'est le *docteur* Caldwell, précisa ma mère.

— Excusez-moi.

— Je vous en prie, me dit-il en me tapotant l'épaule. Et, s'il vous plaît, appelez-moi Truman.

Oh, j'ai bien l'impression que je vais l'appeler papa très bientôt.

— Merci.

— Il faudra bien sûr que je vous le confirme, ronronna presque ma mère. Mais sous réserve de quelques ajustements, je suis certaine que samedi prochain sera parfait. Disons vers midi ?

Disons, du turbot ?

Le docteur Caldwell avisa un homme assis à l'autre bout de la salle de restaurant et lui fit un signe de l'index :

— Mon partenaire de double m'attend. Ce fut un plaisir de vous rencontrer, Finley. Et, Cassidy, comme toujours, j'aurai grand plaisir à vous revoir la semaine prochaine.

Comme si tout cela n'avait pas été minutieusement planifié, ma mère s'empara du menu et commença à le commenter.

— Il paraît que leur saumon est excellent.

— Il a l'air gentil.

— Gentil ? répéta ma mère.

D'après le ton qu'elle venait d'employer, elle n'appréciait pas vraiment mon choix d'adjectif.

— Disons, agréable, affable, courtois, aimable ? Maman, il n'est resté que trente secondes à notre table.

— Tu ne sais pas qui c'est ?

Rapidement et discrètement, je jetai un coup d'œil au docteur :

— Désolée, non.

— Il a été désigné comme faisant partie des dix meilleurs cardiologues des États-Unis. Il consulte à John Hopkins et à l'hôpital St Joseph, en Arizona, qui, pour ton information, est considéré comme le meilleur centre de cardiologie du pays, depuis des années. Il est en semi-retraite et a été pressenti à un moment pour occuper le poste de ministre de la Santé. Il est cité dans le *Who's Who* et est issu d'une éminente famille du Massachusetts. Pedigree impressionnant, n'est-ce pas ?

— Tu comptes déjeuner avec lui ou l'exhiber ? (J'aurais voulu ravaler ma remarque insolente, mais il était trop tard.) Je suis désolée.

— Mais tu l'es toujours, commenta ma mère d'un ton glacial. Vu ta situation professionnelle instable, tu devrais peut-être réfléchir un peu plus sérieusement au mariage. Patrick est un très bon parti.

Pourquoi ne pas appeler sa femme pour qu'elle nous le confirme ?

— C'est vrai.

Son humeur s'améliora :

— Cela signifie-t-il que tu t'apprêtes enfin à t'engager ?

J'agitai la tête et faillis pleurer de joie quand le garçon posa un Bloody Mary devant moi :

— Je suis très engagée en ce qui concerne Patrick.

Techniquement, ce n'était pas un mensonge. Je m'étais totalement, complètement, absolument engagée à jeter ce connard infidèle dès notre prochaine entrevue.

— Je suis heureuse de l'entendre. Puisque tu ne travailles plus, je pourrais organiser un petit dîner. Je me demande quel soir conviendrait le mieux à Truman ? Patrick est en ville ?

— Non. En fait, il s'apprête à faire un long voyage. *Directement vers l'enfer.*

— Quel dommage. Eh bien, dès que tu en sauras plus sur son emploi du temps, appelle-moi et nous organiserons quelque chose. J'ai plusieurs cérémonies de fiançailles à venir. T'es-tu décidée pour la soirée des Templeton ? Après tout, c'est très généreux de leur part de te faire profiter de l'invitation qu'ils m'ont adressée.

Un milliard de raisons d'être courtoise :

— Rappelle-moi de quoi il s'agit. Qu'est-ce qu'ils fêtent au juste ?

Ma mère fronça les sourcils. Enfin, elle essaya, mais ce n'était pas une mince affaire avec les centaines de centimètres cubes de Botox qu'elle avait dans le front.

— Il s'agit de leur quarantième anniversaire de mariage. Tu as rencontré leur fille, Trisha.

Encéphalogramme plat :

— Ah bon ?

Notre conversation forcée fut interrompue par le garçon qui venait prendre nos commandes. J'adorais le saumon, mais l'enfant rebelle qui s'agitait en moi choisit des œufs Benedict.

— Trisha est du même âge que toi. Elle sort avec Devon Gibson.

— Le frère aîné de Matthew Gibson ?

Cette fois-ci, le sourire de ma mère était sincère :

— Mais oui. Un très bon parti, lui aussi. Si tu l'avais voulu, tu aurais pu toi aussi fréquenter ces gens. Tu n'aurais alors pas eu besoin de me demander l'aumône.

Ah, voilà qu'arrivait le fameux embrasse-moi-pendant-que-tu-me-gifles.

— J'ai beaucoup apprécié ton prêt, maman. Vraiment.

— Oui, eh bien moi, j'apprécierais qu'il soit remboursé. Que ce doit être agréable pour Leona Gibson. Avoir ainsi ses deux fils qui fondent une famille.

Je pris une longue gorgée de mon Bloody Mary.

— Je ne vois pas Kresley Pierpont fonder une famille dans un proche avenir.

— Mais bien sûr que si. Les enfants cimentent un mariage.

— Elle est un peu superficielle.

— Il paraît que non. Elle va se marier à l'un des garçons les plus fortunés de Palm Beach. Truman est invité à la cérémonie.

— C'est pratique si quelqu'un fait un infarctus au cours de la réception.

— Finley, tu…

Ma mère se pétrifia quand mon portable se mit à sonner. J'avais oublié de le placer en mode vibreur :

— Désolée. Allô ?

— Mlle Tanner ?

— Oui.

— Je suis Emma Killington, l'assistante personnelle de M. Gibson. Il m'a demandé de vous contacter pour vous dire qu'il aurait la possibilité de vous rencontrer à 13 heures.

— C'est dans un peu plus d'une heure, fis-je après avoir vérifié ma montre. Pourrions-nous légèrement retarder ce rendez-vous ? Disons, à 13 h 30 ?

— Je suis désolée, mademoiselle, mais c'est sa seule disponibilité de la journée.

— Alors, d'accord pour 13 heures. Je vous remercie.

Mes œufs arrivèrent au moment où je refermais mon téléphone et reculais mon siège.

— Je suis désolée, maman, mais il va falloir que j'y aille.

Ses yeux, tout juste liftés, s'élargirent :

— Mais nous n'avons même pas encore déjeuné. Tu ne peux pas t'en aller avant d'avoir mangé. C'est à la fois dispendieux et impoli.

— Désolée.

Je savais que j'allais payer très cher le fait d'avoir ainsi planté ma mère. Avec de lourds intérêts. Mais j'avais plus besoin de voir Matthew Gibson que de contenter ma mère.

Ignorant la limitation de vitesse, je filai à vive allure vers l'échangeur de la I-95. Le quartier était en pleine mutation. De nouveaux immeubles absorbaient progressivement les maisons cernées d'immenses terrains. Il n'y restait déjà plus que quelques orangeraies. J'étais à un kilomètre et demi de l'autoroute quand j'entendis un claquement sonore suivi d'une explosion. Ensuite, le véhicule se mit sur deux roues.

Je n'eus pas le temps de crier quand ma voiture versa dans un fossé de drainage, avant de percuter un pin.

Quand quelque chose se passe, il y a toujours une raison,
pas nécessairement une bonne.

Vingt-deux

Pendant que les secouristes pansaient la petite coupure sur mon front, j'avais réussi à faire une déclaration plus ou moins lucide à l'adjoint du shérif, organiser la prise en charge de ma voiture par un véhicule de dépannage et obtenir que Jean-Claude m'apporte la Mercedes de Liv. J'avais aussi raté mon rendez-vous avec Matthew Gibson.

Par miracle, j'avais un petit flacon de détachant dans mon sac qui me permit d'enlever le sang qui maculait mon chemisier. Ce n'étaient pas d'énormes taches, plutôt des gouttes. Mais elles étaient particulièrement mal placées puisque l'une d'elles était exactement située sur mon téton droit, laissant penser que j'étais en pleine lactation unilatérale.

Malgré cela, ma mine pitoyable ne suffit pas à me faire passer le barrage que constituait l'assistante personnelle de Matthew Gibson. Même lorsque, après avoir été congédiée, je restai perchée au-dessus de son bureau, cette matrone aux cheveux gris refusa d'abaisser sa garde.

— Je peux reporter le rendez-vous, si vous le souhaitez, proposa-t-elle pour la troisième fois.

— Il y a une audience dans moins de trois heures, lui expliquai-je. M. Gibson détient des informations essentielles pour cette audience. Si au moins je pouvais obtenir un numéro de téléphone ? Quelque chose ? N'importe quoi ?

— Il s'agit d'une question d'ordre juridique ?

— Oui.

— Je vais voir si l'avocat de la famille est disponible. Attendez ici, je vous prie.

Dès qu'elle eut disparu dans le long couloir des locaux de Gibson Investments, situés en bord de mer, je me glissai derrière son bureau et commençai à examiner l'agenda de Matthew. Celui-ci m'apprit simplement qu'il était en train de déjeuner avec Kresley.

— Merde, jurai-je. Pas de nom de restaurant.

J'eus plus de chance avec le Rolodex. J'y dégotai deux numéros de téléphone appartenant à Matthew. Je reconnus le premier comme étant celui de son domicile (c'était celui qui figurait dans le dossier de Rendez-vous Fantasmatiques) et je présumais que le second correspondait à son portable.

Jetant nerveusement un coup d'œil vers le couloir, je sentis une bouffée d'adrénaline envahir mon organisme, mais je me décidai néanmoins à sauter le pas. Ma main se referma sur la poignée de porte en acier brossé du bureau de Matthew qui, à mon grand étonnement, n'était pas fermé à clef.

La pièce était décorée de façon très professionnelle et impeccablement rangée. Aucun papier sur le vaste bureau en cerisier. Rien sur les étagères, hormis quelques bibelots. La seule œuvre d'art exposée était une immense peinture à l'huile de Kresley, encadrée avec raffinement. Donc, les rumeurs étaient exactes : le poste de Matthew au sein de l'entreprise familiale n'était qu'ornemental. Apparemment, il avait hérité des traits de la famille Gibson, mais pas de sa matière grise.

Avisant une porte de placard, je poussai ma chance un peu plus avant et en essayai la poignée. Elle céda, mais ce n'était pas un placard.

Il s'agissait plutôt d'un sanctuaire de 1,50 mètre de côté intégralement dédié, du sol au plafond, à Kresley. Effrayant. L'impressionnante collection de photos incluait des clichés saisis au vol et des portraits posés. À ces images avaient été ajoutées des coupures de presse remontant à près de trois ans. Bien avant que Kresley et Matthew ne commencent à sortir ensemble.

— Que faites-vous ici ?

Je me retournai et vis la secrétaire personnelle accompagnée d'un homme qui devait être l'avocat de la famille. Tous deux me regardaient depuis l'encadrement de la porte.

Oh merde.

— Je cherchais les toilettes.

— Ce n'est pas là, me répondit l'avocat. Vous êtes en train de violer une propriété privée, Mlle Tanner.

— Alors, je dois partir, n'est-ce pas ?

— Pas avant que vous ne m'ayez parlé des informations que, d'après vous, M. Gibson possède et qui ont trait au meurtre Martinez.

Je refermai la porte derrière moi en espérant qu'ils ne voyaient pas que mon cœur battait à tout rompre :

— Et vous êtes ?

— Richard Helms. L'avocat de M. Gibson.

— Je mène actuellement des entretiens avec les clients de Rendez-vous Fantasmatiques. M. Gibson fait toujours partie du fichier clients de cette agence.

— Il a cessé d'en être membre.

— Depuis quand ?

— Hier. Après que Mlle Pierpont l'a informé qu'elle avait omis de signifier à cette agence qu'elle la quittait, j'ai découvert que Matthew avait commis la même négligence. J'y ai donc remédié.

Comme c'est pratique.

— Tout ceci est parfait, mais il me faudrait néanmoins parler avec M. Gibson.

— Ça ne va pas être possible.

Je plissai les yeux en fixant l'avocat. Il était légèrement rouquin, ultrasophistiqué, et me rappelait un peu trop Vain Dane. Encore un type à ajouter à ma liste noire.

— Une femme est accusée à tort.

— Il appartiendra au jury d'en décider.

Il ne fallait pas compter sur moi pour baisser les bras, pas quand la liberté de Jane était en jeu.

— Je veux simplement lui parler. Pourquoi est-ce un tel problème ?

— La famille Gibson est extrêmement soucieuse de sa réputation et de sa crédibilité au sein de cette communauté, Mlle Tanner. Permettre que Matthew soit mêlé à un procès de meurtre très médiatisé ne servirait aucunement les intérêts de sa famille.

— Ne pensez-vous pas que ce fier navire a déjà pris un coup de gîte lorsque Matthew s'est offert les services d'une agence de rencontres ?

Il fouilla dans la poche intérieure de son veston et en sortit un document plié en trois qu'il me tendit.

— Si vous, ou quiconque, évoquez ceci en public, vous vous exposerez à un procès en diffamation.

— Vous avez obtenu une ordonnance ?

— Signée du juge Faulkner il y a environ une heure. Une copie de celle-ci est actuellement en route vers Mlle Jameson et M. Taggert. Dans la mesure où il n'y a aucune preuve que M. Gibson et sa fiancée sachent quoi que ce soit de pertinent concernant le meurtre, leurs noms ne peuvent être cités dans ce contexte. Et maintenant, des agents de sécurité vous attendent pour vous escorter jusqu'à la sortie de ce bâtiment.

Flanquée de deux gardiens en uniforme, je fus ainsi raccompagnée jusqu'à la Mercedes que j'avais empruntée à Liv. Les deux cerbères restèrent à mes côtés jusqu'à ce que j'aie quitté le parking. Je ne connaissais pas leurs noms, mais ils rejoignirent également ma liste des Hommes Haïs.

Repoussant mes lunettes un peu plus haut sur l'arête de mon nez, je passai le bout des doigts sur le pansement collé à la naissance de mes cheveux. Jusqu'à présent, les seules choses que j'avais réussi à faire au cours de cette horrible journée se résumaient à me mettre à dos ma mère, me mettre à dos l'avocat de la famille Gibson et me mettre à dos le concessionnaire auprès duquel j'avais souscrit le leasing de ma voiture – probablement irrécupérable. Mon palmarès n'était donc pas optimal, même s'il m'avait empêché de m'apitoyer sur moi-même à propos de Patrick le Connard. Si j'assumais volontiers la responsabilité des deux premiers méfaits, je refusai d'accepter celle du pneu éclaté. Le concessionnaire pouvait donc aller se faire voir et mourir. Après que nous aurions négocié le remplacement de ma voiture, s'entend.

J'espérais avoir un peu plus de chance avec la veuve Baker. J'étais tuméfiée, épuisée, furieuse, frustrée, inquiète, affamée et en manque de caféine. Mais j'étais également très déterminée quand j'appuyai sur le bouton de l'Interphone de la propriété de Barbie Baker.

— Oui, madame ?

En entendant la voix masculine, je réalisai que son propriétaire savait que j'étais une femme. Je jetai un rapide coup d'œil autour de moi et repérai une caméra fixée juste au-dessus de la clôture.

— Je viens voir Mme Baker.

— Elle n'est pas disponible.

Le désespoir engendre... la créativité. Je me penchai pour prendre l'ordonnance obtenue par la famille Gibson sur le siège passager et la brandis. Maintenant, je n'avais plus qu'à espérer que la caméra de sécurité de Barbie Baker ne soit pas plus performante que celles que les banques et les pharmacies utilisaient.

— J'ai un recommandé, mentis-je. Quelqu'un doit signer mon reçu.

Je retins mon souffle jusqu'à ce que le portail en fer forgé commençat à s'ouvrir. Il n'y avait guère qu'à Palm Beach que l'on pouvait voir un postier au volant d'un coupé Mercedes.

Tandis que j'engageais ma voiture dans l'allée qui menait à la maison, je pus admirer la magnificence de la villa. D'inspiration toscane, elle regorgeait de fontaines et de statues et donnait directement sur l'océan. Barbie Baker avait su optimiser son divorce.

Un majordome en uniforme m'attendait sur le perron. J'avais certes franchi le portail, mais j'allais devoir jouer très serré si je comptais passer cette montagne de muscles. Le mensonge ne me mènerait probablement pas très loin, alors j'optai pour la vérité. Enfin presque.

— Vous avez un document pour Mme Baker ?

— Je dois absolument voir Mme Baker.

Musclor, impeccablement vêtu, resta de marbre :

— C'est impossible.

Il était temps pour moi d'abattre ma dernière carte. Il n'était pas vraiment difficile de solliciter un peu d'humidité. Quand la première larme fut au bord de ma paupière, je dis d'une voix tremblante :

— Je suis ici pour Jane Spencer. C'est la femme qui a été arrêtée à tort pour le meurtre de Paolo Martinez. Je sais qu'il était ami avec Mme Baker et il est très, *vraiment très* important que je puisse lui parler.

Alors que j'essuyais ma joue, je perçus une minuscule fissure dans sa stoïque indifférence.

— Mademoiselle, je ne peux pas vous aider.

— Mais si, vous le pouvez, insistai-je. Juste cinq minutes de son temps. C'est tout ce que je demande.

— Vous semblez ne pas comprendre. Je ne peux pas vous aider. Mme Baker n'est pas ici.

— Et où pourrais-je la joindre ?

— Je n'en ai aucune idée.

— Allez, vous devez bien avoir un numéro d'urgence ou quelque chose comme ça, non ?

Il secoua sa tête rasée de près :

— Je m'attendais à ce qu'elle revienne il y a deux jours.

— D'où ?

— Mme Baker est partie faire une croisière autour du monde.

— Quand est-elle partie ?

— Il y a un peu plus de trois mois.

À peu près au moment où elle avait cessé de payer Rendez-vous Fantasmatiques.

— Quand avez-vous parlé avec elle pour la dernière fois ?

— Mme Baker me met toujours en congé lorsqu'elle part en voyage pour de longues périodes. Elle est très attentionnée de ce point de vue. Ce doit donc être la veille de son départ pour la Grèce.

À peu près au moment où le buste avait été rejeté sur la plage de Renée Sabato. J'espérais pour le majordome qu'il avait une bonne retraite complémentaire.

— Je vous remercie.

Je me hâtai de regagner ma voiture et de prendre mon portable dans mon sac. Tout en démarrant le moteur, je commençai à composer le numéro et me dirigeai vers le portail. Alors que j'attendais que celui-ci s'ouvre, Liam répondit.

— McGarrity.

— Je sais à qui est le buste.

— Comment ça va ?

— Tu as entendu ce que je viens de te dire ?

— Ouais. J'ai aussi entendu dire que tu t'étais pris un choc frontal dans un arbre.

Comment pouvait-il le savoir ?

— Oublie ça. Le buste doit être celui de Barbie Baker. Cela fait trois mois qu'elle a disparu.

— Personne n'a signalé sa disparition.

— Elle n'a aucune famille. Sauf si tu comptes son ex-mari qui doit la détester. Elle était censée faire une longue croisière. Du coup, son absence est passée inaperçue. Donc, tu avais raison. Renée Sabato l'a probablement tuée avant de la coller dans la flotte. Il faudrait que nous contactions la police.

— On pourrait faire ça, dit Liam. Mais il faudrait qu'on appelle la police du Maine : Renée Sabato se trouve à Kittery, dans le Maine, depuis avril dernier.

— Pourquoi ?

— Elle ne l'a pas dit.

Interloquée, je lui demandai :

— Tu lui as parlé ?

— Oui. Ainsi qu'à une douzaine de personnes qui ont vérifié qu'elle n'avait pas quitté Kittery depuis qu'elle a rouvert sa résidence d'été.

— Voilà des nouvelles qui ne m'enchantent pas.

— Mais j'ai aussi de bonnes nouvelles.

— Vraiment ?

— Le bateau de Zack et Shaylyn est amarré à la marina de Oak Harbour à Juno Beach. Je m'y rends en ce moment même.

— Qu'est-ce que je dois faire ?

— Te mettre de la glace sur le crâne.

Spontanément, je regardai autour de moi, m'attendant à apercevoir Liam ou une caméra. Comment pouvait-il savoir que je m'étais cognée la tête ?

— Je pourrais aller voir Hadley ?

— J'y suis allé. Il ne parle pas.

— Taggert ?

— Ni à son bureau, ni à son domicile, ni dans aucun de ses repaires connus.

— Et s'il ne répondait tout simplement pas à la porte ?

— Elle s'est, euh, ouverte alors que j'y frappais. Fais-moi confiance, ce type n'est pas chez lui. Va voir Jane ou donne un coup de main à Becky. Je t'appelle dès que j'ai du nouveau.

N'ayant jamais été très disciplinée, il me fut assez facile d'ignorer la suggestion de Liam de me tourner les pouces. Au lieu de cela, je me dirigeai vers le nord, en direction de la route côtière menant à Oak Harbour.

Je ne savais rien du bateau en question et je n'avais aucune idée de ce à quoi il pouvait ressembler. Mais la Mustang de Liam faisait vraiment tache au milieu des berlines de luxe et des énormes 4x4.

Il faisait très chaud et l'odeur puissante de gasoil me retourna l'estomac à l'instant où je commençai à marcher sur la jetée en bois. La marina n'était pas très étendue et la saison de navigation battait son plein. Il ne restait par conséquent que trois bateaux encore amarrés au ponton qui était le plus proche de la voiture de Liam.

Un pélican qui s'était perché sur l'un des piliers de bois agita ses ailes immenses à mon passage. À part cela, le silence n'était rompu que par le bruit du clapot se brisant sur le plastique des coques.

La première embarcation était un bateau de pêche. Je ne voyais pas vraiment Zack et Shaylyn taquiner le goujon, alors je le dépassai. Le bateau suivant paraissait plus probable. Relevant ma jupe, je montai à bord mais toutes ses ouvertures étaient fermées.

Venait ensuite un voilier de 13 mètres environ. Un mini-yacht. Je n'étais pas experte en la matière, mais je pouvais reconnaître du teck et du sur-mesure quand j'en voyais. Je pouvais aussi lire « Chouette des neiges ». Je l'avais donc trouvé.

Ce ne fut pas évident de grimper à bord avec ma jupe et mes chaussures à talon. Alors que je faisais le tour de la barre à roue géante, une odeur de pourriture me percuta immédiatement. Autre raison pour laquelle je n'étais pas experte en bateaux : les appâts sentaient toujours, disons, comme des appâts.

Je regardai le panneau fermé qui menait à l'intérieur. La voiture de Liam était au parking et il me semblait évident qu'il aurait dû être à bord. Je m'éventai dans l'espoir de dissiper l'effluve nauséabond, plus que réticente à descendre dans la cabine.

— Hou hou, tentai-je.

J'entendis quelques bruits sourds, puis le panneau s'ouvrit et la tête de Liam s'encadra dans l'ouverture.

— Tu n'écoutes pas grand-chose, n'est-ce pas ?

— Pas vraiment, non. Tu les as trouvés ?

Il hocha la tête.

— Qu'est-ce qu'ils disent ? demandai-je, pendant que mes yeux s'embuaient à mesure que l'odeur se faisait plus forte.

— Rien. Mais Taggert est là, lui aussi.

— Génial.

— Pas vraiment. Ils sont tous morts. Là. (Il me passa un tube de gel mentholé contre le rhume.) Si tu veux descendre, tu vas avoir besoin de ça.

Je peux le faire, me répétai-je en étalant du gel sous mon nez. Mais rien n'aurait pu me préparer à la scène qui m'attendait à l'intérieur de la coque du bateau. La mort et la puanteur puissance trois. Zack et Shaylyn étaient assis devant la petite table qui se trouvait à bâbord. En son centre avaient été placés une boîte à bijoux et un mince dossier. À première vue, on aurait dit deux élèves qui auraient posé la tête sur leur bureau. Et puis, on apercevait la large flaque de sang noir à leurs pieds.

Bien qu'il fût mort, Taggert bougeait encore. Son corps se balançait à quelques centimètres du sol, au bout d'un nœud coulant.

La cabine n'accueillait pas que des cadavres : les mouches étaient partout.

J'eus un haut-le-cœur.

— Que s'est-il passé ?

Liam évita la flaque et me fit signe d'approcher :

— Il y a un message.

Je ne bougeai pas d'un poil.

— Tu ne pourrais pas me le lire ? *Vite, avant que je hurle ou que je tombe dans les pommes. Ou les deux.*

— En bref, Taggert confesse avoir tué Paolo et ces deux-là. Il affirme que Paolo, Zack et Shaylyn le faisaient chanter. La preuve figure sur le DVD. Alors, je présume que dans un ultime acte d'abnégation, il s'est pendu.

Le soulagement m'envahit :

— Dieu merci. Nous allons enfin pouvoir sortir Jane de prison.

— Pas obligatoirement, dit-il.

— Mais ils sont morts. Taggert se sentait tellement coupable qu'il a tout avoué avant de se suicider. Il faut qu'on téléphone. Qu'est-ce qu'on attend ?

— Il faut trouver le revolver.

— Quel revolver ?

— Zack et Shaylyn se sont fait tirer dessus. Alors où est l'arme ? Mes yeux balayèrent la petite cabine. Pas de revolver.

— Taggert a pu le jeter par-dessus bord avant de se pendre ?

— Un peu tiré par les cheveux, mais possible, remarqua Liam.

— Qu'est-ce que ça peut faire ?

— S'il a tué Paolo pour ne plus avoir à payer et s'il a roulé jusqu'ici pour tuer ces deux-là et se suicider avec un mot dactylographié à la main, comment se fait-il qu'il soit passé par la banque pour retirer 20 000 dollars ? questionna Liam en sortant un petit papier blanc de la poche de l'avocat qui continuait à osciller. D'après la mention portée sur le reçu, Taggert s'est rendu à la banque il y a trois jours. Et je parierais que ça fait à peu près trois jours que ces trois-là sont morts.

— Mais c'est impossible. L'horrible appel téléphonique que j'ai reçu de Rendez-vous Fantasmatiques date d'hier.

— C'est exactement là où je veux en venir.

— OK, alors qu'est-ce…

Mon téléphone se mit à sonner et d'après l'écran, il s'agissait d'une administration du comté de Martin :

— Allô ?

— C'est bien Finley Tanner ?

— Oui.

— Ici l'adjoint du shérif, Ray Brown. Je vous appelle au sujet de votre accident.

— Je vous remercie de votre sollicitude. Ma voiture a été transportée chez le concessionnaire et…

— Il vient de nous appeler, Mlle Tanner. Il semble que votre accident n'en soit pas un.

— Mais le pneu a éclaté, m'étonnai-je.

Il était hors de question que le concessionnaire cherche à me faire porter le chapeau.

— Techniquement, c'est exact. Mais c'est parce qu'on a tiré dedans.

Mon sang cessa de circuler dans mes veines.

—Je vous demande pardon ? m'écriai-je tout en activant le haut-parleur afin que Liam puisse profiter de notre conversation.

— Quelqu'un a tiré dans votre pneu.

— Kresley ou Matthew ? demandai-je à Liam, tandis que nous quittions le bateau en le laissant dans l'état dans lequel nous l'avions trouvé.

— Kresley.

— Matthew, répliquai-je. Tu oublies Barbie Baker. Je pense que tout a commencé avec sa mort. Dans son bouquin, Dayle Hinman[1] affirme que ce sont surtout les hommes qui tuent et démembrent les femmes. C'est tellement masculin ça, le truc du démembrement.

— Sans doute, mais tu oublies Paolo. Un mec ne coupe pas le machin d'un autre mec. Sauf dans les mauvais polars.

— Et s'ils avaient agi ensemble ? Une histoire à la Bonnie and Clyde. Frank le Cinglé a bien dit qu'il y avait deux personnes dans la voiture.

Je vérifiai ma montre. Nous avions tout juste une heure devant nous avant que le tribunal ne se réunisse à nouveau.

---

1. *NdT*. Dayle Hinman est une ancienne « profileuse » du FDI, diplômée en criminologie.

— Ça aurait pu être le garde du corps de Kresley. De toute façon, je vais appeler les flics et les informer de ce que nous venons de trouver. Il faut que tu passes voir le shérif du comté de Martin pour cette histoire de coup de feu.

— Durant la prochaine heure ? demandai-je. Certainement pas. Je leur parlerai plus tard. D'abord, il faut s'occuper de Matthew et Kresley.

Liam me saisit par l'épaule. Pas brutalement, mais avec suffisamment de fermeté pour attirer mon attention.

— C'est fini pour toi, Finley. Quelqu'un t'a appelée pour te menacer. Quelqu'un a tiré sur ta voiture. Tu veux finir comme ceux qu'on a vus sur le bateau ?

Je secouai la tête.

— Je vais te suivre jusqu'au tribunal et tu vas rester là-bas. Tu attendras là-bas parce que c'est un endroit sûr. Je vais partir à la recherche de Kresley.

— Mais…

— Non. Il ne s'agit pas d'une suggestion. Si tu ne m'obéis pas, je te promets que je te traîne chez toi et que je t'attache à une chaise.

J'ouvris la bouche pour protester, mais je me ravisai quand je vis ses mâchoires serrées et la sévérité de son regard :

— Parfait.

— Parfait.

★
★ ★

Sous l'étroite surveillance et le regard aiguisé de Liam, j'entrai dans le tribunal et y restai suffisamment longtemps pour apprendre de la bouche de Liv le nom de la personne qui organisait le mariage de Matthew et Kresley. Je n'avais pas vraiment le temps de lui faire un exposé détaillé, aussi me bornai-je à lui demander d'appeler Becky, afin de l'informer que Taggert n'était plus. À défaut d'autre chose, cela lui permettrait peut-être d'obtenir du juge un peu plus de temps.

Tapie dans l'ombre du bâtiment, je vérifiai les deux côtés de la rue pour voir si Liam était encore dans les parages. Il ne faisait aucun doute qu'il m'aurait attachée à une chaise. Mais il était non moins certain que Jane allait encore passer une nuit en prison si je ne faisais pas quelque chose.

Bien entendu, je n'avais aucune idée de ce en quoi pouvait consister ce « quelque chose ». Avec un peu de chance, je n'allais pas tarder à en savoir davantage. Ayant utilisé le numéro que j'avais subtilisé à l'assistante de Matthew, je fus à la fois heureuse et effrayée quand, après trois sonneries, il répondit effectivement à mon appel.

— Allo ? M. Gibson ? C'est Daphnée de Bonheur à deux. Je suis l'assistante de Gretchen.

— Oui ?

— Si vous-même et Mlle Pierpont n'êtes pas trop occupés, j'ai, euh, les croquis définitifs, pour le gâteau.

— Vous venez de rater Kresley et c'est surtout elle qui prend toutes ces décisions, alors…

J'entendais des bruits de couverts, de circulation et de conversations étouffées. Un restaurant ?

— Gretchen a dit qu'elle avait besoin de votre validation pour les changements, le plus tôt possible.

— Déposez-les à mon bureau. Je veillerai à ce que Kresley les regarde quand je la verrai, dans la soirée.

— Je suis censée vous les remettre en main propre. Gretchen a insisté sur ce point. Je peux vous retrouver où vous voulez. *Du moment qu'il s'agit d'un lieu public avec beaucoup, beaucoup de gens.*

— Désolé. Écoutez, si c'est aussi urgent, passez un coup de fil à Kresley sur son portable.

— Je l'aurais fait mais… je viens de renverser du café sur votre dossier et le numéro est effacé et… *Maintenant, je rame.*

— Mais je peux vous le redonner, si vous voulez.

— Merci. *Si je ne peux pas te voir, je me contenterai d'elle. Pour le moment.*

— Vous savez, dit-il, d'une voix soudain plus hésitante. Je ne crois pas que Kresley souhaite être dérangée en ce moment. Elle rencontre quelqu'un à propos d'un bateau.

— Vraiment ?

— Oui, elle a essayé de préserver le secret, mais l'agent a appelé juste avant et j'ai entendu quelques bribes de leur conversation, alors elle a dû me le dire.

— Vous dire quoi ?

— Que c'est ce qu'elle m'offre en cadeau de mariage.

— C'est un magnifique cadeau.

— C'est tout Kresley, dit-il fièrement. (Il semblait si… normal. Bon, un peu niais, mais normal.) Ah, oui, vraiment. Généreuse à l'excès.

— Hmmmmmmm.

Il soupira profondément :

— Croyez-moi, elle n'a rien à voir avec l'image qu'en donnent les tabloïds. Kresley est gentille et attentionnée. On ne parle jamais de ses bonnes actions.

Continue à t'exprimer. Quelqu'un va bien finir par mentionner le nom du restaurant ou un autre indice qui me mettra sur ta piste.

— Hmmmmmmm.

— Elle fait énormément de choses pour les autres. La plupart du temps, de façon anonyme. Elle fait de gros efforts pour garder secrète cette partie-là de sa vie.

— Vraiment ? fis-je en y injectant une once de doute.

— Oui, c'est comme la dernière fois.

— Ah ?

— Elle a lu un article dans le journal sur une femme et ça l'a tellement émue qu'elle lui a fait porter des fleurs.

Mon cœur fit un bond :

— Et elle a eu recours à notre fleuriste, j'espère ?

— Non, ça aurait été trop ostentatoire. En fait, Kresley a payé un SDF pour…

Je coupai la communication sans attendre la suite. Mes doigts tremblaient quand je composai le numéro du portable de Liam.

— McGarrity.

La connexion était épouvantable avec beaucoup de grésillements.

— Tu avais raison, c'est Kresley.

— Oui, je sais.

— Ouais, ouais. Bien sûr. Tu es meilleur que moi à ce petit jeu, n'est-ce pas ? Tu fanfaronneras plus tard et…

— Il ne va pas fanfaronner, interrompit une voix de femme. En fait, il ne va même plus respirer si vous n'arrivez pas ici dans les quinze prochaines minutes. Seule. Sans police. Sans discussion.

Mon cœur stoppa net :

— Kresley ?

— Quatorze minutes et cinquante-neuf secondes.

Clic.

— Ici ? Mais, bon sang, c'est où « ici » ? Réfléchis !

Parfois, il faut savoir transformer de grandes erreurs
en petites opportunités.

Vingt-trois

J'avais du mal à conduire sur le pont. Il est difficile de se concentrer quand son propre corps n'est plus qu'une boule de peur tremblante, transpirante et fébrile. La meilleure de mes hypothèses – et ce n'était rien de plus que cela – m'avait mis sur le chemin de la maison que Kresley avait en bord de mer. C'était le seul « ici » qui m'avait paru sensé. Initialement, j'avais envisagé que Liam ait pu la persuader de venir le retrouver à la marina de Juno Beach, mais si ça avait été le cas, Kresley aurait su que je me trouvais à plus de quinze minutes d'eux.

Mais si Kresley ne savait pas compter, j'allais avoir la mort de Liam sur la conscience jusqu'à la fin des temps. Cette situation n'avait aucun sens. C'était lui qui avait un revolver. Moi, j'avais retourné mon sac, même si je savais déjà qu'il ne contenait rien qui puisse, ne serait-ce que vaguement, ressembler à une arme. À moins de pouvoir maîtriser Kresley en lui soulignant les lèvres d'un trait de crayon.

Ça paraissait assez peu probable.

Je fis un tour du pâté de maisons, à la fois soulagée et terrifiée, quand j'aperçus la Mustang de Liam dans l'allée qui menait à la villa de Kresley.

À mon troisième passage, alors que je me trouvais à environ 50 mètres de la maison, je garai la Mercedes sur le bas-côté.

Chacune des cellules de mon corps dotée d'un minimum de bon sens me commandait d'appeler la police. Quelqu'un. Quiconque serait capable de m'aider. Mais je ne voulais pas prendre le risque de faire tuer Liam.

Je ne sais pas pourquoi, mais je remis dans mon sac l'intégralité de son – bien inutile – contenu avant de me diriger vers le portail de service de la maison voisine de celle de Kresley. Il me restait encore environ sept minutes pour élaborer un plan. Dans l'immédiat ? J'improvisais.

Mon premier exploit consista à me glisser dans le minuscule espace qu'il y avait entre le portail et la haie. J'y réussis sans trop de difficulté, même si ma jupe se prit dans la clôture. J'entendis le tissu céder, et le fait que j'aie pu percevoir ce bruit me parut tout à fait étonnant, tant mon sang battait dans mes oreilles.

Je longeai la haie jusqu'à l'arrière de la maison, puis jusqu'à l'endroit où les hauts buissons d'oyats bordaient la plage. Si Kresley était en train d'observer la dune, j'étais cuite et Liam mort. Ces herbes frêles n'offraient pas une excellente cachette, mais c'était ce que j'avais de mieux sous la main.

La maison rose pâle de Kresley avait un étage. Malheureusement pour moi, le rez-de-chaussée était presque entièrement vitré. Pas exactement idéal pour une approche discrète.

Mes talons s'enfonçaient dans le sable, alors je les laissais purement et simplement derrière moi pour continuer à progresser. Le soleil brûlait ma peau et formait un reflet étincelant sur la surface calme de l'océan. Au second plan, il y avait une vaste piscine entourée de plusieurs tables et de chaises longues apparemment confortables. Les battements de mon cœur accéléraient de plus en plus à mesure que j'approchais de la maison.

Il y avait bien un parasol piqué au centre de l'une des tables, mais, sauf à vouloir remettre au goût du jour les joutes médiévales, je ne voyais pas ce que j'aurais pu en faire. Du reste, je ne voyais aucune solution et le temps qui m'avait été imparti touchait à sa fin.

J'allai vers la première série de baies vitrées coulissantes et regardai au travers en plissant les yeux : une chambre à coucher vide. Prenant une profonde inspiration, j'en saisis la poignée et sentis la vitre glisser. La peur amplifiait le moindre bruit et j'eus l'impression de faire autant de vacarme que si j'avais ouvert la porte d'un wagon de marchandise.

L'air frais s'engouffra à l'extérieur pendant que je faisais l'inverse. Je n'avais aucun moyen de savoir si Kresley disposait d'un système d'alarme susceptible de me trahir. Ni si elle se trouvait de l'autre côté de la cloison. Ni si Liam était en vie.

Je n'avais toujours pas de plan. Bon sang, je parvenais à peine à contrôler ma vessie. Remontant mon sac à main sur mon épaule, je m'approchai sans bruit de la porte fermée de la chambre et collai mon oreille contre le bois froid. Je n'entendis rien et me risquai à prudemment entrebâiller la porte pour mieux écouter.

J'entendis la voix de Liam. Puis celle de Kresley. Elles étaient nettes, mais difficiles à localiser du fait de l'acoustique du salon qui semblait s'ouvrir sur l'étage supérieur. Autant que je pouvais en juger, elles provenaient de la façade de la maison.

En gardant bien le dos collé à la cloison, j'avançai dans cette direction.

— … dirait qu'elle ne va pas venir.

— Je vous ai déjà dit, rétorqua Liam, que nous n'avions pas ce genre de relation.

— Ça n'a pas d'importance, dit Kresley. J'ai déjà su la trouver aujourd'hui. Je saurai bien la retrouver une autre fois.

— Qu'allez-vous faire, Kresley ? Tuer tous les habitants du comté de Palm Beach ?

— Ce n'était pas ma faute.

Il y avait une petite – enfin plus petite – pièce juste après la cuisine. J'étais presque certaine que c'était là que Kresley maintenait

Liam. Juste pour m'en assurer, je m'en approchai à pas de loup en me servant du parquet magnifiquement verni comme d'un miroir. Deux personnes. Liam assis et Kresley faisant les cent pas.

Avec d'infinies précautions, je sortis mon portable de mon sac pour envoyer à Becky un message bref et efficace :

Maison de Kresley. Revolver. À l'aide. Pas de sirènes.

— Et de qui était-ce la faute ? demanda Liam.

— Paolo. S'il n'avait pas tué cette Baker de malheur, rien de tout cela ne serait arrivé.

— Vraiment ?

— Il est allé trop loin. Elle était déjà en asphyxie autoérotique.

— Mais si c'est Paolo qui l'a tuée, comment se fait-il que vous ayez été impliquée ?

— J'étais là.

Si Kresley était présente pendant que Barbie Baker faisait des cochonneries avec Paolo, il tombait sous le sens que c'était elle qui avait filmé Payton.

— Vous auriez pu le dénoncer à la police, remarqua Liam.

— Et risquer de tout perdre ? cracha Kresley avec mépris. Il était hors de question que Matthew découvre que j'étais une adepte du voyeurisme. Vous imaginez sa réaction si on l'avait mis au courant du meurtre ? Ma situation financière n'est pas si optimale. En épousant Matthew, je règle ce problème pour le restant de mes jours. Je n'allais pas tout foutre en l'air en le laissant découvrir que c'était moi qui fournissais Paolo en GHB, afin qu'il m'autorise à le regarder baiser celle sur laquelle il avait jeté son dévolu ce jour-là. Ça n'aurait pas été très apprécié.

— Probablement pas.

La voix de Liam était incroyablement calme et détachée en regard de la situation dans laquelle il se trouvait. Très bien. J'avais la trouille pour deux. Au moins.

— C'est Paolo qui a eu la brillante idée de recourir au chantage au moyen de DVD.

— Zack et Shaylyn n'étaient pas au courant ?

— Je pense qu'ils s'en doutaient, mais ils n'étaient pas vraiment en mesure de s'y opposer. Je veux dire, ils organisaient des partouzes pour Renée Sabato ; Jace Andrews a besoin de se fringuer comme sa mère pour, disons, « fonctionner », Payton a un gros faible pour les trucs carrément déjantés, Hadley aime bien se faire saucissonner et Taggert, c'était le pire.

— Je suis perdu. Taggert prenait part à tout ça ?

— Pourquoi croyez-vous que Zack et Shaylyn aient fait en sorte qu'il défende cette femme ? Ils étaient terrifiés à l'idée qu'une enquête puisse révéler leur proxénétisme dégueulasse. Alors, je l'ai un peu... motivé.

— C'était quoi, le truc de Taggert ?

— Des hommes, de jeunes garçons, si possible. J'ai fait un film de lui et Paolo. Je croyais qu'il allait perdre la boule, lorsque je le lui ai montré.

— Je veux bien le croire. Alors, vous avez proposé de lui vendre le DVD ?

— Il fallait que je trouve un moyen de le faire venir jusqu'au bateau, soupira Kresley. Bon, désolée, Liam, mais votre temps est écoulé. Il faut que je prenne soin de moi. N'y voyez rien de personnel. Debout.

Oh merde. Nulle part où se cacher.

— Où allons-nous ?

J'entendis le bruit d'une chaise qui raclait le sol. *Merdemerdemerde.* Je jetai un regard affolé autour de moi pour trouver une cachette. Les battements de mon cœur menaçaient de le faire exploser. J'avais l'impression d'être aussi grande et visible qu'un flamant rose sur la toundra. Dans deux secondes, elle serait devant moi.

— Salle de bains. Ça limite les dégâts.

Ils se rapprochaient.

— Pratique ?

— Parfois, une fille doit savoir faire ce qu'il faut.

Je vis que Liam m'avait vue me coller contre le mur, mais, à son crédit, il n'en montra aucun signe. Ses mains étaient attachées devant lui et le soleil étincelait sur le canon du revolver qu'il avait entre les omoplates.

Heureusement pour moi, Kresley avait les bras tendus et les coudes bloqués. Par conséquent, lorsque je me jetai sur elle pour l'éloigner de Liam, sa tête heurta l'encadrement de la porte. Malheureusement, elle eut le temps de presser la détente avant que je lui tombe sur le poil.

La détonation me rendit sourde et l'odeur et le goût de la poudre me donnèrent la nausée. Ça ne m'empêcha pas de me déchaîner sur elle en la tabassant à grands coups de sac à main.

Ce n'est que lorsque je vis le pied de Liam qui écrasait le poignet de Kresley que je pris conscience qu'elle avait encore son arme à la main. Je m'arc-boutai alors tout en reculant à quatre pattes, un peu comme un crabe se déplaçant sur le sable.

Mon dos heurta quelque chose de dur. En y regardant de plus près, je poussai un petit cri en voyant qu'il s'agissait d'un autre revolver. Un très gros calibre.

— À l'amitié ! dit Becky en levant son verre d'une main, sans desserrer son étreinte autour des épaules de Jane.

Liv et moi-même nous penchâmes pour joindre nos verres à ce toast.

— La semaine qui vient de s'écouler ne fait pas partie des meilleurs souvenirs de notre vie, dis-je en repoussant mon assiette presque nettoyée au centre de la table.

— Je ne sais pas comment vous remercier toutes, dit alors Jane pour la cinquantième fois depuis le début de notre déjeuner dominical.

Elle me regarda en souriant :

— Même moi, je commençais à croire que j'avais tué Paolo.

— Dieu merci, tout cela est derrière nous, ajoutai-je en frottant d'un air absent mon épaule endolorie.

— Est-ce que tu as rendu son chèque à ta mère ? demanda Liv.

J'acquiesçai. Tout le monde était si heureux que je n'allais pas gâcher l'ambiance en mentionnant que, du fait – notamment – de mon départ précipité du country club de Willoughby, elle avait bien l'intention de me faire payer l'intégralité des cinq jours d'intérêts sur une somme à laquelle, pourtant, je n'avais pas touché.

Becky fit la grimace, puis dit :

— J'ai entendu dire que Kresley s'en remettait à la clémence du tribunal. Sa famille a aligné un plein fourgon de psys qui jureront qu'elle souffre d'une maladie mentale ou d'un handicap quelconque expliquant qu'elle ait pu tuer quatre personnes.

— Et presque deux de plus, ajouta Liv. N'oublions pas Liam et notre justicière locale, Finley.

— Est-ce que tu as vraiment donné un coup de pied dans les couilles de l'un des flics de la brigade d'intervention ? demanda Jane.

— Mais je ne savais pas qu'il faisait partie de la brigade d'intervention, me défendis-je. Tout ce que j'ai vu, c'est un flingue. C'était une erreur tout à fait compréhensible.

— Est-ce que ses joues se sont dégonflées d'un coup et qu'il est devenu vert ? s'enquit encore Liv. Les hommes sont si soupe au lait quand on touche à cette partie de leur anatomie.

— N'en parlons plus, dis-je en caressant d'un doigt distrait le pansement sur mon front. Je déteste devoir casser l'ambiance, mais, eh bien, il faut que je fasse quelque chose qui va la casser.

— On peut venir regarder ? demanda Becky avec une étincelle de malice dans les yeux.

— Non, fais-moi confiance, ça ne va pas prendre beaucoup de temps.

En chemin pour mon appartement, j'essayai de m'habituer à ma nouvelle voiture de location, tout en me demandant pendant combien de temps j'allais pouvoir me l'offrir. Apparemment, la compagnie d'assurance ne savait pas comment traiter un cas dans lequel un véhicule en leasing est entièrement détruit à l'occasion d'une tentative de meurtre. Du coup, jusqu'à présent, c'est moi qui payais la note. Ceci avait pour conséquence de m'interdire de m'offrir une nouvelle pièce de Rolex bien méritée, ainsi que la – véritablement – sublime robe de chez Betsey Johnson que Femme-DuPilote s'était proposé de me céder. D'accord, j'aurais probablement pu me permettre de conclure l'affaire avec FemmeDuPilote, mais voilà encore quelque chose que Patrick avait brisé en moi : je ne supportais plus l'idée de porter quelque chose ayant appartenu… à la femme d'un pilote.

Je poussai la vieille berline décatie dans le parking, mais, ayant mal évalué la sensibilité des freins, je sentis ses pneus heurter la bande de ciment qui en marquait la limite. Ma tête vint taper dans l'appui-tête à peine ajustable avec un bruit sourd : « Ouille », grommelai-je en détachant ma ceinture.

J'avais fait en sorte de disposer de suffisamment de temps pour retoucher mon maquillage. Il n'y a rien de plus réconfortant que de jeter un mec quand on a l'air d'une reine. Je tenais cela de mon usurière de mère.

Je m'apprêtais à insérer ma clef dans la serrure de ma porte quand j'entendis le grondement d'un char d'assaut. Tournant la tête, je mis mes mains en visière pour avoir une vision plus claire de Vain Dane qui était en train de manœuvrer son Hummer H3 dans mon parking. Il lui fallut au moins deux places.

Tout en descendant de son tank et en s'approchant de moi, il me lança jovialement :

— Alors, Finley, comment ça va ?

— En pleine forme. *Sans emploi, mais en pleine forme.*

— Pouvons-nous aller à l'intérieur ?

— Dans mon appartement ? demandai-je, ce qui n'était pas une question tellement idiote si l'on considérait qu'il n'y avait jamais mis les pieds durant mes sept années de bons et loyaux services au sein du cabinet Dane Lieberman.

Il me décocha son plus éclatant sourire et moi, je haussai les épaules. Il ne pouvait plus faire grand-chose contre moi. Je ne pense pas que quiconque puisse se faire re-licencier.

Une fois que nous fûmes entrés, le parfum de son eau de toilette remplit ma petite entrée. Il resta près de la porte pendant que je déposais mon sac sur le comptoir. Il se tenait là, sanglé dans 3 ou 4 000 dollars de fringues sportswear, en regardant avec curiosité les deux sacs-poubelle blancs que j'avais calés contre le mur.

— Voudriez-vous un verre d'eau ? lui offris-je poliment.

Qu'est-ce qui pouvait bien l'amener ?

— Non, je suis venu pour vous proposer de reprendre votre poste.

Pince-moi. Je le regardai dans les yeux avec suspicion. Vain Dane n'aurait jamais rien fait qui ait pu lui être dicté par son cœur atrophié.

— Pourquoi ?

— La décision de vous laisser partir était… prématurée. Un réflexe, si vous voulez.

— Ellen m'a menacée de me virer par trois fois, puis elle l'a fait. En quoi cela peut-il s'apparenter à un réflexe ?

Une plaque rouge diffuse commença à monter le long de son cou, rasé de frais. À ce moment-là, si cela n'avait pas été illégal, attaquable et très mal élevé, je crois que Vain Dane m'aurait frappée. Quand je vis battre la petite veine qu'il avait sur le haut de la tempe, je sus qu'il était très énervé. Mais, en ma qualité d'ex-employée, ce n'était plus mon problème.

— Finley, je vous demande de revenir. Vous êtes un atout important pour le cabinet.

Je croisai les jambes au niveau des chevilles en appuyant une épaule contre le mur :

— Et quand est-ce arrivé ?

— Pardon ?

— Depuis quand suis-je devenue aussi importante ?

— Vous êtes intelligente et vous vous exprimez bien, ce qui fait de vous un atout.

Mon esprit bouillonnait :

— Matthew Gibson ?

Je venais de surprendre Vain Dane avec la main dans le pot de confiture.

— C'est exact, la famille Gibson a pris contact avec moi. De même que Renée Sabato et Jace Andrews.

Ah. Je passais un moment exquis. Ce qui se déroulait sous mes yeux était sans prix.

— Ils ne souhaitent pas que leurs petites perversions soient ébruitées ?

Il haussa les épaules :

— Vous êtes, bien entendu, libre de parler à qui vous voulez. Je suis certain que la presse vous harcèle.

— Un peu.

Ce que tous ces enquiquineurs de journalistes ne savaient pas, c'était que même avec ma mère, je savais éviter les appels indésirables, sans vraiment avoir à me fouler.

— Si, toutefois, vous acceptiez de reprendre votre poste, les règles de déontologie vous interdiraient alors de discuter de vos clients avec la presse.

Manœuvre tactique brillante. Vraiment brillante.

— Et donc, je retrouve mon job et vous récoltez au passage plusieurs nouveaux clients de poids ?

Il hocha la tête :

— Ils ont tous déclaré être prêts à transférer certaines de leurs activités au cabinet Dane Lieberman si vous en faisiez partie. En conséquence, j'ai décidé que la meilleure des solutions pour tout le monde consistait à vous réintégrer dans notre cabinet.

Pas étonnant que les gens considèrent les avocats comme obséquieux. Bon, peut-être pas *tous* les avocats : Becky comptait parmi les bons éléments.

— Euh, désolée, mais votre proposition me met mal à l'aise.

— Je crois que je vous ai mal entendue. Êtes-vous en train de me dire que vous ne souhaitez pas retrouver votre emploi ?

Je lui jetai un regard froid :

— Je dis que je ne veux pas retrouver mon ancien emploi avec mon ancien salaire.

Durant quelques trop brèves secondes, j'eus l'impression que les cheveux laqués en casque de Vain Dane allaient décoller de son crâne, tandis que de la fumée sortirait de ses narines. Je le tenais par les cacahuètes et il le savait. Et ça, ça le tuait. À petit feu.

La plaque rouge dans son cou devint plus marquée, mais il ne se départit à aucun moment de son sourire :

— Combien ?

J'avais bien envie d'être vorace. Vraiment. J'envisageai trente, mais j'étais une femme raisonnable :

— Une augmentation de 25 %.

Son sourire s'effaça :

— Vingt-c… Mais vous venez d'obtenir une augmentation de 10 % il y a quelques mois.

— C'est exact, dis-je avec une extrême courtoisie. (L'exercice du pouvoir était jubilatoire.) Elle aurait dû se monter à 15 %.

J'aperçus la voiture de Patrick qui se garait sur le parking. Excellent échauffement que de négocier avec son futur ex-ex-boss pour quelqu'un dont l'ex-petit ami pas si ex-mari que ça arrivait sur zone. *Wow !* Maintenant, je me sentais en pleine forme : au suivant !

— Dix, contra Dane.

— Quinze.

— Douze.

— Adjugé. (Je lui serrai la main en le mettant quasiment à la porte.) Merci.

— Ne me remerciez pas, dit-il sans l'ombre d'un sourire depuis que la négociation était close et l'affaire conclue. Remerciez Liam McGarrity. Nos nouveaux clients l'ont d'abord approché lui et il semble qu'il ait refusé de se montrer discret, à moins que vous ne retrouviez votre emploi.

J'aurais volontiers fêté cette information, si Patrick ne m'avait distraite. Il avait un cactus entre les mains. Subtile allégorie de ce que je lui réservais.

Il échangea avec Vain Dane un bref signe de tête du genre « je me souviens vaguement de vous ». Quand Patrick fut à environ trente centimètres de moi, je levai une main. J'avais tellement envie de faire disparaître d'une gifle sonore cet air faussement soucieux qu'affectait son visage que mes doigts me démangeaient.

— Je t'ai apporté un cadeau, me dit-il en agitant le cactus.

— Ça vient de ton fabuleux voyage sous la tente dans le Grand Canyon ?

— Oui. C'est génial pour Jane. Mais, toi, comment vas-tu ? (Il pencha légèrement la tête et prit un air contrit pathétique en examinant le bleu qui colorait mon front.) J'aurais dû rester auprès de toi. Qu'est-ce que je pourrais faire pour te faire plaisir ?

— Te jeter sous un bus.

— Quoi ?

J'empoignai le premier sac-poubelle et le lui jetai. Surpris et tenant toujours son cactus, Patrick ne réagit pas suffisamment vite, de sorte qu'il reçut le sac en pleine poitrine. Il en eut le souffle coupé.

— Fin ? Qu'est-ce qui ne va pas, bon sang ? C'est quoi tous ces trucs ?

J'avais le second sac à la main :

— Des trucs que tu m'as donnés au cours des vingt-six mois et onze jours qui viennent de s'écouler. Des trucs que tu m'as dit avoir trouvés lors de tes prétendus vols. Des trucs comme ton stupide cactus.

Et je lui lançai le second sac-poubelle.

— Je suis désorienté.

— Eh bien, moi pas.

Je fis alors un pas en arrière et ajoutai, en le regardant dans les yeux :

— Non, Patrick, tu n'es pas désorienté, tu es marié.

Et je claquai la porte si brutalement que j'entendis les verres s'entrechoquer dans mes placards.

— Fin ? appela-t-il derrière la porte. Ce n'est pas ce que tu crois.

— Je crois que je connais le numéro de téléphone de ta femme ! lui criai-je de l'intérieur. Va-t'en ou je l'appelle pour voir si elle voudrait d'un putain de cactus !

★
★ ★

J'aurais dû ressentir quelque chose : des regrets, de la tristesse, de la colère, de la culpabilité... quelque chose. Deux heures s'étaient écoulées depuis que j'avais jeté Patrick et ses cadeaux hors de ma vie. Enfin, presque tous ses cadeaux. J'avais gardé le meilleur. J'étais cocue, pas décérébrée.

Je ne tenais pas en place. J'avais déjà appelé Becky, Jane et Liv. Sam devait avoir l'oreille collée au plancher parce qu'il avait débarqué en me félicitant à la minute où Patrick avait disparu pour aller... là où vont les maris infidèles. J'avais zappé devant la télévision, mais aucun programme n'avait capté mon attention. Pas même les films sur les chaînes dédiées au cinéma.

Je pouvais toujours aller au supermarché. Attrapant mon sac et les clefs de mon horrible voiture, je me mis en route. Le soleil était déjà bas et la chaleur n'était donc plus oppressante. Une légère brise agitait les palmiers, mais elle était insuffisante pour empêcher les moustiques de me tourner autour.

J'avais besoin de nourriture.

Je voulais Liam. Je pris à droite en direction de l'est, vers l'océan. Le supermarché se trouvait à l'ouest.

Liam et moi-même avions failli nous faire tuer en même temps. Il était donc parfaitement naturel que j'aie envie d'être à ses côtés. Et puis, j'avais une dette envers lui dans la mesure où je lui devais d'avoir retrouvé mon job.

Je tendis le cou pour mieux voir les panneaux indicateurs. Je n'étais jamais allée chez Liam, mais je connaissais son adresse à cause des notes d'honoraires qu'il avait envoyées. Je l'avais mémorisée. Rien que ça, ça en disait très long. Qui essayais-je de leurrer ? Ceci n'avait rien à voir avec de la camaraderie ou des remerciements. Il s'agissait purement et simplement de désir. Mais, me justifiai-je, tout en ralentissant afin de mieux lire les numéros sur les boîtes aux lettres, nous étions deux adultes consentants. Nous pouvions faire l'amour. Ça me permettrait peut-être de passer à autre chose. Ensuite, je ferais vœu de chasteté pour une bonne année, avant de me mettre à la recherche d'un type qui ne se ficherait pas autant de ma poire.

Je trouvai la maison. Bon, maison était un bien grand mot. Cabane reflétait sans doute mieux la réalité. Mais son absence de standing était avantageusement compensée par sa situation, puisque la modeste demeure de Liam était située sur la plage. À l'intérieur, plusieurs lumières avaient été allumées. Et la Mustang était dans l'allée. Donc, à moins qu'Ashley ait traversé la ville en vélo, il était chez lui. Et seul.

Je coupai le contact et pris une profonde inspiration. Ce n'était peut-être pas une très bonne… Trop tard ! La porte s'ouvrit, tout comme ma bouche.

Liam se tenait devant moi, torse nu. Une peau bronzée, des muscles dessinés, des cheveux brillants. Combinaison idéale.

J'ouvris la portière de ma voiture et lui souris :

— Salut.

— Tu t'es perdue dans le noir ?

— Je suis venue te remercier. *Et t'arracher ton pantalon. Ça suffit ! Arrête ça tout de suite !*

— Vraiment ?

— Oui. Te remercier de m'avoir permis de récupérer mon job.

Il haussa les épaules. Je le remarquai à peine tant j'étais absorbée par la contemplation de la délicate toison brune qui ornait sa poitrine. Elle dessinait comme un V dont la pointe se perdait dans la ceinture de son jean. Un peu comme une grande flèche indiquant où se situait la fiesta.

— Finley ?

— Oh pardon. Tu disais ?

— Le bleu de Paolo ?

Paolo qui ? Ah oui.

— Oui ?

— Tu te souviens, le bleu rectangulaire qu'il avait sur la tempe et dont Trena nous a parlé ?

Je hochai la tête de peur que si j'ouvrais la bouche, un flot de salive ne vienne souiller mon menton.

— Ça correspond à la bague de fiançailles de Kresley.

— C'est bon à savoir.

— Tu veux une bière ?

Entre autres choses.

— Avec plaisir.

L'intérieur de sa maison était... intéressant.

— Chantier en cours ? demandai-je en le suivant au-delà de la scie circulaire qui trônait au centre du salon.

— Rénovation, dit-il.

Quand il se retourna pour ouvrir le frigo, je dus ravaler un gémissement. Cette peau hâlée et ces épaules impressionnantes...

Liam déboucha les bières et jeta les capsules dans une poubelle placée dans un angle. Quand il me tendit la bouteille, nos regards se croisèrent brièvement, alors que ses doigts effleuraient les miens.

Mon pouls tambourinait dans mes veines et une coulée de désir en fusion se répandit en moi.

Tout en tapotant le goulot de sa bière, Liam gardait les yeux rivés sur moi. Puis, il posa la bouteille sur le bar :

— Pourquoi es-tu venue ici en fait ?

De peur que mes mains ne tremblent, je les plaçai toutes les deux autour de la bouteille :

— Pour te remercier.

Il sourit, mais pas de façon spécialement sympathique :

— Tu l'as déjà fait dehors.

— Tu m'as invitée à entrer.

— Quelle erreur.

Ces mots m'atteignirent de plein fouet :

— Quoi ?

Il ôta la bière de mes mains :

— Rentre chez toi.

— C'est plutôt grossier.

Liam posa ses deux mains sur le comptoir et me coupa presque en deux de son regard d'acier :

— Non, Finley. C'est honnête.

Rien ne se passait comme je l'avais imaginé :

— Tu ne veux pas de compagnie. Très bien. Je m'en vais.

Alors que je tournais les talons, Liam me rejoignit et m'attrapa par la taille avant de m'attirer à lui. Se servant de sa main libre, il releva mes cheveux et posa quelques baisers tendres et fugaces depuis mon épaule jusqu'au lobe de mon oreille. Puis, doucement, il me dit dans un souffle :

— Rentre chez toi.

Il me lâcha et je me retournai vers lui, désorientée et perturbée par le puissant désir qui me terrassait :

— Est-ce que j'ai raté quelque chose ?

— Oui. Un énorme quelque chose.

— Et c'est un secret ou tu veux bien me le dire ?

Il inspira profondément, avant d'expirer lentement :

— Je ne fais pas ce genre de trucs.

— Tu n'as pas de rapports sexuels ?

Ses lèvres s'arrondirent en un sourire insolent et amusé :

— Je n'ai aucun problème vis-à-vis du sexe, mais... (Il fit une pause et plaça ses pouces dans les poches arrière de son jean.) Je ne suis pas le genre de type que tu baises parce que tu viens de te faire baiser.

— Je n'ai pas...

Il posa ses doigts sur mes lèvres :

— Ne mens pas. Tu n'es vraiment pas douée pour le mensonge. Rentre chez toi.

— Avec plaisir.

Je partis aussi vite que je le pus. Vu l'obscurité. Vu mes talons de huit centimètres. Sur un terrain chaotique, en traînant derrière moi ce qui restait de ma dignité.

— Finley ?

Je refusais de le regarder plus longtemps. Au lieu de cela, je démarrai le moteur de ma voiture :

— Quoi ?

— Refais encore ça et je deviendrai ce genre de mec.

— Ne t'inquiète pas pour ça. Je ne remettrai plus jamais les pieds ici.

Je l'entendis ricaner alors que j'amorçais une marche arrière.

— Tu veux parier ? dit-il pour me narguer.

— Non ! répliquai-je tout en reculant.

C'était hors de question. Pas quand j'étais aussi certaine de perdre.

Dans la collection
Girls in the city
chez Marabout :

Chère lectrice

Merci d'avoir choisi ce Girls in the city
pour passer un moment agréable.
Mais savez-vous que Girls in the city, c'est une nouvelle comédie
tous les mois pour faire le plein d'intrigues pleines d'humour,
parfois policières, pour entrer dans les coulisses de la mode,
du cinéma, de la téléréalité, des magazines people ?
Parce qu'on a toutes en nous quelque chose de Bridget,
retrouvez-nous chaque mois chez votre libraire préféré !

Et désormais sur le site de la collection :
www.girlsinthecity.fr

EMBROUILLES À MANHATTAN
Meg Cabot

Fandesleaterkinney : Qu'est-ce que tu fous ?
Katylafait : Je BOSSE. Et arrête de te connecter sur ma messagerie instantanée pendant les heures de travail, tu sais que la RATT n'aime pas ça.
Fandesleaterkinney : La RATT peut crever. Et tu ne bosses pas. Je te rappelle que je vois ton bureau du mien. Tu es encore en train de rédiger une de tes fameuses listes. À faire, hein ?
Katylafait : Même pas vrai ! Je réfléchis seulement aux multiples échecs et aux innombrables erreurs de jugement qui semblent avoir constitué ma vie jusqu'à présent.
Fandesleaterkinney : Tu n'as que vingt-cinq ans, crétine ! Tu n'as même pas encore commencé à vivre.

MES AMANTS, MON PSY ET MOI
Carrie L. Gerlach

Règle n° 1 : Ne jamais sortir avec son boss.
Règle n° 2 : Se méfier des promesses faites un soir de pleine lune sur plage déserte ; elles ne survivent jamais au voyage du retour.
Règle n° 3 : S'il vit encore chez ses parents, il y a de fortes chances pour qu'il vous prenne pour sa mère et qu'il vous réclame de l'argent de poche.

Ce roman drôlissime vous fera économiser les frais d'une épuisante et interminable analyse chez votre psy favori !

SEXE, ROMANCE ET BEST-SELLERS
Nina Killham

Décoiffé, la chemise déchirée, les chaussures dégoulinantes de boue, il était appuyé contre le bureau du commissariat de Venice Beach. Depuis des années, les femmes essayaient de le séduire. Et depuis des années, malgré leurs efforts vraiment héroïques, elles échouaient. Les conséquences prenaient même parfois des proportions insoupçonnables pour certaines d'entre elles : spasmes musculaires, crises cardiaques, blessures provoquées par des tirs croisés. Mais c'était la première fois que quelqu'un en mourait.

— Profession ? demanda le brigadier.
— Auteur de romans d'amour.

ET PLUS SI AFFINITÉS
Amanda Trimble

Ah ! Au secours ! Mais c'est quoi cet… ?
En passant devant le kiosque de Lincoln Park, j'attrape mon magazine préféré et là, je me sens mal. Cramponnée au *City Girls,* qui est quand même l'hebdomadaire le plus lu de Chicago, je lis, écrit en énorme : « Un agent très spécial dévoile tout. » Mais ce n'est pas tout car, sous le titre, on voit une paire de fesses en gros plan. La poisse ! Dites-moi que j'hallucine… Non, c'est bien moi.

Comment gagner sa vie quand on est jolie, pressée et dingue de fringues ? Victoria Hart a trouvé la solution en devenant « agent très spécial », sorte d'entremetteuse de charme. Ne le dites surtout pas à sa mère…

PROJECTION TRÈS PRIVÉE À TRIBECA
Rachel Pine

Tout juste embauchée par une puissante maison de production cinématographique, Karen pense enfin vivre son rêve. Située à Tribeca, le nouveau quartier à la mode de Manhattan, cette maison est aux mains de Phil et Tony Waxman, des jumeaux sans scrupules.
Karen saura-t-elle résister et garder la tête sur les épaules ? Ou devra-t-elle partir si elle tient à sauver son âme ?

Une plongée hilarante et époustouflante dans le monde sans pitié des producteurs de cinéma.

MARIAGE MANIA
Darcy Cosper

Dix-sept mariages en six mois ! Malgré son aversion épidermique pour l'institution, Joy, 30 ans, ne peut échapper à ces invitations. Mais le plus important est que le garçon avec lequel elle vit depuis 18 mois, Gabriel, partage son point de vue : aucun des deux ne souhaite se marier. Non, ça, jamais !
Au cours des six mois qui vont s'écouler, Joy pourra-t-elle concilier ses convictions les plus profondes avec l'affection qu'elle éprouve pour ceux de ses amis ou de sa famille qui s'engagent ? Son couple supportera-t-il les épreuves ?

Une comédie new-yorkaise décapante et drôlissime.

MARIAGE (EN DOUCE) À L'ITALIENNE
Meg Cabot

Que feriez-vous si votre meilleure amie partait se marier en douce en Italie ? Et si vous décidiez de tenir le livre de bord de cette fugue romantique alors que le témoin de son futur mari est un journaliste prétentieux, égoïste et, par-dessus le marché, opposé à cette union ? Si vous deviez faire avec lui le voyage jusqu'à un village isolé des Marches ? Et que, cerise sur le gâteau, vous étiez contrainte et forcée de passer les quelques jours précédant la noce avec cet insupportable snobinard terrorisé à la vue d'un chat ?

Une comédie absolument moderne, résolument décapante et connectée *via* Internet.

L'EX DE MES RÊVES
Carole Matthews

Comment garder le sourire quand on vient de se faire plaquer pour une bimbo affublée d'un 90 D ? Josie décide de faire bonne figure en se rendant au mariage de sa cousine à New York, la capitale des célibataires ! Mais saura-t-elle résister à un futur ex-mari qui ne veut plus divorcer ? D'autant qu'elle a rencontré un séduisant journaliste spécialiste de rock n'roll dans l'avion pour New York… Et comment préviendra-t-elle le jeune marié que sa femme vient de s'enfuir avec son ex-petit ami ? Et si, grâce à John Lennon, tout se terminait bien ?

Une comédie romantique et désopilante avec des personnages attachants et des scènes hautes en couleur.

DIVORCE À PETIT FEU
Clare Dowling

À peine mariée, Jackie quitte Henry sur un coup de tête et croit trouver en Dan l'Homme à épouser. Et s'il suffisait de divorcer ? Mais ce qui devait être une pure formalité s'éternise et devient chaotique. D'autant plus que l'avocate de Jackie finit par coucher avec l'avocat de la partie adverse, que sa copine complètement coincée se découvre une passion sexuelle irrépressible pour un Polonais, et que sa sœur se retrouve enceinte de jumeaux après une nuit bondage passée entre les bras d'un juge sexagénaire…

Une comédie à l'anglaise, excentrique et déjantée.

UN BÉBÉ MADE IN L.A.
Risa Green

Et si Andrew avait raison ? Et si je n'étais pas prête pour avoir un enfant ? Je m'empare d'une feuille de papier et trace deux colonnes :

Contre le bébé :
Je vais devenir grosse.
Je vais mettre des vêtements de grossesse.
Je ne suis pas faite pour devenir mère.

Pour le bébé :
Suis encore jeune : plus facile de maigrir après.
Habits de bébé, surtout de fille !!!!!
Bon. Ma liste a l'air bancale sans le dernier « pour ». Je ne vais pas trop forcer. Je trouve que j'ai déjà bien avancé pour ce soir.

Une comédie vivante, drôle et sarcastique, calée sur les neuf mois de grossesse de l'héroïne.

UNE MAMAN À L.A.
Risa Green

Très bien. Je vais réussir à le déclarer ouvertement : c'est chiant d'avoir
un bébé et ça ne ressemble en rien à ce que j'avais imaginé.
Je sais ce que vous pensez. Vous vous dites : qu'y a-t-il de si horrible ?
En quoi est-ce pénible à ce point ? D'accord. Premièrement, il y a le
manque absolu de sommeil. Sans compter qu'il faut lui donner le sein.
Mais ce n'est pas tout. Il y a pire que pleurer, se lever la nuit, avoir des
seins douloureux et être dans l'incapacité de régler les heures de tétée.
Quand vous avez un bébé et que par malchance vous en êtes la mère,
la vie s'arrête brutalement. « Vous » n'existe plus. Il n'y a plus de
« nous ». Il y a le bébé et, tout simplement, plus rien d'autre n'existe.
Et ma vie de femme dans tout ça ?

La suite de *Un bébé made in L.A.*

LE PRINCE CHARMANT MET DE L'AUTOBRONZANT
Ellen Willer

Il s'appelle Frantz, il est grand et il est beau. On le dit riche, intelligent et bien élevé. C'est le célibataire dont toutes les femmes rêvent. Dans l'émission de télé-réalité produite par Emmanuelle, il va devoir faire son choix entre dix candidates au mariage.

Qui séduit qui ? Qui court après qui ? Qui trahit qui ?

Producteurs sans scrupules, paparazzis, palaces de la Côte d'Azur et plateaux TV donnent un rythme d'enfer à ce roman drôle et percutant.

Plus vrai que nature, il nous plonge dans un monde cynique et fascinant, en plaçant la caméra là où on ne l'attend pas : en coulisses.

Les coulisses d'une émission de télé-réalité comme si vous y étiez.

CLEPTOMANIA
Mary Carter

« Je, soussignée Melanie Zeitgar, saine de corps (moins sept kilos) et d'esprit, m'engage à : ne plus jamais voler ⋆.

⋆ Exceptions : ruptures, gain de poids, perte d'emploi, auditions ratées, auditions réussies après lesquelles personne ne me rappelle, factures de carte bleue élevées, caries, traumatisme lié à l'utilisation d'un menu de téléphone automatisé, visite-surprise d'un tueur en série ou d'un cambrioleur, visite-surprise de ma mère ou de Zach, pas de visite ni de coup de fil de AMVM (l'Amour de Ma Vie du Moment) – c'est-à-dire Ray. »

Melanie Zeitgar, 29 ans, vit à New York et rêve de devenir actrice. Entre les petits boulots humiliants et les castings de pub, elle cache un lourd secret : elle est cleptomane. La rencontre avec le beau et célèbre Greg donnera-t-elle un nouveau sens à sa vie ?

Les aventures abracadabrantes d'une cleptomane dans la Grande Pomme.

HAPPY END À HOLLYWOOD
Carole Matthews

« Je sais précisément à quel moment je suis tombée amoureuse. À quel endroit aussi. Au Salon du livre de Londres. Je me souviendrai éternellement de l'heure exacte : 15 h 45.

Si je n'ai aucune idée de qui il est, ou pas encore, je suis déjà mordue, folle amoureuse de lui. Il y avait bien longtemps que je n'avais pas ressenti de tels picotements dans tout le corps.

J'ai également des fourmis dans les pieds, mais cette sensation provient sans doute davantage de mes chaussures et d'un oignon naissant que de la flèche de Cupidon. »

Lorsqu'elle rencontre Gil, un riche producteur hollywoodien, Sadie se dit qu'il est temps de changer de vie. Mais à peine arrivée sur Sunset Boulevard, elle enchaîne les désillusions…

Une héroïne parachutée dans l'univers de Hollywood avec ses bimbos aux dents longues et ses vieilles stars déchues.

SEXE, AMITIÉ ET ROCK N'ROLL
A.M. Goldsher

Meilleures amies depuis l'enfance, Naomi et Jenn partagent la même passion pour la musique. Elles décident de tenter leur chance à Manhattan en jouant dans des clubs.

Très vite, le groupe qu'elles ont formé avec Travis et Franck est remarqué par un label qui les prend en main : conseillers en tous genres, relooking, plans promo, passages télé, photos… tout s'enchaîne à un rythme d'enfer. Mais le succès a un prix : tensions, rivalités, mensonges… Naomi saura-t-elle tirer son épingle du jeu sans y perdre son âme ?

L'ascension fulgurante d'un groupe de musique qui catapulte l'héroïne dans le monde des célébrités.

Une comédie rock'n'roll dans un univers électrique.

MA VIE PRIVÉE SUR INTERNET
Carole Matthews

Le jour où Emily découvre que son petit copain a mis sur Internet une photo d'elle nue, dans une position ridicule et coiffée d'un chapeau de mère Noël, elle pense que rien de pire ne peut lui arriver. Erreur, les ennuis ne font que commencer : Emily perd son travail, sa maison, son boy-friend, devient la risée de tous et la cible des paparazzis. Jusqu'à ce qu'elle rencontre un photographe qui lui propose de tirer profit de la situation... Ce qui lui semble être la fin du monde n'est en fait que le début d'une meilleure vie.

Un roman drôle, riche en rebondissements et coquin juste comme il faut !

PLAQUÉE POUR LE MEILLEUR
Clare Dowling

Comment ne pas se laisser abattre alors qu'on s'est fait plaquer par celui qu'on croyait depuis toujours l'homme de sa vie ? C'est la question que se pose Judy, 30 ans et des poussières. Alors qu'elle s'apprête à vivre « le plus beau jour de sa vie », la nuit précédant le mariage, Barry, son futur mari, disparaît sans laisser de trace. Le mariage est annulé.

Où trouver un peu de réconfort dans un moment pareil ? Auprès de ses amis ? de sa famille ? ou, mieux, auprès du séduisant Lenny, un vieil ami de Barry parti vivre en Australie et qui a la réputation d'être un tombeur ? Et si le bonheur était à ce prix…

Une comédie drôle et enlevée, où l'héroïne voit son image traditionnelle du « bonheur »… comment dire… légèrement bousculée !

BIMBO MAIS PAS TROP
Kristin Harmel

Belle, intelligente et drôle, Harper, 35 ans, a tout pour elle. Tout sauf quelqu'un qui l'aime. Depuis que Peter l'a quittée, elle a bien rencontré des garçons mais tous ont fini par s'enfuir. Et si elle était trop brillante, trop impressionnante ?
Harper et ses trois meilleures amies décident de mettre au point un plan pour en avoir le cœur net : le plan Bimbo. Le jeu consiste à enchaîner les rendez-vous pendant quelques semaines, travestie en blonde idiote, afin de voir si les hommes réagissent différemment. Les paris sont lancés !

Encore une histoire de blonde idiote qui rigole pour un rien et bat des cils en posant des questions stupides ? Pas vraiment ! Plutôt une comédie qui ne se termine pas par un classique « Ils se marièrent et eurent beaucoup d'enfants » !

LE PRINCE CHARMANT FAIT PÉTER L'AUDIMAT
Ellen Willer

Frantz est de retour. Emmanuelle, la trentaine séduisante, est à ses côtés. Chargée de tourner une fiction adaptée d'une série américaine à succès, elle l'entraîne dans son tourbillon : stylisme, décors, scénaristes, comédiens... tous les ingrédients pour faire exploser l'audimat. Et pourtant...

Pour compliquer encore les choses, lors d'un séjour à New York, elle tombe dans les bras d'un très jeune homme...

Entre Paris et New York, une comédie drôle et enlevée qui dévoile les dessous d'une série télé. Du casting à la diffusion, de l'écriture au tournage, des coulisses au plateau, les histoires d'amour, les ruptures, les trahisons, sous le regard amusé des paparazzis.

Le nouvel épisode très attendu des aventures de Frantz, le plus irrésistible des princes charmants.

DOUBLE JEU
Emma Lewinson

« Dis donc, c'est vraiment le prince charmant ton mec ! Tu me le présentes quand ? »

Quand Emma rencontre Mark, elle le trouve tellement parfait qu'elle
ne peut s'empêcher d'en vanter les mérites à Candice, sa meilleure
amie : Mark est tellement beau, tellement attentionné, tellement talen-
tueux… tellement la perle rare. Candice, un poil jalouse, finit par
trouver, elle aussi, chaussure à son pied…

Et si Candice avait juste piqué le fiancé de sa meilleure amie ? Et si
Candice, pharmacienne, approvisionnait Emma en antidépresseurs
pour la rendre K.-O. ? Et si elle avait un plan machiavélique en tête ?

**Une intrigue à l'humour acéré où le suspense prend vite le pas
sur la comédie.**

EN FINALE DE FAME GAME
Carole Matthews

Fern, 35 ans, a une voix sublime mais n'a pas encore trouvé le moyen d'en vivre. Serveuse dans un pub, elle y chante deux soirs par semaine avec un guitariste, Carl. Elle cumule les petits boulots jusqu'à ce que Carl, fou amoureux d'elle, lui trouve une mission d'intérim en tant qu'assistante... d'un grand chanteur d'opéra, Evan. Sans le lui dire, Carl envoie leur candidature au jeu télévisé Fame Game, qui chaque année découvre une nouvelle star. Parachutée dans un monde d'ados formatés aux pré-sélections, Fern passe avec succès toutes les sélections, dont un membre du jury n'est autre qu'Evan...

Une comédie riche, dynamique et drôle avec la rencontre de deux univers que tout sépare, l'opéra et la pop.

ARNAQUE À L'AMNÉSIE
Caprice Crane

À 25 ans, Jordan n'aime pas sa vie. Si elle a tout pour elle, elle manque de confiance et d'amour-propre. Au travail, sa supérieure hiérarchique lui vole ses idées et sa promotion n'arrive jamais. Dirk, son petit ami, la trompe, mais là encore elle se tait. Sa mère et sa sœur sont unies contre elle, lui faisant sentir qu'elle n'est que la fille d'un premier mariage.

Jordan rumine tout cela sans trouver de solution. Jusqu'à ce qu'elle se fasse renverser par une voiture. Elle décide alors de feindre l'amnésie. Une nouvelle vie commence pour elle…

Feindre l'amnésie pour tout recommencer à zéro, voilà un sujet fascinant qui permet toutes les fantaisies !

MA VIE DE STAR EST UN ENFER
A.M. Goldsher

Tout s'est enchaîné très vite pour Naomi et Jenn : à peine remarquées par un label, leur groupe s'est retrouvé propulsé en tête des charts. Difficile de garder la tête sur les épaules lorsqu'on est catapulté dans le monde des célébrités. Tandis que Naomi plaque tout pour aller vivre sur la côte Ouest, Jenn décide de suivre une carrière en solo.
Harcelée par les paparazzis, épuisée par les tournées, elle craque. D'autant plus que son dernier album a connu un succès mitigé et qu'elle ne sait plus trop sur qui elle peut compter. Heureusement, le fantôme de Billie Holiday va jouer le rôle de la bonne étoile…

L'envers du décor, ou la vie pas tous les jours rose d'une pop star.

BLONDE LÉTALE
Kate White

Tout avait commencé par une coïncidence. Pas une de ces coïncidences glaçantes qui vous donnent l'impression que quelqu'un vient de piétiner votre tombe. En fait, je me suis par la suite rendu compte que l'appel téléphonique que j'avais reçu cette nuit-là, à la fin de l'été, n'était pas si imprévisible que cela. Mais, sur le coup, il m'avait laissée sans voix. Et, bien entendu, il marqua le début d'une série d'événements atroces...

Une comédie doublée d'une énigme policière, avec des suspects et des mobiles à foison, et un suspens qui vous tient en haleine jusqu'à la dernière page...

UN BREAK POUR KATE
Carole Matthews

Kate, 35 ans, mène une vie de femme au foyer qui frise la perfection. Son mari occupe son temps libre entre le jardinage et le golf, ses enfants sont des modèles d'équilibre alimentaire, et son souci du jour est de savoir quand faire son repassage... Kate n'a aucune raison de se plaindre mais elle commence à se lasser de cette vie trop parfaite. Son mari lui propose de se prendre un week-end pour elle toute seule. Relevant le défi, elle s'inscrit à un séminaire de taï chi et entraîne son amie Sonia avec elle. Mais faire le point n'est pas facile, surtout quand on trouve l'un des participants très très séduisant...

Enfin une comédie brillante sur la lassitude de la femme au foyer ! Pour ne plus jamais associer *desperate* à *housewife* !

THE BOY NEXT DOOR
Julie Cohen

Le lendemain matin, j'ai ouvert les yeux. J'avais mal à la tête. Très mal. Ma table de chevet m'est apparue clairement. Sur le dessus était posée une bouteille d'alcool que j'avais achetée un an plus tôt pendant des vacances à Naxos, et qui était restée pleine aux trois quarts depuis onze mois. Elle était vide. Un souvenir me chatouillait l'arrière de la migraine. J'avais travaillé au pub et rencontré cet homme. Et puis... la nuit dernière... Ce n'est qu'en vidant le contenu de la poubelle de la cuisine par terre, assise parmi les peaux de banane, le marc de café et les emballages de fromage que j'ai dû admettre l'inévitable conclusion. J'avais couché avec un homme qui ressemblait à une star des années 1980 sans utiliser de préservatif.

Ou comment l'histoire d'une nuit peut bouleverser sa vie...

CINQ FILLES, 3 CADAVRES
MAIS PLUS DE VOLANT
Andrea H. Japp

Cinq copines partagent depuis toujours leurs déboires professionnels et sentimentaux : Emma la blonde pulpeuse en mal d'enfant, Nathalie, la mère au foyer qui vient de se faire plaquer, Hélène, la tête chercheuse qui a fait de son absence de diplomatie une arme redoutable, Charlotte, la psy qui finit toujours par coucher avec le plus gratiné de ses patients, et enfin Juliette, l'esthéticienne qui dorlote une clientèle masculine triée sur le volet.

Le jour où Charlotte découvre un cadavre enchaîné au volant de sa voiture, elle panique et appelle immédiatement ses amies à la rescousse. Très vite, elles échafaudent un plan mais se retrouvent prises dans des histoires qui les dépassent largement, d'autant plus que d'autres cadavres s'en mêlent et que le premier a disparu...

Quand la reine du crime s'attaque à la chick lit, autant dire qu'on s'amuse drôlement et qu'on tourne les pages aussi vite qu'on engloutit un macaron !

HOT
Julia Harper

« Turner observa toute cette agitation autour d'elle, ces gens qui parlaient, discutaient en essayant de prendre un air important. Elle se dit que ce serait le moment idéal pour un braquage. Elle jeta un coup d'œil à la caméra de surveillance qui enregistrait tous les mouvements à l'intérieur de la banque. Puis elle se dirigea tranquillement jusqu'au grand bureau en bois imitation acajou de Calvin et ouvrit le tiroir central. Là, juste en plein milieu, apparut une enveloppe rouge dans laquelle était rangée la clé du coffre. Elle la regarda. Elle n'aurait plus jamais une occasion pareille. Elle le savait parce que cela faisait quatre ans qu'elle attendait cet instant. C'était à son tour de braquer la banque. »

Une souris de bibliothèque qui porte de fausses lunettes, qui aime les escarpins rouges très sexy et qui lit des romans de softporn, il n'en faut pas plus pour intriguer mais aussi troubler John MacKinnon, agent très spécial du FBI.

UNE PETITE ENTORSE À LA VÉRITÉ
Nina Siegal

« Pendant deux ans, j'avais été considérée comme une étoile montante du journalisme, débauchée à grands frais pour écrire des articles brillants dans la rubrique Style du journal. J'assistais alors à des galas fastueux, j'étais invitée à des soirées mondaines grouillant de célébrités, je foulais le tapis rouge des soirées de premières. J'avais accès aux coulisses de tous les événements les plus courus de la ville. Mais, à un moment, les choses avaient mal tourné, puis elles avaient empiré jusqu'à toucher le fond du fond. Au bout du compte, j'avais été mutée à la rubrique Nécro pour y finir mes jours au milieu des gratte-papier, des syndicalistes et autres fourmis sans identité. »

Valérie s'ennuie ferme depuis sa disgrâce jusqu'au jour où un appel énigmatique lui apprend qu'elle a commis une grave erreur dans la nécrologie d'un artiste très en vue. Alors qu'elle enquête dans le New York arty et branché de Soho, les ennuis commencent...

COCKTAILS, RUMEURS ET POTINS
Marisa Mackle

« Recherche : super-coloc'
Elle doit être drôle (amusante, pas flippante), me prêter ses belles fringues (pas me piquer les miennes), être jeune dans sa tête (mais surtout pas étudiante), avoir un boulot décent (et de jour), ne pas oublier d'acheter du PQ. Elle ne doit pas squatter le téléphone, passer l'aspirateur entre minuit et 7 h du mat', ramener des hommes bizarres à la maison, draguer mon copain (si j'en ai un, un jour), laisser des cheveux dans la baignoire. »
Alors qu'elle cherche la colocataire idéale, Fiona, 29 ans, commence un boulot dans un magazine féminin. Très vite, AJ la prend sous son aile et lui apprend les ficelles du métier. Fiona découvre vite que le monde des pigistes aux rubriques Potins et Beauté repose sur des coups bas et des ragots en veux-tu, en voilà, entre deux coupes de champagne. Fiona saura-t-elle profiter des bons côtés de son boulot sans s'y perdre ?

Si vous avez toujours rêvé de travailler dans un magazine féminin, vous ne pourrez pas dire qu'on ne vous aura pas prévenue !

AMOUR, BOTOX® ET TRAHISON
Chloë Miller

Fiona (architecte de 47 ans, divorcée) a toujours été une femme très séduisante. Mais alors qu'elle se sent très jeune dans sa tête, son corps commence à accuser le coup et ses aventures sentimentales s'en ressentent. Sur les conseils de sa fille Shirley, qui il n'y a pas si longtemps encore pouvait passer pour sa petite sœur, elle recourt à la chirurgie esthétique. Fiona fait en sorte de mener de front sa carrière et ses opérations. Elle prétexte des « déplacements », une cure fabuleuse au Mexique, et s'absente juste le temps nécessaire pour qu'on ne voie pas trop les cicatrices. Très vite, le résultat est bluffant, un vrai coup de jeunesse ! À tel point que Fiona se fait courtiser par un jeune homme de l'âge de sa fille… et se laisse séduire. Tout juste si elle s'inquiète que Janus la laisse payer toutes les additions, qu'il la laisse lui offrir un loft… heureuse de faire plaisir à son nouvel amant dont la présence à ses côtés lui fait tourner la tête ! Mais Janus est-il le fils de bonne famille déshérité qu'il prétend être ?

Une comédie sans concession menée tambour battant dans la Grosse Pomme !

LE MYSTERE DUNBLAIR
Jemma Harvey

Comment avouer à votre meilleure amie que vous n'avez aucune
envie de travailler avec elle ?
« — Je ne connais rien au jardinage, ai-je objecté.
— Tu n'en as pas besoin ! Mon Dieu, tu crois que je mets la main à
la pâte ? Tu imagines dans quel état seraient mes ongles ? On paye des
gens pour ça : des documentalistes, des assistants, que sais-je encore ?
Tu es productrice, non ? Alors contente-toi de faire ton boulot. Et
puis, tu seras l'invitée de la plus célèbre rock star de tous les temps,
dans son fabuleux château écossais. Que veux-tu de plus ? »
Meilleures amies depuis l'enfance, Roo et Delphi tournent une série
d'émissions de jardinage dans un château sur lequel pèse une sombre
histoire : une future mariée aurait disparu le jour de ses noces, il y a
700 ans, dans un labyrinthe végétal…

**Une comédie hilarante qu'on ne lâche pas, avec des réparties
vipérines et un savoureux tableau du monde de la télé. À lire
en cas de coup de blues !**

Pour l'éditeur, le principe est d'utiliser des papiers composés de fibres naturelles, renouvelables, recyclables et fabriquées à partir de bois issus de forêts qui adoptent un système d'aménagement durable.

En outre, l'éditeur attend de ses fournisseurs de papier qu'ils s'inscrivent dans une démarche de certification environnementale reconnue.

Photocomposition Nord Compo

Imprimé en Allemagne par GGP Média

Pour le compte des Éditions Marabout.
Dépôt légal : Mai 2010
ISBN : 978-2-501-06481-1
40.5362.5
Édition 01